당신의 이해를 돕기 위하여

What it means to be you

당신의 이해를 돕기 위하여 IV

이보라 장편소설

초판 1쇄 찍은 날 | 2021년 9월 23일
초판 4쇄 펴낸 날 | 2024년 5월 31일

지은이 | 이보라
발행인 | 이진수
펴낸이 | 황현수

펴낸곳 | 주식회사 카카오엔터테인먼트
등록번호 | 제2015-000037호
등록일자 | 2010년 8월 16일
주소 | 경기도 성남시 분당구 판교역로 221 6(일부)층

제작·감수 | KW북스
E-mail | paperbook@kwbooks.co.kr

ISBN 979-11-385-0129-3 04810
        979-11-385-0125-5 (set)

당신의 이해를 돕기 위하여

What it means to be you

이보라 장편소설

IV

Yeondam

일주일간 꿈 같은 휴가를 보낸 하옐은 다시없이 표정이 밝아져 있었다. 하옐이 의욕 넘치는 목소리로 롱 리우드에 막 도착한 윈터에게 상황을 보고했다.

"작은 마님 앞으로 구입하신 건물 다섯 개 중에서 두 개는 원래 있던 건물을 증축하는 거라 다음 달 중순이면 바로 학생을 받을 수 있고요, 나머지 세 개도 내년 가을부터 학생을 받을 수 있을 겁니다. 입학 신청서가 벌써 천 장이 넘었어요."

"원래 언제부터 시작해? 학교라는 게."

"라크라운드에서는 10월 입학이 일반적이죠? 다음 달 중순이면 좀 늦지만 다들 그것도 감지덕지일 겁니다."

"학교를 다녀 봤어야 알지."

귀족 가문 아이들은 늦어도 대여섯 살이면 이미 가정교사가 달라붙어 이것저것을 가르쳤고, 일곱 살이면 학교에 들어갔다. 너무 늦은 데다, 또래보다도 월등히 덩치가 큰 윈터가 대여섯 살 아래 아이들과 공부하는 것은 시각적으로도, 그의 성격적으로도 어려웠다.

그렇다면 그의 부모가 가정교사를 붙여 줬어야 했으나, 블루밍 공작 부부는 그 정도로 윈터에게 애정이 있지 않았다.

"그러니 의미 있는 거 아닙니까. 학교 한 번 가 본 적 없는 남자가 학교를 세우다니."

"닥쳐, 이건 내 아내가 세우는 거야."

"그럼요. 대외적으로는요. 이미 남부 전체에 작은 마님 칭송이 자자해요."

쉬고 돌아온 하옐은 마음이 넓어져서 윈터가 웬만큼 멋대로 굴어도 해맑게 받아들이는 중이었다.

첫 번째로 완공될 학교는 라크라운드 중남부, 카프타운 역에서 5㎞ 떨어진 마을 회관을 증축한 것이었다. 인근에 학교가 지어진다는 소식에 카프타운 지역 전체가 들뜨고 있었다.

하옐이 학교를 둘러싼 울타리에 착 달라붙어서 기대감 가득한 얼굴로 공사장을 바라보고 있는 아이들에게 말을 걸었다.

"너희 이 학교 들어가니?"

그러자 여자아이 하나가 눈을 반짝이며 대답했다.

"네! 엄마가 원래는 학교 멀다고 절대 혼자 가면 안 된다고 했는데, 여기는 다음 달부터 다니게 해 준대요!"

아이의 행복한 표정에 하옐이 뿌듯한 미소를 지었다.

윈터가 힐끔 아이를 보더니 혀를 차며 말했다.

"꼬마."

"네?"

"모르는 아저씨가 말 걸면 무시해. 알겠어? 그게 세상이야."

"네? 네, 네에……."

아이가 움찔하더니 친구들에게로 돌아갔다.

그렇게 겁을 줘 놓고, 윈터가 하옐에게 말했다.

"교복도 그냥 줘. 첫 학교니까."

"예에, 예. 내친김에 학용품도 나눠 주시죠?"

"그런 건 좀 재량껏 해."

윈터의 불퉁한 말에 하옐이 씨익 웃었다.

북부 별장 회의에서 윈터가 복수의 일환으로 학교를 지어 남부 인력을 이동시키겠다고 했을 때, 직원들은 이 계획이 그 돈독 오른 대표 머릿속에서 나왔다는 것을 믿지 못했다.

반면 하옐은 윈터가 이런 이타적인 방법을 사용하기까지 바이올렛의 올곧음이 크게 작용했음을 알았다. 게다가 윈터는 원래 아이들을 꽤나 아끼기도 했다. 아이들에게도 어른들에게 하는 것처럼 공격적인 투로 말하긴 해도 아이들을 상대로 이득을 보려 들지는 않았다.

"그거 아시죠, 대표님?"

"뭐."

"작은 마님은 대표님께 과분합니다."

"쉬니까 체력이 남아돌아? 당연한 얘기를 왜 해? 이래서 휴가를 주지 말아야 해."

윈터가 이해가 안 된다는 듯 질색했다.

그리고 교복 이야기에 생각났는지, 그가 물었다.

"바이올렛은 무슨 학교를 나왔지?"

"아무래도 수도에 있는 왕립 학교를 나오셨겠죠?"

"아, 그 왕관이 로고인 학교."

"로고라니요. 문장입니다, 대표님. 그것도 7대 전 왕을 상징하는 문장이요."

하옐이 빈정거리다가 알아서 손으로 입을 막는 시늉을 했다. 잠시 후 윈터가 말을 이었다.

"귀여웠겠지."

"작은 마님이야 당연히 귀여우셨겠죠."

윈터가 말없이 고개를 끄덕였다.

그에게는 여전히 바이올렛의 아이를 바라는 마음이 있었다. 제 아이가 아니어도 정말 조금도 상관없었다.

아내를 닮은 아이들을 생각하면 숨이 멎을 것 같았다. 아이들이 아무리 사고를 쳐도 혼내지 못할 것이 분명했다. 아내를 닮았다면, 자신은 분명 그 꼬맹이들이 거인이라도 되는 듯 꼼짝하지 못할 테니까.

하지만 이건 상상에서 끝내야만 하는 일이었다. 아내는 저를 사랑했으니까. 아무리 아이를 원한다고 해도 도리가 없었다.

그것은 행복한 일이었다. 다만 조금의 쓸쓸함을 동반했을 뿐인.

잠시 말이 없던 윈터가 입을 열었다.

"바이올렛이 왕립 학교 교복 입은 사진이나 그림은 없나."

"그 무렵 사진은 거의 얼굴 분간이 안 될 겁니다. 그래도 그림은 왕립 미술관에 있겠죠."

"사 와."

"……예?"

"사 오라고."

"그, 그거……. 가서 보셔야죠. 안 팔걸요?"

"그래서?"

윈터가 어쩌란 거냐는 듯이 보자 하옐이 어깨를 으쓱였다.

"사 오겠습니다."

하옐이 체념하고 대답했다. 윈터의 고집을 꺾는 것보단 라크라운드의 법도를 꺾는 것이 쉬울 게 분명했다.

❆ ❆ ❆

윈터가 기차를 타고 수도에 돌아왔을 때는 이미 많이 늦은 시간이었다.

여러 번 나갔다 오는 것보다 출장 한 번 이 나을 것 같아 롱 리우드와 카프타운 일대를 확인하고 돌아오니 일주일이 지나 있었다.

평소라면 이대로 회사에 들어가 일을 끝냈을 테지만, 지금은 아내 얼굴을 보는 것이 먼저였다.

학교가 생겼다며 신나 하는 아이들을 보고 나니 기쁜 한편 속이 구멍 뚫린 것처럼 허했다. 그는 늘 교복을 싫어했다. 그를 가장 수치스럽게 만드는 것이 교복이었다. 교복 입은 아이들을 부러워하던, 어리던 그 고아 꼬맹이로 돌아간 기분이 들기 때문이었다.

윈터는 마차에서 내리자마자 곧장 바이올렛의 방으로 향했다. 12시가 넘었으니 아내가 자고 있을 테지만, 그래도 그녀가 보고 싶었다.

서러울 때마다 아내를 찾는 것은 사내로서 자존심이 뭉개지는 일이었다. 그러나 아내가 그를 그렇게 길들였고, 그 또한 그러기를 욕망했으니 어쩔 수 없는 일이 아닌가.

그 와중에 아내가 입학하던 모습은 보고 싶으니 저도 참 별수 없는 인간이었다.

윈터는 노크에도 답이 없는 바이올렛의 방문을 조심스럽게 열고 들어갔다. 침대에 가까이 가니 아내의 보드라운 숨소리가 들렸다. 그것만으로도 온몸의 긴장이 풀렸다.

수도는 벌써부터 해가 지면 쌀쌀했다. 장작을 넣어 둔 벽난로를 보니 장작을 못 산다는 농담에 눈을 흘기던 아내의 표정이 떠올라 웃음이 나왔다.

윈터는 아내가 깨지 않도록 침대 아래에 무릎을 꿇고, 침대에 올린 팔에 턱을 괴어 바이올렛을 바라보았다.

"……다녀왔어, 공주님."

그가 가만히 인사하는데, 눈꺼풀이 살짝 떨리더니 바이올렛이 눈을 떴다. 그리고 눈을 깜빡이며 그를 바라보더니 스르륵 몸을 일으켰다. 깨웠구나 싶어 사과하려는데, 바이올렛이 윈터의 목을 끌어안았다. 밖에서 들어와 서늘한 윈터와 바이올렛의 따끈따끈한 체온이 뒤섞였다.

"밖에 춥죠?"

"추워."

"얼른 씻고 와요. 기다리고 있을게요."

"더 자."

"출장 이야기가 듣고 싶어요."

잠이 덜 깬 얼굴로 답지 않게 조르는 바이올렛 덕에 윈터가 다시 웃음을 터트렸다. 그는 바이올렛을 다시 눕혀 두고 욕실로 향했다.

목욕을 마치고 잠옷을 입고 나와 보니 바이올렛이 잠을 꽤 많이 쫓아낸 참이었다. 돌아온 윈터의 손에는 편지 한 장이 들려 있었다.

윈터가 침대에 털썩 앉으며 말했다.

"어머니가 당신에게 보냈다던데. 룰루가 주더군."

"그래요? 무슨 일일까."

바이올렛이 의아해하며 편지를 뜯었다.

캐서린의 편지에는 조만간 만나서 사과를 하고 싶다는 내용이 줄줄이 적혀 있었다. 그것을 함께 읽던 윈터가 키득거리고 웃었다.

"뭐라는 거야. 편지 다시 줘. 버리고 올 테니까."

"그래도 연락을 주셨으면 만나는 보는 게 예의……."

"예의?"

윈터가 바이올렛의 손에서 편지를 받아 그 자리에서 찢으며 말했다.

"예의는 예의를 차려서 손해를 안 볼 때만 차리면 돼. 죽겠으니까 찾아와서 해결해 달라는 걸 왜 만나 줘? 귀족들이 그렇게 예의에 목을 매니까 내가 돈을 번 거야. 뭐, 그렇게 치면 감사한 일이군."

그가 갈기갈기 찢어 버린 편지를 바이올렛이 난처하게 바라보았다. 윈터가 말을 이었다.

"블루밍 가문 사람은 내 집에 한 걸음도 못 들어오게 했으니 이 집에 그 작자들이 찾아올 일 없을 거야. 당신도 애써 만날 것 없어."

"……."

"내 부모의 일은 내가 해결해. 그것까지 무례하다고 말하지 마."

"그럼…… 그럴게요. 당신이 원하지 않는다면 나도 원하지 않아요."

바이올렛이 결심했다는 듯 대답하고 고개를 끄덕였다. 그녀의 대답은 윈터를 행복하게 했으며, 동시에 그가 타고난 남들보다 몇 배로 큰 탐욕이 고개를 들었다.

그는 손으로 바이올렛의 턱을 감싸 제 쪽으로 당겼다. 벽난로 불빛과 뒤섞여 여러 빛으로 보이는 바이올렛의 눈동자로부터 졸음이 달아나고 있었다.

"윈터?"

"당신이 이 집에 있을 때는 언제나 안전할 거야."

내 집에 위험한 자들이 들어올 수 없으니 당신도 이곳 밖으로 나가지 않아 줬으면 해.

윈터는 속에서부터 그런 말들이 매일같이 끓어올랐다.

당신이 머무는 곳을 천국으로 만들어 줄 테니 그곳에서 벗어나지 말아 줘.

당신의 눈빛이 이렇게 확고한데, 왜 나는 아직도 버림받을까 봐 두려움을 느낄까.

윈터가 억지로 미소를 짓고는 그녀를 놓아준 뒤 말했다.

"아, 학교."

"학교요?"

"어디 다녔어? 당신. 기초 교육 말이야."

"왕립 학교를 다녔어요."

"당연히 그렇겠지."

"학교 정말 좋아요. 건물이 지어진 지 300년이 넘었는데도 아주 튼튼해요."

"그거 궁금하군. 구경 갈까?"

윈터가 묻자 바이올렛이 멈칫하더니 단호하게 고개를 저었다.

"안 되겠어요."

"뭐? 왜?"

윈터가 황당해하자 바이올렛이 농담인지, 장난기가 녹은 푸른 눈으로 말했다.

"혹시 당신이 마음에 든다고 사들이려 할까 봐요."

"허, 별걱정을 다 하네. 아니, 애초에 내가 사면 안 될 이유라도 있어? 보아하니 그 학교 매우 좋아하는 것 같은데 사랑하는 남편이 사 들이면 좋잖아."

"안 좋아요. 학교는 학교로 있게 해 줘요. 온 사방이 다 당신 건물인 거 기분이 이상하단 말이에요."

"참 나."

윈터는 억울한 표정을 지었으나, 바이올렛이 건물 많이 사는 걸로 저를 놀리고 있음을 알고 있었으므로 입꼬리가 씰룩거리는 걸 감추지는 못했다. 조만간 본인 앞으로도 건물이 마구잡이로 늘어나고 있는 걸 눈치채면 좀 놀랄 테지만.

결국 그는 유쾌하게 웃음을 터트렸고, 바이올렛 역시 함께 웃음을 지었다.

그렇게 이야기하다가 바이올렛은 먼저 잠이 들고, 윈터는 한참을 더 아내를 바라보았다.

얼마간 시간이 흐른 뒤, 윈터가 저도 모르게 가운 주머니에 쑤셔 박아 버렸던 편지 한 장을 더 꺼내 바이올렛의 머리맡에 놓았다.

도스 공국의 페런 도스에게서 온 편지였다. 별것 아닌 내용일 걸 뻔히 알면서, 미혼의 사내에게 편지가 왔다는 사실 하나만으로 질투심에 순간 편지를 훔쳐 버린 자신이 한심했다.

그는 못 참고 팔을 뻗어 편지를 다시 집어 들었다. 예전이었다면 고민 없이 뜯어서 내용을 확인하고, 부하 직원에게 알아서 원상 복구하라 명령했겠지만……

윈터가 바이올렛을 보았다.

"읽으면 나더러 무례한 악당이라고 할 거지?"

윈터가 중얼거리고는 길게 한숨을 쉰 후 편지를 다시 그녀의 곁에 둔 후 아예 안 보려고 바이올렛에게 등을 돌리고 이불을 뒤집어썼다.

갑자기 학교가 뭐가 중요한가, 싶었다.

어차피 아내만큼 효과적으로 그를 길들이진 못할 텐데.

다음 날 아침, 눈을 뜬 바이올렛은 출장이 많이 피곤했는지 아직 잠들어 있는 윈터를 보았다가 머리맡에 놓인 편지를 발견했다.

페런 도스에게서 온 편지였다.

고개를 갸우뚱하고 편지를 연 바이올렛의 입이 저절로 벌어졌다.

샤론이 아이를 가졌어. 혹시 인근에 아우스가 보이면 잡아 놔 줘.

페런이 쓴 것이라고는 믿을 수 없을 정도로 분노한 글씨체였다. 그러나 그렇게 본론을 쓰고 난 후에는 무례라고 생각했는지 인사를 덧붙였다.

잘 지내고 있는지 모르겠다, 바이올렛. 나는 언제나 네가 걱정이야. 네가 그리울 때가 있어. 조만간 배에서 내릴 거야. 바로 수도에 들를 테니 나와 함께 식사를 해주길 고대하고 있을게.

바이올렛은 기분이 복잡해졌다.

어떤 감정을 보여야 하나, 바이올렛이 멍한 표정을 짓고 있는데 윈터가 뒤이어 눈을 떴다. 그는 바이올렛이 읽고 있던 편지를 발견하고 손을 내밀었다.

"무슨 내용인데 그런 표정이야?"

"어땠는데요?"

"복잡해."

바이올렛이 편지를 내주지 않자 윈터의 손에 힘이 들어갔다. 평소 같으면 그냥 포기했을 그가 고집을 부리자 결국 바이올렛이 편지를 놔주었다.

윈터가 그것을 읽어 보더니 혀를 차고 중얼거렸다.

"결국 그렇게 됐네."

"샤론 이 녀석을 정말……."

"조만간 결혼식 하겠군. 드레스 사 둬."

"당신은 왜 이렇게 태연해요? 공녀가 결혼도 안 했는데 아이부터 생기다니! 객실을 같이 쓸 때부터 알아봤어야 했어요!"

크게 충격받은 바이올렛의 언성이 점점 더 높아졌다. 반면에 윈터는 태연하게 대꾸했다.

"요즘 그렇게 드문 일도 아니고. 어차피 둘 다 가문 좋겠다, 나이 비슷하겠다, 빨리 식 치르면 되지. 상황 보아 하니 사실 이미 법적인 형식은 치렀다는 빤한 거짓말도 좀 할 테고."

"아무리 그래도 그렇죠. 아우스 경은 그런 사람으로 안 봤는데 어떻게 그럴 수가……."

"그 녀석은 언제 공녀님이 자기를 덮쳐 줄까 기다리다가 목 빠지겠던 걸 뭐. 게다가."

"……게다가요?"

"딱 봐도 공녀님이 속 터진다면서 먼저 건드렸을걸. 그 해군은 보나 마나 안 돼, 안 돼, 돼, 돼, 돼……."

15

바이올렛의 두 손이 윈터의 입을 틀어막았다. 그는 한번 음담패설을 시작하고 누굴 놀리기 시작하면 끝이 없었다.

얼굴이 순식간에 새빨개진 바이올렛이 믿기지 않는다는 듯이 말했다.

"어떻게 그런 말을 표정 하나 안 바뀌고 하죠?"

그러자 윈터가 손에 눌린 입술을 움직였다.

"내가 뭐 얼마나 험한 말을 했다고 그렇게 얼굴이 빨개져?"

공녀가 결혼도 전에 임신했다는 소식에 바이올렛은 실신할 지경인데, 윈터는 그저 별것 아닌 해프닝이라고 여기는 듯했다.

한숨을 쉬고 침착함을 되찾은 바이올렛이 다시 입을 열었다.

"그나저나 아우스 경은 정말 큰일이군요. 페런이 가만히 있지 않을 것 같은데. 페런이 글씨를 이렇게 경황없이 쓴 건 처음 봐요."

"그 해군 놈이 더 이상 해군이 아니라 정말 다행이군."

윈터가 이해한다는 듯이 고개를 끄덕이더니 바이올렛의 손에서 편지를 뺏어 협탁에 멀리 던졌다.

"자, 이제 외간 남자 편지는 그만 읽어."

"걱정이 돼서 그래요."

"걱정한다고 생긴 아이가 사라지진 않잖아."

"사라지길 바라지 않아요. 사실은 축하할 일이죠."

바이올렛이 웃고는 다시 살짝 멍한 표정을 지었다. 그 표정에 속이 쓰려 자꾸만 장난을 치던 윈터가 넌지시 물었다.

"아이 소식 들으니 서운해?"

"아니에요."

"아닌 척할 것 없어. 나도 솔직히 아이를 많이 원했어. 그걸 다 감추고 억누르면서 어떻게 살겠어. 살면서 모든 걸 다 가질 수는 없으니 받아들이려 애쓰는 것뿐이지."

"……"

모처럼 어른스러운 윈터의 말에 바이올렛이 잠시 생각하더니 곧 미소를 지었다.

"당신 말이 맞아요. 굳이 아닌 척할 필요 없죠. 샤론 이 녀석 정말 크게 혼나야겠지만 그래도…… 부러워요. 아이도 너무나 궁금하고. 벌써부터 임신 선물을 뭘 줘야 하나, 고민이 되네요."

"임신 선물은 그걸로 하지. 은신처. 아기 아빠는 살려야지."

"아, 그럴까요?"

"내 호텔 어디든 들어가서 연락하라고 공녀님에게 얘기해 둬."

"정말 좋은 생각이에요."

바이올렛이 미소를 지었다. 윈터가 잠시 생각하더니 다시 입을 열었다.

"생각해 보니 우리 회사 크루즈가 도스 공국에 자주 들르잖아. 이미 그걸 타고 라크라운드로 왔을지도 모르겠군."

"그러네요? 페런이 아우스 경의 위치를 모르는 걸 보니 밀항을 한 게군요."

"그 공녀님이 먼저 우리 쪽으로 연락을 할지도 모르겠군."

윈터가 실소했다.

바이올렛은 윈터의 태연함 덕에 그럭저럭 혼전 임신을 받아들이고, 살짝 기대감 섞인 목소리로 말했다.

"누구를 닮을까요, 아기는? 샤론을 닮으면 발랄하고 사랑스러울 거고, 아우스 경을 닮으면 침착하고 듬직하겠죠?"

"너무 장점만 보는군. 툭하면 가출하거나 한마디도 안 하는 자식이 태어날걸."

"그건 너무 단점만 보는 거네요."

말을 마친 바이올렛이 즐겁게 웃었다. 그러나 웃음이 끝나고 나면 다시 쓸쓸함이 그녀를 둘러쌌다.

희망은 참 달콤하면서도 고달픈 것이었다. 요 몇 달 잠자리가 잦았다고 해서 결혼 후 여러 해가 지나도록 생기지 않던 아이가 갑자기 생길 리는 없었다. 그런데도 할린의 말을 들은 후부터는 월경이 하루만 늦어져도 기대감이 순간순간 고개를 들었다.

바이올렛은 이와 같은 감정을 결혼 후 3년 동안도 충분히 겪어 왔었다. 그때 그녀는 남편과의 사이에서 아이가 생기기 어렵다는 것을 몰랐으므로, 드물지만 부부 관계를 하고 나면 초조하게 임신 소식을 기다리곤 했었다.

그렇게 생각해 보니 지금은 그때보다 모든 것이 나아졌다. 바이올렛은 그냥 이 초조함까지도 삶의 일부로 받아들이고자 했다. 아직 그들에게는 시간이 얼마든지 있으니까.

바이올렛이 몸을 일으켰다. 그녀는 자신의 마음이 조금씩 상처로부터 단단해지는 것을 느꼈다.

기운을 차린 그녀가 다정한 얼굴로 편지지부터 꺼내 들었다. 크게 놀랐을 샤론에게 편지를 보내줄 생각이었다.

❆ ❆ ❆

회사에 있던 윈터는 캐서린이 도착했다는 소식에 잠시 밖으로 나섰다. 바이올렛에게서 답이 없어 그를 찾아온 모양이었다. 신탁이 묶여 버렸으니 그녀로서는 달리 선택할 수 있는 것이 없었으리라.

가주로서의 권위를 잃은 제임스는 가문 사람들에게 이리저리 불려 다니고 있었고, 디에브는 윈터가 끊임없이 던져 주는 모래성들에 아무것도 모르고 덤벼들어 전 재산을 탕진한 후였다.

다른 많은 것들도 용서할 수 없지만, 아내에게 직접적으로 폭력을 가한 것은 더더욱 용서할 수 없었다.

그럼에도 윈터의 마음속에는 여전히 캐서린을 향한 완전히 사라지지 않은 애증 같은 것이 남아 있었다. 저와 생모를 버렸다가 돈만 보고 저를 받아들인 제임스나, 아내에게 집적거려 그녀를 슬프게 한 디에브에게는 들지 않는 감정이었다.

레클강 하구 섬 티 하우스에서 윈터는 캐서린과 마주했다. 원래도 마른 편이던 캐서린은 스트레스가 심각했는지 이전보다도 많이 야위어 있었다.

차와 근사한 티 푸드를 앞에 두고, 캐서린이 입을 열었다.

"바이올렛을 만나게 해 주렴. 사과하고 싶어."

"안 됩니다. 절대로."

"나는 이제 그 애와 잘 지내고 싶어."

윈터가 기가 차다는 듯이 말했다.

"안 된단 말 못 들었습니까? 무슨 고집이 그렇게 셉니까? 안 된다면 그런 줄 알고 물러나셔야죠. 같이 사는 공주님은 그러시던데. 예의 바른 사람이라."

"윈터!"

"있잖습니까, 아무리 생각해도 이해가 안 돼요."

윈터가 테이블에 턱 소리가 나게 팔을 내려놓자 캐서린이 멈칫했다.

바이올렛은 올곧았으나 모든 것을 차근차근 풀어 가려 했다. 그러므로 그녀의 행동은 답답한 구석이 있어도 예상하지 못할 확률이 낮았고, 결코 도덕적인 범위를 벗어나지 않았다.

반면 윈터는 알 수가 없었다. 기분이 좋으면 끝도 없이 퍼 주다가 기분이 나쁘면 줬던 것 이상으로 뺏어 버리는 것이 그였다.

캐서린이 차로 목을 축이고 물었다.

"뭐가 말이니?"

"절 아들이라고 생각하신 적은 있습니까? 제가 쓰러져 있는데 그 앞에서 아내 뺨을 때리는 걸 보니 아닌 것 같던데."

"그 애가 널 만나지 못하게 했어."

"그러니까 평소에 잘 보이셨어야죠."

윈터가 짜증스레 대꾸한 후 벌써부터 지루하고 시간이 아까운지 창밖을 보았다.

캐서린은 묘하게도 그 순간에서야 윈터의 마음이 완전히 떠났음을 알았다.

그는 늘 건방지기 짝이 없었지만 항상 힐끔거리며 제 부모를 살폈다.

열두 살에는 훨씬 더 심해서, 가까스로 얻은 부모를 혹시나 잃을까 봐 무서워서 침실에 있다가도 종종 나와 제 부모 있는 곳을 기웃거리곤 했다. 자신의 회색 눈을 스스로가 싫어하는 만큼, 남들도 싫어하리라 생각해 감추고 싶어 하면서도.

성인이 된 이후에도 그는 관심 없는 척하면서도 부모의 이야기를 귀 기울여 들었고, 필요한 것이 스치듯이라도 나오면 기가 막히게 알아듣고 곧장 사용인들에게 구해 두라 일렀다.

아마도 자신들을 향한 그 집착의 눈빛이 믿음을 주었으리라. 어디로 튈지 모르는 저 망나니 같은 사내가 그 천한 회색 눈으로 늘 저희를 보고 있다는 걸 알았으니까.

원래도 따듯하고 다정다감한 아들이 아니었으나, 지금은 그가 가지고 있던 애정이 완전히 식어 버린 것이 느껴졌다.

"윈터, 남부로 돌아오렴."

캐서린이 처음으로 간절히 말했다. 끊어져 가는 밧줄을 붙잡는 듯한 그녀의 목소리에 윈터가 크게 웃었다.

"아, 이것 참."

그가 우스워 못 견디겠다는 얼굴로 의자에 몸을 기대더니 열두 살부터 스물아홉이 되기까지 제 어머니였던 캐서린 블루밍을 똑바로 마주 보았다.

"어머니, 제가 지금까지 크게 착각을 했어요."

"……뭘?"

"전 여태 내가 사랑을 받으려면 세상의 온갖 좋은 것들을 다 상대에게 안겨 줘야만 한다고 믿었어요."

"그렇지 않단다. 부모의 사랑은……."

"내 부모의 사랑은 늘 돈으로 사야 하는 것이었으니까."

윈터가 웃는 낯으로 말을 이었다.

"다들 날 보지 않고 내 돈을 보고 있었던 걸 몰랐어요. 내가 돈을 가져다준들, 그건 날 사랑하는 게 아니라 내 돈을 사랑하는 거였다는 걸. 사랑을 받고 싶었으면 줬다가 뺏기도 하고, 거래도 하고 그랬어야 했었나 봅니다. 돈 말고 내 쪽을 보게."

"위, 윈터……."

"돈을 가져다 드릴 때는 날 안 찾아오시더니, 돈을 뺏고 나니까 찾아오시잖아요. 증명됐네요."

"……."

"그러고도 난 이 정도면 충분히 사랑받고 있는 줄 알았어요. 아내가 아니었다면 계속, 그게 내가 아는 사랑의 역치였겠죠."

캐서린이 하얘진 얼굴로 저를 바라보자, 윈터가 코웃음 치며 느긋한 얼굴로 말을 이었다.

"그나저나 디에브는 그거 사업 수습 못 하면 난리 날 텐데요. 계신 저택이 넘어갈걸요? 어쩌다 제가 접고 있는 사업에 발을 들여서."

"뭐, 뭐?"

"남부에서 일어나는 사업은 다 제 손바닥 위 아니겠습니까. 저는 블루밍 가문의 장남이니."

윈터가 어깨를 으쓱이더니 자리에서 일어섰다.

"신탁 풀고 싶으시면 그 새끼더러 내 앞에 와 무릎 꿇고 빌라고 하세요. 그건 어머니가 대신 해 주실 수 없는 일이니까요."

"……."

"여긴 제 가게니 편안히 드시고 가세요, 어머니."

윈터가 미소를 지으며 말하고는 티 하우스를 나섰다.

❋ ❋ ❋

레클강 하구 섬에서 하녀들과 즐겁게 이야기하며 쇼핑을 하던 바이올렛에게 이글린이 다가왔다. 그녀가 괴로운 얼굴로 말했다.

"설마 대표님만큼 일을 시킬 줄은 몰랐어요. 전국을 돌아다니게 하시다뇨."

"자네가 고생이 많네."

"회사에서도 이런 일은 다 제 부하 직원들이 한단 말입니다. 이래 보여도 부대표인데요, 제가."

이글린이 미안한 표정으로 받아 주는 바이올렛의 반응에 신나서 생색을 이어갔다.

"다 제가 봉사하는 마음으로 하는 겁니다."

"자넨 참 라크라운드 전역에 모르는 사람이 없는 것 같아. 정말 대단하네."

바이올렛의 순수한 감탄에 이글린이 울컥해서 말했다.

"제발 그것 좀 대표님께도 말씀해 주시면 안 됩니까?"

그러자 윈터 주변 사람들의 이 반응에 익숙해진 바이올렛이 웃으며 고개를 끄덕였다.

"그러지. 이미 알고 있겠지만."

"모르시는 것 같은데요."

"남편은 생각보다 주변 사람에 대해 잘 알아. 그러니 자네가 그렇게 천방지축으로 구는데도 다시 회사로 받아 주는 걸 테지. 자네가 워낙 뛰어나니까."

바이올렛의 농담 섞인 칭찬에 이글린의 입술이 씰룩거렸다. 그러더니 목소리를 낮춰 말했다.

"아, 그리고 이건 정말 구하기 어려운 정보였는데요. 에쉬 로렌스가 스스로에게 작위를 수여할지도 모릅니다."

"작위를?"

"예. 가능한 겁니까?"

"아무래도…… 왕실의 후계자였으니. 원래는 그게 일반적이겠지. 원래 라크라운드의 왕은 왕위 말고도 두 개의 작위를 더 가지게 되어 있으니까. 하지만 이제 와서……."

"적이 두려운 거죠. 원래 겁먹은 짐승이 덩치를 부풀리잖습니까."

이글린이 말하고 유쾌하게 웃었다. 그러더니 넌지시 물었다.

"막으실 겁니까?"

"글쎄, 법적으로 충분히 가능할 일이라. 막을 수 있는 일은 아닐 것 같네."

"그럼 뺏으실 거죠?"

이글린의 말에 바이올렛이 멈칫했다. 그러자 이글린이 인상을 썼다.

"왜 주춤하세요? 당연히 뺏으셔야죠."

"그건……."

"혹시 두려우신 거예요?"

"그게 아니라."

바이올렛이 잠시 생각하다가 이글린을 보았다.

"나는 로렌스 가문을 사랑하고, 그 역사에 자부심을 느끼네. 그래서 로렌스 가문을 제외한 이름은 나에게 가치가…… 없는 느낌이라. 오히려 불필요한 호칭처럼 느껴지네."

"……와, 진짜 살면서 이렇게 보수적인 가치를 지닌 사람 처음 봅니다. 도대체 대표님과 어떻게 같이 사시는 겁니까? 그분은 가치를 돈에만 두는 분인데. 사랑도 다 돈으로 표현하시잖아요."

"그래도 요즘은 좀 나아졌네. 아무거나 사들이지도 않고. 다행히 크루즈도 포기했고."

그녀의 모르는 소리에 이글린은 하고 싶은 말이 많았으나 그냥 그만 두고 모른 척 웃어 넘겼다.

＊ ❀ ＊

티 하우스에서 나온 윈터는 묘한 표정을 지었다.

언젠가 바이올렛에게 내가 매일 뭘 하는지 일일이 보고하란 뜻이냐고 물었던 적이 있었다.

그는 스스로가 정말 덜떨어진 놈이라고 생각했다. 누군가에게 관심이 가고, 그들이 어디에 있는지 궁금한 것이 사랑이라는 것을 스물아홉이 되어서야 알았으니까.

그는 그동안 부모를 열심히 시선으로 좇았다. 그게 사랑이었다. 그는 열두 살부터 한순간도 빼놓지 않고 혼자서만 부모를 짝사랑해 왔던 것이다.

그토록 지독히 짝사랑을 하던 부모를 잘라 내고 나면 아쉬운 기분이 들 거라고 생각했는데, 오히려 그것은 순식간에 잊혔다.

그래서 알았다. 이미 이 세상을 통틀어 봐야 그에게 중요한 것은 그 공주님 하나라, 그 외의 것은 어떻게 되든지 알 바 아니게 되어 버렸다는 것. 부모마저 끊어내 아내밖에 남지 않게 된 것이 아니라, 아내가 너무 소중해 부모까지도 끊어낼 수 있었다는 것.

사랑을 하면 모든 것이 나아질 줄 알았는데. 오히려 더 죽을 것만 같을 때가 있었다. 다른 건 다 돈을 주고 사도 아내의 마음은 못 산다는 게 지독히 괴로웠다.

아내를 찾아 다급하게 걸음을 옮기던 그는 보석 가게 안에서 바이올렛을 발견했다. 가문 회의에 쓸 드레스의 보석을 사러 나온 그녀는 하녀들과 이야기하며 즐겁게 웃고 있었다.

이내 가게 밖에 윈터가 있는 걸 눈치챈 바이올렛이 걸어 나왔다.

"아, 회사 근처라 우연히 만날 수도 있겠다고 생각하기는 했는데, 정말 만났네요. 산책이라도 나왔어요?"

윈터가 말없이 그녀를 두 팔로 꽉 끌어안았다.

"윈터?"

"잠깐만 봐줘. 기운이 안 나서 그래."

바이올렛이 말없이 그의 등을 손으로 토닥거렸다.

"무슨 일 있었어요?"

"없었어. 그냥."

"가을 타나?"

바이올렛이 놀리듯 하는 말에 윈터가 잠시 멈춰 섰다. 그녀의 입술이 가을을 말하고 나서야 가을의 물감으로 듬뿍 칠한 섬이 보였다. 그가 이내 장난기가 섞여 좀 삐뚤어진 미소를 지어 보였다.

"아마도? 아, 그리고 남부 신문에는 에쉬 로렌스 이야기가 크게 실렸더군."

윈터가 가져온 남부 신문을 펼쳐 보였다.

에쉬가 농사짓는 시늉만 하고 뒤로는 막대한 돈을 챙겼다는 것은 실제 농가로 가득한 남부를 분노하게 했다.

신문을 차근차근 읽은 바이올렛이 미소를 지었다.

"신문은 고마워요. 자, 그럼 이제 당신 표정이 왜 이렇게 안 좋은지 말해 줄래요?"

"음."

윈터는 다시 말을 돌리고 싶었으나, 저를 차분히 바라보는 바이올렛의 눈동자에 못 이겨 솔직하게 말했다.

"아직도 드문드문, 당신이 날 떠날까 봐 무섭다면 좀 미친놈 같나?"

"……네에?"

바이올렛의 의아한 표정에 윈터가 납득한다는 듯 고개를 끄덕였다.

"미친놈 같은가 보군."

"이렇게 아침마다 사랑한다고 말하는데도요?"

"지금까지 내 가족이란 자들은 모두 날 버렸잖아."

"그건……."

바이올렛이 말문이 막혀 더 말이 없으니, 윈터가 저도 모르게 이를 악물었다가 다시 입을 열었다.

"진짜로 가을 타나 봐."

"윈터, 나는……."

"날 떠날 이유가 없다고 말하지 마. 나는 지금까지 버려질 거라고 예상하고 버려진 적이 없어. 늘, 어느 날."

"……."

"정신을 차려 보면 버려져 있었어. 뒤늦게 깨달아."

윈터는 바이올렛은커녕 어느 누구에게도 보여 주지 않는 쓸쓸한 표정을 짓고 있었다. 그녀가 윈터의 손을 감싸 쥐었다.

"바빠요? 같이 보석 구경할까요?"

"하녀들이 실망할 텐데."

"같이 다니면 되죠."

"하녀들이 싫어할 텐데."

윈터의 말에 바이올렛이 돌아보니 확실히 어느 누구도 윈터와 눈을 마주치려 하지 않았다. 바이올렛이 없을 때의 그를 봐 왔던 그들이었다. 평소의 윈터와 비교하면 아내와 있을 때의 그는 애교 많은 아기 강아지 수준이었다.

바이올렛이 다시 윈터를 보며 말했다.

"요즘 거의 매일 이렇게 물건을 사러 나왔으니까요. 오늘은 당신과 있을까 봐요. 아, 대신 보이는 것마다 사면 안 돼요."

"내가 언제 보이는 것마다 샀어? 모함이 심하군."

"최근엔 다행히 덜해졌어요. 그럼 금방 말하고 올게요."

바이올렛이 안으로 들어가 하녀들에게 먼저 마차를 타고 돌아가라고 말해 준 후 다시 돌아왔다.

같이 쇼핑을 하자는 말에 금방 기분이 좋아진 윈터가 바이올렛이 나오자마자 냉큼 손을 잡아 자신의 얇은 코트 주머니에 넣었다.

그가 유쾌해진 목소리로 물었다.

"남편이 아내의 파티에 참견하는 거 꼴불견이란 건 아는데, 제대로 챙기고 있는 거야?"

"아주 호사스럽게 준비하고 있어요. 이래 보여도 왕실에서 자랐는 걸요. 격식을 차리기 시작하면 얼마든지 차릴 수 있어요."

"왜 이래 보여도야? 난 당신만큼 왕실에서 자란 것 같은 사람을 세상에서 본 적이 없는데."

"그래요? 왜일까요."

바이올렛이 의문인지 고개를 갸우뚱했다. 그러더니 막 생각났다는 듯 말했다.

"혹시 진주 상점 아는 곳이 있나요? 이제 준비를 다 했는데, 젠이 진주가 더 있으면 좋겠다고 해서요. 그런데 어느 가게를 가도 젠의 마음에 드는 진주가 없다더군요."

"당연하지, 연말이 가까워 오잖아. 최고의 파티 시즌이야. 이미 귀부인들이 싹 쓸어 갔을 거라고. 상태 좋은 진주는 부르는 게 값인 시 기지.”

“그래서 진주 구하기가 어려웠군요.”

“아는 곳이 있어. 거기 가면 그럭저럭 괜찮은 게 있을 거야.”

바이올렛은 이해가 간다는 듯 고개를 끄덕였다.

윈터는 바이올렛이 결혼 후 3년 내내 진주 가격 변동을 알 일이 없을 정도로 소박하게 살았다는 것이 떠올라 여지없이 속이 쓰렸다. 부모와 연을 진작 끊어야 했다고, 그는 다시금 생각했다.

두 사람이 진주 상점에 들어서자 꾸벅꾸벅 졸고 있던 노파가 퍼뜩 정신을 차렸다.

“어서 와요!”

바이올렛이 놀란 표정을 지었다. 윈터가 소개해 준 가게치고는 허름해서 의아해했는데 안에 들어가 보니 어느 가게에서도 찾을 수 없었던 진주들이 가득 진열되어 있었다.

바이올렛이 의아해하는데 주인이 두꺼워 보이는 돋보기안경을 가져다 쓰고 박수를 쳤다.

“윈터 씨가 왔네. 이쪽이 아내분이시고?”

“진주나 꺼내 와. 쓸데없는 인사 말고.”

“하여튼 성질은……”

둘이 오래 아는 사이인 모양이었다. 주인이 살짝 떨림이 있는 손으로 벽에 걸려 있는 진주 한 줄을 가져왔다.

“이건 어떠셔요, 공주님? 동쪽 섬에서 가져온 좋은 진주지요.”

여기 주인 정도 나이가 든 사람들 중에는 왕실이 사라졌다는 것조차 모르는 사람이 많았으므로, 바이올렛은 굳이 정정하지 않고 노파의 키에 맞게 몸을 낮추어 진주를 살폈다.

"잘 모르는 내 눈에도 정말로 훌륭한 진주 같소."

"아주 최상품이지요."

그녀는 세 종류의 진주를 추천해 줬는데 처음으로 보여 준 진주가 너무도 훌륭해 더 이상 고를 의미가 없을 정도였다. 바이올렛이 윈터를 의심의 눈초리로 보았다.

"혹시 여기도 당신 가게예요?"

주인이 대신 대답했다.

"무슨. 여긴 우리 조모님 대부터 하던 가업이랍니다. 돈독 오른 저런 작자가 와도 안 팔지."

"아."

바이올렛이 조금 웃더니 조용히 말을 덧붙였다.

"그래도 그리 나쁜 사람은 아니라오."

"아니긴요! 툭하면 여기 와서 자기랑 일하자고 졸라서 얼마나 지긋지긋했는지. 고집도 보통 고집이 아니에요."

"남편이 그랬소?"

"아무렴요. 내가 진주를 그렇게 잘 본다나."

주인이 자랑하듯 말하고, 윈터는 괜히 데려왔나 싶은지 않는 소리를 냈다. 그때 주인이 말을 이었다.

"물론 여기 진주 절반은 부군께서 사신 거지만요. 보는 눈이 어찌나 좋은지 흠 있는 건 죄다 빼고 좋은 것만 쏙쏙 골라서……."

"이봐!"

당황한 윈터가 버럭 소리치자 뒤늦게 주인이 중얼거렸다.

"아, 혹시 이거 비밀이라고 했던가? 이제 써 놓질 않으면 기억이 안 나네."

주인이 늘 줄에 엮어 목에 걸고 다니는 수첩을 들어 확인했다.

"아이고, 윈터 씨가 절대 아내 모르게 하라고 신신당부했었네. 이 것 봐요, 공주님. 내가 이렇게 별까지 쳐 놓곤 잊어버린다니까."

오늘 아내 앞으로 산 건물에 학교가 들어섰음을 고백하려 했으나, 아무래도 타이밍을 놓친 듯했다. 윈터가 손으로 얼굴을 감싸고 한숨을 쉬더니 저를 흘기는 바이올렛에게 말했다.

"……나 가을 탄다고 말했나?"

이제 안 그러는 줄 알았더니, 윈터는 여전히 바이올렛이 아는 것보다 많은 것들을 사들이고 있었다.

바이올렛이 한숨을 쉬고 어두운 가게에서도 마치 본래 빛을 가진 것처럼 은은하게 빛나는 진주들을 바라보았다. 그녀는 이상하게도 이런 한심할 정도로 많은 선물을 보면 마음이 저릿저릿해졌다.

그렇게 긴 시간 제 부모에게도 이렇게 많은 것을 가져다 바쳤겠지. 사랑을 갈구하며. 그런 그의 마음속에서 부모를 잘라 내도 괜찮은 건가, 바이올렛은 걱정이 들었다. 아까 전에 아직도 버려질까 무섭다고 말하던 윈터의 표정이 다시 떠올랐다.

바이올렛의 씁쓸한 표정을 읽었는지, 진주 상점 주인이 위로하듯 말했다.

"그나저나 공주님과 다니더니 윈터 씨 표정이 아주 밝아졌네. 내가 눈이 이렇게 침침한데도 환해 보일 정도야."

"나 오늘 기분 안 좋은데, 할멈."

"뭐 언젠 좋았나. 맨날 성질이나 내지."

"시끄러워."

윈터가 툴툴거렸다. 그리고 바이올렛의 눈치를 보며 슬쩍 진주를 챙겨 담기 시작했다.

바이올렛은 그런 윈터를 가만히 보았다.

그는 생각보다 가을이 아주 잘 어울리는 남자였으나, 그 어울림이 바이올렛을 다소 슬프게 했다.

＊ ❄ ＊

그로부터 사흘 뒤 가문 회의 아침, 모든 준비를 마친 바이올렛은 여유롭게 단장을 시작했다.

그녀는 회의 예정 시간보다 한 시간 빨리 준비를 마쳤다.

진주로 소매와 칼라를 장식한 군청색 드레스를 입었고, 양쪽 귀에 얇은 금박으로 장식된 커다란 귀걸이를 걸고 있었다.

잠시 드레스 룸에 혼자 남은 바이올렛이 거울을 바라보며 마음을 굳히는데 윈터가 문을 열고 들어섰다.

"준비 다 했어?"

윈터의 말에 바이올렛이 그를 돌아보았다가 자리에서 몸을 일으켰다.

아내의 모습에 윈터는 잠시 말문이 막혀 문 뒤에 멈춰 섰다. 그녀의 맑은 눈빛은 시리도록 푸르렀고, 빠짐없이 틀어 올린 머리칼은 금가루를 듬뿍 뿌려 놓은 것 같았다.

"괜찮아요?"

바이올렛이 묻자 윈터가 진지하게 대답했다.

"위엄 있고 눈부셔."

그의 찬사에 바이올렛이 작게 웃었다.

"고마워요."

윈터가 천천히 걸어가 바이올렛을 마주 보았다. 그녀는 여느 때처럼 아름다웠고, 중대사 앞에 선 사람다운 단호함과 기품이 흘렀다.

윈터가 압도감에서 벗어나려 가벼운 말을 던졌다.

"진주 잘 샀지? 칭찬해, 빨리."

"잘 샀어요. 그리고 그곳 주인은 당신을 아끼는 것 같더군요."

"몰랐어? 원래 여자들이 안 그런 척하면서 날 아껴."

그가 무슨 당연한 소리냐는 듯 능청을 떨었다. 그렇게 농담으로 바이올렛의 긴장을 풀어 준 윈터가 손을 내밀었다. 바이올렛이 그의 손에 장갑을 낀 손을 올렸다. 장갑 위에 큼지막한 사파이어 반지가 끼워져 있었는데 그것이 아주 잘 어울렸다.

복도를 걸어 저택을 나서며 윈터가 말했다.

"빨리 처리하고 더 추워지기 전에 알리카에 다녀온 후 바로 결혼식 준비를 하자. 내년 봄까지 시간이 얼마 없어."

"알리카는 정말 춥겠군요."

"그러니 당신을 코트와 담요로 단단히 포장해서 데려갈 거야."

포장이라는 말이 재미있었는지 바이올렛이 웃었다. 오늘은 심각한 회의가 있는데, 남편과 있으니 자꾸 웃음이 났다.

그가 로렌스가 성을 따르지 않은 덕에 회의에 참여하지 않아 다행이었다.

농담을 툭툭 던지던 윈터의 얼굴은 저택을 나서며 슬슬 어두워지기 시작하더니 곧 매우 표정이 나빠졌다.

앞에는 이 큰 행사를 취재하려 라크라운드는 물론 이웃 대륙에서 까지 몰려온 기자들과 윈터가 만일을 대비해 오게 한 카닉사 직원들로 인산인해였으나 그뿐이었다. 말 스무 필까진 몰라도 열 마리 정도는 끌고 나왔을 줄 알았더니 평소 타는 마차 그대로에 평소 마차를 끄는 말 두 마리가 전부였다. 대문에도 왕성 앞처럼 문장을 줄줄이 걸어 놓았을 줄 알았는데 별것이 없었다.

윈터가 인상을 쓰며 바이올렛을 보니 그녀가 밝은 얼굴로 말했다.

"나름 열심히 준비했는데 괜찮을지 모르겠네요."

도대체 뭘 준비한 걸까. 역시 아내에게 맡겨 놓으면 안 되는 것 아닌가. 초조해하며 나가 보니 그가 생각하던, 손님을 맞을 백 명쯤 되는 악단조차 없었다.

그가 두리번거리고 있는데 지대가 높은 저택보다 낮은 왕성 방향으로부터 에쉬를 비롯한 로렌스 가문의 마차들이 천천히 다가오고 있는 모습이 보였다.

어마어마한 말이 끄는 마차가 있고 그 양옆을 말을 탄 수많은 호위가 둘러싸고 있었다. 오히려 군악대까지 끌고 온 것은 에쉬였다. 이미 그 목록을 확인했던 윈터가 인상을 쓰며 말했다.

"저것 봐. 저 자식은 저렇게 등장하는데! 당신은 왜 이렇게 투자한 게 없어?"

"나도 충분히 투자를……."

"당신은 원래 눈부시니 거기에 특별히 돈을 더 들였다고 우기려 들지 마."

윈터의 추궁에 바이올렛이 난처한 눈빛으로 침착하게 말했다.

"화내지 말고 들어 봐요, 윈터. 나도 처음에는 에쉬처럼 의전으로 힘을 보이는 게 맞다고 생각했었어요."

"그런데 아무것도 없잖아! 이래서 내가 당신에게 맡겨 놓으면 안 됐어. 내 아내는 사치 부리는 데 재능이 하나도 없어! 크루즈를 샀어야 했다고!"

"도대체 크루즈가 왜 필요한지 모르겠지만…… 도중에 마음이 바뀌었어요. 당신도 인사치레를 싫어하잖아요. 남이 하는 것도, 본인에게 하는 것도."

"쓸모없는 인사치레는 다 돈 낭비야. 근데 그건 나고, 당신은 공주님이잖아."

"여러 번 말하지만 난 공주가 아니에요. 그리고 방향을 바꿔서, 나는 더 많은 사람에게 이 가문 회의에 대하여 알리는 일에 돈을 쓰기로 했어요."

바이올렛이 조곤조곤 말하고 기차역 방향을 바라보았다. 일찌감치 도착한 에쉬의 마차 양옆으로 군악대가 준비하고 있을 때였다.

기차역이 있는 방향에서 인기척이 들린다 싶더니 수백, 어쩌면 수천일지 모를 사람들이 모습을 드러냈다. 그제야 윈터가 흠칫 놀라며 바이올렛에 물었다.

"……혹시 무력을 써서 다 쓸어버리려고? 나쁘진 않지만 당신 선택이라는 게 좀 놀랍군."

그의 진담을 농담으로 안 바이올렛이 웃으며 고개를 저었다. 다행히 윈터는 금방 상황을 이해하고 고개를 끄덕였다.

"아, 의석을 바라는 자들이군."

'농민 연합', '대장장이 연합', 그리고 '카닉 일족 연합'의 이름이 적힌 깃발이 가까워지고 있었다.

기차역 방향에서 오는 이들은 다시없을지 모르는, 귀족이 아닌 자에게도 의석이 생길 수 있는 이 기회를 지지하기 위해 토실토실한 말을 골라 사서, 만약 의석이 생긴다면 그들을 대표해 줄 후보들을 태워 이글린의 인솔을 따라 저택으로 향하는 중이었다.

바이올렛이 입을 열었다.

"이게 우리 가문의 일만은 아니라는 걸 우리도 알아야 하고, 저 사람들도 알아야 하니까요. 이게 로렌스 가문이 왕가로서 할 수 있는 마지막 일일지도 몰라요. 광산이 무너졌는데 누구에게도 알릴 방법이 없는 상황이 다시는 오면 안 되잖아요."

윈터가 말없이 고개를 끄덕이자 바이올렛이 말을 이었다.

"이렇게까지 많이 와 줄 줄은 몰랐어요. 아, 손님 맞아야겠네요."

바이올렛이 곧 심호흡을 하고 미소를 지으며 로렌스 가문 사람들을 돌아보았다. 그들은 예상하지 못한 인파에 압박감을 느끼고 있었고, 바이올렛이 하나하나 인사를 건네도 그 긴장을 풀지 못했다.

이 소란 덕에 드라마틱한 등장에 실패한 에쉬가 인상을 쓰며 마차에서 내렸다. 그리고 사용인들에게 로렌스가 사람들을 인솔하도록 배정해 주기 위해 문 앞에 선 바이올렛에게 다가갔다.

"저게 무슨 수작인지 모르겠지만 역효과일걸. 지금 로렌스 가문이 가진 의석 내놓으라고 우리를 여기 부른 거 아닌가? 그런데 봐. 귀족들에겐 좋을 것 없는 일이라는 걸 보여 주고 있잖아, 지금."

바이올렛이 신중한 표정으로 그를 보았다.

"에쉬, 나는 우리 가문을 아주 많이 존경해 왔어. 라크라운드가 위험할 때 가장 먼저 전장에 나선 게 로렌스 가문이야. 왕족이라고 몸을 사리지 않았지. 그게 왕족의 일이라고 믿었으니까."

“그런데 이딴 짓이야?”

“그래서 아버지도, 웨인도 이런 국책을 선택한 거야. 로렌스 가문의 사람이니까. 넌 우리 가문에 어울리지 않아. 그리고 그걸 알고 있는 건 나뿐만이 아닐 거야.”

그녀의 말이 끝난 후, 로렌스가 사람들에게 정적이 흘렀다. 꽤 긴 침묵이 흐르고, 바이올렛의 사촌 중 하나인 안젤라가 그녀에게 다가섰다.

“초대해 줘서 고마워. 기대돼서 전날 잠을 한숨도 못 잤어.”

“바이올렛! 드디어 소문 속의 그 유명한 정원을 보게 되는군요. 내가 먼저 보고 온다고 친구들이 얼마나 부러워하던지.”

“어머, 나도 자랑하고 왔는데.”

몇몇 로렌스가 사람이 먼저 재잘거리며 사용인들의 안내에 따라 저택을 관통해 정원으로 향하며 즐거운 감탄을 내뱉었다.

그 모습에 속이 뒤집힌 에쉬가 저를 인솔하러 온 사용인을 신경질적으로 밀치더니 호위들에게 말했다.

“왕족들의 회의에 감히 저런 천한 것들을 불러들여?”

그러자 멀찍이서 구경하던 윈터가 에쉬의 앞으로 걸음을 옮겼다. 그 뒤를 카닉사 직원 수십이 따라 걸어 에쉬의 호위들과 맞닥뜨렸다.

에쉬가 미간을 좁히고 윈터를 바라보는 것을 본 기자들이 몰려왔다. 윈터가 먼저 입을 열었다.

“에쉬 로렌스.”

“전하라고 해.”

“왕도 아닌데 내가 왜?”

윈터가 아내에게 배운 대로 비꼬더니 뒷짐을 지고 짓궂은 얼굴로 말을 이었다.

"그나저나 자네는 어릴 때 불성실한 학생이었나 봐."

"……갑자기 무슨 소리지?"

"아니, 우리 공주님은 사람에게 천하단 소리를 하면 안 된다고 배 웠다는데 자네는 방금도 하길래."

에쉬는 무심코 한 말을 윈터가 쩌렁쩌렁 떠들어 대자 눈이 커졌다. 에쉬가 서둘러 말했다.

"네놈이 감히 그런 말 할 처지가 되나?"

"나야 그런 말을 입에 달고 살지. 하지만 자네는 그러지 말아야지. 내 아내처럼 사람을 귀하게 여기며 살아왔어야지. 왕족이셨으니 말이야."

윈터가 비웃으며 말을 이었다.

"그래도 자넨 꽤 괜찮은 사람이야. 인정하지."

"……뭐?"

"그렇잖아. 스스로 수준이 안 되는 걸 알고 자기 손으로 왕위를 내 놓았으니."

"닥쳐, 윈터 블루밍!"

"물론 자네가 머리가 좋았다면 동생에게 자리를 넘겼겠지만."

남을 놀리기 시작하면 정도를 모르는 윈터가 그렇게 말한 후 호탕 하게 웃자 카닉사 직원들도 함께 키득거렸다. 그 모습을 잠깐 돌아본 바이올렛은 한숨을 쉬며, 다시금 저들에게는 악당 같은 구석이 있다 는 생각을 했다. 악당 두목에게 물든 게 분명했지만, 본인들도 즐기는 것 같아 보일 때가 있었다.

에쉬가 모든 손님을 들이기 위해 저에게 다가오는 바이올렛을 힐끔 보더니 윈터에게 말했다.

"겁이 나서 사람들을 불러 모아 뒤로 숨는 자가 무슨 자신감으로 왕을 하지?"

그의 말에 윈터가 기가 차서 말했다.

"반대지. 담이 너무 커서 집안싸움을 나랏일로 만든 거야. 아직도 내 아내가 파악이 안 돼?"

"왕족 모욕은 중죄야."

에쉬가 참다못해 말하자 윈터가 대꾸했다.

"그러니까, 자넨 왕족이 아니래도?"

그렇게 실컷 에쉬를 약 올리던 윈터는 뒤늦게 주변의 웅성거림을 느끼고 움찔했다. 습관적으로 먼저 시계를 살피고 다급하게 고개를 든 그가 중얼거렸다.

"젠장, 취소했어야 하는데."

그가 서둘러 바이올렛에게 달려갔다. 그러나 이미 늦었는지 그녀는 벌써 하늘을 바라보고 있었다.

그리 높지 않은 하늘에 무인 비행선이 느리게 지나가고 있었다.

<바이올렛 부인의 첫 번째 공식 행사(※로렌스 가문 회의)를 카닉 비행 산업에서 축하드립니다.>

바이올렛은 비행선을 부끄러워하지 않기 위해 최선을 다하고 있었다. 다행히 여기 어느 누구도 그것을 부끄러움으로 여기는 이는 없었고, 다들 놀라움과 감격을 느끼고 있었다.

그렇다고 해서 그녀가 느끼는 감정이 바뀌는 것은 아니었다.

윈터가 한 소리 듣겠다 싶어 아내의 표정을 살폈다. 바이올렛이 의외로 담담한 것이 더 무서워 마른침을 꿀꺽 삼키는데 그녀가 입을 열었다.

"참 수치스럽군요."

바이올렛의 말에 윈터가 곧 뻔뻔한 표정으로 말했다.

"회사 홍보용이야. 당신 위해서 띄운 거 아니거든?"

"아."

"앞이 중요한 게 아니라 뒤가 중요한 거야. '카닉 비행 사업에서'부터가 본론이지."

"그렇군요."

여전히 가라앉아 있는 바이올렛의 눈빛과 목소리에 윈터가 인상을 쓰더니 투덜거렸다.

"내 비행선 내가 띄우고 싶은 날 띄우겠다는데 뭐."

"그렇군요. 그럼 내 이름은 지워 주겠어요?"

"……."

윈터가 다시 입을 다물었다. 고개를 들어 한 번 더 비행선을 본 바이올렛은 이내 황당함에 작게나마 웃음소리를 냈다. 저 최신 기술과 거대 자본 덕에 회의에 대한 긴장감이 잠시 잊히기는 했다.

윈터도 그 미소를 보았으나 여기선 입 다물고 있는 게 맞으리라 생각해 눈치껏 아무 말도 하지 않았다.

바이올렛이 휙 윈터를 흘기며 말했다.

"빨리 치우고 나가요."

"그럴 생각이었어."

"회의는 10시 정도면 끝날 거예요."

"그래, 10시. 기념 파티 할 때 올게. 오늘은 좀 실수한 거야. 원래 이런 실수는 강한 충성심에서 비롯되더군."

원터가 능청을 떨다가 바이올렛의 쌀쌀한 시선에 헛기침을 하고 서둘러 돌아 나섰다.

비행선에 놀라워하던 로렌스가 사람들이 모두 안으로 들어가고, 저택을 나선 원터가 앞에 여전히 모여서 큰 소리로 환호하는 사람들을 보며 하엘에게 말했다.

"밥이라도 좀 사 줘. 오느라 고생했잖아."

"아뇨. 이글린한테 들었는데요, 작은 마님께서 차비도 못 주게 하셨다는데요. 정치적인 활동에 돈을 지급하면 안 된다면서."

"인간이 급진적이면서 동시에 고지식할 수가 있나? 같이 살고 있는데 아직도 믿기지가 않네."

원터가 고개를 절레절레 저었다.

앞에 모여든 라크라운드 시민들은 오늘 의석이 생기는지 확인할 때까지 돌아가지 않을 생각인 듯했다. 기자들 역시 마찬가지로 그 앞에 아예 자리를 펴고 앉아서 도시락까지 먹어 가며 대기 중이었다.

원터가 중얼거렸다.

"이건 공주님이라 가능한가. 나라를 뒤흔드는 일을 하면서 겁도 안 내고."

"대표님."

"뭐."

"자랑이 하고 싶으신 거면 그냥 솔직하게 하시죠? 그렇게 빙빙 돌려 말하지 말고."

하엘의 지적에 원터가 멋쩍은 표정을 지었다. 그러더니 파티 때 입을 턱시도를 챙기게 한 후 곧장 회사로 가기 위해 마차에 올랐다.

그때, 저 멀리서 달려온 이글린이 다급하게 문을 붙잡았다.

"대표님! 저도 회사로 복귀하겠습니다!"

그러자 윈터가 대답 없이 손을 내밀었다. 같이 타고 있던 하옐이 고개를 빼꼼 내밀고 물었다.

"이번엔 뭘 가져다 바치고 복귀할 거야, 이글린?"

가져온 서류를 건넨 이글린이 대꾸 없이 뒷짐을 진 채 어깨를 으쓱였다. 서류를 확인한 윈터가 하옐에게 그것을 넘기고 이글린에게 말했다.

"복귀해."

"넵. 제가 먼저 달려가서 의자 덥혀 놓겠습니다."

이글린이 꾸벅 고개 숙여 인사하더니 문을 닫고 신이 나서 달려갔다. 서류를 받아 든 하옐이 차근차근 넘겨 보더니 기가 차다는 듯 말했다.

"헤스턴가 마리얀 아가씨 진술과 칼슨 로우 진술이 만나는 곳에서 활동하는 마약 거래상들을 알아 왔네요. 도대체 어디서 알아 오는 거죠?"

"묻지 마. 알면 거기부터 불법이야."

"그건 저도 알지만요……. 게다가 대표님이 프러포즈 때 쓰실 반지요. 필리체 가문에서 절대 안 팔겠다고 하지 않았었나요?"

"그러니까 알면 불법이라고."

하옐이 한숨을 쉬며 다시 서류를 덮었다.

✳ ❄ ✳

평소라면 윈터가 성질을 냈겠지만, 오늘만큼은 플립이 사용인들에게 왕족 응대를 지시하고 있었으므로 그 응대가 매우 뛰어났다.

사용인들을 따라서 집 안을 통과해 정원이 있는 반대쪽 문으로 나가는 사이, 로렌스 가문 사람들은 내내 감탄을 금치 못했다.

집 안 곳곳 집사인 룰루의 손길이 닿지 않은 곳이 없고, 손길이 닿은 곳마다 편안하기 그지없었다.

정원은 온갖 보석을 뿌려 놓은 것처럼 눈부시게 단풍이 물들어 있었다. 가을의 하얀 꽃들이 드넓은 정원 사방에 피어 있어 눈이라도 내린 것 같은 기분이 들었다. 게다가 여기저기 놓인 근사한 형태의 화로들 덕에 훈훈함이 감돌았다.

"이렇게 넓고 아름다운 정원은 처음이군요."

"그런데도 이제야 초대하다니! 바이올렛, 너무한 거 아니니?"

가문 사람들의 성화에 바이올렛이 난처한 표정을 지었다.

특별히 파티를 열거나 사람을 초대하는 것이 싫었던 것은 아니다. 다만 남부에서 3년 동안 느낀 아픔이 마음 한구석에 남아 있기도 했고, 해야 할 일이 있는데도 파티를 열 정도로 파티를 좋아하는 건 아니기도 했다.

그녀는 오늘 이 회의에 참여한 어머니를 보았다. 왕실이 해체된 이후부터 아들에게 힘을 실어 주기 위해 친정이며 막대한 재산을 가진 대귀족, 필리체의 성을 쓰고 있기는 했으나, 바이올렛처럼 그녀 역시 이 자리에 참여할 자격이 충분했다.

회의는 식사 후 진행될 예정이었는데, 주방장의 비밀 소스를 곁들인 화이트 아스파라거스를 시작으로 이 계절에만 먹을 수 있는 북서부 송로 요리며 마지막에 나온 약한 불로 구운 참치 요리까지 로렌스가 사람들의 감탄이 사라질 줄 몰랐다.

식사가 끝난 후 테이블은 순식간에 온갖 종류의 디저트로 가득 찼고, 사용인들이 완전히 물러난 후에야 회의가 시작되었다.

이미 이야기는 어느 정도 진행된 후였으나 반대가 되는 양쪽의 의견 차이는 좁혀지지 않았다.

바이올렛의 사촌인 제프가 말했다.

"다 좋습니다. 좋은데요, 애초에 우리 가문에 피해가 되는 일을 왜 해야 하는 겁니까?"

맞은편에 있던 바이올렛의 작은할머니, 메리가 맞장구쳤다.

"나도 그렇게 생각한다. 왕실을 해체한 것만으로도 로렌스 가문은 할 일을 다 했어."

그러자 그녀의 오빠 되는 안토니가 말했다.

"그것과는 별개지, 메리. 그건 에쉬의 선택이었고, 이건 시대의 흐름이니까."

"시대가 변해도 지켜야 하는 게 있지."

메리의 말에 바이올렛의 사촌인 안젤라의 남편, 왕족인 아내를 따라 로렌스가의 성을 쓰는 벤자민이 아내의 귀에 소곤거렸다. 감히 로렌스 가문 큰 어른의 말에 바로 반박하지 못한 벤자민의 말을 안젤라가 제 의견을 섞어 말했다.

"하지만 말이에요. 만약에 시대가 변해도 지켜야 할 가치가 있다면, 그건 로렌스가의 정의지, 권위가 아닌 것 같아요. 이 말 맞지, 벤?"

그녀의 말에 벤자민이 고개를 끄덕끄덕거리자 안젤라가 잘했다는 듯 몰래 엉덩이를 톡톡 쳤다. 벤자민은 화들짝 놀라며 남들 보는 데서 왜 그러냐는 듯이 소곤거렸다.

예전이었다면 당황했을 그들의 행동에 바이올렛은 살짝 부러움이 들었다.

'남편도 로렌스가 사람이 되었다면 여기에 있어 줬을걸.'

그녀가 아쉬워하며 차를 한 모금 마셨다.

침묵하던 에쉬가 입을 열었다.

"안젤라. 지금 로렌스가에 지킬 권위가 남아 있다고 생각해? 우리에겐 이제 아무것도 없어. 이대로 가다간 윈터 블루밍같이 돈밖에 모르는 사업가들만이 득세하는 세상이 올 거다. 그걸 막는 건 명문가의 일이야."

제 남편이 공격당하자 바이올렛이 잔을 내려놓고 말했다.

"에쉬, 남을 비하하지 않고는 말을 할 수 없어?"

"뭐?"

에쉬가 되묻자 그들의 고모인 해리엇이 대신 대답했다.

"그래, 에쉬. 그리고 윈터 경께 경의 칭호를 내린 건 선왕 폐하셨다. 존중했으면 좋겠구나."

"왜 고모님까지 바이올렛의 편을 드시는 겁니까? 아무리 세상이 변했다고 해도 라크라운드가 그런 속물들로 득실거린다면 로렌스가는 후에 그 꼴을 손 놓고 보고 있었던 원흉으로 남을 겁니다."

그의 말에 바이올렛이 살짝 미간을 좁혔다. 에쉬는 연신 윈터의 이야기로 그녀를 공격하고 있었다. 그녀는 그것을 비열하다고 여겼다. 게다가 그녀가 공격받는 일이 결국 이 회의의 결과와도 무관하지 않을 것이다. 이것은 바이올렛과 에쉬의 가문 내 위세 문제기도 했다.

에쉬의 말을 끝으로 다시 말다툼이 시작되었다. 다투는 와중에도 에쉬는 바이올렛을 볼 때마다 울분이 치밀었다.

물론 그녀가 발의하고 회의를 주최했다지만 지금처럼 바이올렛이 가

주인 양 그녀에게 눈빛으로 발언권을 구하며 진행될 필요는 없었다.

아무도 신경 쓰지 않으리라 여겼던 그 소작료가 기사화되던 날부터 묘하게 제 입지가 좁아진 것이 느껴졌다.

거기에 이 일이 커져서 밖에 어마어마한 구경꾼과 언론이 모여들었으니 에쉬를 지지하고 그에게서 떨어지는 부속물들을 얻어 가던 사람들도 바이올렛의 눈치를 살피게 되었다.

이제 겨우 열일곱이 된 사촌, 아론이 그녀에게 물었다.

"바이올렛 누님. 누님께서는 어째서 로렌스 가문에 손해가 가는 선택을 하게 되신 건지요."

"아론, 나는 로렌스가를 사랑해."

그녀의 담담한 대꾸에 로렌스가 사람들의 시선이 주목되었다.

바이올렛이 두 손을 내려놓고 애정이 가득한 목소리로 말을 이었다.

"지금까지 로렌스가가 지켜 왔고, 앞으로도 지켜야 할 것이라고는 하나밖에 없지. 라크라운드 사람들."

"……"

"그리고 나는 명예욕이 있는 건지, 로렌스 가문이 다시 라크라운드 사람들에게 사랑받는 가문이 되었으면 해. 그러니…… 내 생각은 그래. 왕실이었던 로렌스가와 의회를 분리하는 이 일이, 우리의 명예를 지켜 줄 것이라 믿어. 그래서란다."

로렌스 가문의 문장에는 명예를 의미하는 고대어가 적혀 있었다. 그것은 세상이 변해도 변하지 않을 로렌스 가문의 가장 큰 가치였다.

에쉬가 그녀를 노려보며 말했다.

"네 행동의 어디가 명예를 지키는 행동이지?"

"에쉬, 내 남편인 윈터 경께서 낸 돈의 대가가 뭐였는지 기억해?"

"알지. 이방인 주제에 공작 작위를 가지고 싶어 했다는 걸 어떻게 잊겠어."

"그래. 그거."

바이올렛이 그를 주시하며 말을 이었다.

"그걸 안 줬다면, 돈을 돌려주든지 미안해하든지 했어야 해."

"감히 왕족인 너와 결혼하게 해 준 것만으로도 감지덕지지."

그의 말에 바이올렛이 기가 차다는 듯 헛웃음지었다.

"그걸 공으로 친다면 네 공이 아니라, 내 공이지. 원래대로라면 아버지 돌아가신 후 바로 왕위를 이어받았을 네가 해결했어야 할 문제였어."

바이올렛이 빤히 에쉬를 보며 말을 이었다.

"고마운 줄도 모르고 속물이라느니, 이방인이라느니 모욕만 하다니……. 짐승도 은인에 대한 고마움은 알 텐데. 지금이라도 너에게 고마워하는 법을 가르쳐야 할 것 같아. 그러니 당장 고맙다는 인사를 들어야겠군."

안 그래도 윈터가 속을 뒤집어 놓았는데, 거기에 바이올렛이 불을 붙이자 에쉬가 분을 못 참고 들고 있던 붉은 와인을 바이올렛에게 끼얹었다.

분을 못 참고 한 제 행동에 에쉬가 더 놀라 잔을 내려놓았다.

반면 정작 와인을 맞은 바이올렛은 에쉬가 실수하길 바라고 모질게 말하던 차라, 이 정도면 양호했다고 여겼다.

왕족이 이런 행동을 하는 것은 저지른 본인에게 몇 배로 되돌아온다는 것을 그녀뿐만 아니라 테이블에 앉은 모두가 알고 있었다.

그 생각을 증명하듯, 그 자리에서 제 자식들을 제외하면 가장 서열이 높은 엘라가 몸을 일으켜 에쉬에게 말했다.

"에쉬 로렌스."

"네, 어머니."

당연히 제 방어를 해주리라, 에쉬가 기대하고 있을 때 엘라가 냉정한 목소리로 말했다.

"넌 이 자리에 있을 자격도, 투표할 자격도 없다. 당장 여길 떠나렴."

그녀의 떨림이 섞인 명령에 순간 자리가 고요해졌다.

에쉬는 표정이 있는 대로 일그러졌으나, 이것은 명백한 그의 실수였다. 가문 사람들이 보는 앞에서, 선왕의 적녀인 바이올렛에게 와인을 뿌린 것은 로렌스가 전체에 대한 모욕이었다.

에쉬가 제 편을 한 번 훑어본 후, 굳은 표정으로 휙 돌아서 버렸다.

그가 사라지기 무섭게 사방에서 신음 소리가 들리고, 안젤라가 급하게 벤자민의 포켓에서 손수건을 뽑아 달려왔다.

"바이올렛!"

"아, 고마워. 안젤라."

바이올렛이 눈으로 떨어지는 와인에 눈을 뜨지 못하고 소리가 나는 쪽을 보았다. 안젤라가 손수건으로 얼굴을 닦아 주는 사이 아론이 소리쳤다.

"집사! 안주인을 모셔 주게!"

그의 말을 듣자마자 룰루가 달려왔다. 그녀는 바이올렛의 머리칼과 옷을 적신 와인에 기겁을 해서 하인 하나에게 목욕물 준비를 전하라 부탁한 후 바이올렛을 살폈다.

"어, 어서 씻으셔야겠어요. 아이고, 이걸 어쩜 좋아요……."

"괜찮네. 고작 와인인걸?"

"고작 와인은요! 이거 큰일 났네. 젠이 알면 울 텐데요. 아! 게다가 대표님 아시면 집이 발칵 뒤집어질 건데!"

"아…… 남편에겐 비밀로 해야겠네."

이야기하며 바이올렛이 룰루를 따라서 욕실로 향했다.

룰루가 바로 사람을 보낸 덕에 끓인 물을 가져다 욕조 물 온도를 맞추던 젠의 눈이 휘둥그레졌다.

"이, 이게 뭐예요, 작은 마님?"

"별것 아니야."

"뭐가 별거 아니에요! 세상에, 도대체 누가 우리 귀한 작은 마님한테!"

젠이 정말로 울기 직전이라 룰루가 손으로는 바쁘게 바이올렛의 머리칼을 고정한 핀을 뽑고 눈으로는 젠을 달래느라 정신이 없었다.

"방금 내가 보니까 에쉬 도련님은 벌써 쫓겨나셨더라고."

"진짜 못됐어요. 못돼도 너무 못됐어요! 어떻게 우리 작은 마님이랑 남매일 수가 있어요. 기분 나빠요! 양심이 있으면 알아서 얼굴도 안 닮게 조심했어야죠!"

젠이 울먹울먹거리며 말하자 바이올렛이 당황해서 그녀를 토닥였다.

"그래, 그래. 정말 못됐구나. 내가 나중에 크게 화낼게."

"정말이죠? 꼭이에요……."

"그러엄. 꼭 화낼 거야. 엄청 크게."

바이올렛이 장담한 덕에 겨우 젠이 고개를 끄덕거렸다. 룰루가 안쓰러워하더니 핀을 내려놓고 말했다.

"전 그럼 가서 상황 보고 올게요."

"응. 고맙네, 룰루."

룰루가 떠나고, 바이올렛이 욕조에 들어가자 젠이 여전히 눈물이 그렁그렁해서 그녀의 금발을 감기기 시작했다.

"그래도 유일하게 좋은 점은 있어요."

"그러니?"

바이올렛이 안심해 묻자 젠이 말했다.

"저 드레스는 근사하긴 한데, 무도회 드레스는 다른 걸 입으셨으면 했거든요. 그 진한 다홍색이요."

"아, 그거 참 예쁘던데. 그래도 너무 화사하지 않을까?"

"하나도요. 다들 화려하게 입으셨던데요, 뭐. 그리고 밤에 파티 시작되면 가문 분들의 손님들도 몇 분씩 더 오시잖아요. 소문 속 저택의 첫 정원 파티니 다들 대단하게 차려입고 올걸요?"

"많이 기대할까? 작은 파티인데 걱정이구나."

바이올렛이 걱정스러운 표정을 지었다.

그녀는 자신이 주도하는 일들을 여러 번 곱씹는 사람이었으므로, 담담한 척 있었을 뿐 손발이 긴장으로 차갑게 얼어 있었다.

옳은 일이라 믿으며 사람을 모으고, 회의를 요청했다. 그러나 회의를 하는 내내 제 선택이 옳았는지에 대한 염려가 쉼 없이 머릿속으로 흘러들었다.

그래서인지 이렇게 욕조에 누워 있게 된 것이 나쁘지만도 않게 느껴졌다. 게다가 에쉬까지 쫓겨났으니 와인 정도는 맞아 줄 수 있었다.

와인을 닦아 내고 머리칼을 잘 말린 후 젠이 바라던 다홍색 드레스를 차려입었다. 여러 겹으로 이루어진 화려한 드레스에 늘어뜨린 머리칼은 한 갈래로 땋아 한쪽 어깨로 내리고 여러 개의 보석을 사이사이 끼워 넣어 장식했다.

훌쩍거리다 말고 치장에 집중하던 젠이 한참이 지나서야 바이올렛에게서 손을 뗐다. 젠이 헤헤 웃으며 말했다.

"급하게 한 것치곤 아주 마음에 들어요."

"정말이네. 젠은 정말 솜씨가 좋구나. 고마워."

바이올렛이 거울을 보며 즐거운 얼굴로 말하고는 다시 정원으로 나가려 발코니에 섰다. 그녀를 에스코트하기 위해 기다리던 아론이 계단을 다섯 개 정도만 올라와 말했다.

"바이올렛 누님, 회의가 끝났습니다."

"그랬니? 중간에 일어나 미안하구나."

"사과는 누님께서 받으셔야지요. 전 사는 동안…… 에쉬 형님의 좋은 면만 보려고 애쓰고 살았던 것 같아요."

그의 말에 바이올렛이 저도 모르게 웃었다. 로렌스가에서 태어난 이상 왕위 계승자를 신뢰하는 것은 의무에 가까웠으리라는 것을 그녀 자신이 가장 잘 알았다.

"이제 열일곱인데, 사는 동안이라는 말을 하니 재미있구나."

"그러는 누님은 몇 살이나 더 되셨다고요?"

아론이 받아치고는 에스코트를 하기 위해 손을 내밀었다. 바이올렛이 미소를 지으며 계단을 내려가 그의 손에 손을 얹었다.

바이올렛이 계단을 내려가니 엘라가 서늘하게까지 느껴지는 냉정한 얼굴로 서 있었다. 아론이 인사를 하고 자리를 비워 준 후, 엘라가 입을 열었다.

"뜻대로 된 것 같구나, 바이올렛."

"저 대신 회의를 진행해 주셨나요?"

"남편의 뜻이니까."

"제 뜻이기도 하고요."

바이올렛이 나지막이 덧붙였다.

아론이 인사하고 먼저 떠난 후, 말문이 막혀 있던 엘라가 다시 입을 열었다.

"계승식 이후로, 생각을 많이 해 봤는데."

"무슨 생각이요?"

"도대체 어떻게 에쉬가 너에게 폭력을 휘두를 수 있는지. 로렌스가에는 그런 사내가 없지 않니."

그녀의 말에 바이올렛이 말없이 미소 지었다. 엘라가 말을 이었다.

"생각하다 보니, 그 생각만 하고 있더구나. 그 애가 왜 그랬을까."

"……."

"네 기분이 어땠을까. 그건 한참 뒤에나 궁금해지는 걸 보고 내가 너희를 그렇게 키웠구나, 싶더구나."

"……그러셨군요."

"이제는 알았으니 네 걱정부터 할게. 이제는 좀 더 자주 만나서 이야기도 나누고 하지 않으련? 같이 여행이라도 가 보면 좋겠구나."

엘라의 말에 바이올렛이 어머니를 보았다. 그리고 언젠가, 윈터에게 몇 번이고 했던 말을 어머니에게도 전했다.

"늦은 것 같아요, 어머니. 세상에는 타이밍이라는 것이 있잖아요."

"늦다니. 너에 비해선 적지만 나도 아직 살날이 많이 남았단다."

"그건 맞는 말씀이지만. 늦었다는 건 같아요. 남편의 혈통이 아니었다면…… 어머니는 아마 제가 고작 남부 생활도 못 견뎌 포기했다고 생각하셨을 거예요. 슬퍼하셨겠지만…… 그래도요."

"그게 무슨 불길한 소리니?

늦었다고는 말했으나, 바이올렛은 잠시 어린아이 같은 얼굴이 되어 투정하듯 말했다.

"그때는 정말로 힘들었어요."

엘라가 한숨을 쉬었다.

"그래. 세상에 힘들지 않은 삶이 어디 있겠니?"

그녀의 말에 바이올렛이 웃었다. 그러고는 고개를 조금 숙이고 자신의 테이블로 돌아갔다.

멈춰 선 엘라는 잠시 생각하다가 지난번에 벽장 이야기를 해 준 적 있던 플립을 발견해 그의 팔을 붙잡았다.

"자네."

"예."

플립이 곧장 고개를 숙이자 엘라가 물었다.

"설마 바이올렛이…… 뭐, 나쁜 마음이라도 먹은 적이 있는 겐가?"

"무슨 말씀이신지……."

"하도 힘들었다 하기에. 물론 벽장 일이 수치스럽고 괴로웠겠지만 그 애는 단단한 아이니까."

그녀의 말에 뜸을 들인 플립이 고개를 끄덕였다.

"예."

"무슨 대답이 그렇게 간결한가. 질문은 길었는데."

"작은 마님께서 계시던 별장에서 탄알이 없어진 적이 있습니다. 그날 스스로를 해하셨다고 작은 마님께 들었습니다."

그 말에 엘라가 저도 모르게 웃었다. 상황을 완전히 부정하려는 심리에서 나온 웃음이었다.

"자네 무슨 꿈이라도 꾼 것 아닌가? 저리 멀쩡히 돌아다니는 아이에게 어떻게 그런 소릴."

"카닉 일족의 혈통 중에 그런 상황에서 배우자와 몸이 바뀌는 경우가 있는 모양입니다. 그날따라 어쩐지 작은 마님 행동이 다르다고 느꼈는데, 아마 몸이 바뀌셨던 것 같습니다."

"……."

"벽장에 갇히셨던 그날이었습니다."

엘라의 얼굴이 하얘졌다가, 곧 고상한 얼굴로 돌아와 말했다.

"말도 안 되는 소리 말게. 죽으려 했는데 죽지 않고 몸이 바뀌기라도 했다는 겐가? 아무리 내가 이방인을 잘 모른다고 아무 말이나 믿을까?"

플립이 고개를 푹 숙였다.

"죄송합니다."

다른 변명도, 보충 설명도 없었다. 엘라가 비틀거리자 플립이 곧바로 부축하며 물었다.

"대표님께서 마련해 두신 방이 있습니다. 잠시 쉬시겠습니까?"

"그래…… 쉬었다 먼저 가야겠네. 바이올렛에게 먼저 떠난다고 말해 주게."

"예."

플립이 정중히 대답하고 근처에 있던 하녀를 손짓해 불렀다.

"부인을 침실로 모셔 주겠어?"

"응. 그렇게, 플립."

하녀가 대답하고 엘라를 부축했다. 얼굴이 하얗게 질린 엘라는 침실로 가고 있는 것도 모를 정도로 넋이 나가 있었다.

침실에 들어선 엘라는 곧장 침대에 누웠다. 화려한 침실은 윈터가 혹여나 아내가 어머니를 모셔 오는 날이 있을까 하여 비워 둔 곳이었다.

그녀는 믿을 수 없는 플립의 말을 여러 번 곱씹었다. 그리고 넋이 나가 거칠게 호흡을 떨며 두 손으로 얼굴을 감쌌다.

딸을 사랑했다. 단 한 순간도 그러지 않았던 적이 없었다.

다만 더 중요하게 여겼던 것이 왕위 계승자인 에쉬였을 뿐이었다.

큰아들이 어려서 세상을 떠나 주지 못했던 사랑까지 전부 다 그 애에게 주었다. 그리운 큰아들을 떠올리면 둘째 아들을 잃지 말아야겠다는 욕심이 생겼다.

딸은 늘 알아서 무엇이든 잘하는 아이로 알았다. 그렇게 알고 에쉬를 바라보고 있는 사이, 바이올렛은 절벽에 서서 손을 흔들고 있었다.

제 어머니가 한 번이라도 돌아봐 주었다면 그 애가 계속 그곳에 있었을까.

엘라는 바이올렛이 남부에서 저를 만나러 왔던 날을 떠올렸다.

그럴 리가 없었다. 그렇게 몰려 있는데도 어미인 제가 몰랐을 리가 없다. 정말, 몰랐을 리가 없다고 생각했는데.

아무리 생각해 보아도 고립된 것이 힘들다고 말하던 바이올렛의 표정이 떠오르지 않았다.

그날, 아들 걱정에 바이올렛을 염려하지 않았던 것이다.

"늦었구나."

엘라가 두 손으로 얼굴을 감싸며 울음을 터트렸다.

딸아이가 사무치게 가여웠다.

❋ ❄ ❋

바이올렛이 테이블에 도착했을 때, 그곳은 회의가 끝났다는 소식에 몰려 들어온 기자들로 둘러싸여 있었다. 플립에게 어머니가 쉬다 가 먼저 떠나리라는 이야기를 들었다. 그녀는 고개를 끄덕인 후, 테이블 앞에 섰다.

"회의가 끝났다고 들었습니다."

"그래, 끝났단다."

메리가 못마땅한 표정으로 대꾸했다. 바이올렛이 미소를 지었다.

"어려운 자리에 초대드려 죄송하고, 감사합니다. 결정이 나는 대로 바로 파티를 시작할 겁니다. 들으셨다시피 전 아직 파티를 주최하는 데 미숙해 부족한 점이 있을 겁니다. 고민 없이 저에게 말해 주시면 제가…… 아니, 제 남편이 어떻게든 구해 볼 겁니다. 못 구하는 게 없 는 사람이니."

그녀의 가벼운 농담에 다행히 사람들이 유쾌하게 웃었다.

바이올렛이 가만히 모으고 있던 두 손 중 오른손을 들며 말했다.

"그럼 로렌스가의 의석을 선출직으로 내놓는 것에 찬성하시는 분들 은 손을 들어 주시기 바랍니다."

그녀의 말이 끝나자 하나씩 손을 들기 시작했다. 그리고 마지막 제 프까지, 로렌스가 사람 전원이 손을 들었다.

바이올렛은 그 모습을 잠시 바라보았고, 그사이 급하게 기사를 적 은 기자 몇이 전속력으로 달려 나가며 가벼운 소란이 일었다.

"로렌스가는 의석 세 개를 포기하는 것으로 결론이 났군요. 그럼 나 머지 결정은 의회에 맡기고, 이제부터…… 편안히 파티를 즐겨 주시면 됩니다. 늦은 시간까지 회의에 참석해 주셔서 감사합니다."

바이올렛이 말을 마치자 곧 기다렸다는 듯이 어두운 밤의 정원, 나 무에 감아 두었던 전구에 전부 불이 켜졌다.

"어머나!"

생각보다 너무도 밝은 빛에 남아 있던 기자들이며 로렌스가 사람들 모두 눈이 휘둥그레졌다. 그 불빛에 놀라움이 다 끝나기도 전에, 폭죽이 하늘을 수놓았다. 누가 보아도 확연히 파티가 시작되었다는 신호탄이었다.

곧 테이블 위가 근사한 파티 음식들로 채워지고, 사용인들이 샴페인 잔을 서빙했다.

바이올렛은 준비한 적 없는 불꽃놀이를 놀란 눈으로 돌아보고 있었다. 그때, 그녀의 허리가 가볍게 팔로 감싸였다.

"밖에 사람들이 좋아서 난리가 났더군. 몰랐는데 되게 기대했나 봐. 의석."

윈터의 목소리가 들리는 순간 바이올렛은 몸에서 힘이 풀리는 것을 느꼈다.

윈터가 떨림마저 느껴지는 바이올렛을 부축하며 핀잔했다.

"하여튼 우리 공주님은 이게 문제야. 체력 좀 남겨 놓고 다녀."

"당신은 정말 인사부터 하기를 싫어하는 사람이네요."

"당신처럼 성실하게 잔소리하는 사람도 없지. 보통은 포기할 텐데."

"이런 간단한 인사도 인사치레라고 생각하나요?"

"나 같은 놈은 당신밖에 못 고칠 거라는 뜻이었는데?"

윈터가 놀리듯이 말했다.

곧바로 정원에서 파티가 시작되고, 테이블에는 다양한 과일과 술이 담긴 크리스털 디캔터가 놓였다. 바이올렛은 파티에 참여할 손님들을 맞이하기 위해 문으로 향했다.

베일에 싸여 있던 정원에서 열리는 첫 파티였으므로, 참석자들은 초대를 받았다는 사실만으로도 자부심에 차 있었다. 바이올렛은 다정한 인사로 그들을 맞이했다.

손님맞이까지 끝나고서야 바이올렛에게도 여유가 생겼다. 밤이 되어 저택을 둘러싸던 사람들도, 기자들도 돌아갔으나 바이올렛은 잠시 문 앞에 서 있었다.

윈터가 따듯하게 덥힌 와인을 그녀에게 쥐어 주며 물었다.

"왜 여기 있어?"

"아, 따듯하다."

바이올렛이 두 손으로 따듯한 컵을 감싸 들며 말했다.

"앞으로 어떻게 되려는지 좀 무서워요."

"무서워?"

"급한 불은 껐다고 생각해요. 과거로 돌아가는 건 이상한 일이니까. 그렇지만 너무 이른 건 아닐까. 내가 너무 결과만 생각한 건 아닌가. 내가 맞게 하고 있는 건가……."

바이올렛의 혼잣말에 윈터가 픽 웃었다.

"당신이 틀렸으면 이제 와서 어쩌게?"

"그러게 말이에요. 난 어쩌려고 자꾸 저질러 놓고 걱정하는지 모르겠어요. 한심하게."

"한심하다고? 내가 살면서 본 한심함과 가장 거리가 먼 사람이 당신…… 아, 솔직히 아직도 브로콜리 밀어 놓을 땐 좀 한심해. 초록색으로 된 것 좀 먹어. 애야?"

갑자기 식습관 잔소리로 빠지자 바이올렛이 멈칫했다.

"먹고 있어요. 정말로."

"당근은?"

"브로콜리를 먹기로 한 거잖아요. 당근은 먹고 싶을 때만 먹겠어요."

바이올렛은 당근도 그다지 좋아하지 않아 단호하게 거절했다. 그녀의 아이 같은 면이 귀여워 웃던 윈터는 이내, 어딘지 멋쩍은 목소리로 물었다.

"내가 영향이 있나?"

"네?"

"의석을 귀족이 아닌 사람들에게 준 거. 내가…… 이방인인 게 영향이 있나? 당신이 광산에 갔을 때처럼."

그는 왠지 자화자찬하는 기분이 들어 뒷목이 화끈거렸으나, 바이올렛은 그렇게 들리지 않았는지 정말로 진지하게 고민을 했다.

"음. 그럴지도 모르겠네요. 아니, 생각해 보니 확실히 그렇군요."

"그거 미안해지는군."

"난 당신 덕에 많은 사람을 만났어요. 그 과정에서 정치에 참여하는 게 귀족뿐이어선 안 된다고 생각하게 된 것뿐이에요. 당신이 미안해할 부분이 어디에 있죠?"

바이올렛은 정말로 의아한지, 밤에도 낮의 바다처럼 반짝거리는 두 눈으로 윈터를 바라보았다. 윈터는 또 다시 어디선가 아득하게 종소리가 들려오는 것을 느끼며 바이올렛의 몸을 정원 방향으로 돌렸다.

"그래, 그건 당신 말이 다 맞는 걸로 하고. 자, 파티를 열어 놓고 여기 있으면 안 되지. 이제부터 회사에서 가져온 초콜릿을 깰 거야. 가자."

"초콜릿이요?"

"우리 공주님은 장점이 많지만 파티를 재미있게 열어 줄 사람 같진 않거든."

"나를 별로 못 믿는군요? 말도 없이 비행선을 띄우질 않나……"

그녀의 말에 윈터가 기가 차다는 듯 말했다.

"별로라니? 전혀 못 믿지."

이야기하는 사이 두 사람이 정원으로 들어섰다.

윈터가 그녀의 드레스를 턱짓하며 물었다.

"드레스 왜 갈아입었어?"

"젠이 입어 보라고 해서요."

파티에서 윈터를 욱하게 하고 싶지 않아 바이올렛이 둘러댄 말에 그가 대수롭지 않게 고개를 끄덕였다. 젠이 원했다는 게 완벽히 논리적이었던 탓이었다.

때마침 카닉사 직원 셋이 달걀 모양의 초콜릿이 산더미처럼 실린 수레를 가지고 나타났다.

"초콜릿 안에 선물이 있으니 한 분씩 가져가세요!"

"진주가 들어 있는 초콜릿도 있어요!"

진주가 들어 있다는 소식에 사람들이 즐거워하며 초콜릿을 하나씩 집어 갔다.

바이올렛은 마시는 시늉만 하던 와인을 내려놓고, 초콜릿을 하나 집었다. 그리고 옆에서 윈터가 하듯이 한 부분을 깨물어 보니 그 안에 돌돌 만 종이가 있었다. 그 종이를 열어 보니 수도 호텔 숙박권이었다.

"내 아내에겐 그것보단 초콜릿이 가치 있겠군."

윈터는 못마땅해했지만 바이올렛은 기쁜 표정이었다.

"하지만 선물 중에는 좋은 선물이죠?"

"값어치로 따지면 높은 편이지."

윈터가 대꾸하는데 여기저기서 즐거운 탄성이 들렸다.

"수도 호텔 식사권이네요!"

"내 것도 식사…… 어머, 이건 숙박권이군요?"

식사권이나 숙박권, 또는 호텔에서 어메니티로 계약하고 있는 명가의 향수 교환권도 있었다.

다들 무엇이 나오든 행복해 웃음이 사라지질 않았다. 그때, 오늘 겨우 두 번째 파티라 단단히 얼어 있던 소녀가 저도 모르게 소리쳤다.

"여, 여기 진주 반지가!"

모든 사람이 소녀에게 몰려들었다.

"어머, 예뻐라……."

"보증서도 같이 들어 있네요!"

갑자기 주목을 받게 된 소녀가 부끄러워하며 진주 반지를 끼워 보았다. 여성 평균 사이즈로 만든 반지는 소녀의 약지에 딱 맞았다.

모두가 기뻐하는 모습에 바이올렛이 인정하고 미소를 지었다.

"고마워요. 아까 폭죽 준비해 준 것도요. 놀랐어요."

"비행선도 사실 고맙지?"

"그건 아니에요."

"이해가 안 가네. 당신은 비행선을 좋아하잖아."

윈터가 태연한 얼굴로 말했다.

바이올렛은 즐거운 얼굴로 사람들 사이를 다니며 윈터를 소개해 주었다. 바이올렛의 사촌 안젤라가 반가워하는 얼굴로 윈터에게 인사했다.

"윈터 경, 소문대로 키가 아주 크시네요."

"별게 다 소문이 나는군요."

"둘이 참…… 어울리네요."

안젤라는 그렇게 말하고 살짝 바이올렛의 눈치를 살폈다.

그녀는 의석을 내주는 일에 있어서 무조건적으로 바이올렛을 지지한 사람 중 하나지만, 그녀의 머릿속에는 여전히 라크라운드의 공주를 이방인과 어울린다고 말해도 무례가 아닌가, 하는 걱정이 있었던 것이다.

윈터는 그 망설임을 눈치챘지만 어울린다 말하는 것조차 명문 귀족들에겐 어려울 일이라는 것 또한 알았다. 바이올렛은 안젤라의 손을 살짝 쥐고 물었다.

"정말? 잘 어울려?"

"응? 응, 잘 어울리지."

"그런 말을 별로 못 들어 봐서 그런가, 기쁘네. 고마워, 앤지."

바이올렛이 애칭을 부르며 기뻐하자 안젤라가 안도해 미소를 지었다. 바이올렛이 벤자민을 가리키며 말했다.

"두 사람도 아주 잘 어울려요. 하지만 회의 중에 그런 행동은 자중해 주셨으면 해요. 두 분 다."

"예, 예? 보, 보셨습니까? 그러니까, 앤지! 내가 보인다고 했잖아요!"

벤자민이 얼굴이 확 붉어져 말하자 안젤라가 '어머' 하고 부끄러워했다.

손님들에게 인사를 마치고, 그리 긴 시간이 지나지 않아 바이올렛과 윈터는 저택으로 돌아왔다. 바이올렛이 긴 회의에 지쳐 있는 걸 안 윈터가 반강제로 데리고 들어온 탓이었다.

바이올렛의 방이 정원과 연결되어 있어 정원 파티 중에는 다소 시끄러웠으므로 그들은 가장 안쪽, 이 저택에 온 이후 거의 사용하지 않은 부부 침실로 들어갔다.

느긋하게 잠자리에 들 준비를 한 뒤, 두 사람이 지쳐서 침대에 풀썩 누웠다.

윈터가 바이올렛의 머리칼을 만지작거리며 물었다.

"당신 그 사촌 부부와 점심이라도 같이할까? 친해 보이던데."

"웬일이에요? 마음에 들어요?"

"그럭저럭."

윈터는 미혼 남자를 제외한 바이올렛의 주변 사람들에게 굉장히 후한 편이었다. 자기도 같이 친해지려고 드는 것이 보였다. 바이올렛은 그의 그런 면이 귀엽다고 생각했다.

그가 말을 이었다.

"그나저나 술을 아예 안 마시더군. 따뜻한 와인조차도."

"당분간은 술을 안 마시려고요."

바이올렛의 차분한 대답에 윈터가 잠시 생각하다 물었다.

"왜?"

"그냥…… 별로 마시고 싶지 않아요."

그녀의 확고함에 윈터의 표정이 어두워졌다.

윈터는 저도 모르게 바이올렛이 특별히 유혹하던 날들을 떠올렸다. 꽉 막혔던 그녀가 유혹을 시도할 때마다 윈터의 충격은 이루 말할 수 없이 컸으므로 당연히 전부 기억할 수 있었다.

"윈터?"

그는 날짜를 계산해 보느라 바이올렛이 불렀음에도 대답하지 않았다. 몇 달 되지도 않으니 계산할 것도 없었다. 아내는 아이를 가질 생각으로 일정한 주기마다 시도를 하고 있었다.

"윈터, 표정이 왜 그래요?"

바이올렛이 팔을 감싸고 나서야 윈터가 막막한 얼굴로 그녀를 보았다.

그녀가 희망을 갖는 것까지 뭐라 말할 수는 없는 노릇이었다.

윈터는 바이올렛이 돌아오리라는 불투명한 희망을 가지고 1년을 버텼었다. 그리고 그것이 영원히 불가능하다는 것을 알게 되는 순간 바로 모든 것을 포기했었다.

지금, 아내의 희망을 보고 나니 그의 머릿속이 새카매졌다. 그는 두려움으로 쿵쾅거리기 시작하는 마음을 필사적으로 붙잡고 바이올렛의 손을 잡아 제 쪽으로 당겼다.

바짝 달라붙어 오는 그의 뜨거운 몸에 바이올렛이 당황한 표정을 지었다. 그녀의 몸이 침대에 눕혀지고, 윈터가 침대에 한쪽 무릎을 걸쳤다.

"왜 그래요, 윈터."

아이가 그렇게 필요해? 내가 영원히 아이를 주지 못하면 어떻게 할 거지?

희망이 사라지면, 그게 불가능하다면. 당신은 날 포기하게 될까.

윈터가 저도 모르게 바이올렛의 양 손목을 움켜쥐고는 그녀의 머리 위에 잡아 눌렀다.

그의 커다란 손에 손목 두 개가 다 쥐여 잡혔다. 바이올렛은 그가 저를 위협하는 건 불가능하다고 생각했으므로, 그저 평소와 다른 행동을 하는 게 이상한지 손목을 비틀었다.

"윈터, 취했어요?"

"……."

"이거 놓고 대답 좀 해요."

살짝 그녀의 언성이 높아지자 윈터가 놀라서 손을 놓고 몸을 일으켰다. 그러더니 무척 당황한 얼굴로 제 목을 슥슥 문지르고 뒷걸음질 쳤다.

"미안."

"뭐가 미안하다는 거예요?"

"어…… 몸이 안 좋아. 당신한테 옮길 것 같으니 내 방으로 가지."

"몸이 안 좋으면 더더욱 같이 있어요."

"혼자 있고 싶어."

윈터가 말을 마치고는 도망치듯 그녀의 방을 나왔다. 그리고 혹시 바이올렛이 따라올까 멈추지 못하고 제 침실로 달려 들어갔다.

역시 이건 사랑이 아닐 것이다. 그녀를 믿지 못해 툭하면 떠나는 상상을 하고, 그럴 때마다 온몸이 차갑게 식어서 지금부터 미리 가둬 놔야 하는 건 아닐까 불안해했다.

문에 기대 주저앉은 윈터가 두 손을 꽉 힘주어 쥐며 중얼거렸다.

"아내는 날 떠나지 않아. 겨우 아이 때문에 떠나지는 않을 거야."

그는 그렇게 중얼거렸으나 라크라운드에서 아이가 생기지 않는 것은 매우 큰 이혼 사유라는 것을 알고 있었다. 심지어는 오히려 서로가 맞지 않는 것 아니냐며 주변 사람들까지 이혼을 종용하는 게 이곳의 분위기였다.

그는 사막에 쓰러진 것처럼 식도 전체가 타들어 가는 기분을 느꼈다. 그는 지극히 현실적인 사람이었고, 기적은 일어나지 않는다는 것을 성장하는 동안 온몸으로 배워왔다. 그러나 지금, 그는 진심으로 기적을 바랐다.

윈터는 발작하듯 급격히 거칠어지는 숨을 진정하기 어려웠다. 그가 몇 번이고 크게 숨을 내쉬어도 답답하게 느껴져 괴로워할 때 노크 소리가 들렸다.

"윈터."

문 뒤에서 바이올렛의 목소리가 들렸다. 윈터가 문에 머리를 기대고 대답하지 않으니 바이올렛이 말을 이었다.

"갑자기…… 걱정이 돼요."

"걱정? 무슨 걱정?"

윈터가 가까스로 목소리를 가다듬고 되묻자 바이올렛이 잠시 생각하다 입을 열었다.

"전구를 보니까요. 이제 촛대 만드는 사람들은 뭘 해야 하나."

그녀의 실없는 소리에 괴로워하던 윈터의 눈꼬리가 조금 휘어졌다.

"그걸 왜 당신이 걱정해. 자기 앞가림은 자기가 해야지. 돈 버는 게 뭐가 어렵다고."

"해결이 아니라, 걱정만 하려고요. 같이 걱정해 줄래요?"

그녀다운 핑계에 윈터가 저도 모르게 웃었으나 숨은 더더욱 곤란해졌다.

잠시 후, 바이올렛이 문을 열고 안으로 들어서더니 윈터의 앞에 앉았다. 그러더니 진지한 얼굴로 물었다.

"갑자기 정말로 걱정이 되기 시작하네요. 어떡하죠?"

"다른 일 하면 된다니까."

"당신한테나 쉽죠. 당신은 능력이 있으니까."

바이올렛이 핀잔하더니 낯빛이 좋지 않은 윈터의 머리칼을 손으로 부드럽게 쓸어 넘겼다.

"같이 자요. 걱정돼서 잠이 안 와요."

"……."

"윈터. 왜 자꾸 이렇게 불안한 표정을 지어요?"

바이올렛이 묻자 윈터가 그녀 쪽으로 고개를 조금 가까이 하며 말했다.

"내가 주고 싶어 하는 것들 좀 다 받아 줘."

"네?"

"내가 뭐 하나 살 때마다 언제 당신에게 주나 걱정하게 하지 말고. 그냥 당신 주고 싶은 거 다 주게 해 줘."

"……갑자기 왜요?"

"나는 스물아홉까지 그렇게 살았잖아. 다섯 살부터 일을 해야 밥을 얻어먹고 맞지 않았어. 스물아홉까지는 돈을 퍼부어야 부모가 날 보고 웃었어. 그게…… 남이 보기엔 한심할지 몰라도 나에겐 균형이었어."

"……."

"나에게 물질을 뺀 사랑은 불가능해. 예측이 안 되니 불안하고 괴로워. 그러니 당신도 그래 주면 좋겠어. 다른 어떤 것보다 돈이 좋아서, 그래서 날 사랑해 주는 거였으면 좋겠어."

"……."

"당신 눈엔 그게 불쌍해 보일지 몰라도, 나는 안전하다고 느낄 거야."

바이올렛이 윈터의 어두운 눈빛을 바라보았다. 그러다 조용히 물었다.

"왜 그런 생각을 해요? 내가 당신이 불안해할 말이라도 했나요?"

"아이를 바라잖아."

"바라는 건 괜찮다고, 당신이 그랬잖아요."

"심지어 노력하잖아."

그의 상처받은 목소리에 바이올렛이 멈칫했다.

"……어떻게 알았어요?"

"어떻게 몰라. 불을 끄지 않으면 잠자리도 안 하려던 사람이 내 앞

67

에서 직접 옷을 벗는데."

바이올렛은 이제야 그의 불안함이 어디서 왔는지를 알아차리고, '아차' 하는 표정을 지었다.

"그게 불안했군요."

바이올렛이 그의 팔을 다독이자 윈터가 중얼거렸다.

"한심하게도."

"한심하지 않아요. 불안한 게 왜 한심하죠? 나도 자주 불안해요."

"여자는 불안할 상황이 많잖아. 난 아니야."

"윈터."

"응."

바이올렛이 입술이 하얘지도록 힘주어 물었다가, 한숨을 쉬고 말했다.

"당신의 이부동생이 그랬어요. 우리 사이에 아이가 태어나는 게 가능할지도 모른다고. 아주, 아주 적은 확률이지만 가능할 수도 있다고."

"······어?"

"당신에게 숨겨서 미안해요. 이렇게 불안해할 거라고는 생각도 못 했어요. 정말 미안해요. 난 그냥······ 당신을 실망하게 하고 싶지 않았어요. 내가 틀렸어요."

"······."

"이제 당신에게 비밀 같은 거 안 만들게요."

바이올렛이 달래듯 말하는데 그 말뜻을 한 박자 늦게 이해한 윈터가 벌떡 일어서더니 두 손으로 얼굴을 감쌌다.

"아, 젠장. 숨을 못 쉬겠네. 그랬어? 확실하대?"

"아뇨, 확실하진 않아요. 그러니까 비밀로 한 거라고요."

"가능성이 있는 게 확실하냐는 말이었어."

"좀 더 정확히 알고 싶다면 당신 말대로 알리카에 가 보는 게 좋겠죠."

윈터가 허공을 보며 숨을 크게 쉬더니 바이올렛을 끌어안았다. 그러고는 손을 덜덜 떨면서도 농담조로 물었다.

"당신 닮아야 되는데, 나 닮으면 어떡하지?"

"이렇게 기대할까 봐 말을 못 한 거예요."

"은발이거나 회색 눈이면 어떡해."

그가 제 성격답게 마구잡이로 앞서가자 걱정하던 바이올렛이 곧 별수 없다는 듯 웃었다.

"내가 사랑에 빠지겠죠."

"……"

바이올렛의 대꾸에 윈터가 말문이 막혔다가 곧 인상을 쓰며 물었다.

"그렇게 말하는 거 어디서 배웠어? 타고난 바람둥이야, 아주."

"바람둥이요? 내가요?"

"그렇잖아. 어떻게 말 한마디로 내 기분을 이렇게 들었다 놨다 해? 사춘기 꼬마도 이 정도는 아니겠어."

윈터가 순식간에 만취한 것처럼 벌게진 얼굴을 두 손으로 벅벅 문지르더니 바이올렛의 허리를 두 손으로 붙잡아 벽 쪽으로 그녀를 돌려 등을 기대게 했다. 그러자 바이올렛이 동그래진 눈으로 말했다.

"설마 지금 아이 만들자고 할 건 아니죠?"

"왜 아니야."

"지금은 아니에요. 가임기는 이틀은 더 있어야……."

"이틀 가지고 뭐라고 하지 마, 꽉 막힌 공주님."

금방 기분이 되돌아온 윈터 덕에 바이올렛이 당황하자 윈터가 협상하듯 말했다.

"아기 만드는 거 아니야. 그냥 하고 싶어서 하는 거야. 그럼 됐어?"

"되긴 뭐가…… 술 마셨잖아요."

"안 마셨는데."

"아까 부부 침실에서 취한 것처럼 굴었잖아요."

"아, 그거. 내가 또 그러면 두들겨 패."

윈터가 그리 말하고는 그녀의 턱을 손으로 감싸 입을 맞췄다. 당황하던 바이올렛이 입맞춤만은 좋은지 곧 살짝 입술을 열었다.

그녀가 키 차이를 극복하기 위해 발꿈치를 들어 가며 그의 목을 끌어안자 잠시 키스를 멈춘 윈터가 입술을 댄 채로 키득거렸다.

"바이올렛. 내 몸은 아무 곳이나 만져도 돼."

"네?"

"맨날 그렇게 보수적인 부분만 끌어안지 않아도 된다고."

윈터가 그녀의 손을 잡아 풀어 제 등허리에 올렸다.

"어디든 만져. 당신 거니까."

"……어디든?"

그녀가 의외로 작게 되묻자 윈터가 슬쩍 웃었다.

"어디가 만지고 싶은데?"

바이올렛이 잠시 고민하더니 윈터를 그대로 밀었다. 그녀가 원하는 대로 뒷걸음을 해 침대에 쓰러져 누운 윈터가 제 배 위에 앉는 바이올렛을 보며 침을 꿀꺽 삼켰다.

바이올렛은 특유의 왕족스러운 손놀림으로 윈터의 입술을 부드럽게 누르더니 그 손을 천천히 내려 목덜미를 쓰다듬었다. 그녀의 손길에 윈터가 인상을 쓰며 이를 악물었다.

바이올렛의 손이 목과 어깨에서 한참을 머물더니 천천히 잠옷 위로 미끄러져 질 좋은 바위처럼 단단하며 매끈한 가슴팍을 쓰다듬었다.

바이올렛이 곧 부끄러운 듯 손을 떼고 말했다.

"나도 이래요?"

"뭐가?"

"이렇게 심하게…… 반응해요?"

그녀가 묻자 윈터가 그제야 긴장을 풀고 웃었다.

"아니."

"다행이군요."

"아직은."

"……아직은?"

"나중엔 모르지. 우리 공주님이 아직 덜 커서."

"무슨 말도 안 되는 소릴 하는 거죠? 난 성인이 된 지 5년이나 지났어요."

"그것 참 어른스럽군."

윈터가 놀리더니 방어적으로 꼭 모으고 있는 바이올렛의 손을 턱짓했다.

"다 만졌어?"

"다 만졌어요."

"이제 내 차례인가?"

윈터가 묻자 바이올렛이 입술을 살짝 물더니 고개를 끄덕였다.

새벽 늦게 잠들었던 윈터는 몇 시간 지나지 않아 미간을 좁히며 눈을 떴다. 그가 바이올렛의 이마에 손을 올렸다가 급히 그녀를 흔들어 깨웠다.

"바이올렛."

그녀가 움찔하더니 눈을 뜨고 윈터를 보았다.

"무슨 일이에요?"

"또 열이 나잖아."

"열이요? 그리고 '또'라니요?"

바이올렛의 말이 끝나기도 전에 윈터가 벌떡 몸을 일으켜 소리쳤다.

"의사 불러!"

즉각 밖에서 소란이 들려왔다. 곧이어 문이 열리더니 하녀들이 몰려 들어왔다. 다들 기겁을 해서 바이올렛의 상태를 살피자 그녀가 당황한 표정으로 말했다.

"남편이 아픈 걸 수도 있잖나."

그러자 바이올렛의 체온을 재려고 체온계를 물려 준 젠이 말했다.

"대표님 목소리가 누가 들어도 작은 마님께서 아프신 목소리였어요."

옆에서 다른 하녀들이 맞장구쳤다.

"맞아요. 대표님은 작은 마님 일이 아니면 놀라시는 일이 없으니까요."

바이올렛은 어린아이라도 된 기분이 들었다. 큰오빠가 세상을 떠난 날부터 내내 어른이어야 했던 그녀로서는 낯설고 당황스러운 일이었다.

잠시 후, 의사가 들어와 바이올렛을 진찰하더니 난처한 표정으로 말했다.

"평소처럼 좀 허약하신 상태입니다만, 특별히 문제가 있어 보이진 않습니다."

"다른 의사 오라고 해."

윈터가 억지를 부리자 바이올렛이 고개를 저었다.

"괜찮다는걸요."

"안 괜찮아."

윈터는 결국 의사를 쫓아낸 후 다른 의사를 데려왔고, 새 의사도 마찬가지로 특별한 문제가 없다는 것을 반복해서 확인해 준 후에야 진단을 받아들였다.

의사가 해열제를 주고 떠난 후, 바이올렛이 답답해서 몸을 일으켰다.

"난 환자가 아니라니까. 건강해요."

"말이 안 되잖아. 어떻게 봐도 비실거리는데."

"알리카에 가자면서요. 빨리 준비하고 가요, 우리."

바이올렛이 가뿐한 척 몸을 일으켰다. 그 모습을 바라보던 윈터가 한숨을 쉬더니 그녀를 붙잡아 힘으로 눕혔다. 바이올렛이 인상을 쓰자 윈터가 입을 열었다.

"당신 아픈 거 알아. 내가 총에 맞는 날부터 그랬지?"

"……."

바이올렛이 멈칫했다. 그러자 윈터가 말을 이었다.

"거기에 대해서 물어보지 않기로 약속했잖아. 그래서 물어보지 않았던 거야. 당신이 내가 보는 앞에서 얼굴이 새하얘지는데 입 다물고 있었던 거라고. 약속 때문에."

"……."

"지금은 당신이 고집부리니까 할 수 없어. 누워 있어. 내가 마저 준비할게. 예정보다 더 빨리 알리카에 가야겠어."

"……걱정했어요?"

바이올렛이 미안함과 약간의 무안함이 묻어나는 목소리로 묻자 윈터가 헛웃음 지었다.

"그걸 말이라고."

"몰랐네요. 견딜 만하다고 생각했어요."

"얼마나 아파야 견딜 만하지 않은 거라고 생각해?"

"글쎄요. 활동에 지장이 없다면 아픈 건 아니죠."

"망가졌네, 우리 공주님."

"망가지다니요?"

바이올렛이 흘기자 윈터가 쓰게 웃었다.

"아픈 걸 잘 못 받아들이잖아. 망가진 거지. 젠장, 그 망할 것들이 얼마나 사람을 몰아갔으면 아직도 이래?"

"그런 게 아니라……."

"아프다고 칭얼거려 봐."

윈터가 얼굴을 가까이 하고 말하자 바이올렛이 멈칫했다. 그리고 이내 입을 꾹 다물자 윈터가 그녀의 턱을 부드럽게 잡아 들며 말했다.

"그것도 연습해야지."

"못해요."

"나한테는 못하는 거 맨날 시키잖아."

윈터의 말이 어느 정도 맞아서 바이올렛은 한숨을 폭 쉬고 별수 없이 고개를 끄덕였다.

그녀가 우물거리더니 살짝 입을 열었다.

"아파요."

"어디가 아파?"

"열이 나나?"

그녀의 미심쩍은 목소리에 윈터가 결국 실소했다.

"왜 의문문이지?"

"연습 중에는 누구나 서툴러요. 서투른 걸 보고 비웃는 건 의욕을 꺾는단 말이에요."

"이제 안 웃을게, 다시 해."

"두통이 조금 있어요."

"조금은 빼지?"

"두통이 살짝 있어요?"

원래 부드럽게 말하기가 익숙한 바이올렛이 왜 '조금'을 빼라고 했는지 헷갈려 단어만 바꾸고 고개를 갸우뚱하자 안 웃으려 했던 윈터는 불시에 웃음이 터졌다. 그가 제 품에 얼굴을 묻고 등을 크게 들썩이며 웃자 바이올렛이 정색하고는 그의 어깨를 밀어냈다.

"안 웃는다며……."

그녀의 원망에도 윈터는 한참 동안 웃음을 참느라 애를 먹었다.

❋ ❀ ❋

알리카로 갈 준비가 거의 다 되었다.

그사이 블루밍 공작 부부가 몇 번이고 만나 달라 연락했으나, 윈터는 무시했다.

그는 극북의 알리카행을 위해 바이올렛을 포장할 담요와 여러 개의 코트를 준비했다. 동행으로는 젠을 제외하면 전부 순혈 카닉 일족의 의사, 하녀 둘에 하인 셋, 호위 다섯 명을 뽑았고 하옐까지 따라붙었다.

다행히 동행들은 모두 즐거운 얼굴이었다. 윈터는 이 여정을 위해 아낌없이 돈을 써 그들 모두 호사스러운 여행을 할 수 있었고, 상여금을 넉넉하게 챙겨 주었으며, 바이올렛이 잔소리할 것을 미리 걱정해 각자에게 고급 코트와 털신도 여러 개 제공했다.

가문 회의로부터 일주일 뒤, 일행은 대륙의 서쪽 끝, 란치아령으로 향하는 기차에 올랐다.

서쪽으로 향하는 창밖 풍경은 바이올렛이 윈터를 두고 혼자 도망치던 날을 떠올리게 했다.

그녀의 침묵을 읽은 윈터가 말했다.

"도망치던 날 생각하지?"

"어떻게 알았어요?"

"표정이 그래 보여."

바이올렛이 미소를 짓고는 차를 한 모금 마시고 고개를 끄덕였다.

"그날은…… 솔직히 말하면 잘 기억이 안 나요."

"나도 그래."

윈터가 건성으로 대꾸했다. 잠시 후, 바이올렛이 다시 입을 열었다.

"아직도 그런 꿈을 꿔요?"

"악몽?"

"네."

"당신은?"

윈터가 대답을 않고 오히려 되물었다.

"당신도 내가 눈앞에서 총을 맞는 걸 봤잖아."

"나는 그런 꿈은 안 꿔요. 당신이 회복하고 있는 데다, 요즘은 거의 옆에 있어서 그런가."

"다행이네."

"그래서 당신은요?"

"안 꿔."

"거짓말이죠? 아까 말 돌렸잖아요."

"거짓말이면 어쩌게?"

윈터가 대꾸하더니 턱을 괴고 창밖으로 시선을 돌렸다.

바이올렛이 곁에서 잠든 이후 악몽을 꾸지 않게 된 건 사실이었으나, 가끔 잠들기 전에 그 꿈을 꿀 것 같은 기분이 드는 날은 있었다.

그런 날이면 윈터는 바이올렛이 잠든 후에도 한참 동안 그녀의 얼굴을 바라보곤 했다. 멀쩡한 것을 알면서도, 갑자기 불안해져서 숨을 쉬고 있는지 확인했다.

그가 꿈 생각을 하자 바이올렛이 살짝 비틀거리며 몸을 일으키더니 윈터의 옆에 와서 나란히 앉았다.

그러더니 새끼손가락을 내밀어 윈터의 손가락에 고리를 걸었다.

"내가 더 오래 살 거예요. 평균적으로."

"……."

"당신이 살아 있는 사이에 내가 죽는 걸 볼 일은 절대 없을걸요?"

"……그렇겠지."

윈터가 대답하고는 약속을 하려고 걸어 둔 새끼손가락을 보았다.

그녀의 이 위로와 약속이 행복했다. 그러나 행복하면 행복한 대로 좋아해야 할 텐데, 거꾸로 처박힐까 봐 겁을 냈다.

제 것이 아닌 것을 억지로 차지한 것 같은 행복이었다. 이제 곧 서른인데, 이 행복을 감당하지 못하는 자기 자신이 유치하고 한심했다.

윈터는 이대로 손가락이 딱 달라붙어 영원히 떨어지지 않았으면 좋겠다고 생각했으나, 그럴 수 없으니 고리를 건 상태로 최대한 오랫동안 버텨 냈다.

그사이 기차에서 내린 두 사람은 란치아령에서 카닉사의 크루즈를 타고 대륙을 이동했다. 기차로 긴 시간을 이동하느라 지쳐 있던 바이올렛은 크루즈 특실에 들어서자마자 정신없이 잠을 잤다. 특실을 감상할 체력도 없었다.

그사이 윈터는 하옐과 크루즈의 총지배인을 데리고 한 바퀴 돌며 하나하나 지적에 들어갔다. 무도회장을 먼저 확인하고 유행이 지난 것들 중 교체할 것을 적었다.

그가 일하는 도중에 깬 바이올렛이 윈터가 있는 레스토랑으로 들어섰다.

바이올렛은 해풍이 강해 곁에 두르고 온 숄을 직원에게 건넸다. 그 뒤 직원이 안내해 주는 자리로 따라 걸으며 윈터 쪽을 보니 그는 맞은편에 있는 손님의 어깨에 손을 올리고 유쾌한 표정으로 이야기를 하고 있었다.

윈터가 직원들에게는 버럭버럭 성질을 내지만 손님들과 직접 마주할 때면 썩 친절한 편이었다.

그 낯선 모습을 바이올렛이 신기해하며 자리에 앉았다. 그가 재미있는 이야기를 했는지, 테이블에 있던 격식 있게 차려입은 손님들 모두가 웃음을 터트렸다. 그에 따라 같이 눈꼬리가 휘어지는 윈터의 옆모습이 신기했다.

돈에 미쳐 살긴 했지만 그는 제 일을 좋아하기도 했다. 다른 여러 가지 일을 벌여도 호텔에 대한 애정은 변함이 없었다.

바이올렛은 묘하게도 일에 집중한 저 사내가 제 것이라는 것이 만족스럽게 느껴졌다. 성실히 일하고 있는 사람에게 왜 이리 불순한 생각이 드는지는 모를 일이었다.

하옐이 먼저 달려와 바이올렛에게 말했다.

"대표님 금방 오실 거예요. 중요한 단골이셔서요. 꽤 친하세요."

"즐겁게 일하는 걸 보고 있으니 마음이 좋네."

"그렇죠? 저기선 굽히고 직원들에게 푸시죠."

하옐이 농담인지 웃으면서도 치를 떠는 과장된 시늉을 하자 바이올렛이 따라 웃었다. 하옐이 메뉴판을 직접 펼쳐 주며 말했다.

"식사하실 거면 이 로스트 치킨 꼭 드셔 보십시오. 배에서 최고로 인기 있는 메뉴입니다. 주방장이 진짜 기가 막히게 만들거든요."

"식사할 생각은 아니었네만 그렇게 들으니 궁금해지네."

"저희 직원들이 가끔 일부러 배 타러 오려 들 정도로 맛있습니다."

"그렇다면 안 먹어 볼 수 없지."

바이올렛이 미소를 지으며 말했다.

메뉴를 신경 써서 추천해 준 하옐이 떠나고 얼마 지나지 않아 윈터가 맞은편에 앉았다.

"로스트 치킨 시켰어?"

"시켰어요. 당신도 좋아해요?"

"별로."

윈터가 못마땅한 표정을 지었다. 곧 기름이 지글지글 끓는 상태의 로스트 치킨이 테이블 위에 올랐다. 직원 하나가 테이블 위에서 솜씨 좋게 치킨을 썰어 접시에 놓은 후 그레이비소스를 올려 주었다.

육즙이 가득한 치킨을 입에 넣은 바이올렛의 얼굴에 절로 미소가 번졌다.

"입에서 녹아요."

"맛있어?"

"정말 맛있네요."

"이 주방장도 집에 데려가?"

"아뇨, 손님들이 실망해요."

바이올렛이 고개를 젓고는 로스트 치킨을 연달아 입에 넣었다. 맛있게 먹는 그녀를 보니 군침이 도는지 윈터도 포크를 들어 치킨을 먹어 보았으나, 여전히 그의 입에는 별로 안 맞는지 몇 입 먹다 말았다. 대신 늘 먹는다는 엄청난 크기의 샌드위치를 시켜 한입에 크게 물어 우적우적 먹어 치웠다.

전에 하옐에게 들어 보니 윈터는 제대로 식사하는 시간마저 아까워해 회사에서나 출장지에서나 대부분 샌드위치를 먹으며 일을 한다는 듯했다.

윈터는 순식간에 샌드위치를 먹어 치운 후 아무리 봐도 뜨거울 것 같은 커피까지 단숨에 들이켜고는 잔을 내려놓았다.

바이올렛이 그를 빤히 보며 말했다.

"당신은 참 열심히 사네요. 대단해요."

"요즘 게을러졌는데, 공주님 때문에."

"당신은 평소에 너무 성실해서 좀 게을러도 돼요."

바이올렛이 다정히 말하자 윈터가 픽 웃더니 턱을 괴고 말했다.

"당신이 자꾸 그렇게 좋은 점만 보는 바람에 당신과 이야기만 하고 오면 내 직원들이 기고만장해지잖아. 나도 마찬가지고."

"굳이 나쁜 점을 찾을 필요는 없잖아요."

"저런. 눈앞에 나쁜 점만 꼭 찾아서 얘기하는 사람이 있네. 어머나,

심지어 남편이네?"

윈터의 짓궂은 말에 바이올렛이 연하게 웃었다.

"내가 늘 그렇게 '어머나' 하고 놀라나요?"

"아니, 이것보단 훨씬 우아하지."

"있죠, 아까 단골손님과 이야기할 때 당신."

"응, 왜?"

"보기에 좋았어요."

"어떤 의미로? 심미적으로?"

"성실히 일하는 남편의 모습은 참 유혹적이더군요."

심미적이란 말을 놀리려고 꺼냈던 윈터가 바이올렛의 솔직한 대답에 그대로 굳었다. 바이올렛이 그 반응을 예상했다는 듯 여상히 식사를 이어갔다.

윈터가 심각한 얼굴로 말했다.

"입항까지 좀 남았는데."

"그럼 천천히 식사를 해도 되겠네요."

바이올렛이 놀리듯 말하자 윈터가 손으로 얼굴을 감쌌다.

"세상에서 당신만큼 날 괴롭히는 사람도 없어."

그는 엄살을 부렸고, 바이올렛은 그게 재미있어서 웃음을 지었다.

✳ ❄ ✳

편안한 항해를 끝내고 두 사람은 키론에 도착했다. 그들을 알리카로 안내하기 위해 윈터의 이부동생인 할린이 항구에 도착해 있었다.

할린은 이야기 들었던 것처럼 상태가 그리 좋지 않아 보였다. 얼굴이 창백한 그를 발견한 윈터가 질색을 하며 물었다.

"내가 돈 넉넉히 주지 않았나? 어떻게 최근에 총에 맞은 나보다 더 골골거려?"

겁 많은 할린이 움찔하자 바이올렛이 달래듯 말했다.

"안색이 안 좋아 보이는데, 괜찮소?"

"네, 네. 괜찮습니다."

할린이 바이올렛의 말에 얼른 대답했다. 그러더니 바이올렛을 걱정 스럽게 살폈다.

"하지만 작은 마님…… 아, 아니, 부인께서도 건강이 안 좋으시다고 들었습니다."

"그랬소?"

"네! 형님께서 저에게 편지를 여러 장 보내 주셨어요!"

편지 이야기를 할 때 할린의 안색이 더더욱 나빠지는 것을 보니 협 박 편지라도 보냈던 모양이다.

윈터가 안 그래도 겁먹은 할린을 더욱 움츠리게 하는 거친 목소리 로 물었다.

"확실히 들어갈 수 있어?"

"네. 다들 허락하셨어요."

"스물아홉 살짜리 혼혈은 되는데 다섯 살짜리 혼혈은 왜 안 됐대?"

윈터가 냉랭하게 묻자 할린이 예상했던 질문이었는지 침을 꿀꺽 삼 키고 대답했다.

"아, 알리카 사람들이 20년 넘는 동안 많이…… 개, 개방적이 되었 습니다. 그때는 어른들도 샤먼들도 굉장히 보수적이셨기 때문에……."

"이제 나 말고 다른 혼혈은 들어갈 수 있나?"

"그, 그건 아직 아니에요."

"그럼 그냥 내가 돈이 많아서 들여보내 주겠다는 거잖아!"

"그, 그렇지만은 않아요! 물론 일족분들 중에 가장 부자시긴 하지만!"

"그 다음이 누군데."

"카닉사 부대표이신 이글린 씨, 그 다음이 키론 지점의 총지배인이신 니사 씨로 알려져 있습니다⋯⋯. 그, 그러니까 아무래도 일족에 기여하신 바가 크다고 어른들께서 판단하셔서⋯⋯."

"더럽고 재수 없는 놈들."

윈터가 짜증을 내며 머리칼을 마구 헝클더니 바이올렛을 보며 말했다.

"이 말 안 하기로 약속하긴 했는데. 나 당신만 건강했으면 여기서 포기했어."

"이해해요."

바이올렛이 욱하는 윈터의 팔을 토닥거렸다. 그녀의 손길에 약간 안정을 되찾은 윈터가 신경질적으로 할린에게 물었다.

"그래서. 아이가 생길 가능성이 있다는 건 진짜야?"

"네? 아⋯⋯ 네. 확률적으로는 가능할 겁니다."

"확률적 같은 소리 하고 있네. 그 망할 이방인들은 도대체 왜 그렇게 폐쇄적이야? 애도 상대를 골라 가면서 낳아야 되는 게 말이나 되는 소리야? 쥐뿔도 없으면서 예민하긴 또 왜 이렇게 예민해?"

바이올렛 앞에서는 비교적 침착한 편이던 윈터의 분노가 제 일족 앞에서는 너무 큰 물건을 상자에 담는 것처럼 삐죽거리고 튀어나왔다.

그 분노가 다 저를 향하는 것 같아 오들오들 떨던 할린이 얼른 바이올렛 쪽으로 한 걸음을 옮겼다. 그녀 역시 가지고 있는 본연의 분위기가 할린을 숨 막히게 했지만 부부의 저택에서 지낼 때 사용인들이 작은 마님에게 가졌던 따듯한 사랑을 기억하니 덩달아 애정이 들었다.

할린이 바이올렛에게 말했다.

"라크라운드에서는 아기가 은하수를 타고 부부에게 온다고 하지요?"

그 말에 바이올렛이 미소를 지으며 고개를 끄덕이자 할린이 겨우 따라 웃으며 말했다.

"알리카에서는 불의 신께서 보낸 요정들이 부모로 삼고 싶은 부부를 발견하면 어머니의 배 속으로 쏙 들어간다고 한답니다."

"그렇소? 참 사랑스러운 이야기……."

즐겁게 반응하던 바이올렛이 멈칫하더니 윈터를 보았다. 그리고는 눈 속에서 고개를 드러낸 표범 같은 그의 눈을 보며 저런 요정이 어디 있나, 생각했다.

하기야, 그도 어릴 때는 요정 같았을지 모른다.

바이올렛은 어린 윈터 블루밍을 제대로 상상하기 힘들었다. 시도만 해도 가슴이 찢어지게 아팠기 때문이다.

그때 윈터가 그녀 쪽을 보더니 허리를 숙여 귓속말했다.

"저 말대로라면 난 반은 우주에서 왔고, 반은 요정이겠군."

웃으라고 한 말일 텐데, 바이올렛은 이제 이방인 혼혈이라는 걸 농담으로 삼기까지 하는 그가 사랑스러워 저도 모르게 윈터를 한 번 꼭 끌어안았다.

"왜 그래?"

윈터가 의아해하면서도 바이올렛의 허리를 한 팔로 감아 그녀의 머리에 잠깐 턱을 올리는 시늉을 했다. 그의 행동에 바이올렛이 웃자 윈터가 따라 유쾌하게 웃었다.

아내의 귀여운 행동의 이유가 뭘까 고민하던 윈터가 방해가 됐는지 할린을 보며 말했다.

"넌 눈치껏 꺼져. 우리 공주님은 그런 쓰레기 같은 곳으로 가기 전에 좀 쉬셔야겠거든. 내일 아침에 출발하지."

"생각보다 쓰레기 같지는……."

"안 꺼져?"

윈터가 재킷을 더듬거리며 집어 던질 걸 찾자 바이올렛이 그의 팔을 붙잡았다. 그사이 기겁한 할린이 꾸벅 고개를 숙이고는 묵고 있는 호텔로 먼저 달려갔다.

두 사람 역시 곧 마차에 올랐다. 키론은 아직 여름이라 윈터는 바이올렛 옆에 앉자마자 재킷을 벗어 맞은편으로 던지고 소매를 팔뚝까지 걷어 올렸다.

마차가 항구에서 호텔로 향하는 내내 바이올렛은 창문 밖으로 모처럼 돌아온 키론을 보았다.

얼마 뒤, 높은 곳에 있는 호텔에 내려서니 어디에서도 바다가 보였다. 날이 쌀쌀해지며 라크라운드 사람들은 물론, 이 대륙 북쪽에서도 많은 손님이 여행을 와 호텔 전체가 북적거리고 있었다.

바이올렛이 라크라운드와는 달리 1년 내내 경쾌한 활기가 느껴지는 키론을 돌아보며 새삼 중얼거렸다.

"정말 좋은 곳이네요. 이런 곳에서 지낼 수 있었다니, 운이 좋았어요."

"그런가."

윈터가 스윽 호텔이 우뚝 세워진 키론을 물끄러미 바라보았다. 아내가 없다는 사실을 잠깐이라도 잊기 위해 몰아치듯 추진한 결과물이었다.

그가 호텔을 올려다보며 혼잣말했다.

"……정신없을 때 지어도 이 정도는 짓지, 내가."

"응? 뭐라고 했어요?"

"내 능력에 감탄하는 중이야. 기가 막히군! 관광객들은 이미 키론에 오기 위해 호텔을 찾는 게 아니라 이 호텔을 찾아서 키론에 오지."

윈터가 두 손으로 제 호텔을 가리키며 감탄하라는 듯 바이올렛을 보았다. 그 모습이 어쩐지 귀여워서 바이올렛이 작게 소리를 내어 웃었다.

"당신 말이 맞아요. 매우 훌륭한 호텔이에요. 호텔 덕에 관광 수입이 늘어나 키론 경제가 급격히 성장했다더군요."

바이올렛이 아낌없이 칭찬해 주자 윈터의 입꼬리가 절로 씰룩거렸다. 두 사람은 그렇게 이야기하며 객실로 향했다.

그 후 둘은 각자의 욕실에서 길게 목욕을 하며 해풍을 씻어 내고 얇은 여름 잠옷으로 갈아입은 뒤 충분한 숙면을 취했다.

다음 날 아침, 바이올렛은 들뜬 마음으로 윈터보다 먼저 잠에서 깼다.

하얀 모슬린 드레스를 입고 밀집으로 만든 모자를 꺼내 든 바이올렛이 드넓은 바다가 보이는 발코니 테이블에서 여유를 즐기는 사이 윈터가 다가왔다.

"웬일이지? 잠 많은 공주님이 벌써 준비를 다 하고."

"날씨가 너무 좋아요. 아까워서 더 잘 수가 없네요."

"충분히 즐겨 두는 건 좋은 생각이군. 이제부터 끔찍하게 추운 곳으로 갈 테니."

원터가 대꾸하며 테이블 앞에 앉았다. 잠시 후, 두 사람 앞 테이블 위에 조식이 놓였다. 부부는 모처럼 이 지역, 코르시카풍의 조식을 즐겼다. 바이올렛이 따끈한 하얀 빵에 꿀을 올리며 말했다.

"모처럼 돌아오니 키론이 얼마나 좋았는지 다시 생각이 나네요."

"여기서 살까?"

"키론이 라크라운드 수도보다 모든 것이 좋은데도 나는 수도에서 살고 싶어요. 이상한 일이죠."

"이상하고, 이해도 안 가. 난 남부에서 태어났지만 남부로 돌아가고 싶다는 생각을 해 본 적이 없거든."

"고향이라는 생각이 들지 않나요?"

"전혀. 난 특별히 원하는 장소가 없으니 당신 좋아하는 데서 살면 돼."

원터의 대수롭지 않아 하는 투에 바이올렛이 미소를 지었다.

"키론은 놀러 오는 것으로 충분해요. 그나저나 여긴 수도 호텔과는 분위기가 아주 다르네요. 여행지 분위기라 객실에만 있어도 설레요."

그들이 묵는 객실은 다양한 색깔을 화려하게 이용한 곳이었다. 라크라운드 수도에서는 볼 수 없는 다채로움이 눈부신 키론의 날씨와 잘 어울렸다.

원터가 뿌듯한 얼굴로 물었다.

"여기가 마음에 들어?"

"네. 정말 마음에 들어요."

"음, 하지만 당신에게 이 호텔을 줄 수는 없어."

원터의 말에 바이올렛이 대답했다.

"여기 놀러 오고 싶은 거지, 가지고 싶은 건 아니에요."

"그래? 난 그 건물이 좋으면 그 건물을 가지고 싶던데."

윈터가 그렇게 대화를 정리하고는 기지개를 켜며 의자 뒤로 기댔다.

바이올렛은 거기에 대해 더 말을 하지 않았다. 뭔가가 좋다고 말하면 남편이 당장 사 줘야 한다는 압박을 받는다는 걸 최근 들어 알게되었기 때문이었다. 그 규모가 호텔이라 황당하긴 했지만, 그렇다고해도 그가 저에게 뭔가를 못 주겠다 농담 없이 단호하게 말하는 건처음이었다.

그는 정말 제 호텔을 좋아하는 거라고 생각하며 바이올렛이 미소를 지었다.

❄ ❋ ❄

북쪽으로 가는 길이 매우 멀었기 때문에 부부는 아침 식사를 끝내고 곧장 북부로 향했다.

하루를 꼬박 마차를 타고 코르시카의 북쪽 변경과 맞닿은 나라 하누스의 수도에 들어서니 다시 추위가 느껴지기 시작했다.

수도 한가운데 번화가에 내려선 바이올렛이 들뜬 얼굴로 말했다.

"하누스에 한 번 초대 받은 적이 있긴 하지만 그땐 내내 왕성에만 있었어요. 왕성 밖은 처음 구경하는군요."

바이올렛이 이렇게 아이처럼 설렌 표정을 짓는 건 드문 일이라 집중해서 눈에 담아 두던 윈터가 가판대에 놓인 신문을 발견하고 그녀를 잡아끌었다.

"당신 얼굴이 있어."

"네? 아……."

신문 전면에 바이올렛과 에쉬에 대한 기사가 대서특필되어 있었다. 윈터가 신나서 신문을 집어 들었다.

"마도구가 이 대륙을 나가면 무용지물이 된다지만, 그 희미한 마법이 라크라운드 사진기보다 낫군."

"……혹시 당신 여기 대륙 공용어를 읽을 줄 아나요?"

"잘 읽어. 이봐, 카닉 일족은 이 대륙 알리카에 산다고. 내 친모가 나와 둘이 다닐 땐 이곳 대륙 공용어로 말했어."

"……."

바이올렛이 수치심에 한숨을 쉬었다.

라크라운드에서는 신문사들이 에쉬의 눈치를 보느라 어느 정도 중립적인 태도를 취했지만, 여기 신문에는 바이올렛에 대한 찬사가 거리낌 없이 적혀 있었다.

제목에서부터 '바이올렛 로렌스를 시민의 여신으로 여겨야 할 것'이라 적혀 있었으며, 소작 관리인과 바이올렛이 원하는 로렌스가와 의회의 분리에 대한 내용 역시 상세하고 논리적으로 서술되어 있었다.

윈터가 신문을 차근차근 읽으며 진지한 목소리로 말했다.

"이제 공주님이란 말로 부족하군. 여신이라는 좋은 말이 있는데."

"……하지 말아요."

"200부는 사야겠어. 아니지, 1만 부 정도 사서 수도에 뿌리자고. 당신은 마도구 상점에 가. 난 신문사에 다녀오지."

"제발 그만해요……."

바이올렛이 울 것 같은 목소리로 윈터의 등을 떠밀어 두 사람은 겨우 가판대에서 멀어졌다. 그때, 뒤에서 조금 늦게 마차에서 내린 젠과 하옐의 목소리가 들렸다.

"하옐 씨, 환전 많이 했어요? 빌려줘요."

"네에? 몇 부나 사려고 돈을 빌려요?"

"몇 부라니, 그게 무슨 소리예요? 돈 되는 대로 사야죠. 내 친척이 얼마나 많은데요."

젠의 말에 하옐이 잠시 지갑을 확인하고 대꾸했다.

"미안해요. 돈 못 빌려주겠어요."

"네? 왜요?"

"나도 사야죠. 기념으로."

"하옐 씨는 친척도 없잖아요!"

"지금 제 부모가 종신형 받을 거라고 놀리는 겁니까?"

"무슨 소리예요? 종신형 나오라고 맨날 기도하면서!"

"그건 그렇죠."

두 사람이 티격태격하는 걸 돌아본 윈터가 말했다.

"하옐, 둘이 신문사 가서 이 신문 있는 대로 전부 사 와."

"네, 대표님. 가요, 젠."

젠이 신이 나서 폴짝거리며 신문사 쪽으로 하옐을 잡아끌었다.

"부족하면 더 찍으라고 해요, 우리!"

"네, 네. 그렇게 하세요."

두 사람이 일을 받아 들고 떠난 후, 바이올렛이 두 손으로 얼굴을 감쌌다.

"이게 도대체 무슨 짓이에요."

"그런 표정 하지 마. 내가 고작 당신 부끄럽게 하려고 신문을 사들일 것 같아? 라크라운드 사람들에게 정치적인 개입 없는 신문을 보게 할 의무를 느껴서 그래."

"그런 건가요?"

"달리 이유가 있나?"

바이올렛에게 맞춤 설명을 해 주니 그녀가 바로 납득하고 얼굴을 감쌌던 손을 살며시 내렸다.

물론 윈터는 라크라운드 사람들의 알 권리 같은 건 전혀 관심이 없었고, 수치심에 빨개진 바이올렛의 얼굴이 귀여워 놀리는 데 돈을 쓰고 있는 것뿐이었다. 거기에 순진하게 저를 믿어 버리는 모습도 사랑스러워 절로 웃음이 나왔다.

두 사람은 곧 난방 도구를 살 가까운 마도구 상점에 들어섰다. 2층짜리 거대한 상점 곳곳에 있는 물건들에 바이올렛의 눈이 동그래졌다.

"이건 어떻게 쓰는 걸까…… 어머나!"

바이올렛이 작은 상자를 열었다가 차가운 바람이 불자 놀라서 얼른 덮었다. 호기심으로 반짝이는 바이올렛의 눈을 발견한 윈터가 물었다.

"살까?"

"라크라운드에 가져가면 그냥 상자일 뿐인걸요."

"아주 가격을 높여서 사면 라크라운드에서도 쓸 수 있어."

"라크라운드에서까지 마법을 유지하려면 그 돈만 드는 게 아니라 한 번 쓸 때마다 엄청난 돈이 나가잖아요."

바이올렛이 핀잔한 후 알리카에 갈 때 필요한 난방 도구들을 골랐다. 특히 발열하는 쿠션과 태피스트리는 라크라운드에서 볼 수 없는 이국적인 문양이 독특하고 아름다웠다. 바이올렛이 그중 뭘 살까 고민을 시작하니 윈터는 곧장 불필요할 정도로 종류별로 골라

구매했다.

바이올렛은 그런 윈터를 보다 보니 묘한 궁금증이 들었다.

그는 물질로 애정을 사는 사람인데, 키론의 카닉 호텔은 못 주겠다고 단단히 못을 박았다. 그가 그의 일, 그중에서도 호텔을 사랑하는 모습은 바이올렛에게 매력적으로 다가왔다.

그녀는 윈터를 놀리고 싶은 마음과 호텔에 대한 애정을 보고 싶은 마음이 동시에 들어 그의 팔을 붙잡고 장난스레 말했다.

"윈터, 키론 지점은 나에게 줄 수 없다고 했죠?"

"응. 안 돼."

"왜죠?"

바이올렛이 거절을 오히려 기꺼워하며 물었더니, 윈터가 인상을 쓰고 말했다.

"우리 집에서 가장 먼 호텔이 키론 지점이야. 그러니 안 돼. 당신이 일적으로 여기 종종 찾아와야 한다면 당연히 싫고, 반대로 당신이 여기에 아예 관심이 없다면 그건 더더욱 안 돼. 호텔은 내 자존심이야. 당신을 사랑하지만 무의미하게 내 자존심을 부수도록 두진 않을 거라고."

그의 말에 바이올렛이 미소를 지었다.

멀어서, 그리고 자존심이어서.

두 가지 다 아주 마음에 드는 대답이었다. 그녀는 윈터가 얼마나 호텔을 사랑하는지 더 듣고 싶은 마음에 괜히 재촉하듯 말했다.

"그래도 가지고 싶다면요?"

그러자 윈터가 대답 없이 바이올렛을 보았다. 그 무표정에 바이올렛이 더욱 즐거움을 느끼며 다시 물었다.

"줄래요?"

"……."

"싫죠?"

"줄게."

원터가 생각보다 쉽게 대답하자 바이올렛이 살짝 인상을 썼다. 그 사이 원터는 바이올렛의 시선이 닿은, 너무 높아 꺼내지 못한 상자를 꺼내며 말했다.

"라크라운드로 돌아가면 바로 서류 작업을 하지. 당신에게 줄게."

"당신 자존심인데요?"

"방금 알았는데, 당신이라면 무의미하게 부숴도 돼. 당신이 나에게 이렇게 달라고 조른 건 이제 겨우 두 번째잖아."

"첫 번째는요?"

"시간."

원터가 짤막히 대꾸하곤 그녀가 원한 상자를 열어 주었다. 달콤한 노래가 나오는 장난감이었다.

바이올렛이 떠나기 전까지 원터 블루밍에게 시간은 돈과 같은 말이었다. 그녀가 떠난 후에야 시간과 돈이 완벽히 교환될 수 없음을 알았다. 아무리 시간을 들여도 돈밖에 해결할 수 없는 일이 있듯이, 아내와의 관계는 돈을 아무리 들여도 시간을 들이지 않으면 해결할 수 없는 문제였던 것이다.

원터가 열어 준 상자를 가만히 바라보던 바이올렛이 고개를 저었다.

"정말로 가지고 싶은 건 아니었어요. 농담이에요. 난 당신이 호텔을 아끼는 모습에 호감을 느낀 것뿐이에요."

"……그래?"

"거절하는 모습이 매력적이었어요. 미안해요, 괜한 장난이었어요."

"혹시 너무 쉽게 마음 바꿔서 매력이 사라졌나?"

"당신도 날 참 좋아하는구나, 하는 생각만 들던데요."

그녀의 대답은 마음에 들었으나, 물질에 대한 욕망이 한없이 큰 윈터가 재차 물었다.

"정말 받고 싶은 건 아니고?"

"전혀요. 당신이 말한 것처럼 난 당신이 가진 모든 것들 중에 당신의 시간을 받는 게 가장 좋아요."

"……."

"나에게 선물을 해 주고 싶다면 같이 있어 줘요. 그게 제일 좋은 선물이에요."

아내가 그렇게 말하고 미소를 짓자, 윈터는 순식간에 심장이 확 부풀어 버리기라도 한 것 같은 기분을 느꼈다.

"잠깐만."

윈터가 잠깐 1층으로 내려갔다 다시 2층으로 돌아와서는 말했다.

"오늘 장사는 끝내기로 했다는군. 내가 한 달 장사할 만큼은 사 줬으니."

"네에?"

"이제 사람 안 오니까 키스하자."

"고작 키스하려고 그렇게……."

"키스하려고 고작 그만큼 돈을 들인 거지."

윈터가 눈꼬리를 휘어 웃으며 바이올렛의 허리를 끌어안았다. 바이올렛은 한숨을 쉬었지만 그가 꿀이 떨어질 듯한 눈으로 저를 바라보자 곧 눈을 감아 주었다.

❋ ❋ ❋

마도구 쇼핑을 마치고 어마어마한 양의 신문을 카닉사 크루즈로 배달시켜 놓은 뒤 일행은 다시 알리카로 향했다.

신문 한 부를 챙겨 아내의 기사를 외울 정도로 읽던 윈터가 말했다.

"에쉬가 작위를 가지고 싶어 한다고 이글린에게 들었는데."

"아, 그랬죠."

"그걸 왜 아직도 못 받은 거야? 자기 거라며."

"작위 중 하나는 로렌스 왕가에서 뻗어져 나간 도스 공국의 후계자 중 하나가 되는 게 가능하다는 거예요. 하지만 성문법상 그렇다고 해도 페런이 버젓이 있는데, 거기 가서 후계자 경쟁을 하겠다는 건 전쟁 선포나 다름없죠."

"다른 건?"

"또 하나는……."

바이올렛이 윈터의 반응을 짐작하고 살짝 민망한 표정을 지었다.

"당신이 귀족들은 쉬운 걸 어렵게 한다고 할 수도 있지만요."

"응."

"라크라운드 수도를 지나는 레클강에는 카닉 본사가 있는 하구 섬을 비롯해서 두 개 섬이 더 있죠."

"그것도 섬인가? 그냥 돌 몇 개 붙은 거잖아."

"그래도 두 가구 정도씩 사니까요. 그렇게 세 개 섬을 합쳐서 법적으로 '모든 섬'이라고 적어요."

"……계속해 봐. 벌써 짜증 나긴 하지만 당신 목소리니까 참고 듣는다, 내가."

윈터가 인상을 쓰자 바이올렛이 빠르게 말을 이었다.

"정확히 레클강과 그 강의 모든 섬의 주인으로서의 칭호예요. 왕만이 가질 수 있죠. 강을 왕이 아닌 귀족이 가질 수는 없으니까요."

"그런데 그까짓 걸 못 받는 이유가 그러니까……."

"당신이 예전엔 모두가 쓸모없다고 생각하던 하구 섬의 상당 부분을 사들였죠? 그래서 '모든 섬' 부분이 틀리게 된 거예요."

"상당 부분이라니. 내 거라니까."

"그러니까 내 거라는 게……."

"하구 섬 전체가 내 거라고. 나한테 왜 이렇게 관심이 없어, 당신은?"

윈터는 섭섭한 표정이었지만 바이올렛으로서는 상식적으로 바다 먼 곳에 있는 섬도 아니고, 수도에 속해 있는 섬을 통째로 소유하고 있다는 게 납득이 가지 않았다.

지금 하구 섬은 라크라운드 최고의 번화가로 불렸다. 어지간히 유명한 상점이 아니면 그 세를 감당할 수 없을 정도였다. 그래서 바이올렛은 윈터가 몇 번이나 하구 섬이 자기 거라고 말해도 너무 비현실적이라 흘려듣던 터였다.

바이올렛이 당혹스러워하며 물었다.

"그러니까…… 하구 섬 전체요?"

"응. 모래 하나까지 다 내 거야."

"아……."

바이올렛이 한숨을 쉬었다.

"더더욱 에쉬가 그 작위를 못 받는 게 당연하군요. 에쉬는 우선 그 문장을 수정하려 할 거예요."

"그러니까 모든 섬이라고 적혀 있는데, 모든 섬이 아니다, 이거지? 이야, 진짜."

윈터가 적당한 단어를 못 찾아 표정만 구기자 바이올렛이 그가 무슨 말을 하려 하는지 맞혀 보려고 말을 던졌다.

"귀족들은 쓸데없는 것에 집착한다고 생각했죠?"

"정확해. 이제 나에 대해 잘 알게 됐군."

윈터가 대꾸하고 슬쩍 웃었다.

그는 곧바로 해야 할 일을 깨달았다. 나머지 두 섬을 사들이는 것이었다. 하구 섬까지 셋 다 부부 공동 재산으로 처리하면 될 것이었다.

✽ ❄ ✽

마차는 곧바로 알리카가 있는 대륙의 북쪽 끝으로 향했다. 북쪽으로 가는 길은 많았지만 하누스 수도에서부터 난 길만이 유일하게 안전한 길이었다.

젠과 하엘은 들어갈 수 없을 테니, 인근 마을에서 대기하게 두고 남은 일행이 알리카로 향했다.

북으로 갈수록 라크라운드에서는 느껴 본 적 없는 추위가 달려들었으나 마차 안은 따듯하다 못해 더울 지경이었다.

알리카가 가까워질수록 윈터는 부쩍 말수가 줄어들었다.

바이올렛이 다정히 물었다.

"무슨 생각 해요?"

"……"

윈터가 잠시 말이 없다가, 한참이 지나서야 입을 열었다.

"친모를 다시 만난 이후에는 그 사람이 불쌍하단 생각을 한 적이 없었어."

"그런데요?"

"우린 끼니를 때울 돈도 없었어. 이 먼 길을 사설 마차를 타고 오를 돈은 더더욱 없었겠지."

"……"

"이 길을 혼자 걸어 올라갔을 걸 생각하니 마음이 좀 그렇군."

바이올렛은 중얼거리는 윈터를 가만히 바라보다가 그의 어깨에 머리를 기댔다.

"그랬군요."

윈터가 제게 기댄 바이올렛의 이마에 입을 맞추고 말했다.

"불쌍하다고 자꾸 잘해 주면 버릇 나빠진다니까."

바이올렛이 미소를 짓고는 그의 팔을 토닥거리고 다시 창으로 고개를 돌렸다. 윈터의 말대로 혼자 걸어 올라오기에는 너무도 혹독한 길이었다.

그때, 눈길을 가만히 바라보던 바이올렛이 말했다.

"잠깐만요. 저기 불빛이 보이는데요."

그 말에 윈터가 문 쪽으로 고개를 들이밀어 보더니 말했다.

"그렇군."

"사람이…… 아이들이 있어요."

"어어, 그렇군."

"이렇게 추운 곳에요. 내려 봐야겠어요."

"……꼭 그래야 돼?"

윈터는 인상을 썼으나 일단 마차를 멈추게 했다.

이어 바이올렛이 마차에서 내리려 하자 윈터는 그녀가 입은 겨울용 두꺼운 드레스 위에 커다란 코트를 덮어 주고도 모자라 그 위에 담요를 한 번 더 둘렀다.

"젠장, 저 망할 놈들은 왜 눈에 띄어서."

윈터가 여전히 안 내키는 얼굴로 먼저 마차에서 내렸다. 그는 남부 사람이었지만 극북의 혈통을 가져서인지 바이올렛보다 월등히 추위를 덜 탔다. 윈터가 바이올렛의 손을 그녀의 코트 소매 안으로 끼워 넣었다.

"내가 잡아 줄 테니까 손 빼지 마."

"소매에 손을 넣다니, 이런 건 처음 해 봐요."

"당신 옷엔 주머니가 없잖아."

"주머니에 손을 넣고 걷는 건 예의에 어긋나니까요."

"그래, 그래. 난 무례하고 당신은 공주님이지."

윈터가 빈정거리고는 바이올렛의 한 걸음 앞에서 눈 위를 걸었다. 그가 먼저 밟고 무릎으로 꽉 발자국을 눌러 눈을 다지면 바이올렛이 그 뒤를 조심조심 걸었다. 윈터가 보폭을 줄였는데도 불구하고 바이올렛은 버거워했으나 비틀비틀거리면서도 곧잘 그를 따라왔다.

그들이 아이들에게 가까워졌을 때, 그중 가장 큰 아이가 눈을 꼭 감고 두 손으로 칼을 쥐고는 말했다.

"가, 가진 걸 내놓으면 목숨만은 살려 주지!"

열셋 정도는 되어 보이는 소년이었다. 키는 바이올렛보다 컸지만 얼굴은 확연히 어린아이였다.

윈터가 혀를 차더니 곧바로 리볼버를 꺼내 소년을 겨눴다. 그러자 기겁한 소년이 칼을 떨어뜨리고 두 손을 들었다. 그러더니 제 발이 저려 바이올렛을 돌아보며 변명하듯 말했다.

"어려도 강도는 강도잖아."

바이올렛이 말없이 윈터를 지나쳐 칼을 집어 들고는 남편에게 건네주었다. 겁먹은 소년이 울먹이며 말했다.

"아, 아픈 아이가 있어요!"

"아픈 아이?"

"이제 더는 돈을 구할 수가 없어서……."

소년이 머뭇거리다가 두 사람을 번갈아 보았다. 차림새가 귀족이라 어떻게든 돈을 받아 낼 생각이었는데, 저에게 총을 겨누고 있는 사람이 회색 눈이었다. 소년이 조심스럽게 말했다.

"카닉 일족이시군요?"

"그렇긴 한데, 우리 둘 중에 널 죽일 가능성이 높은 건 나지. 그것도 매우 높은 확률로."

"죄, 죄송해요! 같은 일족이신 줄 모르고……."

"같은 일족이 아니면 강도 짓 해도 돼? 이 망할 쥐…… 같은 꼬마가."

윈터가 저를 돌아보는 바이올렛 덕에 욕설을 가까스로 삼켰다. 소년이 머뭇거리다가 확신을 가지고 물었다.

"윈터 씨죠?"

"이 쓰레기 같은 일족 중에 귀족은 나 하나인 모양이군."

"아, 안녕하세요! 처음 뵙겠습니다!"

소년이 고개를 꾸벅 숙였다. 소년이 경계를 풀고 나서야 바이올렛이 물었다.

"여기서 왜 이러고 있니?"

"저희는 혼혈들인데요. 알리카에 들어갈 수가 없어서 저 집에 모여 살고 있어요. 데리고 들어갈 순 없으니 가끔 부모들이 와서 돌봐 주기도 하지만 대부분 혼외 자식이기도 하고, 샤먼들이 신께서 저희를 불편하게 여기신다고 말씀하시기도 하셔서……."

바이올렛은 그런 말을 신이 전했을 것 같지는 않다고 생각했으나, 타인의 신을 모욕하지 않으려 애써 말을 삼갔다.

반면에 윈터는 참지 않고 욕설을 퍼부었다.

"강도 짓도 제대로 못 하는 놈들이 자기들끼리 사는 게 말이 돼? 저기 바로 부모가 있는데."

그의 말에 바이올렛이 고개를 끄덕이는데, 무리 중 여자아이 하나가 바이올렛의 다리를 꼭 안고 얼굴을 묻었다. 그러더니 고개를 들고 물었다.

"공주님이에요?"

"지금은 아니란다."

그녀의 성실한 대답에 아이가 실망하자 윈터가 혀를 차더니 소곤거렸다.

"공주님, 법적인 거 말고 동화적으로 묻는 거야. 당신이 방금 이 꼬마의 동심을 깨뜨렸어."

"네? 아!"

바이올렛이 뒤늦게 놀라더니 서둘러 허리를 숙여 아이의 귀에 소곤거렸다.

"공주인 건 맞지만 비밀로 해 줘야 해. 몰래 나왔거든."

"우와!"

아이가 금방 다시 표정이 밝아져 고개를 끄덕였다. 그러나 윈터의 표정은 더더욱 나빠졌다. 그는 아이들에게 버려졌던 자신을 투영하고 있었다. 그가 알리카 방향을 노려보더니 말했다.

"환자를 마차에 태워. 알리카로 가지. 너희도 가려면 타."

그러자 처음 칼을 들었던 소년, 누아가 말했다.

"그건 안 돼요! 신께서 저희를 보시면 화를 내실 겁니다. 순수한 카닉의 혈통이 아니라면 알리카에 들어가서는 안 돼요."

누아의 말에 바이올렛이 입을 열었다.

"신의 말은 인간의 입을 통해 달라지기도 한단다. 그리고 만약 너의 신이 정말로 그렇게 말하셨다면."

바이올렛이 조심스러운 얼굴과 표정으로 누아를 보며 말을 이었다.

"미안하지만 나는 그걸 부정할 수밖에 없겠구나."

"공주님의 신이 아니라고 해서 함부로⋯⋯."

"나의 신이 그렇게 말하셨더라도 마찬가지야. 그건 나의 신념과 다르니 따르지 않을 거란다. 미안하지만 함께 알리카로 가 주지 않겠니?"

그녀는 언제나 저의 신에게 하듯이, 카닉 일족의 신에게 예의를 갖추었다. 그러던 바이올렛의 단호하며 다정한 권유가 윈터에게는 이상하게도, 다섯 살에 홀로 남았던 저를 향한 것처럼 느껴졌다.

부부는 환자를 확인하기 위해 의사와 함께 아이들의 집에 들어섰다. 집 안에는 난방을 위한 작은 화로 하나만이 놓여 있었다. 불을 피울 마법석은 이 지역을 찾아 헤매 충분히 구할 수 있었던 모양이지만 화로를 더 살 돈은 없는 듯했다.

아이는 열 명으로, 대부분 순록의 가죽으로 된 옷을 입고 있었으며, 체구가 작아 짐을 버리면 그럭저럭 모두 짐마차에 태울 수 있을 듯했다.

윈터는 지체없이 짐을 버리거나 다른 마차로 옮기게 했다. 그의 지나친 소비가 오늘은 도움이 되어, 달달 떨고 있던 아이들을 전부 따듯하게 둘러 줄 수 있었다. 그러자 금방 되살아난 아이들이 신이 나서 재잘거리고 떠들기 시작했다.

아이들은 대부분 회색 눈과 은발 중 하나의 특징만 가지고 있었으며, 두 명은 아예 두 가지 특징이 전부 없었다.

아이들은 사람이 그리웠는지 머뭇거리면서도 곧 부부에게 매달려 왔다. 처음엔 윈터가 무서워 가까이도 안 가려 했으나, 그가 혼혈인 저희에게 유하다는 걸 금방 눈치채고 옹기종기 모여들었다.

"무서운 아저씨, 목말 태워 주세요!"

그러자 윈터가 눈썹을 꿈틀거리며 말했다.

"애새끼들은 왜 키 큰 사람만 보면 목말을 태워 달라는 거야."

윈터의 짜증에도 아이들은 달라붙었고, 그가 아이를 훌쩍 들어 짐 마차에 던지자 재미있다며 까르륵까르륵 웃었다.

그사이 환자인 '우나'라는 여섯 살의 가장 어린 아이는 바이올렛의 부축을 받으며 부부의 마차에 탔다. 아이는 열이 오른 와중에도 마차 안을 신기해하며 둘러보고 있었다.

윈터는 제 아내에게 감기를 옮기지 말라고 꼬마에게 소리치고 싶었으나 일말의 양심 덕에 가까스로 참았다.

마차에 함께 탄 의사가 아이를 진찰한 후 심각한 얼굴로 말했다.

"당장 제대로 된 병원에 가야 할 것 같습니다. 몸이 허약해서 이대로는 위험합니다. 애초에…… 영양이 부족해 이대로는 악화될 뿐일 겁니다. 게다가 다른 아이들에게 옮겼을 수도 있습니다."

그 말에 윈터가 혀를 찬 뒤 바이올렛에게 말했다.

"당신이 발견하지 못했으면 죽었겠군."

"윈터."

"안 좋았겠군."

윈터가 천연덕스럽게 말을 바꿨다.

진찰이 끝난 후 의사가 돌아가자 곧 마차가 출발했다. 짐마차의 다른 아이들과 마찬가지로 부부의 마차에 탄 우나 앞에도 비상식량으로 가져온 육포와 초콜릿이 든 그릇이 놓였다.

우나는 두 가지 다 처음 보는지 머뭇거렸다. 아이를 키워 본 적 없는 부부가 진지한 얼굴로 고민했다.

"아픈 아이에게 육포는 안 좋지 않을까요?"

"젠장, 의사에게 물어볼걸. 초콜릿은 되나?"

"모르겠네요……."

부부가 저를 놓고 고민하자 우나가 두 사람을 번갈아 보며 혼란스러운 표정을 지었다. 그 모습을 본 바이올렛이 초콜릿을 집어 껍질을 벗긴 후 아이에게 내밀었다.

"우선 이거 먹어 볼래? 열량을 채워야 한다고 하니."

그러자 우나가 고개를 끄덕이고는 초콜릿을 한 입 깨물었다. 우물우물하는 아이의 얼굴에 절로 황금 같은 미소가 돌자 부부가 안도했다. 윈터가 다음 초콜릿의 껍질을 벗겨 주며 물었다.

"알리카에 네 부모가 있나?"

"네. 그런데 저는 아빠가 다른 엄마랑 낳은 아이예요."

"나랑 똑같군."

"정말요?"

"응. 나도 사생아야."

윈터의 말에 아이가 눈이 동그래져서 말을 이었다.

"아저씨도 부모님이랑 떨어져서 살았어요?"

"어릴 때는."

"그런데 어떻게 부자가 됐어요?"

"공주님이랑 결혼했잖아."

"와."

아이가 초롱초롱한 눈으로 바이올렛을 보자 그녀가 단호하게 말했다.

"윈터, 그렇게 말하면 이 아이도 왕자와 결혼해야 부자가 된다고 생각할 거 아니에요."

"제일 쉬운 방법이긴 하지."

"하지만 당신은 능력으로 부를 쌓았잖아요. 보고 배우게 해 줘요."

그녀의 말에 윈터가 인상을 썼다. 그사이 맞은편 의자에 앉아 있던 우나가 외로움에 바이올렛의 옆에 앉고 싶어 하자 윈터가 짜증을 내며 우나와 자리를 바꿔 주었다. 우나가 담요를 끌고 와 바이올렛과 제 무릎을 덮고 꼭 달라붙었다.

윈터가 성질을 가까스로 죽이며 말했다.

"당신 감기 옮으면 화낼 거야."

"미안해요. 그건 장담할 수 없네요. 아까 의사가 전염성이 있다고 했으니까요."

그녀의 차분한 대답에 윈터는 속 터져 하면서도 다리를 뻗어 바이올렛의 다리 사이로 교차해 두고 그냥 잠을 청했다. 그 모습에 우나가 소곤거렸다.

"왜 저런 무서운 아저씨랑 결혼했어요?"

바이올렛이 웃으며 같이 소곤거렸다.

"사랑해서 결혼했지."

그녀의 작은 목소리를 귀신같이 알아듣고 윈터의 입꼬리가 씰룩거렸다.

그사이 마차가 알리카에 가까워졌다. 알리카는 곡저 평야로, 높은 곡벽과 곡벽 사이를 거대한 문으로 막아 두고 있었다.

모처럼 열량을 채우고 따뜻하게 잔 우나의 뺨에는 혈색이 돌아오고 있었다. 그러나 알리카가 가까워지자 불안했는지 바이올렛의 팔을 꼭 끌어안았다.

"들어가면 혼나는데……."

그러자 윈터가 대꾸했다.

"안 되면 이 마차에 있어. 그 낡아 빠진 집보다 따뜻하고 먹을 것도 많으니까."

"정말요? 그래도 돼요?"

"안 그럼 뭐, 너희끼리 그 집에 돌아가기라도 할 거냐?"

윈터의 핀잔에도 아이는 마냥 기쁜지 웃음을 지었다.

할린이 마차에서 내려 문으로 간 지 얼마 지나지 않아 문이 열렸다. 할린이 부부가 탄 마차에 탄 후 다시 출발하며 알리카로 들어섰다. 할린이 조심스럽게 윈터를 보았다.

"어머니를 뵙고 가실 거죠? 나올 때 보니까 음식을 많이 준비하시려던데."

"내가 거길 왜 가."

"하지만 신전 가까운 곳에……."

"닥쳐. 안 본다고 하잖아."

윈터가 신경질적으로 대꾸했다.

그사이 마차는 알리카의 수장이 있는 신전으로 향했다. 바이올렛이 창밖을 보며 할린에게 물었다.

"알리카 사람들은 붉은색을 좋아하는 모양이오. 붉은 칠이 많은 걸 보니."

"아, 네! 알리카 사람들은 불의 신을 모시거든요. 불의 신은 뱀의 형상을 하고 계십니다."

알리카는 평화로웠다. 밖에서는 그렇게 요란하던 눈보라가 이 안에서는 그리 느껴지지 않았고, 햇빛도 잔잔하게 들어왔다. 게다가 이곳은 자연적으로 불이 타오르는 곳이 곳곳에 있어 따뜻하기까지 했다. 윈터가 중얼거렸다.

"매장된 자원이 있고, 그 사실을 아는데도 이 꼴로 살고 있었다는 거군."

할린이 급히 대답했다.

"알리카에서 불은 신의 것입니다. 개발하면 안 돼요."

"아주 구석구석 한 군데도 마음에 들지 않는군. 이딴 곳에서 세뇌되지 않아 다행이야. 넌 불쌍하게 됐다."

"네, 네?"

할린이 당황하거나 말거나, 윈터가 탐욕스러운 표정으로 땅을 살폈다. 그사이, 그들이 탄 마차가 신전 앞에 섰다.

한 무리의 사람들이 문 앞으로 나왔다. 곧 바이올렛과 윈터의 일행도 마차에서 내려서 그들과 마주했다.

무리의 가장 앞에는 뱀이 그려진 화려한 차림새의 노인이 있었고,

그 뒤로 건장한 신관 다섯이 따르고 있었다.

"어서 오시오. 카닉 일족의 다섯 샤먼 중 하나인 파누스요."

붉은 옷을 입은 파누스가 불편한 표정으로 서 있으니 윈터가 인상을 쓰고는 먼저 악수를 청했다.

"윈터 블루밍이오. 이쪽은 아내며 라크라운드 왕녀인 바이올렛 블루밍이고."

"이곳은 우리 일족의 땅이오. 다른 왕족은 관계가 없소."

"그건 맘대로 하고, 그럼 이제 들어가지?"

"이곳은 성스러운 땅이오. 카닉 일족이 아닌 자들을 신전에 들이려면 일족에 대한 봉헌이 필요하다고 원로들이 합의를 보았소."

"내 이럴 줄 알았지."

애초에 돈 생각해서 혼혈인 저를 들여보냈으니 이 말이 안 나오면 그게 더 이상했다. 반면 할린은 몰랐는지 울상이 되어 파누스에게 말했다.

"파누스 님, 들어오게 해도 된다고 하셨잖아요."

"그래. 그러나 신께서 노하실 것은 변함이 없지."

파누스가 눈을 가늘게 뜨며 윈터에게 말을 이었다.

"알리카의 번영을 위해 재산의 절반을 바치면 혼혈이라 하여도 신전 출입을 허하기로 샤먼들이 결정하였소."

그 말에 윈터가 저도 모르게 웃음을 터트렸다. 그가 삐딱하게 몸도, 고개도 기울이며 파누스에게 물었다.

"내 재산의 절반이 어느 정도 되는 줄은 아나?"

"상당한 부를 누적했다고 들었소."

"그러니까. 그 상당한 부의 절반이 얼마냐고."

그의 말에 파누스가 인상을 썼다.

"그게 중요하오?"

"당연히 중요하지. 절반? 내 재산 절반이면 이까짓 얼어붙은 땅, 수백 개는 살 수 있어."

"뭐, 뭐라고? 말도 안 되는 소리 마시오!"

"정말 말이 안 된다고 생각해? 개소리도 적당히 해야지, 이딴 거지 같은 땅에 들어가는데 돈을 뭐?"

성질을 내던 윈터가 점점 더 욱하는지 곧바로 파누스의 멱살을 움켜쥐었다.

그때, 바이올렛이 살며시 그의 팔을 붙잡아 말리고는 가볍게 미소 지으며 파누스에게 악수를 청했다.

"그대 말이 맞소. 알리카에 왔으니 알리카의 법을 따라야지. 하지만 우리에게 그 법을 적용해서는 안 될 것 같소."

"무슨 소리요?"

"남편이 여기서 유명하니 나에 대해서도 알고 있으리라 보오. 왕실이 사라졌다고는 해도 알리카의 인접국이며 라크라운드와 수교한 하누스에서는 그리 여기지 않소. 나는 라크라운드의 왕녀이며, 선왕께서 돌아가시고 나의 오라버니에게 후계자가 없으니 왕위 계승 서열로 두 번째가 되오."

"저, 저기⋯⋯."

"나와 남편이 이곳에 오는 걸 허락한 건 그대들이오. 왕녀인 나를 모욕하는 것은 라크라운드를 모욕하는 것이고, 만약 그렇다면 하누스 왕가에 이 수치에 관하여 이야기해야겠소. 그렇다면 인접 도시인 여기에도 그리 좋은 영향은 없을 것이오."

"......"

"어느 정도의 선물은 할 수는 있겠으나 왕가의 사람을 초대해 그리 당당히 돈을 요구한다는 것은 라크라운드를 우습게 보는 것이고, 또한 우리와 수교한 하누스 역시 우습게 보는 것이 아니겠소?"

인접국을 이용해 위협하는 그녀의 말에 파누스가 침을 꿀꺽 삼켰다.

윈터는 바이올렛이 결단코 사사로운 일로 외교를 망쳐 놓을 사람이 아님을 알았지만 파누스는 몰랐다. 로렌스 왕가는 사라졌다고 들었으나 왕족 혈통인 그녀가 작정하고 외교에 으름장을 놓는다면 하누스 입장에서는 상당히 불만스러워질 것이고, 이런 규모가 작은 도시는 위험해질 것이 뻔했다.

파누스가 분노를 억누르며 입을 열었다.

"......들어오시지요. 하지만 그 아이들은 본디 두 분의 일행이 아니었을 테니 당장 알리카 밖으로 내보내십시오."

파누스의 말에 우나가 놀라서 바이올렛을 꼭 끌어안았다. 그러자 바이올렛이 다정히 우나의 머리칼을 쓰다듬고 파누스에게 말했다.

"그럼 이 아이들은."

그렇게 운을 띄운 바이올렛이 지갑을 열어 지폐 두 장을 꺼냈다.

"여기 있소."

"이, 이게 뭡니까?"

바이올렛이 상냥한 목소리로 말했다.

"귀공의 말대로 저 아이들은 내 멋대로 데리고 온 것이니 당신네들의 법을 따라야 하지 않겠소. 저 혼혈 아이들을 들여보내는 데도 재산 절반이 필요할 테지. 이 정도면 넉넉할 거요."

"......"

"자, 이제 들어가도 되겠소?"

바이올렛의 담담한 말에 파누스의 얼굴이 거무죽죽해졌으나 제가 한 말에 걸려 넘어져 별수 없이 문을 열어 주었다. 윈터는 끅끅거리며 웃음을 참다가 샤먼의 어깨를 툭툭 치고는 배를 잡고 웃었다.

"한심한 자식."

그가 말하는 것을 분명 들었을 텐데도 바이올렛은 지적하지 않았다. 드러내진 않았으나 그녀도 매우 분노한 상태였던 탓이었다.

신전에 들어가기 전, 윈터가 함께 온 다섯 명의 호위 중 세 명에게 아이들을 맡기며 말했다.

"다 데리고 병원에 가. 누구 하나 시비 거는 새끼 있으면 일단 두들겨 패. 내가 책임질 테니까."

그러자 카이슬 선수 출신인 셋이 동시에 어리둥절한 표정을 지었다.

"저희 셋이 다니는데 시비 걸 사람이 있겠습니까?"

"대표님 혼자 다니셔도 누가 대놓고 시비 걸진 않잖아요? 뒤로 여우 짓을 하면 모를까."

세 사람의 말에 윈터가 짜증스레 빈정거렸다.

"이 비정상적으로 폐쇄적인 놈들이 무슨 짓을 할지 어떻게 알아. 아무튼 병원 가기 전에 시장에서 꼬마들 배부터 채워 둬."

"네. 배 터지게 먹여 놓겠습니다. 아, 다녀오는 김에 술집 봐 둘까요? 알리카에 온 기념으로 한잔하시죠?"

"맞습니다. 우리가 이방인이 아닌 곳에 왔잖아요."

"개소리 마. 난 여기서도 이방인이야."

윈터가 성질을 내자 호위들이 움찔하고 입을 다물었다. 그 모습을 본 바이올렛이 다가와 다정히 물었다.

"여기 세 사람도 다 당신이 좋아하던 팀의 선수들인가요?"

"그렇지."

바이올렛이 신기한 표정으로 세 사람을 번갈아 보다가 궁금했는지 물었다.

"그나저나 재작년에 같이 경기장에 갔을 땐 자주 진다고 들었던 것 같은데. 올해는 성적이 어땠나요?"

"갑자기 그건 왜?"

윈터가 한 대 얻어맞은 듯이 당황하며 물었다. 덩치 큰 네 사내의 시선에 둘러싸인 바이올렛이 두 손을 맞잡고 단정한 눈빛으로 대답했다.

"당신이 좋아하는 거잖아요. 관심을 가져 보려고요. 올해 성적은 어때요?"

"……리빌딩 중이야."

"네?"

그러자 옆에서 다른 선수들도 씁쓸한 얼굴로 맞장구쳤다.

"맞습니다. 리빌딩 중이죠."

"내년엔 잘할 겁니다……."

그들은 자리를 피하고 싶은 듯 아이들을 데리고 병원을 찾아 사라졌다.

바이올렛이 의아한 얼굴로 물었다.

"표정이 왜 그래요?"

그녀의 멋모르는 질문에 윈터가 대꾸했다.

"세상에 딱 두 가지 내 마음대로 절대 안 되는 게 우리 팀 성적이랑 당신이야."

"그렇게 성적이 안 좋았나요?"

"상처받으니까 크게 말하지 말아 주겠어? 내가 직접 선수 교섭을 한 적까지 있는데도 이 망할 자식들이. 잠깐, 내가 그딴 팀 은퇴한 놈들에게 월급을 주고 있었네? 뭘 잘했다고! 돌아가면 전부 해고야!"

운동 경기 이야기가 나오자 안 그래도 거칠던 윈터의 말투가 더욱 거칠어져 욕설이 튀어나왔다. 바이올렛이 조금 웃고는 다정히 말했다.

"그래도 나는 비교적 당신 마음대로 움직여 주지 않나요?"

"당신은 내 맘대로 되는 게 아니지. 내가 당신 맘대로 되는 거야. 주종이 반대잖아."

윈터가 한탄하듯 대꾸하고는 신전 안으로 향했다.

알리카를 지배하는 다섯 샤먼 중 다른 셋은 파누스처럼 혼혈을 일족으로 인정하지 않았지만 한 사람, 최근에 샤먼이 된 노더라는 청년 만큼은 의견이 달랐다.

금빛이 도는 가는 밧줄로 긴 은발을 칭칭 올려 묶은 개방주의자 청년, 노더가 부부의 안내를 맡았다. 그가 앞장서며 거대한 돌 쟁반에 담겨 있는 '영원히 꺼지지 않는 불'에 이어 다음 설명을 이어 갔다.

"알고 계시겠지만 안 그래도 카닉 일족은 억압을 받고 있습니다. 그런데 이렇게 순혈만 고집하다니요. 혼혈과 카닉의 피가 없는 분들 사이에서 아이가 태어나지 않는 걸 해결할 생각은 않고, 저주라 설교하고 다닙니다."

"우리가 아이를 낳으면 저주가 풀렸다고 떠들고 다녀."

윈터가 말하자 노더가 고개를 끄덕이고 한숨을 쉬었다.

"이런 식으론 존속이 불가능합니다."

"그럼 저 재수 없는 노인 네 명을 다 쫓아내고 네놈이 수장을 먹지 그래?"

"재수 없는 노인이라니요, 제발 말 좀 높여 주시면……. 아무튼 샤먼은 한 분이 돌아가실 때까지 자리가 나지 않아 아직은 어렵습니다."

"하나 정도는 처리해도 모를 것 같은데. 대의를 위해서 희생시켜."

윈터의 극단적인 제시에 노더가 한숨을 푹 쉬었다. 말려 줬으면 싶었는지 노더가 바이올렛을 보았지만 그녀는 원래도 두리번거리지 않는 편인 데다 지금은 유난히 더 두 사람의 대화에 관여하지 않고 있었다.

아까 그녀가 추위에 떨고 있는 아이들을 마주쳤을 때, 다섯 살의 윈터가 그 위를 스쳐 지나갔다.

남편이 칼슨 로우의 총을 맞고 쓰러지던 날, 바이올렛은 그를 이렇게 자라게 한 모든 이를 원망했다. 그리고 여기 알리카의 샤먼들은 윈터가 버려지는 것에 지대한 영향을 끼쳤다.

곧 세 사람은 붉은 융단을 바른 문 앞에 도착했다.

"이곳이 불의 신을 모시는 곳입니다. 여기에 들어가시면 불의 신께서 두 분의 질문들에 답을 해 주실 겁니다."

노더가 그렇게 말한 후 문을 열었는데, 안은 완벽한 암흑이었다. 윈터가 욱해서 노더에게 소리쳤다.

"저딴 곳에 내 아내를 어떻게 들여보내!"

"부, 불의 신께서 돌보시는 안전한 곳입니다!"

"닥쳐, 이 범죄자 같은 새끼야! 불을 켜든지 뭐라도 해야 할 거 아냐!"

"다들 그냥 들어가시는데 저한테 왜 그러시는……. 바, 밖에 저렇게 무서운 호위분들도 버티고 계시지 않습니까! 심지어 신전에 총까지 들고 오지 않으셨습니까! 불의 신을 얼마나 우습게 아시는 겁니까!"

"그럼 내가 너희 같은 새끼들을 믿고 그냥 들어올 줄 알아! 불의 신 같은 소리 하고 있네, 우습다 못해 한심하기 짝이 없어!"

알리카에 온 이후부터 성격이 한층 더 나빠진 윈터가 당장에라도 나머지 네 샤먼을 찾아가 두들겨 팰 것같이 굴자 바이올렛이 드디어 그를 달래기 시작했다.

"무섭지 않아요. 같이 들어갈 건데."

"신전을 뭐 이따위로 만들어 가지고!"

"다른 불을 켜놓으면 불의 신이 오셨을 때 알아보기 어려운 게 아닐까요?"

바이올렛의 말이 합리적이라 느낀 건지, 아니면 그냥 아내가 달래서인지 흥분한 말처럼 날뛰던 윈터가 곧 진정을 되찾았다. 그러더니 노더를 확 밀쳐 버린 뒤 바이올렛의 손을 잡고 안으로 들어섰다.

문이 닫히고, 두 사람은 완전한 암흑 속에 갇혔다. 손을 꼭 잡고 있지 않았다면 모든 감각을 상실할 것 같은 어둠이었다.

"윈터."

"무서워? 나갈까?"

"아뇨. 다만 신기하네요. 이곳이라면 정말로, 정말로 불이 소중하게 느껴지겠어요."

"아, 우리 공주님은 어떻게 이딴 상황에서도 장점을 찾아내."

윈터가 투덜거려 놓고 웃음소릴 내더니 아내를 부드럽게 끌어안았다. 그 순간, 두 사람은 서로의 몸이 바뀐 것을 깨달았다.

"어머, 몸이 바뀌었네요."

"내 목소리로 그런 고상한 말씨를 쓰니 기분이 이상하군."

"그래요? 난 내 목소리가 그렇게 거칠어지면 재미있던데. 아, 다시 돌아왔네요."

두 사람이 이야기하고 있을 때였다. 잡고 있던 손이 사라지는 것을 느낀 두 사람이 다급하게 서로를 찾았다.

"뭐, 뭐야. 손 놓은 거야?"

"아뇨. 당신이 놓은 게 아니었어요?"

두 사람은 당황하며 서로의 목소리가 들리는 곳으로 걸었으나 이상하게 목소리는 멀어지기만 할 뿐이었다.

그리고 어느 순간 두 사람은 스스로의 존재를 잊어버리게 만드는 어둠 속으로 빨려 들어갔다.

❄ ❋ ❄

아침 일찍 눈을 뜬 윈터는 이상하게도 잠자리가 뒤숭숭하다는 생각을 했다. 라크라운드 수도 호텔의 침대는 어디 내놔도 손색이 없는, 나라 안에서 가장 좋은 침대였다. 그럼에도 이렇게 아침이 불편하게 느껴지는 것이 이상했다.

조금 열린 창문으로 바람이 흘러 들어와 커튼을 스치고 그의 머리칼을 흔들었다.

"개 같네."

윈터가 투덜거리며 상체를 일으키는데 문이 열렸다.

"대표님, 일어나셨죠?"

"어. 커피 가져와."

"네."

하옐이 윈터가 기상한 걸 확인하고 바로 커피를 주문한 뒤 정장 한

벌을 가져다주었다. 그가 걱정스레 말했다.

"그리고 제발 부탁이니 오늘은 넥타이 좀 해 주세요. 공적인 자리 잖아요."

"내가 알아서 할 테니 닥쳐."

윈터가 신경질을 내고 그 자리에서 빠르게 옷을 갈아입었다. 곧이어 하녀가 가져다준 커피에 하엘이 설탕을 듬뿍 넣어 건네자 그것을 한 번에 들이켰다.

준비를 마친 윈터는 옆에서 하엘이 로월 쪽에서 원두의 그램당 가격을 30라운드씩 올렸다는 터무니없는 소리를 하는데도 집중이 잘 되지 않았다. 뭔가 놓치고 있다는 기분이 들었다. 분명히, 원두 가격보다 더 중요한데 잊어버린 일이 있을 것이다.

윈터가 뒷목을 문지르고 있을 때 하엘이 버럭 소리쳤다.

"대표님! 제 말 듣고 계세요? 또 숙취세요?"

"회의 취소해."

"예, 예에? 안 돼요!"

"취소해. 다음번에 다시 회의할 때 내가 바이델린으로 가겠다고 해."

윈터가 신경질적으로 말하고 잊어버린 것을 알아내려 머리를 굴렸다.

도대체 뭐지. 뭘 잊어버린 거지.

궁리를 거듭하던 그는 수도로 오던 날 보았던 아내의 얼굴을 무심코 떠올렸다. 여느 때처럼 공주님스럽기 짝이 없어서는 맨발이었다. 이상하게, 머리끝부터 발끝까지 다 공주님인데 딱 발만 아니었다.

"……가지가지 하는군."

그게 집을 나서던 순간부터 거슬리더니 이 중요한 회의를 앞에 두고 다시 거슬리기 시작했다.

 그 공주님은 정말이지 욕이 나올 정도로 꽉 막힌 사람이었다. 재산이 싹 다 날아갔는데도 언제나 착장을 반듯하게 했다. 정황이 안 좋다고 생각하는지 패물을 사거나 하지는 않았지만 본래 가지고 있는 것을 요리조리 잘 맞춰 가며 알차게 사용했다.

 그런데 맨발이었다.

 윈터가 산만하게 방을 걸어 다니다가 버럭 성질을 내며 욕설을 퍼부었다. 그러더니 하옐에게 말했다.

 "남부에 다녀오지."

 "예, 예? 무슨 소리세요, 갑자기?"

 "그냥 기분이 안 좋아."

 "이건 그렇다고 해도 다른 일정은요!"

 "부대표들 시켜."

 그러더니 더 설명도 없이 객실을 그냥 나섰다. 하옐이 뒤에서 울상이 되어 소리쳤지만, 무시하고 곧장 기차역으로 향했다.

 다행히 바로 기차가 있어 일곱 시간 꼬박 타고 남부에 도착했다. 아침 일찍 출발한 탓에 집에 도착했을 때도 점심시간을 조금 넘긴 시간이었다.

 윈터는 집에 들어서자마자 곧바로 하녀장을 발견하고 물었다.

 "아내 어디 있어?"

 결혼 후 거의 처음으로 윈터가 아내의 행방을 묻자 하녀장이 당혹스러워하며 대답했다.

 "작은 마님이요? 아직 안 일어나신 것 같은데요."

 "같은데요? 장난해?"

"죄, 죄송합니다! 안 일어나셨어요!"

"지금 시간이 몇 신데…… 아, 젠장."

오후까지 빈둥거리는 공주님 상태 확인하려고 수도에서 달려온 제가 한심해서 윈터는 순간 기운이 쭉 빠지는 것을 느꼈다.

욕이 치밀었지만 여기까지 온 게 아까우니 그만 자라고 한 소리 해 주고 가야겠다는 생각이 들었다.

그래서 곧바로 계단을 올랐다. 아내의 방에 자주 가지 않아서 이제야 알게 된 건데, 그녀의 방은 이 저택 안주인치고 좀 외진 곳에 있었다.

"취향인가 보지. 나랑 멀리 있는 게 좋거나. 그 공주님 마음을 내가 어떻게 알겠어."

윈터가 혼잣말로 빈정거리며 아내의 방문을 두들겼다.

"이봐."

그러나 안에서는 대답이 없었고, 그 이후 몇 번 더 두들겨도 답이 없었다.

이 정도면 그의 성격에 꽤 예의를 차려 준 편이었다. 윈터가 결국 문을 쾅 내리쳐 열고 안으로 들어갔다.

"술이라도 마셨어? 왜 대답을……."

윈터가 자리에 멈춰 섰다.

바이올렛은 천장을 보고 반듯한 자세로 누워 있었고, 바닥에는 빈 약통과 술병이 뒹굴고 있었다.

"공주님. 이봐."

윈터가 아내를 부르며 다가갔으나 대답이 없었다. 윈터의 걸음이 조금 급해졌다. 서둘러 걸어가 바이올렛을 흔들었다.

"바이올렛. 눈 좀 떠, 바이올렛 블루밍."

그녀는 일어나지 않았고, 숨도 쉬지 않았으며, 온기도 느껴지지 않았다.

❋ ❄ ❋

같은 시간, 바이올렛은 어느 겨울, 남부의 한 식당 뒤에 서 있었다.

그녀는 제 앞의 아이가 윈터 블루밍이라는 것을 금방 알아차렸다. 아마 일곱 살 정도 되지 않았나 싶었다. 벌써부터 잘생긴 이목구비가 완연히 드러나 있었으나, 여전히 아이는 아이였다.

'귀여워.'

바이올렛이 그리 생각하며 가만히 보고 있으려니, 소년이 신경 쓰이는지 장작을 주기적으로 화덕에 넣으며 그녀를 힐끔힐끔 보았다.

그즈음 소년은 차차 어머니가 저를 찾으러 오리라는 희망을 버려가고 있었다. 장작을 계속 넣던 소년이 물었다.

"뭘 그렇게 봐요?"

"응? 아, 미안. 무례했구나."

바이올렛이 다정히 말하자 소년이 고개를 저었다.

"그런 건 아니에요. 그냥 뭘 보나 해서."

"불을 보고 있었단다."

바이올렛은 불의 신전에 들어온 이후 환상 같은 것을 보고 있는 모양이라고 생각했다.

장작을 끊임없이 넣던 소년이 말했다.

"저리 가요."

"어머, 방해를 했구나."

바이올렛이 그제야 정신을 차리고 돌아서려 했다.

그때, 소년이 걱정이 되는지 바이올렛을 돌아보며 말했다.

"저 본 건 비밀로 해 주시면 안 돼요?"

"왜 그러니?"

"식당에서 이방인이 일하면 싫어하는 사람들도 있잖아요. 더럽다고."

"……."

바이올렛이 잠시 생각하다가 조용히 대답했다.

"아주 나쁜 사람들이구나."

"몰라요."

"방해해서 미안해. 절대 아무에게도 말하지 않을게."

바이올렛이 그렇게 말하고는 걸음을 옮겼다. 그리고 멀어지려는데, 어디선가 걸어온 덩치 큰 사내가 곧바로 소년의 멱살을 잡아 들어 올렸다.

"이 쥐새끼가! 그새 또 음식을 훔쳐 먹어!"

그러자 매달린 소년이 소리쳤다.

"머, 먹을 걸 안 주니까 그렇죠! 배가 고픈데!"

"네놈이 더럽게 많이 처먹으니까 그런 거 아니야! 네놈 식욕을 감당하다간 식당이 망할 판이야, 이 도둑놈의 새끼."

안 그래도 또래보다 체격이 큰 데다 자라는 속도를 감당하려니 소년은 거의 하루 종일 허기를 느꼈다. 그런데 온종일 일해도 돈은커녕 배를 채울 만큼의 음식도 주지 않으니 식당에 들어가 식재료를 훔칠 수밖에 없었다.

식당 주인은 한참 더 욕설을 했고, 바이올렛은 윈터가 쓰는 말투 중 많은 부분이 저 식당 주인 사내를 닮았음을 금방 깨달았다.

식당 주인은 윈터를 집어 던졌다가, 소년이 일어서자마자 뺨을 때려 다시 쓰러뜨리고는 발로 거침없이 걷어차기 시작했다. 바이올렛이 정신없이 달려갔다.

"그만두게! 이게 무슨 짓인가!"

그러자 식당 주인이 멈칫하고 바이올렛을 돌아보았다. 그녀의 아름다운 이목구비에 순간 말문이 막혔던 식당 주인이 곧 헛기침을 하고 말했다.

"이 쥐새…… 아니, 꼬마가 자꾸 음식을 훔쳐 먹지 않습니까."

"그렇다고 이렇게 아이를 때리는 법이 어디 있나?"

"아니, 아가씨. 이렇게 놔두면 저 더러운 이방인 꼬마가 계속 주방에 들락거릴 것 아닙니까. 아가씨도 그런 식당에서 식사하기 싫으시잖아요."

"나는 아이를 때리는 자가 운영하는 식당에서 식사할 생각이 없네."

"아, 거참……."

사내가 불쾌감을 드러내자 바이올렛이 곧 분노를 억눌렀다. 그녀가 여기서 화를 내 봤자 그 화가 고스란히 아이에게 돌아갈 것이 뻔했다. 결국 그녀가 자존심을 꺾고 부드럽게 말했다.

"얼마나 훔쳤는지는 모르겠지만, 오늘은 내가 보고 있으니 그만둬 주게. 부탁이네."

"……아름다운 아가씨가 이렇게까지 말씀하시니 그렇게 하지요. 저 망할 것이 운이 좋았습니다."

식당 주인이 투덜거리고는 윈터를 노려보며 여기서 일한다 말하지 말라고 눈치를 주고 떠났다.

바이올렛이 서둘러 걸어가 윈터를 일으키며 물었다.

"괜찮아? 많이 다쳤어?"

그녀가 묻자 소년이 인상을 쓰고 대꾸했다.

"저리 가라고 했잖아요."

"상처만 보고 갈게."

"불쌍하면 돈을 줘요. 동정하면 뭐 좀 우월한 기분이 들잖아요. 그런 기분 느끼게 해 줬으니까 돈을 주세요."

바이올렛이 급히 지갑을 찾았으나 가진 게 아무것도 없었다. 심지어 입고 있는 옷도 실용성만 생각해 가치가 없었다. 머리도 더듬어 봤으나 젠이 저 말고 다른 하녀가 그녀의 머리를 만지면 섭섭해하는 데다가 추위를 피하려고 길게 풀어 둬 아무것도 없었다.

그녀가 그나마 하고 있는 목도리를 풀어 건넸다.

"이거라도 쓰겠니?"

"돈도 안 들고 다녀요?"

"이 드레스에 주머니가 없어서."

"귀족 여자들도 짜증 나겠네요. 제 이 거지 같은 옷에도 주머니가 있는데."

그녀의 옷에 주머니가 없어서 짜증 난다는 건, 늘 윈터가 불만스러워하는 바람에 알았다. 어려도 불만인 부분이 똑같구나 싶어 웃고 난 바이올렛이 목도리를 소년의 목에 둘러 주었다.

"넌 아주 똑똑해 보이는구나."

"왜 거짓말해요?"

"정말이야. 힘도 세 보이고."

"그건 그래요."

"금방…… 나보다 더 많이 크겠지."

바이올렛이 애틋한 표정으로 말하며 두 손으로 소년의 얼굴에 난 상처를 깨끗하게 닦아 냈다. 그러자 소년이 있는 대로 짜증을 내며 말했다.

"귀족 여자를 밀면 사형당해요?"

"그 정도는 아니야."

"일해야 하는데 짜증 나게."

"걱정해 주는데 왜 짜증을 내고 그러니?"

바이올렛은 핀잔했으나 표정에는 다정함이 가득했다. 그래도 자신을 불편해하는데 머무는 것은 예의가 아닌 것 같아 자리에서 일어서니, 눈이 커진 소년이 서둘러 치맛자락을 잡았다.

"왜요?"

"응?"

"아."

윈터가 얼른 손을 뗐다. 그러더니 목도리를 손으로 꽉 쥐고 다시 화덕 앞에 앉아 장작을 넣기 시작했다.

그리고 조금씩 바이올렛의 시야가 흐릿해졌다. 그녀는 이 환상이 조금씩 사라져 가는 걸 알고 소년에게 말했다.

"잘 지내. 다음부턴 걸리지 마, 도둑질."

그녀의 말에 소년이 다시 바이올렛을 돌아보았다. 소년은 뭔가 하고 싶은 말이 있는 듯 보다가 휙 고개를 돌려 다시 장작에 집중했다.

"신경 꺼요."

그렇게 꼬박꼬박 대꾸해 주는 소년의 환상이 사라지도록, 바이올렛은 윈터를 바라보고 있었다.

어린 그의 곁에 있어 주고 싶다는 생각 때문에 이런 환상을 보는 것

이리라, 그녀는 막연히 생각할 뿐이었다.

바이올렛의 시야가 완전히 암전되기 전에 윈터의 눈에서 먼저 그녀가 사라진 모양이었다. 윈터가 힐끔 다시 바이올렛 쪽을 보더니 곧 놀라서 그녀가 있는 곳으로 달려와 두리번거렸다. 그 모습에 바이올렛이 다시 손을 뻗었으나 잡히지 않았다.

소년이 화덕으로 돌아가 앉으며 투덜거렸다.

"뭐야, 이제 진짜 불이 잘 붙었는데."

바이올렛은 뒤늦게 그녀가 불을 보고 있다고 해서, 소년이 그렇게 얻어맞고도 냉큼 앉아 장작을 넣고 있었음을 알았다. 외로웠으면서 곁에 있어 달라고 말하는 법은 몰랐던 탓이었다.

그걸 알고 나니 눈물이 날 것 같았다.

✳ ❋ ✳

바이올렛의 눈앞에서 환상이 사라졌을 때, 그녀의 앞에는 함께 알리카에 온 혼혈 아이, 우나가 서 있었다.

"여긴 어떻게 들어왔니? 아…… 이 애도 환상인가?"

그녀가 혼잣말을 하는데, 우나가 입을 열었다.

"윈터 아저씨는 공주님이 아파서 알리카에 왔고, 공주님은 아기 때문에 여기 온 거죠?"

우나의 말에 바이올렛이 미소를 지었다.

"응. 각자 그게 가장 큰 이유인 모양이구나."

그러자 우나가 배시시 웃으며 바이올렛의 손을 꼭 잡았다.

"공주님이 윈터 아저씨 대신 아파 준 것처럼, 공주님의 아가님은 공

125

주님 대신에 아파 주고 싶어 해요."

"그게…… 무슨 말이니?"

언뜻 이해하지 못한 바이올렛이 창백한 얼굴로 어찌할 바를 몰라 얼어 있는데, 우나가 말을 이었다.

"원래 카닉 일족 사람들은 타인의 아픔을 가져가 주는 힘을 가진 사람들이었대요. 이제는 오히려 아픔을 주는 사람들이 되었지만요."

"슬픈 일이구나."

"그래도 이번엔, 공주님이 구해 준 사람들이 아가님의 아픔을 가져가 줄 거예요. 그러고 나면 아가님은 다시 공주님에게로 돌아올 거예요."

"자, 잠깐만. 너희도 아직 아이들이잖니."

"괜찮아요. 엄청 많은 사람이 나눠 가는걸요. 아기는 아주 작고."

"아파도 내가 아파야지. 아이가 어른의 책임을 대신 져서는 안 돼."

"공주님과 윈터 아저씨도 어른들의 책임을 대신 지고 자란걸요. 카닉 사람들을 구해 주고, 그 사람들이 불의 신에게 공주님의 안녕을 기도하게 만든 것도 다 공주님의 선택의 결과였어요. 이제 공주님도, 공주님을 찾아올 아가도 건강할 거예요."

우나가 배시시 웃는 것을 보던 바이올렛이 애써 따라 웃으며 말했다.

"이것도 다 환상일까?"

"그렇게 볼 수도 있죠. 아. 이제 윈터 아저씨를 데리러 가요."

"데리러 가?"

"네. 지금은 지옥 같은 곳에 있거든요. 가는 길에 불의 신에 대해서 알려줄게요."

우나가 바이올렛의 손을 꼭 잡더니 어디론가 잡아끌었다. 바이올렛은 혼란과 두려움을 가까스로 견디며 아이를 따라 걸었다.

∗ ❊ ∗

　윈터는 여전히 아내의 방에 서 있었다. 그는 잠깐 시계를 보았다가 의사, 릭먼에게 성질을 냈다.

　"왜 아직도 못 일어나."

　"저…… 정말 돌아가셨습니다. 어떻게 해 볼 방법이……."

　그 말에 윈터가 코웃음 쳤다.

　"웃기지 마. 며칠 전에 나한테 수도 가지 말라고 화내던 여자야. 그래, 뭐. 혈색이 좋은 편은 아니었지만 그렇다고 이렇게 갑자기 죽을 정도는 아니었어."

　"스스로 목숨을 끊으신 겁니다."

　"그게 무슨 말도 안 되는 소리야!"

　윈터가 버럭 소리치더니 릭먼의 멱살을 움켜쥐었다.

　"의사면 의사 일을 해야 할 거 아냐! 내 아내 좀 깨우라는데 그까짓 것도 못 하는 게 무슨 의사야!"

　그는 분노를 못 참고 릭먼을 벽에 처박듯이 던져 버리고는 안주머니에서 접이식 칼을 꺼내 펼치고 목에 들이댔다.

　"빨리 깨워."

　"이, 이러지 마십시오! 못 한다고 하지 않습니까!"

　"뭐라도 해! 무슨 짓이든 해서 깨우라고! 사람이 이렇게 오래 자는 게 말이 안 되잖아! 그까짓 맨발로 좀 다녔다고……."

　"하루 늦는다고 크게 변하는 것도 없잖아요. 이번 한 번만……."

윈터는 아내의 애원을 떠올리는 순간, 심각한 가슴 통증을 느껴 자리에 주저앉았다. 심장이 쪼개지는 것 같았다. 온몸 구석구석에 소금 같은 것이 다닥다닥 박히는 것처럼 아파 왔다.

그는 그 상태로 주저앉아 있었고, 그사이 주변이 빠르게 움직였다. 그가 다시 정신을 차린 건 아내를 화장터로 이동시킬 때였다.

주변 다른 국가와 달리 라크라운드는 화장을 하는 것이 보통이었다. 그래서 블루밍 가문 정도의 큰 가문에는 반드시 화장터가 있었다. 그들은 죽은 자를 가문 안에서 떠나보낸다는 것에 매우 자부심을 느꼈다.

윈터는 여전히 아내의 죽음을 받아들이지 못했으나, 주변인의 성화로 검은 정장을 차려입고 평소에는 귀찮아 끼지 않던 하얀 장갑을 꼈다.

그리고 화장터에 서서 아내를 화장하는 것을 물끄러미 바라보았다.

하엘이 조심스럽게 서류를 내밀었다.

"대표님, 큰 마님께서 작은 마님의 봉안함을 모실 곳은…… 직접 준비하시겠다는데요."

"내가 해."

"그러는 게 낫겠죠?"

"어. 내가 해야지. 내가 죽였는데."

"대표님……."

"젠장, 그 공주님이 맨발이었단 말이야."

그렇게 말하던 윈터가 또다시 웃음을 터트렸다. 화장터에서 웃음소리가 들리자 주변 사람들이 웅성거리기 시작했다.

윈터가 타오르는 불을 바라보며 말을 이었다.

"그거 아나. 이방인들의 신은 불 속에 있다더군."

"예? 아, 이글린에게 들었어요."

"그래. 신. 그 신."

윈터가 중얼거렸다.

"아무짝에도 쓸모없는 신이, 오늘은 저기 있었으면 좋겠어."

✳ ❄ ✳

저를 이끄는 아이를 따라 걸어 바이올렛이 도착한 곳은 꽃으로 뒤덮인 작은 언덕이었다. 바이올렛이 멀리 바다가 보이는 언덕에 서서 놀란 표정을 지었다.

"세상에, 아름다워라……."

보라색은 물론 노란색, 빨간색, 주황색, 흰색으로 언덕이 뒤덮여 있었다. 연분홍 장미처럼 화려한 꽃부터 작고 이름 모를 풀꽃, 심지어는 호박 덩굴에 호박꽃도 피어 있었다.

언덕 위에는 작은 예배당이 있었는데, 그 외관이 무척이나 아름다웠다.

우나가 예배당을 향해 난 작은 길로 바이올렛의 손을 잡아끌며 말했다.

"불의 신은 앞뒤가 다르대요. 한 면은 엄격하고 한 면은 관용적이래요. 그래서 카닉 사람들은 불의 신을 뱀과 꽃으로 그려요. 어느 한쪽이 사악하다기보다는 두 가지 면이 있다는 의미죠. 불은 뱀처럼 보이기도 하고, 꽃처럼 보이기도 하니까요."

바이올렛은 불의 신이 이 아이의 입을 빌려 말한다는 것을 직감적으로 알아차렸다. 그녀는 천국의 한 장면 같은 꽃 언덕을 감상하는 동시에 우나의 말에 귀 기울였다.

"아, 그래서 그런 문양을 새기는구나. 남편 왼쪽 어깨에도 그런 문신이 있어."

"불의 신의 엄격한 면은 자기를 모시지 않는 다른 사람과 연을 맺는 걸 싫어해서요, 혼혈들도 반기지 않아요."

"저런."

"반대로 관용적인 면은 그것에 반대해서요, 언제나 기회를 주려고 한대요."

우나가 숨이 찬지 멈춰 서서 바이올렛을 올려다보며 말을 이었다.

"원래 불의 신은 알리카 사람들에게 타인의 아픔을 나눠 질 수 있는 힘을 줬거든요. 그런데 엄격한 면만 이용하는 몇몇 샤먼 때문에 점점 알리카의 문이 닫히면서 일족의 수가 줄어들고, 사용하지 않는 힘도 사라지고 있어요."

"음……"

"불의 신은 공주님이 알리카에 필요한 사람이라고 생각한 것 같아요. 그리고 공주님 역시 스스럼없이 타인의 신을 존중하셨죠."

"왜 나였을까."

"여러 이유가 있겠지만 그중 한 이유는 길에 쓰러져 있는, 부모도 같은 일족 사람들도 안아 주지 않았던 이방인 소년 대신 아파 주겠다고 기도하는 그 마음이었겠죠."

"기쁜 소식이구나."

바이올렛의 다정한 말에 우나가 헤헤 웃으며 말을 이었다.

"그렇죠? 그래서 불의 신을 믿는 사람들에게 주는 이해의 기회를 여러 번, 정말 여러 번 선물하신 거예요."

"그건 정말 특별한 선물이었어. 감사할 일이구나."

"그리고 공주님은 불이 신이 바란 것처럼 알리카 밖에서 많은 카닉 일족 사람들의 생명을 구하셨어요. 칼리본의 광부들과 그 가족들, 그리고 알리카로 오던 길에서 만난 아이들도. 앞으로도 많은 사람을 구할 거고요."

아이의 말을 가만히 듣던 바이올렛이 다정히 미소 지었다.

"불의 신께선 내 남편을 참 사랑하는 모양이구나. 나에게까지 그런 기회를 준 걸 보니."

"네. 공주님의 신이 공주님을 사랑하는 것처럼요."

"그것도 또한 기쁜 소식이구나."

앞장서 가던 우나가 예배당을 가리켰다.

"이제 한 번 더 구해 주러 가세요. 부군께서는 저곳에서 긴 시간을 보내며 불의 신께서 주신 생명의 대가를 치르고 있으니까요."

우나는 어느 순간 어딘가로 사라져 버렸다.

바이올렛은 예배당을 보았다. 완벽히 라크라운드 형식도, 그렇다고 카닉 일족의 형식도 아닌 두 가지의 문화가 섞인 듯한 예배당이었다.

"참 아름다운 장소네."

바이올렛이 혼잣말하며 예배당으로 마저 걸음을 옮겼다.

✳ ❄ ✳

하옐은 윈터의 집무실 앞에서 들어갈까, 말까 한참을 망설이고 있었다. 그 모습을 본 안잘리가 다가와 물었다.

"매년 저렇게 틀어박혀 계실 거면서 기일은 왜 그렇게 떠들썩하게 챙기는 거지?"

하옐이 한숨을 쉬었다.

"그것도 한 달씩 말이에요. 한두 해 저러다 마실 줄 알았는데 계속 그러실 줄은 몰랐어요."

"대표님의 재혼 이야기가 온 나라 관심사인데 누굴 만나지도 않으시고. 그렇다고 또 부인을 찾아가는가 하면 여기에 처박혀서 일만 하시잖아."

"그러게요. 돈을 그렇게 쏟아붓는 걸 보면 작은 마님을 마음에서 지우신 것도 아닐 텐데. 매일 저렇게 술과 신경 안정제를 드시고 일만 하다간 어느 날 돌연사하실걸요. 여태 살아 있는 게 더 놀라워요."

윈터는 남부 끝에 있는 라크라운드에서 가장 아름답기로 손꼽히는 장소인 바닷가 언덕을 사들이고 그 위에 예배당을 지었다. 그 예배당 벽을 온갖 보석과 실크로 장식하고, 봉안함은 황금과 에메랄드, 루비와 진주를 아낌없이 사용해 만들었다. 블루밍가에서도, 얼마 전 왕실로 복권된 로렌스가에서도 그녀의 봉안함을 그곳에 두는 건 예법에 어긋난 일이라 말했으나 윈터의 고집을 꺾을 수 있는 사람은 없었다.

장례식이 시작된 후에야 아내가 꽃을 좋아했다는 걸 알게 된 윈터는 예배당이 있는 해안까지 화물선으로 꽃을 실어다가 언덕 전체에 쏟아붓고, 시들면 바다에 흘려보내고, 다시 쏟아붓는 무의미한 행동을 한 달 내내 반복했다. 다시 왕위에 오른 에쉬 로렌스가 죽어도 장례식을 한 달 동안 지속하진 않을 것이라 사람들이 수군거렸으나 신경 쓰지 않았다.

그 장례식이 끝난 후에도 윈터는 7년째 언덕에 시든 꽃이 없게 하라는 말도 안 되는 주문을 유지해 왔으나, 정작 본인은 처음 예배당을 짓던 날 외에는 한 번도 그곳에 가지 않았다.

잠시 후 마음을 굳게 먹은 하옐이 집무실 문을 벌컥 열고 들어갔다. 안에는 담배 연기가 자욱했고, 윈터는 여느 해와 마찬가지로 바이올렛의 기일 근처의 많은 날을 술과 약으로 지탱하며 일을 하고 있었다.

보다 못한 하옐이 버럭 소리쳤다.

"대표님!"

"뭐."

"쉬세요."

"꺼져."

윈터가 인상을 쓰고 다시 서류로 시선을 옮겼다. 그러나 하옐이 물러서지 않고 말했다.

"작은 마님 뵈러 한 번을 안 가셨잖아요. 심지어 장례식에도 정말 얼굴만 비치셨고."

"일이 많았잖아."

"제가 일정 조정해 놓을 테니까 일주일만 쉬세요. 예? 남들 보기에도 이상하다고요. 다들 대표님이 너무한다고 수군거린단 말이에요."

"돈을 그만큼 들였으면 된 거 아냐."

"그래도 말입니다! 봉안함을 로렌스가도 아니고 블루밍가도 아닌 남부 끝에 있는 예배당에 두시고는 한 번도 찾아가지 않으셨잖아요. 시간을 들이시라고요. 회사 이미지 생각해서요."

"……."

"기차표는 사 뒀습니다."

하옐이 가져온 기차표를 탁 그의 앞에 내려놓았다. 윈터는 그제야

133

펜을 놓고 기차표를 물끄러미 바라보다가, 이내 그것을 집어 들었다.

윈터는 아내가 떠나고 7년 만에 처음 라크라운드 남부 끝에 있는 예배당에 도착했다. 언덕 위에 선 그는 장례식 때를 제외하고는 사람들의 발길이 끊긴 예배당 안을 바라보았다. 사람을 여럿 고용해 깨끗하긴 했으나 그뿐이었다.

윈터는 예배당에 들어서자마자 봉안함 위에 가져온 상자를 두고 그 앞, 긴 의자에 풀썩 드러누웠다. 그리고 한참의 침묵 후 입을 열었다.

"7년 동안 부모님을 한 번도 만나지 않았어. 딱히 날 안 찾더라고. 뭐, 그렇더라. 그러니까 섭섭해할 건 없어. 뭐…… 섭섭할 일도 없겠지만."

중얼거린 윈터가 허공을 바라보다 봉안함 쪽으로 고개를 돌렸다.

"이 얘기에 기분이 나아질지는 모르겠는데, 7년 내내 일을 안 하면 자꾸 당신이 떠올라. 당신이 맨발로 얼음 위를 걸어가는 환각이 보여. 그럼 난 피가 얼어붙은 당신 발자국을 따라가지. 차라리 그 얼음이 깨져서, 당신과 같이 가라앉았으면 좋겠다는 생각을 해."

혼잣말을 하던 윈터가 곧 몸을 일으켰다. 세상 모든 공기가 바닷물로 바뀌어 버린 기분이었다. 이렇게 숨 쉬는 게 힘들 바에야 차라리 죽고 싶은데 여기서 버티고 사는 것 이상으로 스스로를 벌주는 일은 없을 것 같아 버티고 살았다.

잠시라도 멈춰 서면 온몸이 말라붙는 지옥에 떨어뜨려 됐는데, 거기서 금방 빠져나와 버리면 아내도 실망할 테지.

윈터가 농담조로 말을 건넸다.

"내가 여기 와 있는 것도, 당신은 싫지? 내가 빨리 사라졌으면 좋겠지?"

그러고는 아내를 보러 오기 위해 모처럼 신경 쓴 얼굴로 조금 웃었다.

"싫으면 말을 해. 꺼지라고. 제발 말 좀 해."

한번 생각하기 시작하면 멈출 수가 없었다. 아무리 오열해도 그녀가 돌아오지 않을 것을 알면서도 자꾸만 기대했다. 꼭 세상 어딘가에 있을 것만 같았다. 그냥 저만 만나 주지 않는 것뿐이지, 어디선가는 행복하게 살고 있을 것 같았다.

7년이 지났는데도 그는 아내의 죽음을 전혀 받아들이지 못했다.

윈터가 가빠 오는 숨을 몰아쉬다가 안주머니를 뒤져 약통을 꺼내 신경 안정제를 삼켰다.

그때 문 쪽에서 인기척이 들렸다. 문을 돌아본 윈터의 몸이 그대로 굳었다. 꽃향기와 함께, 아내의 모습이 보였다.

꼼짝도 못 하는 그에게 바이올렛이 다가왔다.

"아, 당신이 여기 있었군요?"

그녀의 목소리에도 윈터는 대답을 하지 못했다. 바이올렛이 눈앞에 와서 서도록, 그저 그녀만 바라보고 있을 뿐이었다.

바이올렛이 입을 열었다.

"난 어린 당신을 만나고 왔어요. 당신은 뭘 하고 있었어요?"

"……."

"윈터?"

그가 대답이 없어 바이올렛이 걱정스레 허리를 숙이는데, 윈터가 다급하게 일어나 그녀를 끌어안았다.

바이올렛이 놀라서 달달 떨리는 그의 등을 토닥거렸다.

"왜 그래요? 무슨 일 있었어요? 여긴 어디예요?"

바이올렛이 그제야 예배당 안을 살피기 시작했다. 벽에 한 바퀴 빙 둘러진, 작은 보석들이 촘촘하게 박힌 실크 장식을 따라 시선을 옮기다 보니 윈터가 보고 있던 방향에 커다란 봉안함이 있었다. 봉안함 앞에는 바이올렛 블루밍이라는 이름이 적혀 있었다.

바이올렛은 그제야 윈터가 겪고 있는 환상이 무엇인지에 대해 알았다.

"윈터, 나 안 죽었어요. 이건 다 환상 같은 거예요."

"알아."

"나도 꿈 아니에요."

"그건 내일 아침에 말해."

윈터가 천천히 바이올렛을 놓았다. 그러더니 앉으라는 듯 고개로 의자를 턱짓했다.

바이올렛이 얼떨결에 자리에 앉자 윈터가 봉안함 위에 있던 상자를 가져왔다. 상자 안에는 폭신해 보이는 털신이 들어 있었다.

"내가 마지막으로 본 당신이 맨발이었거든. 그래서 언젠가 당신을 만나면 신발을 신겨 주고 싶었어."

바이올렛은 분명히 신발을 신고 왔는데, 지금은 이상하게도 맨발이었다. 윈터가 바이올렛의 발에 하나씩, 신경 써서 부드럽게 만든 신발을 신겼다. 그 모습을 바라보던 바이올렛이 걱정스레 물었다.

"어떻게 지냈어요?"

"그 와중에 인사치레는."

윈터가 실소하더니 한참이 지나서야 입을 열었다.

"행복하진 않았어."

"그래요?"

"응. 비교적 불행했어."

그가 농담하듯 말했다. 그의 말에 바이올렛이 머뭇거리다 대답했다.

"내가 죽어도 당신은 아무렇지 않을 줄 알았어요. 그때는 그런 마음이었는데……."

"세상에 아내가 자기 손으로 목숨을 끊었는데 괜찮을 놈이 어디 있어."

"그러게요. 난 그때 정말로…… 당신을 조금도 이해하지 못했어요."

바이올렛이 달래듯 윈터의 헝클어진 머리칼을 정리해 주려 하자 그가 무심코 손길을 피했다. 바이올렛은 웃으며 손을 뗐다. 그제야 뒤늦게 윈터가 그녀의 팔을 붙잡았다.

바이올렛은 지금의 윈터 블루밍이 이곳으로 오기 전에 만난 일곱 살의 윈터 블루밍 그대로라는 것을 알았다. 여러 번 버려진 강아지처럼 손길은 두려워하지만, 멀어지는 것은 더더욱 두려워하는.

예전에는 그런 윈터가 영 저를 증오하는 줄로만 알아서, 상처받고 한동안 숨어 버리곤 했었다. 아마 그녀가 숨어 버리면 윈터는 당황하며 더 많은 돈을 벌어들이려 했으리라. 그런 악순환이었다.

바이올렛은 이 남자를 건져 내게 하려고 우나가 저를 여기에 데려다주었음을 알았다. 카닉 일족의 신이 이 남자를 무척이나 사랑하는 걸지도 모르겠다고 생각했다. 여기서 그를 건져 낼 수 있는 기회를 두 사람 모두에게 주었으니까.

그녀가 미소 짓자 그사이 농담할 기분이 된 윈터가 물었다.

"그렇게 밝은 표정 하는 거 처음 봐. 나 없는 게 그렇게 좋았나."

"그런 거 아니에요."

바이올렛이 웃더니 손을 내밀었다.

"가요, 우리."

그러자 윈터가 7년 만에 처음, 진심으로 소리 내어 웃으며 그녀의 손을 잡았다. 그리고 저를 끌고 가는 바이올렛의 뒤를 따라 걸으며 말했다.

"죽은 사람이 부르는 거 따라가지 말라던데."

"안 갈 거예요?"

"누가 안 간대."

윈터의 대꾸를 끝으로 두 사람은 예배당을 나섰다. 그 순간 그들은 다시 암흑이 가득한 신전으로 돌아왔다.

두 사람이 정신을 차린 순간 눈앞에서 불이 타오르며 신전이 밝아졌다.

바이올렛이 깜짝 놀라 불을 보았을 때, 윈터가 곧바로 달려와 그녀를 끌어안았다. 그러나 그가 서 있을 힘이 없어 그대로 주르륵 미끄러지는 바람에, 무게를 못 이긴 바이올렛도 따라서 주저앉았다.

바이올렛이 놀라서 그를 마주 끌어안자 그녀의 품에서 숨을 헐떡거리던 윈터가 겨우 중얼거렸다.

"저…… 개 같은 신은 내 혈족들이 믿는 신이 분명해. 내가 욕했다고 열 받은 거야. 총을 들고 신전에 들어온 거에 대한 복수라고. 그렇지 않으면 날 당신이 없는 곳에 7년이나 처박아 놓을 리 없잖아!"

윈터가 불 쪽을 보며 버럭 성질을 내고는 한동안 진정하지 못하고 아내의 얼굴을 더듬거리며 이쪽이 현실이라는 것을 확인하려 애썼다.

그는 그렇게 그녀의 이목구비 하나하나, 손발까지 다 확인한 후에야 겨우 이성을 찾아 다시 입을 열었다.

"당신도 그 꼬마 만났어? 아픈 꼬마."

"아, 당신도 만났어요?"

"난 우리가 세 번 서약하던 장면들을 보고 왔어. 예상한 그대로였고, 당신은 상상 이상으로 귀엽더군. 아무튼 그 이후에 그 망할 꼬마가 신이 당신을 돌려준 대가를 갚으라고 했다면서 날 그런 지옥에 처박았어."

윈터가 바이올렛을 다시 끌어안았다. 그러곤 심호흡하더니 말을 이었다.

"그 꼬마가 난 원래 이곳의 샤먼 중 하나가 되었어야 한다더군."

"그렇대요?"

"원래 내 능력은 알리카를 위해 써야 했는데, 혼혈이라고 배척한 덕에 내가 싹 다 내 재산 불리는 데 쓴 거지. 자업자득이야."

"그렇군요."

"당신 몸은?"

"괜찮을 거라고 들었어요. 전혀 문제없다고."

"확실히 혈색이 좋아지긴 했군. 열도 내렸고."

윈터가 바이올렛의 이마에 다시 손을 올려 보고 기쁜 표정을 지었다. 그녀의 좋아진 안색을 보니 방금 전 지옥을 겪고서도 여기 온 것이 후회되지 않았다.

바이올렛 역시 따라 미소 짓고는 윈터의 팔에 걸쳐진 목도리를 가리켰다.

"그나저나 그거."

조금 전까지 바이올렛이 하고 있었던 목도리가 갑자기 20년은 지난 것처럼 낡아 있었다. 바이올렛은 곧 거기서 고개를 돌려 제가 신고 있는 말도 안 되게 폭신한 신발을 발견했다.

"환상이…… 아닌 건가요?"

"그런 것 같기도 하고."

윈터가 팔짱을 끼고 심각하게 그녀의 발을 내려다보았다. 그러더니 문을 턱짓했다.

"일단은 나가지? 저 신은 꼴도 보기 싫으니까."

바이올렛이 말없이 고개를 끄덕이자 윈터가 문을 거칠게 열어젖혔다.

문이 열리는 순간 윈터의 표정이 구겨지고, 바이올렛은 이마를 감싸 쥐었다. 그 순간 서로를 마주 보니 몸이 바뀌어 눈높이가 반대가 되어 있었다.

두 사람은 몸을 다시 바꾸기 위해 서로의 손을 다시 잡았다. 그러나 이내 놀란 윈터가 말했다.

"몸이 다시 안 바뀌잖아?"

"그러게요. 어쩌죠?"

두 사람 다 당황해 서로를 만지작거렸지만 여전히 그대로였다. 그러자 앞에 있던 샤먼, 노더가 눈동자를 데굴데굴 굴리며 말했다.

"신전에서 지나친 애정 행각은 자제해 주시지요."

"우리 둘이 몸이 바뀌었단 말이야!"

잠깐 보았어도 몸에 예법이 익어 있음이 느껴지던 바이올렛의 입술에서 거친 목소리가 나오자 당황한 노더가 말했다.

"워, 원래 반려가 같이 신전에 들어가면 몸이 바뀌어 나올 때가 있습니다! 이해를 돕기 위해 같이 들어가는 거니까……."

"그럼 언제까지 이 상태야?"

"앞으로는 불시에 그렇게 바뀔 수 있습니다."

"그럼 미리 말했어야지! 불시에? 다시 돌아오려면 어떻게 해야 해?"

"침착하게 기다리시며 신께 기도를……."

답이 없다는 답을 듣자 윈터가 당장 노더의 멱살을 쥐었다. 그러나 바이올렛의 몸을 한 상태라 들어 올려지지도 않고, 노더가 겁먹기는 커녕 얼굴만 시뻘게지자 열이 받아 그를 밀쳐 버렸다.

윈터와 몸이 바뀐 바이올렛이 서둘러 노더의 사제복을 정리해 주었다. 그러고는 분노가 사라지지 않아 곧장 노더를 주먹으로 치려 드는 윈터의 팔을 붙잡았다.

"폭력은 안 돼요."

"이 자식이 제대로 종교에 귀의하질 못하잖아."

"당신이 뭘 어쩌게요?"

"죽여서 그렇게 좋아하는 신의 곁으로 보내 줘야겠지."

농담이어야 할 텐데 농담기가 없었다. 바이올렛이 놔두면 샤먼을 두들겨 팰 것 같은 윈터를 가까스로 말리고 손목을 붙잡아 복도로 끌어당겼다. 윈터가 끌려가며 짜증스레 말했다.

"아프니까 살살 잡아. 상처 나."

"아파요?"

"당신이 생각하는 것 이상으로 살짝 잡아야 자국이 안 난다고."

"……그래요?"

바이올렛이 손의 힘을 확 풀었다. 그러더니 고개를 갸우뚱하며 말했다.

"놓칠 것 같은데요?"

"이제 알았지? 난 늘 그런 기분으로 살아."

윈터가 투덜거렸다. 곧 두 사람이 신전 밖으로 나왔다. 앞에서 기다리던 할린이 그들을 발견하고 다가왔다.

"저…… 알리카에는 마땅한 숙소가 없어서요. 외부인이 없으니 호텔이라고 할 만한 게 없어요. 그러니……."

제집에서 묵으란 소리였다. 바이올렛이 걱정스럽게 윈터 쪽을 보니 그는 의외로 관심 있는 표정을 짓고 있었다.

"내가 여기서 관광업을 시작하면 알리카의 관광업을 독점할 수 있다는 얘긴가? 경쟁자 없이?"

"예?"

"여길 싹 다 개발해 뒤집어엎어 버릴 이유가 생겼네."

윈터가 만족하며 할린의 팔을 퍽퍽 때렸다. 할린은 잠시 어리둥절했으나 곧바로 두 사람의 몸이 바뀐 걸 알았다. 할린이 머뭇거리다가 조심스레 말을 이었다.

"그러니 저희 집에 와서 주무시는 게 어떨까 해서 말씀드리려는 거였습니다."

그러자 윈터가 할린을 걷어차는 시늉을 했다.

"그딴 집 안 가. 어디서 수작이야?"

제 몸이 말도 안 되는 행동을 하는 걸 본 바이올렛이 한숨 쉬는 소리를 냈다. 할린이 얼른 그녀를 보며 말했다.

"부, 부인께서는 어떠십니까?"

"남편의 의견이 중요하오. 나야 어디든 상관없으니."

바이올렛이 부드럽게 말했다. 그 말에 살짝 기분이 풀린 윈터가 할린에게 말했다.

"빈집 있을 거 아냐. 지금 당장 사지. 안 그래도 꼬마들까지 주렁주렁 달고 와서 그 녀석들도 재워야 하니까."

"그렇다고 해도 이제부터 정리하고 주무시려면……."

"돈으로 못 하는 게 어디 있어. 무조건 제일 크고 제일 좋고 전망도 좋은 집으로 사."

원터가 말을 마친 뒤 곧바로 바이올렛이 입고 있는 코트를 더듬어 수표책을 찾아 꺼낸 후 빠르게 적었다.

"이 정도면 넉넉하겠지."

알리카에서는 불필요할 정도로 많은 돈에 할린의 입이 딱 벌어졌다. 그가 눈만 깜빡거리고 서 있자 원터가 인상을 쓰고 말했다.

"뭐 해. 빨리 가서 잘 곳 마련해. 우리 공주님을 약값도 못 낼 게 뻔한 집구석에서 재우고 싶지 않으니까."

"너, 너무 많습니다!"

"남으면 심부름값으로 쓰면 될 거 아냐. 그 정도 눈치도 없나?"

"그, 그럼 제가 주무실 곳 마련할 테니…… 그사이에 식사만 하시면 안 될까요?"

"꺼져."

"며칠 밤을 새우셨거든요……."

"이기적이기 짝이 없군. 억지로 주는 것도 일종의 폭력이야. 그렇지?"

원터가 당당히 말하고는 칭찬하라는 듯 바이올렛에게 물었다.

억지로 떠안기는 양으로 치면 그야말로 할 말이 없을 텐데 어쩜 저렇게 뻔뻔한가. 바이올렛이 어처구니없어하는 사이 할린이 주머니에서 꼼꼼하게 접은 지도를 내밀었다.

"여기 집 위치를 적어 뒀습니다. 그럼 저는 가서 주무실 곳 마련해 볼게요!"

말을 마친 할린이 얻어맞지 않기 위해 재빨리 도망쳤다. 원터 대신 지도를 받아 든 바이올렛이 그것을 펼쳐 보는 사이, 원터는 신전 계단에 털썩 앉았다. 바이올렛이 말했다.

"정말 바로 앞이네요."

"갔으면 좋겠어?"

"아뇨. 받은 거니까 예의상 살펴본 것뿐이에요."

윈터가 고개를 끄덕이고는 말을 돌렸다.

"그나저나 여전히 건강한 몸은 아니군."

"그래요? 환상에서 깼더니 확연히 느껴질 만큼 좋아졌는데. 그보다 찬 곳에 앉아 있으면 감기에 걸릴 거예요."

그 말을 듣자마자 윈터가 얼른 몸을 일으켰다. 그러고는 불만스럽게 말했다.

"그 쓰레기 같은 신을 믿을 수가 있어야지."

"정말로 여기 와서 좋아졌어요."

"당신이 건강해지지 않으면 이 신전을 부숴 버릴 거야. 난 당신 없이 7년을 보냈다고."

"어쩐지 어른스러워졌네요."

바이올렛이 기분을 풀어 주려 장난스레 말하자 윈터가 슬쩍 웃었다.

그러고 나서야 마음을 정한 윈터가 다시 입을 열었다.

"식사는 하자. 차려 놨다니까."

"그럴래요?"

"보나마나 또 돈이나 달라고 하겠지. 하지만 일단은 당신 몸을 쉬게 해 줘야겠어. 그 망할 집구석에도 손님용 침대 하나 정도는 있겠지."

윈터가 그리 말하고는 바이올렛의 손에서 지도를 낚아채 확인했다.

"난 이 몸을 거기 가져다 놓고 쉬게 하며 저녁을 때우지. 당신은?"

"먼저 가서 식사하고 있어요. 나는 병원에 가서 아이들이 잘 있는지 확인하고 그 집으로 갈게요."

"빨리 오는 게 좋을 거야. 당신 몸으로 테이블을 뒤집어엎을지도 모르니까."

"그래도 용서해 주실 것 같은데요."

"주제에 화를 낼 순 없겠지."

윈터가 빈정거리더니 평소 바이올렛이 하듯이 손을 내밀었다. 그의 너무도 태연한 행동에 바이올렛이 웃었다.

"내가 에스코트해요?"

"당연한 거 아닌가요, 신사분?"

윈터가 능청스럽게 제 흉내를 내자 바이올렛이 웃음을 터트렸다.

결국 바이올렛의 에스코트를 받으며 마차에 탄 윈터가 말했다.

"몸이 바뀐 상태로 쭉 사는 것도 아주 나쁘진 않겠어."

"왜 그렇게 생각해요?"

"그럼 당신은 안 아플 거고, 나는 당신이 어딜 가도 불안을 느낄 일이 없을 테니까."

"그렇군요."

바이올렛이 미소를 지었다.

윈터는 제 몸을 위아래로 훑어보았다. 바이올렛은 격식이 더 편한 사람이라, 그의 코트 주머니에 구겨져 있던 검은 가죽 장갑을 하나씩 손에 끼우고는 풀었던 단추들 역시 꼼꼼하게 잠그고 있었다.

제가 사용할 땐 세상 날건달처럼 건들거리더니, 아내가 사용할 땐 이질적인 외모와 회색 눈동자에도 불구하고 신사답기 그지없었다. 심지어 늘 반항적이기 짝이 없던 눈빛조차 그녀가 들어가 있으니 나긋하고 어른스럽게 보였다. 누가 보아도 명문가에서 자란 혈통 좋은 도련님 그 자체였다.

'……눈만 문제인 줄 알았더니 내용물도 문제였군.'

윈터가 불만스레 생각할 때, 바이올렛은 의자에 삐딱하게 앉아 다리를 꼰 제 모습을 바라보고 있었다. 팔짱을 끼고 고개까지 비스듬하게 기울인 모습이 영락없는 말괄량이였다. 게다가 뭐 하나 말 돌리지 않고 적나라하게 내뱉는 것도 은근히 흥미로웠다.

두 사람은 몸이 바뀐 상대를 보며 제 몸일 때는 전혀 느끼지 못했던 매력을 느끼고 있었다.

윈터가 떠난 후, 바이올렛은 미리 와 있던 경호원을 따라서 아이들이 있는 병원으로 향했다.

걸음을 옮기는 내내 그녀는 점점 더 억울한 마음이 들었다. 비행선에서 추락하고 총상까지 입었던 몸이 어찌 이렇게 말짱할 수 있단 말인가.

게다가 알리카까지 오는 길이 엉망이었던 탓에 그녀는 엉덩이며 뒷허벅지, 팔까지 골고루 멍이 들어 살이 욱신거렸었다. 그런데 이 남자는 어디 하나 아픈 곳이 없었다. 심지어 추위도 그렇게 힘들게 느껴지지 않았다.

그 튼튼함이 연구 대상 수준이라는 의사의 말은 과언이 아니었다. 게다가 남편의 시선에서 저를 보니 그가 왜 저를 툭하면 훌쩍훌쩍 들어 올렸는지도 이해가 갔다. 그의 걸음 속도로 걸으려니 제 걸음이 너무 느리게 느껴져, 차라리 달랑 안아 들고 걷는 게 낫겠다 싶었던 것이다.

그녀가 억울해하고 있을 때, 한 걸음 앞에서 걷던 경호원, 시즈가 돌아보며 말했다.

"대표님이 말씀하신 것처럼 알리카 사람들이 혼혈 아이들을 엄청 힐끔거리더라고요. 시비 거는 사람까진 없었지만 정말 짜증 나더군요. 하마터면 정말로 두들겨 팰 뻔했습니다."

바이올렛이 씁쓸한 표정으로 고개를 끄덕이곤 물었다.

"아이들 건강은 어떤가?"

"다들 영양실조가 있답니다. 그리고 그 우나라는 제일 안 좋던 꼬마요, 그 꼬마는 병원 가던 도중에 기절을 했어요."

"뭐, 뭐?"

"아, 지금은 괜찮습니다! 바로 일어났어요. 그런데 아이들이 다들…… 조금씩 감기에 걸렸어요. 의사 말로는 아무래도 우나에게 옮은 것 같다더군요."

"어, 얼마나 안 좋은가? 조금씩이라는 게 어느 정도였어?"

"걱정하실 정도는 아닙니다. 전혀. 게다가 알리카는 약학이 매우 뛰어나 여기서 치료받으면 다들 금방 회복될 거랍니다."

"그래도 빨리 안내해 주겠나? 마음이 놓이질 않네."

얼굴이 창백해진 그녀의 부탁에 시즈는 대표님이 왜 저렇게 부드러워지셨나, 의아해하는 동시에 괜히 덩달아 불안해져 걸음을 빠르게 옮겼다.

두 사람은 이내 병원에 들어섰다. 알리카에서 가장 큰 이 병원에는 대형 병실이 있어, 아이들을 한곳에 다 수용할 수 있었다. 바이올렛이 들어서자 침대에 앉아 있던 아이들이 동그란 눈으로 달려왔다.

"무서운 아저씨!"

바이올렛이 눈으로 빠르게 아이들의 숫자를 세고는 전부 다 있는 걸 알고 안심하자마자 아이들이 우르르 몰려와 매달렸다.

"또 우리 들어서 던져 주세요!"

"슝 날아가는 거 재밌어요!"

아이들이 신나서 조르는 말에 바이올렛이 난감한 표정을 지었다. 아무리 침대가 있어도 아이를 던지는 건 그녀에게 너무 어려운 일이었다. 난감해하던 그녀가 다정한 미소를 지으며 말했다.

"아직 다들 몸이 안 좋잖아. 나으면 해 줄게."

그녀의 말에 아이들이 시무룩하게 고개를 끄덕였다. 아이들의 실망한 얼굴에 바이올렛이 심적 부담감을 느끼며 우나에게 다가가 물었다.

"몸은 괜찮니?"

"괜찮아요!"

"혹시 신전에 왔던 거 기억나?"

우나가 고개를 열심히 끄덕거렸다. 그러자 다른 아이들도 침대에 기어 올라와 엎드려선 턱을 괴고 말했다.

"우리도 기억나요."

"나도 기억나! 우나가 우리가 조금씩만 아픈 대신에 공주님이 행복해질 거라고 했어요."

"그리고요, 그게 원래 우리들의 일이래요. 아픔을 조금씩 나눠 지는 사람들. 그게 '카닉'의 뜻이라고 했어요."

"근데 우리가 감기 걸리면 아기가 태어나요? 우리도 봐도 돼요?"

아이들이 동시에 여기저기서 질문을 쏟아 내고 재잘거렸다. 다들 아무래도 바이올렛보다는 같은 카닉 혼혈인 윈터가 편한지 금방 속에 있는 이야기까지 한참을 늘어놓았다. 하고 싶은 말이 너무 많은 통에 나중에는 바이올렛이 순서를 정해 이야기하도록 해 주어야 할 정도였다.

바이올렛은 의자를 가지고 와 앉아서 아이들의 이야기를 성실하게 들고 자신이 아는 선에서 대답도 들려주었다. 물론 감사의 인사도 잊지 않았다.

식당에서 외롭게 일하던 어린 소년의 옆에는 있어 줄 수 없었지만, 이 아이들의 곁에는 있어 줄 수 있었다.

바이올렛은 아이들이 각자 침대로 돌아가 잘 눕는 것까지 확인하고, 의사와 상의해 먹을 수 있는 음식을 충분히 제공한 후에 곧바로 할린 쌍둥이가 사는 집으로 향했다.

윈터가 어쩌고 있는지 걱정스러워하며 도착해 보니 집 앞에 부부가 타고 온 마차가 있었다. 바로 집 안으로 들어가려던 바이올렛은 마차에서 불빛이 새어 나오는 것을 발견하고 일단 마차 문을 열었다.

예상대로 마차 안에 뿌루퉁한 표정으로 앉아 있는 제 얼굴이 보였다. 바이올렛이 실소하며 말했다.

"내 얼굴로 그런 표정 하지 말아요."

"당신 얼굴로 뭘 하든 내 맘이야. 억울하면 몸이 바뀌지 말았어야지."

바이올렛이 일단 마차에 올라타서 앉자 그 순간, 다행히 두 사람의 몸이 다시 바뀌었다. 그와 동시에 바이올렛은 꼬아진 다리를 풀고, 반대로 윈터는 다시 다리를 꼬았다.

"아, 젠장. 죽는 줄 알았네. 왜 이렇게 멍이 많이 들었어?"

"마차에서 여기저기 부딪혀서요. 누가 봐도 멀쩡한 당신이 더 놀라울걸요."

"이따가 약 발라 줄게."

"당신이 발라 줄 만한 부위가 아니에요."

"그러니까 더더욱 내가 발라 준다고."

윈터의 말이 의아했는지 바이올렛이 고개를 갸우뚱했다. 그러더니 곧 본론으로 돌아와 물었다.

"여기 계속 혼자 있었던 거예요?"

"그래도 할린의 그 다 죽어 가는 쌍둥이가 잠깐 와서 이야기를 했어. 걸어 다니는 반시체더군."

"들어가고 싶지 않으면 들어가지 않아도 돼요. 내가 대신 들어가서 인사만 하고 올까요?"

그녀가 곁에 온 뒤에야 윈터가 결심했는지 심호흡하고 바이올렛의 손을 감싸 쥐었다.

"당신이랑 같이 가면 갈 수 있을 것 같군."

곧 두 사람이 마차에서 내렸다. 성큼성큼 집 앞으로 걸어간 윈터가 문을 두들겼다. 그러자 곧바로 달려온 그의 생모, 리네가 문을 열었다.

울었는지 눈가가 빨갛게 부어 있는 리네가 더듬더듬 말했다.

"와, 왔니?"

윈터가 대답 없이 서 있을 때, 리네의 뒤에 있던 그녀의 남편이 재킷을 입으며 퉁명스럽게 걸어 나왔다.

"난 나가서 잘 테니까, 천천히 먹고 가요."

그러더니 두 사람과 눈도 안 마주치고 그곳을 나갔다. 윈터가 말없이 문 앞에 서 있기만 하자, 바이올렛이 대신 말했다.

"계셔도 되는데."

"나가는 게 더 편한가 봐요."

리네가 애써 웃으며 말했다. 그사이에도 윈터는 여전히 말이 없었고, 움직이지도 않았다. 바이올렛이 리네에게 아까 병원에 다녀오며 길에서 산 장식품을 내밀었다.

"알리카에서는 창문 앞에 장식을 놓는 전통이 있다고 들어서요. 초대해 주신 보답으로 사 왔는데, 마음에 드실지 모르겠군요."

"어머나, 예뻐라. 고마워요, 부인. 잘 쓸게요."

리네가 힘껏 호들갑을 떨었다.

그렇게 두 사람이 이야기하는 사이에도 꼼짝을 않는 윈터가 신경 쓰인 바이올렛이 그의 손을 감싸 쥐며 물었다.

"이제 갈래요?"

"……"

"윈터."

"7년만 더 돌보시지."

그가 처음으로 입을 열자, 두 여자가 윈터를 보았다. 윈터가 잠시 침묵 후 말을 이었다.

"열두 살까지만 참았으면. 열두 살부터는 알아서 돈을 벌 수 있었는데."

리네가 말이 없자, 윈터가 담담하게 말을 이었다.

"그렇게…… 인사도 없이 애새끼를 버리고 사라지니까, 내가 이따위로 큰 것 아닙니까. 인사 안 한다고 매번 아내한테 혼나는 놈으로."

"……"

"그거 굉장히 무례한 겁니다."

윈터가 농담을 하고 싶었는지 그렇게 말하더니, 결국 분노를 누르지 못해 획 돌아서서 마차로 향했다.

바이올렛이 그 모습을 돌아보고 있으려니 리네가 슬픔이 겹겹이 쌓인 얼굴로 다급하게 그녀를 붙잡았다.

"아, 안 들어오는 것 같아서…… 그래서 포장을 해 놨어요. 이거라도 가져가면 안 될까요?"

바이올렛이 다시 리네를 보고 고개를 끄덕였다.

"가져갈게요. 아무것도 안 가져가면 저 사람도 마음이 안 좋을 것 같으니까."

"고마워요."

"받기 싫은 선물 억지로 주는 거, 폭력이라더군요, 남편이."

"……."

"자기도 늘 억지로 선물을 안겨 주면서 말이에요."

중간에 낀 처지라 말을 한참 고르던 바이올렛이 덧붙인 말에 리네가 울음이 웃음이 동시에 터져 고개를 끄덕거렸다.

바이올렛이 집 안으로 들어서자 리네가 눈물을 빠르게 닦아 내고 준비한 것들을 챙겨 주었다. 윈터가 들어오지 않아 쌍둥이를 통해 전해 주려 했는지 이미 모든 음식 하나하나가 정성껏 포장이 되어 있었다.

바이올렛은 바구니에 음식들을 담는 리네에게 조용히 물었다.

"전해 줄 말이 있나요?"

그러자 리네가 크게 심호흡하고 말했다.

"무슨 말을 하면 좋을지 모르겠네요. 내 주제에."

"……."

"그 애를 가진 게 열일곱이었는데, 나도 참 한심하지. 모시던 도련님이 책임지겠다는 걸 믿은 거예요. 애를 가진 걸 들키자마자 선대 블루밍 공작 부부가 어떻게든 유산을 시키려 들더군요. 일단 도망쳐서는 애가 애를 가졌다고 있는 대로 구박 들으면서 하녀 일을 구하러 다녔어요. 처음엔 그 애가 얼마나 미웠는지."

“……”

“그러다 그날은 날 따라다니던 남자가 윈터를 해코지하려 해서 살던 집에서 정신없이 나왔어요. 애는 계속 배가 고프다고 울지, 나는 내 몸 지킬 힘도 없는데 이 애는 어떻게 지키나…… . 그게 무섭고 지쳐서…… 그래서 식당에 두고 왔어요. 자꾸 배가 고프다니까…….”

리네가 바구니를 가득 채우고도 부족한지 나가면 금방 살 수 있을 식재료들까지 가득가득 바구니에 넣었다. 그 모습을 바라보던 바이올렛이 입을 열었다.

“상황이.”

“……”

“상황이 그럴 때가 있죠.”

바이올렛은 상황이 그랬다고 말하던 윈터를 떠올렸다. 그녀가 바구니를 받아 들며 말을 이었다.

“잘 먹을게요.”

“고마워요. 정말로 고마워요.”

바이올렛이 미소를 짓고는 인사를 한 후 그곳을 나왔다.

바이올렛이 돌아와 마차에 타자 윈터가 짜증스레 물었다.

“내 친모가 당신 잡아? 돈 달래? 그럼 나한테 말하라고 해. 당신 귀찮게 하지 말고.”

“아뇨. 그냥 음식들 포장해 주셨어요. 가서 먹어요, 우리.”

“뭐, 그래. 안 그래도 배가 고프군.”

윈터는 여전히 제 어머니의 의도를 의심하는 표정이었다. 그 의심을 풀어 주려 바이올렛이 들고 온 바구니에서 둥근 그릇을 꺼내 무릎에 두고, 예쁜 천을 고정하려고 정성껏 묶은 끈을 풀었다. 그릇 안에는 숯불로 구운 고기가 들어 있었다.

윈터가 물었다.

"지금 먹게? 당신 그런 사람 아니잖아."

"지금 먹으려고 포크도 준비했어요."

"너무 과감한 거 아닌가?"

윈터가 농담반 진담반으로 말하고 바라보는 사이, 바이올렛이 고기 한 점을 포크로 집어 입에 넣더니 손으로 입을 가리고는 우물거리며 말했다.

"맛있네요."

그 말에 윈터가 저도 손으로 고기를 집어 입에 넣고는 인상을 쓰고 말했다.

"질겨."

"꼭꼭 씹어요."

바이올렛의 진지한 해결책에 윈터가 어깨를 들썩이며 웃었다.

바이올렛은 음식이 입에 맞는지 열심히 우물거리고 나서 말을 이었다.

"빵도 받았어요."

"혹시 까만 빵이야? 위에 격자로 칼집 크게 낸 거?"

"아, 맞아요."

"그거 열두 살 이후로 먹어 본 적 없는데. 남부 농가에서 굽는 건데 겉은 딱딱하고 속은 질겨."

"그래요?"

"어릴 땐 그거 먹다가 이가 빠졌어. 내 유치의 반은 그 빵 때문에 빠졌을걸."

윈터가 들뜬 표정으로 하는 말을 바이올렛은 즐거운 얼굴로 들어주었다.

그는 추억의 음식들 밑바닥에 남아 있던 어린 시절의 약간의 즐거운 기억을 발견해 냈고, 바이올렛은 그 위에 하나씩 리네에게 들은 이야기를 덧붙였다.

리네를 좋아하던 남자 이야기를 들었을 때 윈터가 고개를 끄덕였다.

"기억이 나. 내 뒷덜미를 잡아 어디로 끌고 가려고 들어서 어머니가 울면서 매달렸었지."

"그랬군요."

"그랬었네."

윈터가 뒤로 기대자 바이올렛이 말을 이었다.

"윈터."

"응."

"당시 그분의 상황이 그랬던 거 알아요. 내가 감히 그 아픔을 평가할 수도 없겠죠. 하지만 당신이 그분을 용서하지 못한다고 해서 내가 당신을 보는 시선이 달라지는 일은 절대로 없을 거예요. 이건 알아줬으면 해요."

"무정한 악당으로 볼 거잖아."

"아뇨. 절대 그렇지 않아요. 난 당신 편인걸요."

바이올렛이 의지마저 느껴지는 눈으로 말하자 윈터가 언제 제 부모들에게 상처받았냐는 듯이, 소년처럼 거리낄 것 없이 웃었다.

"매우 든든하군."

리네의 집에서 출발한 두 사람이 할린이 마련한 집 앞에 마차를 대고 내린 것은 10시가 넘은 시간이었다. 체력적으로 무리한 탓에 얼굴이 하얗게 질린 할린이 오들오들 떨며 두 사람을 반겼다.

"때마침 좋은 집이 새로 나와서……. 가, 가구도 그대로 두고 가서 바로 하인님들께서 청소하고, 닦고, 시트도 하녀님들께서 바꿔 주셨습니다."

"다 했으면 꺼져."

"하, 하지만 알리카의 집이 비싸지 않아서 돈이 너무 많이 남았는데……."

"심부름값 하라고 했잖아. 시체 치우기 싫으니까 뒈질 거면 집에 가서 뒈져."

윈터가 거칠게 내뱉자 할린이 내밀었던 남은 돈을 다시 챙기고 급하게 도망쳤다. 바이올렛이 한숨을 쉬고 물었다.

"약값 준 거면 약값이라고 말하지 그래요? 어차피 줄 거면서 왜 그렇게 밉게 말해요?"

"심부름값이라니까. 알리카 집값이 싼 게 내 탓은 아니잖아."

윈터는 이부동생에게는 그렇게 사납게 굴어 놓고, 바이올렛에게는 다정하기 짝이 없었다.

눈이 내리기 시작하니 한 손은 코트 주머니에 욱여넣고 다른 한 손으로는 바이올렛의 머리 위를 가렸다.

부부가 알리카에 가지게 된 별장은 붉은 벽돌로 단단하게 지은 사랑스러운 집이었다. 1층에 제법 넓은 거실과 주방, 사용인들이 쓸 수 있는 방이 있고, 2층 창으로는 멀리 협곡이 보이는 근사한 전망을 가지고 있었다.

바이올렛이 라크라운드에서는 볼 수 없는 형태의 협곡을 내려다보며 감탄했다.

"세상에, 근사해라……. 어떻게 하루 만에 이렇게 좋은 집을 구했을까요?"

"여기 출신인데 이 정도는 구해야지. 그나저나 이런 집을 사고도 돈이 그만큼 남는군. 오면서 보니까 이 바로 뒤에 온천도 있던데 여기 좀 더 머물면서 관광지로 쓸 만한지 살펴봐야겠어."

"외부인 출입이 안 될 텐데요."

"봉헌하라던 그 뻔뻔한 노인네들에게 돈 좀 찔러 주면 돼. 아까 마차에서 기다리면서 다른 쌍둥이와 이야기를 해 보니 여긴 어떻게 된 게 경제 기반으로 삼을 만한 것이 전혀 없더군. 그나마 관광업이면 활로가 되겠지."

"당신 전공이네요."

"그게 그렇게 되나."

윈터는 금맥이라도 발견한 것처럼 들떠 있었고, 바이올렛은 그 모습을 기꺼워했다. 그가 마음만 먹으면 조용히 무너져 가는 알리카도 키론처럼 금방 활력을 띨 것이 분명했다.

곧 두 사람은 마주 보고 앉아 가져온 음식을 먹고, 피로를 풀기 위해 따끈한 온천수로 목욕을 했다. 가운을 입은 바이올렛이 벽난로 앞에 앉아 행복한 얼굴로 말했다.

"온천 정말 좋네요."

"그럴싸하더군."

윈터가 동의하자 그녀가 나른한 얼굴로 고개를 끄덕인 후 다시 입을 열었다.

"차를 한 잔 마시고 자야겠어요."

"눈 오는 날?"

"눈이 상관이 있나요?"

바이올렛이 고개를 갸우뚱하고 묻자 윈터가 기다리라고 손짓하더니 주방으로 가 컵을 두 개 가지고 돌아왔다. 그 안에는 먼저 목욕을 마치고 나온 윈터가 만들어 둔 핫 초콜릿이 들어 있었다.

"눈 오는 날은 이거지."

"어머나……."

"내 특별한 레시피로 만든 거야. 남에게 해 준 건 처음이군."

아내에게 핫 초콜릿을 만들어 주기 위해 재료를 챙겨 온 윈터가 긴장된 표정을 지었다.

바이올렛이 핫 초콜릿을 한 모금 마시더니 눈을 동그랗게 떴다.

"뭘 넣은 거예요? 이렇게 맛있는 핫 초콜릿은 처음 먹어요."

"남들 넣는 거. 코코아 파우더, 우유, 넛맥, 시나몬 스틱, 설탕. 하지만 나만의 비율이 있지."

"세상에. 너무 맛있어요."

바이올렛은 정말이지 이렇게 맛있는 건 처음 먹는다는 듯한 얼굴로 핫 초콜릿을 홀짝거렸다. 그게 귀여워서 윈터가 의자 뒤로 기대 유쾌하게 웃었다. 바이올렛이 물었다.

"이게 마시고 싶으면 호텔에 가면 되나요? 메뉴에 있어요?"

"아무리 내가 돈을 좋아해도 내가 가진 걸 다 팔지는 않아. 가끔은 내 것도 있어야지."

"이건 당신 것이군요?"

"이젠 당신 것이기도 하지. 맛있어? 혹시 이것 때문에 나랑 못 헤어질 정도인가?"

윈터의 짓궂은 질문에 바이올렛은 그를 흘겼으나, 이내 다시 행복한 얼굴로 핫 초콜릿을 마셨다.

그녀가 잔을 비우도록 윈터의 시선은 아내에게서 떨어질 줄을 몰랐다. 신전에서 나온 이후, 줄곧 이 상태였다. 원래도 그랬지만, 지금은 좀 더 심해서 바이올렛이 걱정스럽게 물었다.

"계속 그렇게 나만 볼 건가요? 신전을 다녀왔는데 마음이 평안해지진 않고 더 불안해하는군요."

"난 7년 만에 당신을 보는 거야. 계속 보고 있을 거라고."

"할 수 없네요."

"어머니도 만났고. 오늘은 당신이 날 더 많이 동정해 줘야 해."

가여운 시늉으로 무마하려는 윈터에게 넘어간 바이올렛이 안쓰러워하며 그의 뺨을 쓰다듬었다. 그러자 그가 아예 바이올렛을 잡아다가 무릎 위에 앉혔다.

"우리 공주님."

바이올렛이 그가 원하는 걸 이해한 눈으로 윈터를 바라보았다. 윈터가 거의 닿을 듯이 가까이에서 말했다.

"당신은 눈이 예뻐. 물론 코도 예쁘고 입술도 예쁘지만."

"그게 뭐예요……."

"목도 예뻐. 성실한 것도, 고지식한 것도 예뻐. 처음 날 보던 날부터 지금까지 당신의 눈빛에 있는 심지가 언제나 사랑스러워."

"아……."

"난 어디가 예뻐?"

그가 짓궂게 묻자 바이올렛이 조금 웃고는 생각에 잠겼다.

바이올렛이 한참 생각하다가, 가문 회의에서 봤었던 사촌인 안젤라와 벤자민 부부의 행동을 떠올렸다.

분명 그들도 저와 같은 성교육을 받았을 텐데, 그 부부는 아무렇지도 않게 남들 있는 데서 몰래 엉덩이를 토닥거렸다.

게다가 샤론은 또 어떤가. 먼저 그녀에게 손가락 하나도 못 댈 해군을 덮쳐 버렸다.

'내가 너무 융통성이 없었던 걸까?'

바이올렛이 걱정스러운 표정을 지었다. 물론 안젤라도, 샤론도 유난히 가만히 못 있는 청개구리들이긴 했지만……

그녀가 말이 없으니 윈터가 슬쩍 인상을 썼다.

"왜. 아무리 생각해도 예쁜 데가 없어?"

"아뇨. 다 예뻐요."

"성실하게 대답해. 당신은 성실한 사람이잖아."

"여기가……"

바이올렛의 손이 윈터의 옆구리를 감쌌다. 윈터가 순간 근육이 긴장하는 것을 느끼며 물었다.

"그게 예뻐?"

"네. 여기 근육이. 나와 가장 다른 부분 같아요."

그녀가 광배근을 따라 손으로 피부를 쓸어 올리더니, 곧 두 손을 그의 어깨에 얹으며 말을 이었다.

"그리고 여기가 넓고 두꺼운 것도."

"그게 좋아?"

"심미적으로."

"정말 내 몸을 좋아하는군."

"아, 그리고 문신도 어울려요. 나는 무서워서 못 하지만."

"당신은 문신이 없는 게 어울려."

"그리고……."

"또 있어?"

"목소리도 좋아하고."

바이올렛은 윈터가 7년간 받은 고통을 녹여 주려는 것처럼 성실하게 하나씩 자신이 좋아하는 부분을 찾아내기 시작했다.

윈터는 제 품에서 곰곰이 생각하며 술술 말하는 아내 덕에 만취한 것처럼 머릿속이 핑핑 돌았다. 그의 허리 아래가 뻑적지근하게 경직되는 것을 뻔히 느낄 텐데도 그녀는 피하려 하지 않았다.

윈터가 손으로 그녀의 허리를 덮듯이 감으며 물었다.

"그리고?"

"아마…… 당신이 가진 야망도 좋아할걸요."

"열등감 같진 않고?"

"글쎄요."

바이올렛이 이해가 안 된다는 듯 고개를 조금 기울이며 물었다.

"당신 같은 남자가 열등감을 가질 이유가 있나요?"

그녀의 목소리가 귓전을 울리자 윈터는 마치 크게 화라도 난 것처럼 숨이 거칠어졌다. 지금까지 호텔을 쌓아 올리며 느꼈던 쾌감을 다 합쳐도 이만 못할 것 같았고, 지금껏 모든 스포츠를 보아 오며 느낀 흥분감을 다 합쳐도 역시나 못 미칠 것 같았다.

이 폭발하는 열망을 제 품에 폭 파묻힐 정도로 체격 차이가 나는 아내에게 일순 쏟아부을 순 없어 윈터는 그녀의 얼굴을 바라보는 것으로 어느 정도의 만족을 느껴 둘 수밖에 없었다.

바이올렛은 그걸 아는지 별말 없이, 아주 가까이에서 저를 삼킬 듯 바라보는 남편의 눈을 침착하게 마주 보고 있었다.

그의 숨이 천천히 부드러워지자, 바이올렛이 물었다.

"진정했어요?"

"상당히."

"신사답군요."

바이올렛이 칭찬하듯 그의 목덜미를 쓰다듬자 윈터가 그녀를 한 팔로 안아 들고는 다른 손으로 제 셔츠 단추를 풀며 침실로 향했다.

* * *

처음 알리카에 올 때의 생각과 달리, 두 사람은 신전에서 겪은 일을 해소하기 위해 예정보다 여러 날을 침실에 틀어박혀 있었다.

두 사람은 은근히 알리카를 마음에 들어 했다. 바이올렛은 온천이며 알리카의 전경들을 마음에 쏙 들어 했고, 윈터는 알리카의 관광업을 틀어쥐겠다는 야심이 폭발해 매일같이 샤먼들에게 회유와 협박을 병행하고 다녔다. 그를 들어오지 못하게 하는 것이 더 쉽지, 들어와서 활개 치는 것을 막는 건 어려웠다.

중간에 도착한 이글린까지 합세해 알리카의 부동산을 휘젓고 다니는 사이, 바이올렛은 경호원들과 병원에 찾아가 아이들을 살피기도 하고, 알리카 여기저기를 구경하러 다니기도 했다.

알리카는 신전을 중심으로 방사형 형태로 이루어진 도시였다. 길이 제대로 닦이지 않아 헤매기 쉬웠지만, 그만큼 거의 모든 건물이 기록된 지도가 잘 나와 있기도 했다.

처음 알리카 사람들은 이방인인 바이올렛을 무척이나 경계했으나, 그들에게도 라크라운드에서 있었던 의석에 관한 회의 소식이 전해진 후부터 시선이 달라졌다.

알리카는 매우 조용하고, 아름다운 곳이라 생각을 정리하기 좋았다. 바이올렛의 마음은 더할 나위 없이 편안했다.

알리카에서도 그녀는 여느 때처럼 윈터보다 일찍 자고 늦게 일어났다. 그녀가 눈을 뜨자 윈터가 바이올렛의 코를 톡 건드리며 웃었다.

"하마터면 깨울 뻔했어."

"깨우지 그랬어요?"

"너무 곤히 자더군."

"알리카 참 좋네요. 온천수도 좋고, 햇살도 좋고……"

"또 오자."

윈터의 말에 바이올렛이 웃으며 고개를 끄덕였다.

그녀가 몸을 일으켜 보니 윈터는 오늘도 아침에 하는 루틴을 마친 후였다. 그는 아침이면 고강도의 운동을 한 후 샤워를 하며 면도를 했기 때문에, 턱을 보면 그가 한참 전에 일어났다는 걸 알 수 있었다.

바이올렛이 무심코 그의 턱을 만지작거리자 윈터가 물었다.

"왜?"

"여긴 운동하기엔 너무 춥지 않아요?"

"달리면 안 추워."

"아."

"산책 가자. 다시 돌아가기 전에."

"음, 추울 것 같아요. 그냥 온천에 있다가 가는 게 좋겠어요."

"의외로 느긋한 사람이야, 당신은."

"당신이 내 몫까지 해 주고 있으니까 괜찮아요."

163

"그것 참 신선한 변명이군."

원터가 놀리듯 말했다. 그러곤 아내의 다리를 당겨다 제 허벅지 위에 두고 슬리퍼를 신기기 시작했다. 이제 그 행동에 익숙해져 아무 말 않는 바이올렛에게 원터가 말했다.

"밖에 꼬마들이 인사하러 왔어. 우리가 오늘 알리카를 떠날 거란 걸 들었나 보더군."

"병원에 좀 더 있어야 하지 않아요?"

"워낙 못 먹어서 그랬는지, 잘 먹이고 따뜻한 곳에서 재웠더니 싹 다 나았다더군. 오히려 이전보다 훨씬 건강하대."

"그렇군요."

"꼬마들과 눈싸움하자."

"음…… 핫 초콜릿 또 만들어 주기로 약속하면요."

"해 줄게."

원터의 대답에도 바이올렛은 약속하라는 듯 새끼손가락을 내밀었다. 그녀의 행동에 원터가 어깨를 들썩이고 웃으며 새끼손가락을 걸어 주었다.

원터의 말대로 집 앞에 아이들이 와 있었다. 아이들은 두 어른이 오기 전에 눈 뭉치를 잔뜩 만들어 눈싸움을 하고 있었다. 그러나 고사리손으로 대충 뭉친 덕에 던져도 부부에게 닿기도 전에 부스러졌다. 그러거나 말거나 아이들은 눈덩이를 던지는 것 자체에 신이 나서는 까르륵 웃으며 도망치기 바빴다.

그사이 바이올렛이 발목까지 빠지도록 내린 눈을 높이 쌓았고, 원터는 그 위로 아이들을 획획 잡아 던졌다.

눈싸움보다 그가 던져 주는 게 더 재미있는지 아이들이 얼른 그 줄에 섰다. 얼마 지나지 않아 아이들을 연일 돌봐주고 있는 경호원들까지 이 놀이에 합세했다.

그사이 경호원 중 하나인 시즈가 바이올렛에게 다가왔다.

"작은 마님, 잠깐 하엘 비서님께 다녀왔는데요. 비서님께서 이 신문을 전달해 드리라고 하셨습니다."

"무슨 신문인가?"

바이올렛이 웃는 얼굴로 신문을 받아 들었다.

오늘 아침 발간된 하누스 수도 신문에는 최근 라크라운드에서 있었던 사건이 기사로 적혀 있었다.

기사에는 로렌스 가문이 세 개의 의석을 내놓으며 입후보 자격으로 귀족을 제외하길 부탁했고, 총 열 명의 후보자가 입후보했으며, 그중 세 명이 카닉 혈통이라고 적혀 있었다.

그녀가 기쁜 표정을 짓자, 은발에 회색눈을 가진 시즈가 꾸벅 고개 숙여 인사했다.

"감사합니다."

"뭐가 감사한가?"

"사람들에게 기회 주신 거 알고 있습니다. 제가 선수일 때요, 다른 팀 메이트들한테는 안 그러는데 꼭 저희 이방인들이 잘하면 '검투사'라는 말을 붙여서 기사를 쓰는 겁니다."

라크라운드에서 노예 제도가 폐지되기 전까지, 검투사는 오로지 노예에게만 부여되는 직업이었다. 그것도 대부분은 전쟁 포로들이었다. 물론 그것은 적어도 수백 년 전 이야기지만 그 단어를 꼭 카닉 혈통의 선수에게만 붙였다면 비하의 의미가 없다고는 할 수 없었다.

바이올렛이 말없이 고개를 끄덕이자, 시즈가 다시 고개 숙여 인사하고 말을 이었다.

"카닉 일족은 작은 마님께 빚을 졌습니다. 큰 빚이요."

바이올렛이 대답했다.

"나 또한 자네의 신께 목숨을 빚졌으니, 빚을 갚은 셈이 될까."

"예에?"

경호원이 영문 모를 표정을 짓자, 바이올렛이 부드럽게 미소 지으며 윈터 쪽을 보고 대답했다.

"그런 게 있네."

아이들이 지치도록 놀아준 후, 윈터는 바이올렛에게 줄 핫 초콜릿을 만들었다. 그가 가져온 재료가 워낙 많아 아이들이며 함께 온 사용인 모두에게 나누어 줄 정도가 되었다. 핫 초콜릿을 맛본 이들 모두 눈이 동그래져서 태어나 이렇게 맛있는 건 처음이라며 재잘재잘거렸다.

아이들이 인사를 마치고 모두 돌아간 후, 바이올렛이 윈터에게 물었다.

"아이들은…… 다시 알리카 밖의 그 집으로 돌려보내야 할까요?"

"그거 말인데."

윈터가 뒷목을 문지르더니 말을 이었다.

"다들 특별히 갈 곳도 없잖아. 게다가 아픈 꼬맹이는 아무래도 신이 차기 샤먼으로 찍어둔 것 같아. 이제 와서 혼혈들의 편을 들어줄 생각이 든 모양이지. 그러니 내 이부동생들에게 맡겨 볼까 하고."

"네에?"

"그 꼬마들이 혹시 라크라운드에 오고 싶어 한다면 적어도 라크라운드 말은 할 줄 알아야 하잖아. 그리고 아예 여기서 지낼 거라면 알리카 사람들이 어지간히 괴롭힐 텐데, 그걸 막아 줄 사람도 필요하고. 그 쌍둥이 둘 다 비실거리긴 해도 굉장히 많이 배웠고, 머리도 나쁘지 않더군. 둘에게 맡기고 가면 돼."

"좋은 생각이네요."

"집은 여기서 사는 걸로 하고. 내가 고용해 주지. 저 꼬맹이들도, 그 망할 쌍둥이도."

윈터의 말에 바이올렛이 감동한 표정을 지었다. 그것도 잠시, 윈터가 말을 이었다.

"저 녀석들 내 수하로 잘 키워서 이 쓰레기 같은 구역을 완전히 개방할 거야."

"악당 같은 계획이군요."

"당연한 거 아닌가? 제일 큰 녀석이 열세 살이야. 난 그때 한창 일하고 있었지. 돌아가면 저 온천수 조사하려고 챙겨 놨어. 조금만 좋은 성분이 발견되면 그걸로 대대적인 홍보를 시작해야지."

"반대가 심할 텐데요."

바이올렛의 걱정에 윈터는 어처구니가 없어 웃었다. 그녀는 그더러 자길 너무 약하게 본다 하지만, 정작 세상에서 바이올렛만큼 윈터를 걱정하는 사람은 없었다.

윈터가 웃음기가 남은 얼굴로 말했다.

"공주님, 난 이방인이야. 내가 좋은 땅을 찾아다니며 사들이고 건물 세울 땐 뭐 사람들이 호의적이었을 것 같아? 귀족 짓을 그렇게 싫어하던 내가 왜 안잘리를 고용했겠어. 내가 가면 안 판다고 해도 그 자식이 가면 팔아. 일이 훨씬 수월하지. 처음에 내 회사가 커지기 전엔 이방인 놈이 세운 회사라 열 받는다고 불을 지른 새끼도 있었어. 내가 차별받는 건 전혀 걱정할 게 아니야. 여기라고 새로울 거 없지."

"하지만 이곳은 완전히 폐쇄된 지역이잖아요."

"힘으로 밀고 들어오면 자기들이 뭘 어쩔 건데. 난 힘겨루기에서만큼은 져 본 적이 없어."

윈터가 배짱 좋게 말했다. 혹여 그가 상처받을까 걱정하던 바이올렛은 살짝 민망한 기분이 들었다.

그가 상처받는 건 늘 그녀와 얽힌 일 때문이었다. 차별 때문에 받는 상처는 혀 한 번 차고 넘어가 버리고 배로 되갚아 주며 그 상처를 치유하는 게 일반적인 윈터 블루밍이었다.

남편이 저에게만 유난히 약하다는 걸 바이올렛이 새삼 실감하고 있을 때, 시즈가 편지 두 장을 더 가져다주었다.

한 장은 의회에서 온 것으로, 에쉬 로렌스가 건의한, 법전에 나와 있는 '모든 섬'이라는 말을 수정하기 위한 회의에 계승 서열 2위였던 그녀 역시 참석해 달라는 내용이었다.

바이올렛이 편지를 다시 접어 넣고, 두 번째 편지를 펼쳤다.

도스 공국에서 온 편지였다. 열어 보니 샤론이 최대한 빨리 결혼식을 해야 하니 겨울에도 따뜻한 키론의 카닉 호텔을 지금이라도 빌릴 수 있겠냐는 내용이었다. '너라면 분명히 화를 내겠지. 하지만 얼마나 다급하면 이러겠어.', '나 지금 울고 있어, 넌 내 편이 되어 줘.', '나중에 갚을게, 바이올렛!' 하는 우는소리가 가득 적혀 있었다.

윈터가 그 편지를 같이 읽으며 말했다.

"까다로운 친구군."

"거절하죠. 자기가 벌인 일은 자기가 해결해야죠."

"당신이 그렇게 말할 줄 알고 첫 줄에 우리보고 같이 읽으라고 적은 게군."

"그러니까 애초에 왜 책임 못 질 일을!"

"호텔은 내 호텔이니 내 마음대로 빌려줄 거야."

"당신은 왜 이렇게 내 친구들에게 무르죠?"

"왜겠어?"

윈터가 한쪽 입꼬리를 올리며 웃자 바이올렛이 편지를 만지작거리며 폭 한숨을 쉬었다.

"고마워요."

"당신 친구에게는 사람을 보내 두지. 어차피 돌아가는 길에 키론 호텔에 들러야 하니 그때 거기서 만나서 화내."

"……그래야겠어요."

바이올렛이 입술을 꾹 물었다. 그러자 윈터가 달래듯이 그녀를 두 팔로 감아 안았다.

"슬슬 출발할 준비해야지? 한참 가야 하니까."

"좋아요. 어서 가요. 그리고…… 음."

바이올렛이 말하기 민망한지 몇 번 헛기침을 하고 입을 열었다.

"오늘은 화장을 거의 하지 않기로 했어요."

"그렇군."

"……."

"……무슨 소린지 못 알아들었어."

"혹시 마차에서 입을 맞추고 싶으면……."

"입을 맞춰도 된다고? 내가 망칠 화장이 없으니까?"

바이올렛이 살짝 고개를 끄덕였다. 그 모습에 윈터가 입꼬리를 씰룩이며 말했다.

"우리가 뭐 챙길 게 있나. 사용인들이 알아서 챙겨 줄 거야. 바로 마차로 가자."

"그건 그렇군요."

바이올렛이 새침하게 말하며 따라나섰다. 윈터는 그녀를 먼저 마차에 태우고 뒤이어 저도 올라타자마자 바이올렛의 허리를 끌어안고 입을 맞추기 시작했다.

✳ ❄ ✳

그들은 다시 먼 길을 달려 키론으로 향했다. 중간에 합류한 젠과 하옐이 그동안 있었던 일을 티격태격하며 전달하는 걸 듣느라 여정에 지겨울 틈이 없었다.

며칠 뒤, 마차는 키론으로 돌아왔다. 두 사람이 내려 보니 샤론과 아우스가 호텔 앞까지 부부를 마중 나와 있었다.

내내 페런을 피해 도망 다녔던 아우스의 얼굴은 부쩍 수척해져 있었고, 샤론은 반대로 표정이 밝았다.

"화내지 마, 바이올렛! 나 지금 정말 힘들단 말이야……."

"화 안 내. 딱히 힘들어 보이진 않지만."

"……덧붙여서 웃어도 주면 안 돼? 무서운데."

샤론이 눈을 깜빡깜빡거리며 애교스러운 표정을 짓자 바이올렛이 기가 차서 한숨을 쉬었다.

옆에서 아우스는 뭐라 말해야 할지 몰라 안절부절못하고 있었다.

그때 윈터가 바이올렛을 토닥이며 달랬다.

"너무 그러지 마. 타고나길 철이 없는 걸 어떡해. 몰랐던 것도 아니잖아?"

그러자 샤론이 뿌루퉁해져서 물었다.

"경, 저희 놀리시는 거죠?"

"키론 지점 일정이……."

"감사합니다. 마음껏 놀리세요. 특히 제 예비 남편은 참 놀리기 적당한 사람이랍니다."

샤론이 빠르게 아우스를 팔아먹자 윈터가 거절 없이 말했다.

"샤론 양이야 그럴 수 있다고 쳐도, 그쪽이 그럴 줄은 몰랐군."

그러자 아우스가 멈칫하며 물었다.

"……예?"

"아무리 사모하는 분이 원하셔도 끝까지 순결을 지켰어야지. 성교육도 안 받았나?"

윈터가 어깨를 으쓱이더니 울상이 된 아우스에게 어깨동무를 하고는 어깨를 꽉 움켜쥐며 말했다.

"가지. 턱시도 맞춰 줄 테니까."

"제가 알아서 하고 싶습니다."

"공국에 들어가는 순간 그 후계자 놈에게 뒈질 텐데 무슨 수로?"

"……하지만 부탁드립니다."

"아, 프러포즈는 했나?"

"……."

"내가 없으면 결혼도 못 할 부부로군. 숨겨 줘, 옷 사 줘, 식장 빌려줘."

윈터가 고개를 절레절레 저으며 힘으로 아우스를 끌고 걸음을 옮겼고, 아우스는 정말로 따라가고 싶지 않았지만 상황이 절박해 울상이 되어 끌려갔다.

샤론은 여자들끼리의 시간을 보내게 해 주기 위한 윈터의 일정에 휘말린 아우스를 애처롭게 보다가 금방 잊어버리고 바이올렛에게 팔짱을 꼈다.

"꽃은 네가 감독해 줄 거지? 어릴 때 약속했잖아."

"스케치는 해 놨어."

"그럴 줄 알았어. 아, 원래 친구는 반대가 잘 맞나 봐. 넌 성실하고, 난 안 성실하고."

"참 자랑이다."

두 사람이 이야기하며 걸음을 옮겼다.

바이올렛이 걱정스럽게 물었다.

"입덧은?"

"별로 안 해. 치즈만 없으면 돼. 아예 모든 우유로 만든 것들이 싹 다 없었으면 좋겠지만, 그래도 괜찮아."

"괜찮은 거 맞아?"

"그 외엔 다 잘 먹어. 우리 어머니도 별로 심하지 않으셨다고 하고, 외조모님도 거의 안 하셨었대."

"다행이네. 우리 어머니는 입덧이 너무 심해서 물밖에 못 드실 때도 있었다던데."

"그럼 너도 심할……."

무심코 말하던 샤론이 멈칫했다가 곧 아무렇지도 않게 말을 이었다.

"드레스 보여줄게. 보고 차 마시자."

"응. 좋아."

바이올렛 역시 아무 일도 없었다는 듯이 미소를 지으며 대답했다.

그러다가, 그동안 알리카에서 즐겁고 평온한 시간을 보내느라 잠시 떠올리지 않았던 사실을 알아차렸다. 알리카에 있을 때 시작했어야 할 월경이 아직까지 미뤄졌다는 사실이었다.

바이올렛이 잠시 자리에 멈춰 섰다.

고작 나흘 정도 늦어지는 것뿐이었다. 이 정도 늦어지는 것은 종종 있는 일이었다. 그녀는 고작 며칠 늦는 걸로 매번 의사를 찾아 실망하고 싶지 않았다. 안 그래도 임신이 가능하리라는 할린의 말을 들은 이후부터 매달 긴장하며 기다린 탓에 주기가 다소 불규칙해진 상태였다. 가능할지 모르겠지만 라크라운드에 도착할 때까지는 최대한 잊고 있을 생각이었다.

그녀가 자꾸 멈춰 서자 샤론이 걱정스레 물었다.

"바이올렛, 무슨 생각 해?"

"응? 아, 미안."

바이올렛이 미소를 지으며 고개를 젓고 샤론이 묵고 있는 객실로 향했다.

샤론은 객실에 들어서자마자 한가운데 놓인 드레스를 가리켜 보였다.

"어때?"

"세상에, 예뻐라……."

"엔나 할머니가 입었던 걸 수선한 거야."

"네가 어릴 때부터 입고 싶어 하던 드레스 말이구나?"

"응. 거기서 소매를 잘라 내고 어깨끈을 장식했어."

"정말 예뻐."

바이올렛이 반짝반짝거리는 웨딩드레스를 감동한 눈으로 바라보았다. 샤론이 하녀들의 도움을 받아 그 자리에서 드레스로 갈아입으며 말했다.

"할머니가 엄청 화내더라고. 그래도 할 수 없이 드레스를 물려주셨어. 내가 어릴 때부터 얼마나 이 드레스를 탐냈는지 알잖아."

"그럼. 알지."

"그래도 네가 결혼할 때 물려 달라고 했었으면 너에게 물려주셨을 걸. 진짜 손녀보다 널 더 예뻐하시잖아."

"그럴 리가. 널 얼마나 사랑하시는데."

바이올렛이 달래듯 말하고는 잠시 생각하다 말을 이었다.

"나도 어머니 드레스를 물려받으면 좋겠다고 생각했었어."

"그래?"

"응. 내가 결혼할 땐 급하게 기성복을 수선해서 입었지만."

바이올렛이 뒤늦게 아주 조금 아쉬운 표정을 지었다.

"어머니의 드레스는 라크라운드의 두 번째 여왕이었던 올리비아 로렌스의 드레스를 모티브로 해서 만들었거든."

"아, 넌 올리비아 로렌스를 정말로 존경하지. 자주 초상화에 인사하러 갔었잖아. 핑크 다이아몬드 반지를 낀 초상화."

바이올렛이 고개를 끄덕이자 샤론이 말을 이었다.

"그 반지는 필리체가 후계자인 셰인 필리체가 물려받았지?"

"응. 워낙 중요한 물건이라 나도 실제로 본 적은 없어. 필리체가 보석 금고에서 꺼낸 적이 없거든."

"그렇구나."

이야기하는 사이 샤론이 웨딩드레스를 다 입고 티아라와 면사포를 썼다. 샤론은 짧은 면사포를 사용했는데 그녀의 발랄한 분위기와 아주 잘 어울렸다.

바이올렛이 연신 감탄하며 말했다.

"너무 예뻐서 이제 화가 풀린다."

"진짜? 그렇게 예뻐?"

"응, 그렇게 예뻐."

"다행히 엠파이어 드레스라서 혹시 배가 좀 나와도 가려질 거야. 이미 소문은 다 났지만."

샤론이 과장되게 한숨을 쉬자 바이올렛이 즐겁게 웃었다.

샤론이 다시 옷을 갈아입은 후, 두 사람은 앉을 수 있게 쿠션을 붙여 둔 창틀에 앉아 테이블을 가까이 당겨 놓고 티타임을 즐기기 시작했다. 샤론이 임산부에게 좋다는 차를 가져왔으므로, 바이올렛도 같은 것을 마셨다.

샤론이 물었다.

"차 맛없지?"

"아냐. 향이 좋아. 우유를 좀…… 아, 아니구나."

"왜. 넌 먹어도 돼."

"괜찮아. 네 상태가 최우선이지."

바이올렛이 알리카에 다녀온 사이 바람이 부쩍 선선해져 있었다. 적당히 기분 좋은 바람을 즐기며 샤론이 말했다.

"하도 급하게 결혼 준비를 하고 있어서, 아직도 실감이 안 나."

"이만하면 차곡차곡 진행이 되어 가고 있는걸?"

"다 네 덕이지."

"나?"

"응. 네 덕에 윈터 경이 아우스 숨겨 주고, 이렇게 일정이 급한데도 호텔을 내주잖아. 내가 혹시나 너한테 험담할까 봐."

"그런가."

바이올렛이 부끄러워하며 웃는 모습에 샤론이 덩달아 행복해진 표정으로 말했다.

"네가 정말 행복해 보여."

"고마워. 요즘 참 행복하네."

"아, 결혼식 앞두고 마음이 불안했었는데. 너랑 이야기하니까 좀 안정된다."

"하나도 불안해 보이지 않는데?"

"무슨 소리야. 엄청 불안해. 그날 혹시 오빠가 아우스를 죽이기라도 하면……."

"내가 꼭 붙잡고 말릴게."

"붙잡는 건 안 돼. 윈터 경께서 싫어하실걸."

"설마, 남편이 어린애도 아니고."

바이올렛이 말도 안 되는 소리 말란 듯 대답하고는 관심 가득한 목소리로 말했다.

"어떤 아이려나."

"난 느낌이 딱 아우스 닮은 남자애 같아."

"그럼 아주 침착한 아이겠구나."

"너무 침착해서 내 속이 터지겠지. 저 석상처럼 입 무거운 남자가 둘이라니."

"아우스 경 참 좋은 사람 같던걸? 처음부터 얘기해 줘. 두 사람 사이에 무슨 일이 있었던 거야?"

바이올렛이 그동안 궁금해하던 것을 묻자 샤론이 한숨을 쉬었다.

"말도 마. 그 멍청이가 내 뒤만 졸졸 따라다니고 걱정하면서 좋아한다고 말을 안 하잖아."

"용기 내기가 쉽지 않지."

"그래도 적당히 때 되면 해야지. 여기 카닉 호텔에서 마지막 날까지 나랑 같은 객실에서 머물러 놓고 말이야. 그래서 마지막 날 이러다 안 되겠다 싶어서."

"네가 먼저 고백한 거니?"

"같은 침대에서 자자고 했어."

"……뭐?"

바이올렛은 충격에 그대로 말문이 막혔다. 샤론이 태연히 말을 이었다.

"처음엔 그 말 없는 남자가 안 된다고 몇 번을 말하는 거야. 그래서 나 그냥 내 방 갈까, 했더니 그건 안 된대. 그때부터 침대에 같이 누웠는데 아우스에게서 은근히 좋은 냄새가 나잖아."

"그…… 래서?"

"일단 잠옷을 벗으라고 명령했지. 처음엔 안 된다고 하더니 중간부턴 자기가 막 덤벼들……."

"충분히 들었어. 더 자세히 설명하지 않아도 돼. 그보다 키론에서 묵은 마지막 날이면…… 내가 키론에서 떠난 즈음이잖아."

"음? 응."

"그럼 그때부터 벌써!"

"으음. 얘기가 그렇게 되는구나."

내내 뻔뻔하던 샤론이 그건 좀 민망한지 손으로 입을 가리고 호호 어색하게 웃었다.

남편이 이미 한차례 휩쓸고 지나간 이야기였지만 본인 입으로 들으니 더 충격이 커 바이올렛이 손으로 이마를 감쌌다. 그런 바이올렛다운 반응이 재미있어, 샤론은 신나서 이야기를 이어갔다.

❊ ❄ ❊

저녁 시간에 맞춰 두 남자가 돌아왔다. 아우스는 윈터와의 쇼핑에 매우 진이 빠져 있었으나, 윈터가 라크라운드 왕녀였던 바이올렛의 남편이므로 상명하복의 개념으로 받아들이는 듯했다.

네 사람은 함께 성대한 저녁 식사를 하며 이런저런 이야기를 나누었다. 네 사람이 잘 맞았던 덕에 무척이나 즐거워 헤어져 각자 객실로 돌아가는 걸 모두가 아쉬워할 정도였다.

침실로 돌아오자마자 바이올렛은 곧바로 긴 잠에 빠졌다. 그러다 이른 새벽, 윈터가 그녀를 깨웠다.

"바이올렛."

그녀가 바로 일어나지 않자 윈터가 슬쩍 웃으며 손으로 머리칼을 쓸어 올리고는 이마에 입을 맞추고 말했다.

"공주님, 일어나."

그가 거듭 부르자 결국 바이올렛이 졸음이 무겁게 누르고 있던 눈을 가까스로 떴다.

"벌써 아침이에요?"

"새벽이야. 깨워 달라고 했잖아."

"내가요?"

잠결에 바이올렛이 고개를 갸우뚱하자 윈터가 작게 소리 내어 웃었다.

"크루즈 타기 전에 꽃 시장 보고 가자며."

그 말에 순간 잠이 확 달아난 바이올렛이 상체를 일으켰다.

"아, 그랬죠?"

그러자 윈터가 짐짓 실망한 얼굴로 말했다.

"남편 얼굴 볼 땐 안 깨던 잠이 꽃 생각엔 깨는 모양이지?"

"당신은 내일도 볼 수 있잖아요."

"아, 그러니까 난 언제 봐도 상관없다?"

"비꼬지 말아요. 그런 뜻 아닌 거 알면서."

"전혀 모르겠어. 길고 자세하게 풀어서 설명해 줘 봐."

"난 봄이 안 와서 꽃이 안 펴도 당신만 있으면 살 수 있어요. 그걸 왜 비교하죠?"

그녀의 핀잔에 윈터가 기분 좋게 웃었다.

"음, 들으니 만족스럽군. 나도 사랑하고, 당신은 역시 타고난 바람둥이야."

윈터는 그다지 춥지도 않은데 바이올렛의 코트까지 챙겨 집을 나섰다.

키론에 있을 때 예핌추크가에서 꽃 일을 했던 바이올렛은 꽃 시장에 드문드문 아는 상인들이 있었다. 모처럼 그녀가 나타나자 상인들이 반갑게 인사했다.

"바이올렛! 이게 얼마 만이에요!"

"이리 좀 와 봐요. 새로 나온 화병이 있으니까."

키론처럼 꽃 시장에도 빠르게 소문이 돌았다. 바이올렛이 라크라운드의 왕족이었다는 것을 다들 알았을 텐데도 그녀를 대하는 것에 차이가 없었다.

바이올렛에 대해 더 많은 사실을 알았다고 한들 그녀에 대한 평가가 바뀔 것이 없었고, 그녀 역시 상대가 저를 뭐라고 생각하든 사람들을 대하는 태도에 변화가 없을 사람이기 때문이었다.

윈터는 바이올렛의 많은 면을 사랑했지만, 특히나 그런 면을 정신 못 차리게 사랑했다. 바이올렛이 실컷 꽃 시장을 즐길 수 있게끔 윈터는 한 걸음 떨어진 곳에서 그녀를 따라 걸었다.

꽃 시장을 한 바퀴 구경하며 선물받은 꽃들만으로 꽃다발 하나가 만들어졌다.

윈터가 꽃다발을 끌어안고 행복해하는 바이올렛을 바라보며 말했다.

"당신 친구 부부가 결혼하는 걸 보니 더더욱 한 번 더 결혼식을 해야 할 필요가 느껴지더군."

"그랬나요?"

"응. 그땐 웨딩드레스도 결혼식도 다 약식으로 처리해 버렸으니까. 수도에 돌아가면 웨딩드레스부터 구해야겠어."

"엠파이어 드레스도 좋을 것 같아요."

바이올렛이 무심코 대답하더니 곧 난처한 얼굴로 말했다.

"아, 엠파이어 드레스가 뭐냐 하면……."

"내가 거듭 말하지만 보석이든 드레스든 내가 더 많이 샀고 내가 더 잘 알아."

"내가 참 별난 남자와 사는군요."

바이올렛이 웃으며 말하고 꽃 시장을 천천히 나섰다. 그즈음에야 해가 뜨기 시작해 세상이 차차 밝아졌다. 바이올렛이 자리에 멈춰 서서 행복한 얼굴로 해가 떠오르는 것을 바라보았다.

윈터는 매일 보는 일출 따위에 관심이 없어, 연신 주머니 속의 반지 상자를 만지작거리고 있었다.

엔나에게 바이올렛이 올리비아 로렌스를 좋아한다는 이야기를 듣고, 그 초상화 속 반지를 프러포즈용으로 준비했으나 타이밍 잡기가 쉽지 않았다.

반지도 중요한 물건이지만, 앞으로 명의를 공동으로 돌릴 하구 섬은 나라가 휘청거릴 재산이라 바이올렛의 많은 참여가 필요했다.

키론은 이제 가을 날씨니 혹시 가을 탄다고 하면 대충 넘어갈 수 있지 않을까. 윈터가 심각하게 고민하다가 입을 열었다.

"결혼식은 언제쯤이 좋나."

"음, 천천히 계획하는 게 좋겠어요."

"왜 천천히 해?"

"혹시 도중에 아이가 생길 수도 있으니까요."

그녀의 대답에 윈터가 급격히 어두워진 얼굴로 대답했다.

"몇 년째 안 생긴 아이가 그렇게 금방 생기진 않을 거야. 너무 기대하지 마."

"당신이야말로요."

바이올렛은 담담하게 대답했지만, 사실은 가슴이 울렁거리는 것을 간신히 숨기고 있었다.

어서 집으로 돌아가고 싶었다. 집에 도착한 후에 주치의, 그리고 두 번째 의사에게도 확인을 받아야 했고, 그래도 불안할 것이 분명하니 세 번째 의사에게도 임신 여부를 물어야 할 것이었다. 윈터만큼은 아니지만 바이올렛 역시 어느 정도는 의사에 대한 불신이 있었다.

그렇게 세 명의 의사 모두 그녀가 임신을 했음에 동의한다면, 남편의 얼굴을 마주 보고 그 사실을 알려 줄 생각이었다.

이전에 임신 소식을 알리려 준비했던 정찬은 윈터의 폭언으로 끝나고 말았었다. 바이올렛은 이번엔 윈터가 그런 반응을 보일 이유가 없음을 알고 있었고, 걱정거리로도 여기지 않았다.

그는 기뻐할 것이다. 분명히. 걱정이 있다면 펑펑 울어 버릴지 모르는 그를 어떻게 달래나, 하는 것 정도였다.

✽ ❄ ✽

아이 이야기가 나오자, 윈터는 여느 때보다 말수가 부쩍 줄어들었다.

항구에 도착할 때까지 침묵하던 그는 라크라운드로 돌아갈 크루즈에 타기 전, 하려던 말을 빠르게 전했다.

"하구 섬을 공동 명의로 돌릴 서류를 준비 중이니까 돌아가서 서명만 해. 나머지 두 섬도 조율 중이니 조만간 사들일 거야."

그러자 바이올렛이 동그랗게 커진 눈으로 윈터를 보았다.

"그게 무슨 말도 안 되는 소리죠? 지금 하구 섬이 예전 같은 황무지도 아니잖아요."

"명의만 공동으로 두는 거야. 어차피 내 거인 건 마찬가진데 뭐."

"그래도 그건 너무……."

바이올렛이 거절하려 하자 윈터가 오히려 정색하고 밀어붙였다.

"필요한 일이잖아. 아니면 레클강 어쩌고 하는 작위가 당신에게 별로 의미가 없는 건가?"

"그럴 리가요. 그 칭호는 엄청난 명예예요."

"그 명예를 에쉬 따위에게 뺏길 수는 없잖아."

그의 말에도 잠시 망설이던 바이올렛이 입을 열었다.

"당신 말이 맞아요. 에쉬에게는 과분한 명예죠. 하지만 나에게도 과분해요."

제 생각과 전혀 다른 대답에 윈터가 확연히 찌푸려진 얼굴로 말했다.

"세상에 당신에게 과분한 건 없어. 혹시 이방인들의 생명을 구한 건 명예로운 행동으로 치지 않는 건가?"

곤란한 질문에 바이올렛이 멈칫하자, 윈터가 말을 이었다.

"거봐. 게다가 당신은 결혼으로 라크라운드를 지켰어. 그건 영웅의 행동이지. 영웅에게는 보상이 있어야 해."

"……."

"당신이 한 이야기야."

윈터의 능청스러운 목소리에 잠시 생각하던 바이올렛이 희미한 미소를 지었다.

그녀가 차차 받아들이는 느낌이 들자 윈터가 슬쩍 웃으며 그녀의 손을 잡아끌었다.

"가자."

"가요. 그리고 앞으로 또 그런 커다란 계획이 생기면 나와 상의해 줘요. 뭔가를 사거나, 또 비행선 띄울 때도."

"말하면 아무것도 못 사게 할 거잖아."

"못 사게 하면 사지 말아야 하지 않을까요?"

"고집불통이군."

"내가 고집불통이라는 건가요?"

바이올렛이 미간을 좁히자 윈터가 짓궂은 웃음을 지어 보였다.

크루즈에 타면서도 바이올렛은 생각에 잠겨 있었다. 그녀는 나머지 두 섬을 가진 사람을 알고 있었고, 그 사람이 저에게 섬을 넘겨줄 가능성은 매우 낮다고 생각했다.

그의 말에 바이올렛은 고민이 많아졌다. 그가 던져 준 고민거리 덕분에 바이올렛은 잠시나마 임신에 대한 생각을 하지 않았다.

✳ ❄ ✳

키론에서의 행복한 마무리를 끝으로, 두 사람은 라크라운드로 돌아왔다.

윈터는 수도에 돌아오자마자 알리카의 관광업 건을 정리해 회사에 던져 주며 모두를 고통으로 몰아넣었고, 바이올렛은 의회에 출석하기 위한 준비를 시작했다.

알리카에 다녀온 이후 그녀는 눈에 띄게 건강을 되찾았다. 입덧을 하거나 심지어 그냥 비위가 상하는 일도 없었다. 평소보다도 잠이 많아지긴 했지만 그건 여독이 남았기 때문일 거라 생각했다.

그럼에도 계속 월경이 없었다. 바이올렛은 아이 생각에서 벗어나기 위해 낯선 일거리를 만들었다.

윈터의 생일은 1월 중에 있었다. 바이올렛은 이번에야말로 윈터의 생일에 음식을 만들어 주겠다는 계획을 세웠다.

충분히 책으로 공부를 한 후 주방에 선 바이올렛이 심호흡했다. 재료를 미리 다 꺼내 두고 찬찬히 레시피를 읽고 있는데 주방 입구에서 쾅쾅 소리가 들리더니 정신없이 달려온 윈터가 들어섰다. 출근하다 되돌아온 그의 넥타이가 틀어져 있었다.

겨울이라 초콜릿이 잘 잘리지 않아 고생하던 바이올렛이 식칼을 든 상태로 윈터를 돌아보자 그가 두 손을 방어적으로 들었다.

"잠깐만, 잠깐만. 뭐가 하고 싶어?"

"초콜릿 수플레를 만들 거예요."

"왜 갑자기 그런 생각을 하신 겁니까, 공주님?"

"당신 생일이 얼마 안 남았잖아요. 지금부터 연습해서 만들어 주려고요."

"황송하군."

"갑자기 왜 그렇게 공손하죠?"

"칼 들었잖아."

윈터가 말하며 걸어왔다. 바이올렛이 비장하기까지 한 얼굴로 달걀을 먼저 꺼냈다. 그러자 윈터가 심각한 표정으로 물었다.

"설마 달걀을 칼로 깨려는 건 아니지?"

"달걀 정도는 깰 줄 알아요."

바이올렛이 그리 말하더니 칼을 내려놓고 꼼꼼해 보이는 손짓으로 서툴게 달걀을 깼다. 그러고는 선반 위를 살폈다. 윈터가 물었다.

"뭐 하려고?"

"흰자와 노른자를 분리하라고 되어 있어요. 도구가 있나 해서요."

그녀의 말에 윈터가 달걀을 들어 한 손으로 가볍게 두들겨 깨더니 양쪽 껍질에 번갈아 옮겨 흰자와 노른자를 분리했다.

"또 뭐."

"흰자는 거품이 생길 때까지 저으래요. 이제 안 도와줘도 돼요."

"그거야말로 내가 해야 할 걸."

"출근해요. 몰래 하는 중이었는데."

"당신이 주방에 있는데 어떻게 믿고 출근을 해?"

"1년 동안 키론에서 혼자 살았잖아요. 간단한 요리 정도는 할 수 있어요."

"그래, 이제 드디어 빵 정도 구울 수 있게 됐겠지."

"아뇨, 빵은 못 구워요."

"구운 빵을 재가열할 수 있게 됐지?"

윈터가 다시 묻자 바이올렛이 그제야 고개를 끄덕끄덕거렸다. 그러더니 간신히 자른 초콜릿을 돌아보고 말했다.

"버터에 중력분을 조금 넣고 먼저 익히라는군요."

"불은 내가 켜지."

윈터가 다급하게 불 쪽으로 가 켜 주자 바이올렛이 다시 레시피를 확인하며 혼잣말을 했다.

"소스팬이 어느 걸까."

그러자 윈터가 걸려 있던 소스팬을 꺼내 불 위에 올려 준 후 진지하게 물었다.

"꼭 요리를 해야겠어?"

"연습 중이잖아요. 왜 들이닥쳐서 연습 중인 사람한테 잔소리하는 거죠?"

"있잖아, 바이올렛. 우리 집에 돈 많아."

"알아요."

"알면 가정 교사를 불러."

"안 돼요. 투린 주방장 성격에 다른 요리 선생을 부르면 얼마나 섭섭해하겠어요?"

"그럼 주방장한테 배우든지."

"저도 그래 보려고 했는데 투린은 내가 하는 게 답답해서 보고 있지를 못하더군요."

바이올렛이 다시 칼을 들려 하자 윈터가 그녀의 손에서 칼을 뺏으며 말했다.

"초콜릿 수플레에는 더 이상 칼 쓸 일 없으니까 이건 치우자."

"정말요? 요리를 하는 데는 당연히 칼이 필요한 줄 알았어요."

"우리 회사 앞에 초콜릿 수플레 잘하는 레스토랑 있어. 거기 주방 장에게 말해 두지. 왜 내 돈 주고 고용한 놈들 눈치를 봐야 하는지 모르겠지만 원하면 투린에게 비밀로 하라고 해 둘 테니 염려 말고. 그리고 앞으로는 혼자 주방 들어오지 마. 제발."

"당신은 내가 여기 있는 거 어떻게 알고 온 거예요? 당신 출장 간 사이에 연습하려고 했는데."

바이올렛이 묻자 윈터가 그녀를 끌고 주방을 나가 앞에 안절부절못하며 모여 있던 사용인들을 턱짓했다.

"저 중 하나가 달려와서 일렀지."

"내가 그렇게 못 미더웠던 모양이군요."

"못하는 건 포기하고 사람 고용해. 그게 효율적이고, 돈을 버는 방법이야."

그가 바이올렛의 등을 떠밀면서 고개를 돌려 사용인들에게 빨리 주방을 폐쇄하라고 손짓했다.

결국 재출근을 하게 된 윈터를 한 번 더 배웅 나온 바이올렛이 급히 달려오느라 삐뚤어진 넥타이를 바로 매 주며 물었다.

"북부에 가는 일정은 헤스턴가에서 요청한 것만 해결하면 끝나는 거죠?"

"응. 사업적인 부분. 금방 해결하고 올게."

바이올렛이 미소 지으며 고개를 끄덕였다.

"알리카 여행 내내 같이 있다가 사흘이나 떨어져 있으려니 섭섭하네요."

"중간에 집에 올까?"

"그냥 한 번에 다 처리한 후에 돌아와서 같이 있어 줘요."

바이올렛의 목소리가 윈터에게 무척 달게 들려서, 출발하는 걸음이 더욱 무겁게 느껴졌다.

"그런 말 하니 더 못 가겠는데."

"얼른 가요. 그러지 말고."

"빨리 돌아와서 우리 공주님 의회 출석 준비 도와줘야지. 난 당신이 에쉬 로렌스와 이야기하는 걸 구경하는 게 좋더군."

"구경이요? 왜죠?"

"비교돼서 당신이 평소보다 더 위엄 있어 보이거든."

"위엄 있는 여자를 좋아하는군요."

"난 내가 무릎 꿇고 싶은 여자가 이상형이야. 말 안 했나?"

윈터가 능청스레 말하며 허리를 끌어안자 바이올렛이 그의 코트 깃을 쥐며 말했다.

"이러다 또 배웅에 한 시간 걸리겠군요."

"우리 공주님이 나 없을 때 또 주방 들어갈까 봐. 걱정돼서 발이 안 떨어져."

"안 들어갈게요."

"나 없을 때 우리 부모님 혹시 찾아와도 들여보내지 마. 물론 경비원들이 당신에게 알려 주지도 않겠지만 만에 하나란 게 있으니까."

"절대 안 들여보내요. 게다가 어차피 의회에서 만날 테니 찾아오시지 않을 거예요."

"하긴. 블루밍가는 아직도 의석이 있지."

윈터가 투덜거리고는 이 소중한 배웅에 그딴 걸 생각할 겨를이 없다는 듯 다시 미소 지으며 아내의 이마에 입을 맞췄다.

바이올렛이 웃으며 윈터를 밀어냈다.

"이제 출근해요, 정말로."

그러자 윈터가 아쉬운 얼굴로 뒷걸음으로 걸어 마차로 향했다.

"똑바로 걷고요. 넘어져요."

"안 넘어질게."

말을 마친 윈터가 손을 흔든 후 마차에 올라탔다.

그가 떠난 후 포치에 선 바이올렛은 마차가 멀어지는 걸 아쉽게 바라보았다. 뒤에 서 있던 젠이 얼른 담요를 덮어 주며 말했다.

"하루에 배웅은 한 번만 하시면 안 돼요? 감기 걸린다고요."

"포치는 불을 피워서 따듯한걸?"

"바람이 차갑단 말이에요."

"그건 그러네. 그럼 우리도 들어가자."

바이올렛이 손짓하자 젠이 얼른 따라붙어 말을 이었다.

"하엘 씨가 대표님 북부에 도착하신 이후에 전신 보내기로 했거든요. 의사는 그 직후에 부르기로 했어요. 대표님이 도중에 들이닥칠 일 없게요."

"두 사람 다 참 철저하구나."

"대표님 성격 아시잖아요. 불같이 흥분했다가 꺼지면 주변에서 감당하기 힘드니까요. 두 분이 얼마나 정반대인지 작은 마님은 정말 모르실 거예요."

"그래도 남편이지 않니. 그 정도로 모르지는 않아."

"아뇨. 대표님 성격은 작은 마님이 제일 모르실걸요. 세상에서 제일이요. 대표님이 작은 마님 앞에서 얼마나 순한 양인지 상상도 못 하실 거라고요. 작은 마님은 반대로 지나치게 참을성이 강하세요."

"지나칠 정도니?"

"네! 가끔 엄살도 부리시고, 불편한 것도 말하셨으면 좋겠어요."

젠이 수선스럽게 말했다. 그녀는 혹시 임신이 아닐 경우 바이올렛이 너무 실망하지 않기를 원했기 때문에 필사적으로 들뜬 마음을 감추며 끊임없이 아무 말이나 내뱉는 중이었다.

그런 젠의 마음을 안 바이올렛이 미소를 지으며 말했다.

"젠, 이번에도 임신이 아니더라도 나에겐 아직 기회가 많아. 조금은 실망하겠지만 상처받지 않을 테니 일부러 그런 표정 할 것 없어."

"……정말이시죠?"

"그럼. 정말이지."

바이올렛의 다정한 말에 젠이 도저히 못 참겠는지 입을 열었다.

"드디어 작은 작은 마님이 생길 기회예요!"

"아들일 수도 있잖니."

"도련님도 좋아요. 작은 마님은요?"

"음, 딸이어도 아들이어도 행복할 것 같아."

"저도 상관없지만 웬만하면 작은 마님을 쏙 빼닮았으면 좋겠어요."

두 사람이 이야기하며 드레스 룸으로 향했다.

❉ ❋ ❉

회사에서 급한 일을 처리한 윈터는 점심시간쯤 본사를 나섰다. 먼저 나와 마차에 그의 여분 정장을 싣고 있던 하옐이 물었다.

"대표님, 바로 북부로 가실 거죠?"

"아니, 우선 처리할 일이 있어."

"예?"

원터가 마차에 타자 하옐이 초조한 얼굴로 물었다.

"제가 모르는 일정이 있단 말씀이십니까?"

"그럴 수도 있지. 왜 그렇게 놀라?"

"아뇨……."

북부에 도착하면 원터가 수도에 없다는 것을 젠에게 알려 주기로 했던 하옐이 말끝을 흐렸다. 원터가 말했다.

"아내가 의회 출석을 하기 전에 레클강의 모든 섬을 살 거야."

"그건 들었습니다. 사람도 없는 그 섬을 왜 사시려는 겁니까?"

"사람이 없다니. 두 가구씩은 살아."

원터는 아내에게 들은 정보를 바탕으로 하옐에게 레클강에 관한 작위를 설명했다. 원터가 마부에게 유명한 레스토랑 이름을 말하고 의자에 털썩 기대앉자 하옐이 물었다.

"하구 섬을 제외한 나머지 두 섬을 가지고 있는 사람이 누구인데요?"

"엘라 필리체 부인. 원래는 선왕의 것이었으니까."

"그렇군요."

"에쉬 로렌스는 당연히 그 두 섬을 자기에게 물려줄 거라 생각하고 있겠지. 하지만 난 그 섬을 받아 내고, 아내는 의회에서 법전의 '모든 섬'을 지우는 일을 막을 거야."

"그럼 레클강과 모든 섬에 관한 작위를 작은 마님이 뺏어 올 수도 있겠군요?"

"뺏다니? 합법적인 거지. 어떻게 작위를 그딴 쓰레기가 가져가. 내 아내처럼 고귀한 공주님이 계시는데."

윈터는 이제 자신이 아내를 얼마나 우러러보는지에 대해 숨길 생각조차 없었다. 하옐 역시 작은 마님을 진심으로 아꼈으므로 그것에 대한 불만은 없었다.

"그럼 지금 엘라 필리체 부인을 뵈러 가시는 겁니까?"

"응. 뵙기로 했어. 아내에게 연락 받자마자 미리 기별드렸거든."

"그렇게…… 모녀 사이가 친근한 것 같지는 않았습니다만."

부모 이야기만 나오면 삐뚤어지는 하옐의 말에 윈터가 고개를 끄덕였다.

"아내도 그렇다고 하더군. 물론 우리가 못마땅한 어른들을 보고 자란 건 사실이지만, 만에 하나 우리에게 아이가 생기면 그래도 할머니 하나는 있어야지. 엘라 부인이든…… 내 친모든. 물론 자주 보진 않겠지만."

"……"

"아, 몰라. 아내는 라크라운드에 잘 도착했다고 내 친모에게 몰래 기별을 했잖아."

"'몰래'인데 그걸 알아내신 쪽이 잘못하신 겁니다."

"그래서 나도 아무 말 안 했어."

"작은 마님은 항상 인사 편지를 보내는 다정한 분이시니까요."

"내 아내는 내가 잘 아니까 닥쳐."

윈터가 짜증을 냈다.

바이올렛도, 윈터도 본인의 부모 이상으로 상대방의 부모에게 모질지를 못했다.

윈터는 어디에도 공통점이 없을 것 같은 아내와 자신이 외로움만은 공유하고 있음을 알았다. 그러므로 그는 조금씩 그 외로움조차 달콤한 것으로 느끼게 되는 와중이었다. 사랑이 사람을 미치게 한다더니, 이럴 때 쓰는 말인 모양이었다.

잠시 후 마차는 윈터가 약속한 레스토랑 앞에서 멈춰 섰다. 그가 잠시 서 있으려니 이내 필리체 가문의 문장이 새겨진 마차가 서고, 엘라가 내렸다. 엘라는 여느 때처럼 서늘한 눈으로 윈터를 보았다. 윈터가 말했다.

"들어가시죠."

"그렇게 하시게."

엘라가 무표정으로 앞장서 레스토랑으로 들어섰다.

바다를 바라보는 5층의 레스토랑은 이전에 윈터와 바이올렛이 식사를 한 적이 있는 곳이었다.

본론에 들어가기에 앞서, 두 사람은 매우 어색하고 불편한 상황 속에서 식사를 시작했다.

엘라는 결혼 전부터 사위를 영 마음에 들어 하지 않았다. 그가 나라에 닥쳤던 큰 경제적 위기를 넘기게 해 준 것은 사실이지만, 이방인이며 서자이기까지 한 자가 로렌스가 사람과 결혼한 것은 여전히 충격적인 일이었다. 직계에서 멀어져도 그럴진대 하물며 바이올렛은 선왕의 적녀이고, 라크라운드의 마지막 왕녀였다.

이전까지는 그것이 윈터 블루밍에 대한 평가의 전부였다면, 이제는 제 딸을 남부에 고립시킨 자들 중에 하나라는 평가까지 더해졌다.

어느 정도 침묵이 지나고, 윈터가 못마땅한 표정으로 식사하는 엘라에게 말을 건넸다.

"연락은 받으셨을 거라고 생각합니다."

"바로 본론으로 들어가는군."

엘라의 말에 윈터가 멈칫했다. 그제야 아내가 늘 잔소리하던 인사치레가 필요했음을 몸소 깨달은 그가 성질을 꽉 누르며 말했다.

"그간 안녕하셨습니까."

"참 빨리도 묻네."

"……죄송합니다."

윈터는 자신이 아내뿐만 아니라 아내의 친구, 아내의 어머니에게까지 맥을 못 춘다는 사실에 매우 고통스러웠다. 그뿐인가. 심지어는 아내가 아끼는 사용인들에게까지 꼼짝을 못 했다. 아마 그들이 급여를 배로 올려 주지 않으면 그만두겠다 협박하고 들면 못 견뎌 원하는 만큼 올려 주고 말 것이 분명했다.

엘라가 스푼을 내려놓으며 말했다.

"자네도 이제 블루밍가의 후계자로 내정된 것 아닌가. 예법을 따르는 게 좋겠네. 특히 장모에게 편지를 쓸 때 직원을 시켜 적게 하는 법이 어디에 있나. 당연히 본인이 적어야지."

"제가 수도에 없어서 그랬습니다."

"그래도 자네가 썼어야지. 바이올렛 그 애는 예법에 아주 밝은 아이네. 어려서부터 뭐 하나 실수하는 법이 없는 아이였어. 어른들보다 훨씬 그 태도가 올발랐던 아이인데 자네에게 아무 불만이 없었던 겐가?"

윈터는 이래 보여도 지금은 어마어마하게 나아진 거라는 말대답을 결코 할 수 없었다.

엘라와 비교하면 아내는 그의 행동을 거의 지적하지 않는 편에 속

한다는 것을 윈터는 처음으로 깨달았다. 지금껏 그의 태도를 나무랄 사람이 없었다 뿐이지, 만약 블루밍 공작 부부가 그를 진심으로 아들 대하듯 했었다면 그의 모든 행동이 문젯거리였을 것이다.

엘라가 미간을 좁히고 말을 이었다.

"앞으로 나에게 편지를 할 때는 본인이 직접 쓰게. 특히……."

엘라가 아무리 생각해도 이건 이해가 안 된다는 듯 숨까지 고른 후 말을 이었다.

"편지를 밀봉하는데 어떻게 회사의 인장을 찍어 보낼 수가 있는 겐가."

"그게 뭐가 문제입니까?"

윈터가 못 참고 대들자 엘라가 기가 차서 눈을 동그랗게 떴다. 바이올렛이 종종 짓는 것과 똑같은 표정에 윈터의 입이 바로 꽉 다물렸다. 엘라가 말했다.

"당연히 문제지. 생각해 보게. 난 자네 편지를 받을 때 나의 집사에게서 '카닉사에서 온 편지가 있습니다.'라는 말을 가장 먼저 들었다네. 그럼 내가 무슨 생각을 했겠나?"

"카닉사에서 왔다고 생각하셨겠지요."

"물론 내가 그 회사에 아는 사람이라고는 자네와 안잘리 그 아이 정도네만. 혹시 아나, 정말로 카닉사에서 보낸 홍보물일지. 내가 그대로 그 편지를 버릴 수도 있었단 소리네. 그렇게 중요한 편지를!"

"예, 제가 정말 쓰레기입니다."

"지금 나한테 대드는 겐가?"

"……."

윈터는 이제부터 아내에게 더욱 잘해야겠다는 생각을 했다. 그녀는 그를 손바닥 위에 두고 마음껏 휘두를 수 있으면서도 이렇게 맹비난

한 적이 없었다. 물론 그녀가 맹비난해 준 적이 없기 때문에 지금 이렇게 장모님께 깨지고 있는 것일 테지만.

그렇게 바이올렛이 했어야 할 잔소리까지 실컷 퍼붓고 난 엘라가 단호한 얼굴로 말했다.

"자. 이제 그 편지의 내용에 대해 이야기해 보게."

"정말 본론을 말해도 괜찮으신 겁니까?"

"비꼬지 말게."

"레클강에 관한 작위를 좌우하실 수 있으신 걸로 알고 있습니다."

"그걸 달라는 건가?"

"협상을 하시지요."

"내가 가진 두 섬을 주면 내 아들에게는 아무것도 남지 않네. 정말 아무것도."

"저도 둘 중에 덜 예쁜 자식이어 봐서 그 맘은 압니다만."

협상이 시작되는 순간부터 사위였던 윈터는 사업가로 태도가 바뀌었다. 그것은 예법을 중시하는 엘라의 눈에 더욱 선명하게 들어오는 변화였다.

태연히 엘라와 바이올렛의 상처를 건드린 윈터가 말을 이었다.

"하지만 장모님께서는 예법을 중시하시지요. 예법을 중시하신다는 건 라크라운드의 뿌리 또한 중시하시는 것 아니겠습니까?"

"물론이네."

"에쉬 로렌스가 왕이 될 자였다는 것은 압니다. 하지만 객관적으로 봐 주십시오. 두 사람을 자식이 아니라 완전히 별개의 인재들이라고. 만약 두 사람 중 하나에게 중대사를 맡긴다면 누구에게 맡기시겠습니까? 잘 아시겠지만, 제 아내는 좋은 사람입니다."

윈터의 말에 엘라가 멈칫했다. 그사이 그가 말을 이었다.

"처음부터 이 나라를 위험에서 구하려 저 같은 이방인 서자의 청혼을 받아들인 건 다름 아닌 바이올렛입니다. 저는 목적이 작위였지요. 아내의 목적은 라크라운드의 경제 위기를 해결하는 것이었어요. 그 과정에서 에쉬의 행동도 있었던 건 압니다. 하지만 그 순간 가장 고결한 선택을 했던 건 누구였습니까? 자기 이익이 아닌, 국가의 존속을 목적으로 희생했던 건 제 아내 한 사람뿐입니다."

"자네는 자네와의 결혼을 희생이라고 말해도 괜찮은 겐가."

"결혼 초에는 저도 인정하기 싫었죠. 지금은 아내가 어떤 사람인지 알고 있고, 그녀가 절 사랑하는 것도 알고 있으니 상관없습니다. 부인께서는 이 나라의 왕비셨습니다. 비록 지금은 아니라고 해도, 누구보다 라크라운드를 위하셔야 하는 사람이셨습니다. 그런 선택을 하셔야 하는 분이셨죠. 제 아내는 언제나 본인이 공주님이 아니라고 제 말을 고쳐 주지만, 여전히, 언제나, 누구보다 공주님다운 선택을 합니다."

엘라는 더 이상 대답이 없었다. 윈터가 말을 이었다.

"섬에 대한 대가는 충분히 지불하죠. 하지만…… 이것이 대가로 결정되는 일이 아니라는 건 알고 있습니다. 결국은 부인의 판단에 달린 일이죠."

그 말을 끝으로, 윈터 역시 침묵하며 다시 식사를 이어 갔다.

❄ ❆ ❄

바이올렛은 손발이 차가울 정도로 긴장해 있었기 때문에 무엇이든 집중할 것이 필요했다. 그래서 요리를 하려 했던 것인데, 윈터가 그렇게 걱정하니 의회에 갈 때 입을 드레스를 준비하는 쪽으로 관심을 돌렸다.

단정한 검푸른 드레스와 검은색 코트를 몸 선에 맞게 수선하고, 코트에 달 단추를 골랐다. 바이올렛은 단추 장인이 만들어 온 세 종류의 은 단추를 살펴 고르고, 어차피 당일이 되면 바꾸게 될 것이 뻔한 브로치도 한참을 살폈다. 그중 다섯 종류의 보석을 사용한 나뭇잎 형태의 큼지막한 브로치를 골랐다.

금방 연락이 올 거라는 예상과 달리 하옐의 전신이 늦어졌다. 결국 긴장감을 견디지 못한 젠이 물었다.

"비서님이 연락을 안 주시는데요. 그냥 의사 부를까요? 지금쯤이면 북부로 가셨을 것 같아요."

"하긴. 그렇구나."

바이올렛이 고개를 끄덕였다.

그녀의 마음속은 임신 사실을 확인하고 싶은 마음과 확인하고 싶지 않은 마음이 반반씩 차지하고 있었다. 그러나 두렵다고 계속 미루고만 있을 수는 없었다.

잠시 후 하옐이 고르고 골라 산부인과에서 최고로 손꼽히는 명의로 뽑아 준 의사 두 명이 먼저 임신 여부를 확인했다. 그리고 마지막에서야 주치의가 들어서서 섭섭한 얼굴로 말했다.

"작은 마님, 절 못 믿으시는 겁니까? 의사를 둘이나 더 부르시다니."

"미안하네. 그간 겪은 일이 있다 보니."

"그거야…… 맞네요. 그런 쓰레기 같은 의사들을 만나셨으니 우려스러우실 만하죠."

"그래도 자네가 마지막이지 않나. 자네 의견이 아니면 다 소용없으니."

바이올렛이 달래는 말에 주치의가 그제야 만족한 표정을 지었다. 그리고 진료를 마친 후 기쁜 얼굴로 말했다.

"의사 세 명의 의견이 동일하니 이보다 확실하기도 힘듭니다."

"정말…… 정말인가."

"예, 아기님이 오셨습니다. 축하드립니다, 작은 마님."

마지막 확답에 옆에 있던 젠이 못 참고 바이올렛을 꼭 끌어안았다. 맞은편에 있던 룰루도 바이올렛의 손을 꼭 잡고 있었다.

이내 룰루가 벌떡 일어서더니 손으로 눈물을 닦아 내고 말했다.

"대표님이 얼마나 기뻐하실까! 돌아오시는 시간에 맞춰서 정찬을 준비하실 거지요?"

"응. 아, 룰루와 주방장이 신경 써 줄 일이 많겠네. 부탁하네."

"아휴. 말만 하세요, 작은 마님. 세상에, 뭘 준비하면 좋을까. 왜 자꾸 눈물이 나는지 모르겠어요. 이렇게 좋은 소식에."

룰루가 눈물을 닦는데 이미 옆에서 울음이 터진 젠이 훌쩍거리며 말했다.

"그렇게 고생을 하셨으니까……. 대표님이 전에 작은 마님이 마련한 정찬에서 임신 소식 듣자마자 화낸 거 저 생생하게 기억한단 말이에요!"

"그래, 아가. 네 말이 맞아. 눈물이 나는 게 당연하지!"

룰루까지 결국 눈물을 쏟아, 바이올렛은 어쩔 줄 모르고 양옆에서 울음이 터진 두 사람을 달랬다.

바이올렛은 저만큼이나 감격하는 두 사람이 고마워 마음이 따뜻해져 오는 것을 느꼈다. 이렇게 저를 위해 주는 사람들 속에서 살고 있음이 더할 나위 없이 감사했다.

그러나 한편으로는, 이전 일이 준 상처가 너무 깊게 남아 있었는지 의사 셋이 확인해 주었음에도 정말 임신이 맞는 건가, 괜한 우려가 들었다.

바이올렛은 그 상처를 애써 외면하며 그저 남편이 출장에서 돌아오자마자 이 소식을 알릴 생각에 집중했다.

"남편이 빨리 돌아왔으면 좋겠네."

바이올렛이 혼잣말하듯 말하자 룰루도, 젠도 고개를 끄덕였다.

❄ ❉ ❄

중간에 대화가 중단되었으나 윈터도, 엘라도 식사 중에 일어나지 않았다. 여느 때의 윈터였다면 대화가 끝나자마자 시간 아까워 일어나 나갔겠지만, 장모님 앞이라고 끈기 있게 자리에서 버티는 중이었다.

식사가 끝나고 차까지 마신 후에야 두 사람이 자리에서 일어났다. 윈터가 받아다 준 코트를 다시 걸친 엘라가 말했다.

"내가 두 섬을 준다고 해도, 에쉬가 '모든 섬' 부분을 아예 지워 버리면 그 작위는 당연히 둘 중 손위 형제인 에쉬에게 돌아갈 걸세."

"예. 대비하고 있습니다."

윈터의 '대비'라는 말이 제 아들에게 매우 위험하리란 것을 엘라는 어느 정도 짐작했다. 그러나 만약 그것이 아들이 죄를 저질러 생기는 문제라면 엘라 역시 감싸 줄 수 없었다. 윈터의 말대로, 그녀는 아이들의 어머니기 이전에 이 나라의 왕비였던 사람이었다.

승강기에 두 사람만이 타 조용해지자 엘라가 말했다.

"조건이 있네."

"예. 말씀하시죠."

"딸아이와의 식사 자리를 만들어 주게. 1년에 한 번이어도 좋고, 2년에 한 번이어도 좋으니."

"식사요?"

윈터가 예상 못 한 말에 되묻자 엘라가 담담한 얼굴로 말을 이었다.

"그 애가 나에게 많이 화가 나서, 마음이 돌아섰다네."

"그렇습니까."

"쉽게 돌이킬 수 없는 것도 알고, 늦은 것도 알아. 그래도……."

"설득해 보지요. 하지만 아마, 아내는 식사 자리를 특별히 거절하지도 않을 겁니다. 거듭 거절하는 것도 무례라고 생각할 테니."

"그런가."

"그 이후에 마음을 돌리는 것이야 뭐. 두 분이 할 일이니까요."

윈터가 말하는 사이 승강기 문이 열렸다. 그가 그냥 가려다가 뜨끔해서 되돌아와 서자 엘라가 혀를 찼다.

"……정말 내 딸은 자네에게 불만이 없는 겐가?"

"가끔 있지만 시정 중입니다."

윈터가 말을 마치곤 슬쩍 웃었다. 협상이 끝나자 사업가에서 다시 사위로 돌아온 모양이었다. 스스로도 매력적인 걸 알고 짓는 그 미소며 얼굴이 워낙 뛰어나 엘라는 태도가 저래도 얼굴 때문에 바이올렛이 봐주며 사는 게라고 생각하게 되었다.

엘라가 물었다.

"자네는 '모든 섬'이라는 말을 아예 지우는 것을 반대할 생각인가? 그럼 여기 하구 섬은?"

"아, 제 겁니다."

내내 행동을 지적하던 엘라가 처음으로 말문이 막힌 채 그를 보자 윈터가 어깨를 으쓱이며 능청을 떨었다.

"제가 살 땐 별로 안 비쌌어서요."

"거참."

"그보다 마음 정하셨으면 오늘 바로 문서 넘겨주시면 안 됩니까? 어려운 건 빨리 해결하고 아내를 보러 가고 싶은데요."

윈터가 저보다 한참 체격이 작은 엘라에 맞게 허리를 숙이고 싱긋싱긋 웃으며 애교 섞인 투로 물었다.

보수적인 사람들로 둘러싸여 살아온 엘라는 저렇게 아양을 떠는 사람을 본 일이 없어 어쩐지 마음이 약해졌다. 아마 저 사내는 살아오는 내내 거칠었다가 아양을 떨었다가 멋대로 굴며 이렇게 세를 불려 왔을 것이었다.

어쩌면 고지식함의 극단에 있는 딸에게 가장 필요한 것은 저런 유연한 사람이 아닐까. 엘라는 처음으로 두 사람이 천생연분일지도 모르겠다는 생각을 했다.

❄ ❅ ❄

하옐은 조마조마한 상태로 마차 앞에 서 있었다.

오늘 윈터는 그의 예상과 전혀 다르게 움직이고 있었다. 지금쯤 북부에 도착하고도 남았어야 하는데, 밤중까지 수도 일정이 끝나지 않았다.

저택에 연락을 해야 하나, 그가 안절부절못하는데 엘라가 먼저 나와 마차에 탔다. 뒤이어 나와 마차에 탄 윈터가 흥분한 얼굴로 말했다.

"문서까지 아내 이름으로 넘겨받았어."

"정말이십니까?"

"이제 레클강의 모든 섬은 다 내 아내 것이 되는 거야. 아내에게 알려 주고 싶으니 바로 저택으로 가지."

그의 말에 눈이 커진 하옐이 급히 말했다.

"부, 북부 먼저 가셔야죠! 일정이 바쁜데!"

"밤새 가면 될 거 아냐."

윈터의 핀잔에 하옐은 식은땀이 흘렀다. 그와 일하기 시작한 초창기부터 느꼈던 일이지만, 윈터에게는 말로 설명할 수 없는 육감 같은 것이 있었다. 무언가 뒤로 꿍꿍이가 있다 싶으면 귀신같이 알아차렸다. 지금 집에 가면 안 된다고 해 봤자 더 의심을 살 것이 뻔해, 하옐은 말리지도 못하고 함께 마차에 올라탔다.

윈터가 하옐의 타는 속도 모르고 자랑을 늘어놓았다.

"생각보다 쉽게 해결됐어. 장모님도 아시는 거지, 딸이 그 쓰레기와 비교할 수 없이 훌륭하다는 걸."

"예, 예. 작은 마님 훌륭하시죠."

"강의 주인이라니, 위엄 있군. 안 그래?"

"그거 아니어도 위엄 있으세요."

하옐이 대충 맞장구치며 걱정하는 사이에도 마차는 저택에 가까워졌다.

저택 앞에 다다랐을 때, 하옐의 우려가 괜한 것이 아니었다는 듯 안쪽에서 수도 가장 큰 병원의 문양이 새겨진 마차가 달려 나오고 있었다.

그 모습에 윈터가 인상을 쓰며 마차를 세우게 했다.

"……병원?"

혼잣말한 그가 잠시 생각하더니 순식간에 얼굴이 하얘졌다.

주치의가 있음에도 병원 마차가 들어섰다는 것은 아내가 큰 병원에 가야 할 정도로 아프다는 사실밖에 되지 않았다. 그가 무서운 기세로 마차에서 내려 저택으로 달려 들어가려 들었다.

결국 하옐이 울상이 되어 온몸으로 그를 막아서며 실토했다.

"임신 여부를 확인하러 온 의사들입니다!"

"뭐?"

윈터가 멈춰서 표정을 구겼다. 하옐이 말을 이었다.

"작은 마님께서…… 확인을 해 보고 싶다고 하셨습니다. 그런데 일전의 일도 있고 해서 주치의가 아닌 다른 의사에게도 확인을 해 보시는 겁니다. 워낙 충격이 크셨잖아요, 예전에."

"그걸 왜 나 모르게 해!"

"아직 별달리 입덧을 하거나 건강에 문제가 없으셔서요. 아닐 가능성이 더 크다고 생각하신 것 같아요."

"……."

"대표님 생각해서 그러신 거예요."

하옐의 말을 머리로는 이해해도, 윈터의 가슴이 철렁한 것은 별수 없는 일이었다.

아내와 함께 기대하고, 함께 실망하고 싶었다. 그런데 그가 의지할 만한 남편이 못 되니 아내가 혼자 확인하려 드는 것이 아닌가.

시간이 지났어도, 바이올렛은 여전히 이전에 겪었던 아픔에서 완전히 벗어나지 못한 것이 분명했다. 그녀가 임신 소식을 알렸을 때 자신이 했던 폭언을 윈터 역시 전부 기억하고 있었다.

아무것도 아닌 여자라고 했었다. 그때의 그는 아내의 이야기를 들어주지도 않으면서 아내가 손에서 빠져나갈까 봐 전전긍긍할 줄만 아는 한심한 사내였으니까.

원터가 입을 꽉 다물고 저택으로 한 걸음 걸었다가 그대로 멈춰 섰다.

그는 자신이 참 성장이 더디다고 생각했다. 아니면 혹독하게 자라면서 필수적인 성장 과정 몇 가지가 빠져 이제야 겪고 있는 것일지도 모른다.

이런 상황이 닥치니, 아직도 그는 아내가 사라지는 것이 두려웠다. 제 폭언을 기억하는 그녀가 또다시 떠나는 것이, 아내가 저를 믿지 못할까 봐 자리에 주저앉을 만큼 두려웠다.

"대표님, 들어가실 겁니까?"

"……."

"다시 말씀드리지만 임신이 아닐 가능성이 큽니다. 그럼…… 물론 대표님이 곁에서 달래 주시는 것도 좋은 생각입니다만."

그는 아내를 사랑했고, 아내도 그를 사랑했다. 그러나 그 확신에 달라붙은 그림자처럼, 그의 불안은 사라지는 법이 없었다.

"……아내가 말할 때까지 기다리지. 북부로 가자. 내일 마약 거래가 있단 줄을 잡았으니 증거를 찾아와야지."

원터는 끊임없는 고통을 짓눌러 내고 몸을 돌렸다. 지금 들어가 봤자 왜 저에게 말해 주지 않느냐고 어린애처럼 우는소리나 할 텐데, 그건 안 될 말이었다. 그는 자신이 아내가 의지할 만한 어른이기를 바랐다.

마차에 탄 후에도 그는 말 한마디가 없었다.

❄ ❄ ❄

바이올렛은 자신보다 오히려 더 들뜬 두 사람을 진정시키느라 임신을 했다는 사실에 대해 진지하게 생각할 틈이 없었다. 게다가 예상치 못한 슬픈 일까지 닥쳤다. 룰루가 찬바람 근처에도 가면 안 된다며 바이올렛이 그렇게 좋아하는 발코니에서 2m 떨어진 곳에 태피스트리를 걸어 막기 시작한 것이었다.

"룰루, 내가 알아서 발코니 쪽으로 안 가면 안 되는 건가?"

"죄송해요, 작은 마님. 어쩔 수 없어요."

"그래도 그렇지. 이래서는 아예 정원이 안 보일 거 아닌가."

"그래서 막는 거예요. 정원이 아예 안 보여야 이쪽으로 올 생각을 안 하시죠."

"아직 몸도 말짱한데 벌써부터 이렇게 염려할 것은 없네."

정원을 보고 싶었던 바이올렛이 최대한 고집을 부리며 룰루를 설득하려 들었다. 그러자 젠이 나서서 바이올렛을 침대로 데려가며 말했다.

"잘 생각해 보세요, 작은 마님. 대표님 오시면 이것보다 더하면 더했지, 덜하지 않을걸요?"

"그야······."

"집사님이니까 2m 거리에 걸어 주시죠. 대표님 오시면 아예 침대랑 벽난로를 담요로 에워싸실지도 몰라요."

"······."

남편은 그러고도 남을 사람이라, 바이올렛은 대답을 하지 못했다. 젠이 침대에 앉은 바이올렛을 담요로 감싸며 말을 이었다.

"이 정도로 만족하세요. 지금 정원에 볼 것도 없잖아요. 날씨 풀리면 어련히 알아서 다 걷어 드릴까 봐요."

누구보다 저를 잘 아는 젠의 설득에 바이올렛이 체념하고 고개를 끄덕였다.

결국 온 방에 거듭 방한 장치를 해 놓고 나서야 바이올렛은 침실에 혼자 남을 수 있게 되었다.

바이올렛은 그제야 아이를 가졌다는 사실에 대해 생각할 여유가 생겼다.

의회 출석에 관한 서류를 확인하며 그날 할 발언을 적던 그녀는 뒤늦게, 납작한 배 위에 손을 올려 보았다.

임신을 하면 금방 알 줄 알았는데, 이상하게 아직도 믿기지가 않았다. 어쩌면 과거의 상처 때문에 부정하는 것일 수도 있고, 아니면 아가가 아직 너무 작은 걸지도 몰랐다.

"아가야"

그래서 그렇게 말을 걸고 나서 보니 이상하게도, 그제야 눈물이 나기 시작했다. 바이올렛이 손으로 눈물을 닦아 내며 믿기지 않는다는 듯이 중얼거렸다.

"어서 남편 얼굴을 보며 알려주고 싶어. 세 밤을 어떻게 보내나……."

빨리 그가 보고 싶었다. 빨리, 남편에게 안기고 싶었다.

그래야 정말로 기쁨이 찾아올 것 같았다.

제가 남편이 옆에 없으면 살기 힘들게 되었다는 걸, 바이올렛은 오늘 밤 사무치게 느끼고 있었다.

❊ ❋ ❊

윈터의 북부행은 매우 중요했고, 그만한 성과가 있었다.

이글린이 에쉬와 연계되었을 가능성이 큰 마약상의 거래 장소를 알려준 후, 윈터는 야니스와 급습 계획을 주고받았다.

모든 것은 그들의 계획대로 진행되었다. 예정된 시간에 마약이 작은 낚싯배에 실려 부두로 들어왔다.

부하들을 끌고 온 야니스 헤스턴이 급습하고 윈터 블루밍이 인근에 있던 낚싯배를 전부 빌려 무장한 직원들에게 퇴로를 막게 하니 마약상 일당에겐 도망칠 구멍이 없었다.

윈터가 밧줄로 포박한 일당의 머리를 총구로 툭툭 건드리며 야니스에게 말했다.

"의회가 우리 공주님이 작위 받는 것을 허락하고 나면 다음엔 마약과 관련된 놈들이 총을 소지하는 걸 불법으로 하는 안을 상정해 줬으면 좋겠군. 약쟁이가 총을 들고 다니는 게 말이 돼?"

"경께선 총상이 있으시니 충분히 발언권이 있을 겁니다."

야니스가 말을 이었다.

"덕분에 우리 북부도 썩은 곳을 도려냈습니다. 협력 감사합니다."

"협력은 네놈이 나한테 한 거지."

"참 꾸준히 무례하시군요. 여전히 부인께서 어떻게 참고 사시는지 모르겠습니다."

"엘라 부인과 대화해 봤어? 우리 공주님 정도면 잔소리가 없는 편이야."

"몰랐네요. 저는 잔소리 들을 일이 없었어서요."

한껏 빈정거린 야니스는 그의 욕설이 돌아올 걸 예상했으나, 윈터는 딴생각을 하는지 대답이 없었다.

"경."

"어."

윈터가 뒤늦게 반응했다. 야니스가 인상을 쓰며 물었다.

"무슨 일 있으십니까?"

"우리 친구 아니다, 꼬마야. 전에도 말했는데."

"다른 청년들에겐 도련님이라고 빈정거리면서 왜 저에겐 꼬마라고 합니까?"

"네놈이 친구라고 착각하니 선 긋는 거다. 눈치껏 알아들어."

윈터가 짜증을 내고 야니스에게 물었다.

"저놈들은 어떻게 할 생각이지?"

"북동부 지역의 대형 범죄는 경찰서와의 합의하에 헤스턴가가 담당합니다."

"내 아내가 들으면 기겁할 유착이군."

"헤스턴 가문이 북부를 지키는 건 라크라운드의 역사와 함께 이어진 유구한 전통입니다만."

야니스가 담담히 말하고 부하들에게 마약상들을 끌고 가게 했다. 그러고는 윈터에게 물었다.

"취조할 건데, 헤스턴가에 들르시겠습니까?"

"싫어. 네놈 아버지가 내 아내와 결혼할 뻔했잖아."

"그건 죄송합니다."

"바로 아내에게 가 봐야지."

"한번 두 분을 식사에 초대하면 좋을 것 같습니다."

"친구 없어? 왜 굳이?"

윈터가 표정을 구기고 묻자 야니스가 대꾸했다.

"두 분과 잘 지내 두면 좋을 거라고 생각하는 것뿐입니다. 유력자니까요."

"눈치가 완전히 없지는 않군."

윈터가 실소하고 그대로 돌아섰다.

❄ ❄ ❄

윈터는 마약상 일당을 헤스턴가에 넘긴 후 취조를 부탁하고 곧장 수도로 돌아왔다.

잠깐 잠든 틈에 그는 알리카의 신전에서 본 장면들을 다시 꿈으로 꾸었다.

그날 길에 쓰러져 있던 열두 살의 윈터는 어른들 품에 안겨서 저 멀리 마차로 가는 귀족 꼬마 애의 뒷모습을 보았다.

누군 맞는 게 싫어서 이렇게 길에서 잠드는데, 누군 저렇게 좋은 옷을 입고도 모자라 어른들의 품에 폭 안겨서 이동하는구나.

'재수 없는 귀족 꼬마.'

윈터가 그렇게 생각하는데, 어른들 몇이 그에게로 다가왔다. 도망치려 했지만 어른 여럿에게 붙잡히니 빠져나갈 수 없었다. 그러고는 진찰을 하겠다고 이것저것 살피는 통에 짜증이 나 돌아 버릴 뻔했었다.

다행인 것은 그때 그 의사가 진찰을 하고 난 이후 몸이 한결 나아졌다는 점이었다. 순간순간 생기던 빈혈이나 가슴 통증이 그 이후 다시는 느껴지지 않았다.

아마 그 의사가 뭔가 조치를 취한 게라고, 윈터는 생각했었다. 그런 귀족들은 그렇게 실력 좋은 의사를 데리고 다니는구나. 한 번 살펴보는 것만으로도 병을 낫게 해 주는 대단한 의사.

그날 대단했던 건 의사가 아니라 제게 다가왔던 여섯 살짜리 아이였음을 이제야 알았다. 그 이후 저 역시 혼자 남겨져 앓고 있던 바이올렛을 도왔음 역시 알게 되었으나 전혀 마음이 편해지지 않았다.

결국 자신은 몇 번이나 아내를 아프게 하면서 살아남았던 것이다. 지금 이 순간까지.

"대표님!"

하옐이 부르는 소리에 윈터가 눈을 번쩍 떴다. 하옐이 걱정스럽게 말했다.

"도착했습니다. 무슨 꿈을 꾸신 거예요?"

"퇴근이나 해."

윈터가 건성으로 말하며 마차에서 내리다가 휘청거리자 하옐이 기겁해서 따라 내려 그를 부축했다. 그러나 윈터는 곧 짜증스레 하옐의 손을 뿌리치고 제집으로 향했다.

그가 들어서자 룰루가 마중을 나왔다.

"다녀오셨어요?"

"집엔 별일 없어 보이는군."

"네, 그럼요. 별일 없지요."

윈터는 '별일 없다'는 말에 안도하느라 룰루가 씰룩거리는 입꼬리를 주체하지 못하는 것을 눈치채지 못했다.

그는 저 몰래 임신 사실을 확인하려는 아내의 계획을 모르는 척 눈감아 주는 일이 얼마나 어려운 일이었는지에 대해 생각했다. 이전이었다면 당장 달려들어서 왜 몰래 확인하는지, 저를 떠날 생각은 아닌지 집요하게 물었을 것이다.

아내는 끊임없이 사랑을 속삭이는데, 왜 자신은 영원 같은 불안 속에 잠겨 있는지 이해할 수가 없었다.

그것은 영구한 상처였다.

"아내는."

"침실에 계세요. 몸이 안 좋으셔서 내내 누워 계셨어요."

"내가 가 볼 테니 들어가."

"네, 대표님."

룰루가 총총 떠난 후 윈터는 아내의 방문 앞에 섰다.

인사를 중요하게 여기는 아내가 마중을 못 나올 정도라니 몸이 적잖이 아픈 모양이었다.

"몸이 아픈 건가, 마음이 아픈 건가."

혼잣말한 윈터는 심호흡한 다음 미소 짓는 연습을 했다.

어느 쪽이든 아내가 원하는 대로 잘 풀리지 않은 게 분명했다. 그렇다면 그는 아내가 바라던 그대로 아무것도 모르는 사람처럼 웃어 줘야 한다. 그게 아내가 원하는 일이라면.

윈터가 필사적으로 여상한 얼굴을 하고 경쾌하게 문을 두드렸다.

"공주님, 아프다며."

"들어와요."

안에서 바이올렛의 목소리가 들려 윈터가 문을 열었다.

윈터는 예상과 달리 잠옷이 아닌 가벼운 외출용 드레스를 입은 아내의 모습에 가슴이 덜컥 내려앉았다.

"……어디 갈 곳이라도 있어?"

"네? 아뇨. 그냥…… 좋아하는 옷이라서요."

"그게 당신이 좋아하는 옷인 건 알아."

윈터가 저도 모르게 바이올렛의 팔을 붙잡았다. 그러자 바이올렛이 물었다.

"식사했어요?"

"아직."

"다행이네요. 나도 아직인데."

아내가 외출용 드레스를 입었다는 생각에 충격받은 윈터가 바이올렛에게 끌려가 테이블 앞에 앉았다.

해가 지기도 했지만 테피스트리에 온 창문이 가려져 더더욱 어두웠다. 게다가 오늘은 전구가 아닌 근사한 촛대에 초를 켜 테이블을 밝혀 두었다.

윈터가 마주 앉자 바이올렛이 테이블에 둔 작은 종을 흔들었다. 그러자 문이 열리며 사용인들이 들어와 근사한 만찬을 테이블에 차렸다. 신경 써서 미리 준비해 둔 음식이었다.

윈터는 아내가 매우 심각한 말을 할 거라는 것을 예감했으므로 필사적이던 표정 관리에 실패했다.

그는 두려움에 떨리기 시작한 두 손을 테이블 아래로 내려 꽉 맞잡았다. 그걸 눈치챈 바이올렛이 걱정스레 물었다.

"북부에서 무슨 일 있었어요?"

"아니."

"긴장한 것 같아요."

"사실 있었어."

윈터가 그제야 다시 의식적으로 미소 지으며 말을 이었다.

"에쉬 로렌스가 관여된 마약상을 찾아냈지."

"어머. 정말요?"

"지금 헤스턴가에서 취조 중이야. 의회에 참석하기 전에 밝혀지면 에쉬 로렌스를 한 방 먹일 수 있겠지."

"설마 당신도 마약상 찾는 것에 함께한 건 아니죠?"

"왜 아니야."

윈터가 무심코 말했다가 다급히 입을 다물었다. 그러나 이미 바이올렛의 얼굴이 하얗게 질려 있었다.

"당신은 바로 얼마 전에 마약에 취한 자에게 총상을 입었어요."

"알아."

"그런 당신이 어떻게 또 마약과 연관된 자들을 만나요? 겁도 없이?"

바이올렛의 목소리가 조금 떨리기 시작해, 윈터가 그녀를 마주 보았다. 바이올렛이 떨리는 숨을 내쉬고 물었다.

"당신, 살고 싶기는 해요?"

"갑자기 그건 왜?"

"난 당신이…… 자기 목숨을 대수롭지 않게 생각하는 것처럼 느껴져요."

"그렇지 않아."

"그런데 왜."

"정말로, 그렇지 않아."

윈터가 앞에 놓인 샴페인을 한 모금 마신 후 말을 이었다.

"난 그냥 당신에게 모든 걸 해 주고 싶어. 당신에게 반드시 필요한 일이라면 목숨도 아깝지 않아. 하지만 당신과 관여된 게 아니라면…… 살고 싶지, 당연히."

"……"

"당신과 오래, 행복하게 살고 싶어."

윈터의 말에 바이올렛이 조금, 눈물이 고인 눈으로 그를 바라보며 다시 입을 열었다.

"그런데 왜 이렇게 불안해 보이는 거죠?"

"나도 모르겠어."

윈터가 그제야 실소하며 말했다.

"당신을 너무 사랑해서 그런가."

"윈터, 이제 나는…… 당신을 많이 알아요. 당신을 떠나려 할 때와는 모든 게 달라졌어요."

"뭐가 달라?"

윈터가 서글픈 목소리로 말을 이었다.

"난 그대로야. 고작 당신이 외출복 입은 걸로 심장이 철렁해. 당신만 자라나 봐. 난 왜 계속 그대로인지 모르겠어."

"아. 윈터."

바이올렛이 떨리는 숨을 내쉬더니, 의외로 웃으며 그를 보았다.

"나는 뭐 안 그런 줄 알아요?"

"당신이 왜?"

"나도 무서워요. 나도 질투해요. 갑자기 나쁜 생각만 들 때도 있다고요. 지금 당신에게 그런 소리를 듣고 나니 한바탕 욕이라도 해 주고 싶어요. 어떻게 사람을 이렇게 걱정시켜요?"

아내가 그런 기분을 느낀다는 사실에, 윈터가 진심으로 놀라서 중얼거렸다.

"몰랐어. 당신은 나에게 너무나 완벽해 보여서."

"몰랐다면 이제 알아줘요. 혼자 불안한 것보다는 같이 불안한 게 낫지 않아요?"

그녀의 다정한 눈빛에 윈터의 손 떨림도 서서히 멈췄다. 그가 한숨 쉬더니 두 손으로 얼굴을 감싸며 말했다.

"젠장, 한심하기 짝이 없군. 걱정시켜서 미안해."

"나 걱정하는 거 알았으면 다신 위험한 짓 하지 말아요. 알겠어요?"

"안 할게."

"그래도…… 사람들이 아이가 생기면 위험한 짓을 하지 않게 된대요. 당신도 이제 곧 아버지가 될 테니 달라지겠죠."

"그럼. 나중에 아버지가 되면…… 어?"

윈터가 손을 천천히 내리더니 미간을 좁히고 바이올렛을 보았다.

그러자 그녀가 이 말이 하고 싶어 견딜 수가 없었다는 듯, 해사하게 웃으며 말했다.

"알리카에 있을 때 신전에서 들었어요. 우리 아이가 내가 아프지 않게 지켜 주고 있었다고. 그리고 그 애의 아픔을 다른 카닉 일족 사람들이 조금씩, 우리와 함께하던 아이들도 조금씩 가져가 무사히 아이가 태어나게 될 거라고. 카닉 일족은 아픔을 나누는 사람들이라고 말이에요. 그리고."

"……그리고?"

"그리고 이번에…… 임신한 것을 확인했어요. 염려 말아요. 세 명이나 되는 의사에게 확인했으니까."

"……."

"우리에게 아이가 생겼어요, 윈터."

바이올렛의 행복한 목소리에도 한동안 윈터는 말이 없었다. 그러다 한참이 지난 어느 순간 주르륵 눈물이 흘렀다.

바이올렛이 놀라서 일어섰다.

"우, 우는 건가요?"

그녀가 다가오자 윈터가 다급하게 아내의 허리를 끌어안고 품에 얼굴을 묻었다. 요 며칠 임신 소식에 우는 사람으로 둘러싸였던 바이올렛이 웃으며 윈터의 머리칼을 쓰다듬었다.

"왜 다들 우는지 몰라요. 좋은 소식에."

늘 본인이 어디에도 의지할 필요 없다고 자부하던 윈터는 고개를 떨구고, 어깨를 들썩이며 울었다. 윈터가 울 것을 예상했던 바이올렛은 그저 그를 놀리듯 맑은 웃음을 터트렸다.

한참이 지나서야 겨우 이성을 찾은 윈터는 아내 품에서 울고 있는 스스로가 너무 한심해 자리에서 일어났다. 그러나 몸에 힘이 들어가지 않아 그대로 주저앉는 바람에 바이올렛까지 같이 자리에 앉았다.

바이올렛이 웃으며 그의 눈을 가만히 바라보았다.

"다 울었어요?"

윈터가 고개를 끄덕이더니 가까스로 입을 열었다.

"전에 당신이 아이를 가졌다고 했을 때 내가 그런 말을 해서, 내내 두려웠어."

"으음, 그럼 이제는 내가 당신을 믿는다는 걸 확실하게 알았겠군요."

바이올렛이 달래 주며 윈터는 고통스럽던 긴장감에서 풀려났다. 그러나 그 반동으로 몰려오는 감정의 파도에 버티느라 떨리는 목소리로 중얼거렸다.

"배 속의 꼬마가 벌써부터 아버지를 한심해하겠어."

"반가워서 우는 건데요. 같이 기뻐해 줄 거예요."

윈터가 앉아서 잠시 생각에 잠겼다. 그 순간부터 안도감 너머에 있던 흥분감이 쏟아져 내렸다.

아이가 왔다는 소식에 그의 얼굴이 조금씩 풀어지더니 안 그러려해도 점점 입꼬리가 끌려 올라갔다. 윈터는 울다가 웃느라 얼굴이 시뻘게져서 자리에서 일어나 바이올렛을 부축해 일으켰다. 그러더니 의자를 보며 말했다.

"당신 의자에 쿠션이 더 많이 필요해."

"아직 괜찮아요."

"소파를 옮겨다 줄까?"

"괜찮으니까 급하게 힘쓰지 말아요."

윈터가 지금 당장 뭐라도 아내에게 해 줘야 하는데 해 줄 수 있는게 없어 안달하자 바이올렛이 달랬다.

"자, 진정하고 북부 이야기 좀 해 봐요."

"그것보다."

북부 이야기가 나오자마자 위험한 짓 했다고 들을 잔소리가 남은걸 눈치챈 윈터가 빠르게 이성을 찾고 말을 돌렸다.

"나머지 두 섬을 샀어. 당신의 어머님께."

"어머니가 그걸 넘겨주셨다고요?"

"당신이 적합하다는 걸 아셨겠지. 어떤 종류의 권력이든, 에쉬 로렌스보다는 당신에게 어울려."

윈터는 제 자랑 하듯 뽐내며 말했다.

"거봐. 당신만 한 적임자가 없는 거라고."

바이올렛은 윈터가 전해 준 소식에 긴장감을 느꼈다. 그것을 가라앉히려 따듯한 음식을 먹어 볼까 하다가 그녀가 저도 모르게 고개를 돌려 버렸다. 그 모습을 본 윈터가 물었다.

"입덧 시작했어?"

"아뇨. 그냥 조금 비위가 약해진 것 같아요."

"나 없는 사이에?"

"그렇게 놀랄 것 없어요. 겨우 사흘이었는걸요?"

"겨우 사흘이라니. 내 아내가 입덧을 시작했는데 내가 저 멀리에……."

윈터는 하루 만에 일을 해결하지 못한 제 능력치에 크게 충격을 받았다. 바이올렛은 벌써부터 어찌할 바를 모르는 윈터를 보니, 본격적으로 입덧이 시작되면 어디 멀리 떨어져 있어야겠다는 생각을 했다.

바이올렛이 아무렇지 않은 척 식사를 하려고 포크를 들었다. 고기를 먹으려 했는데, 그렇게 좋아하던 버터 냄새가 오늘따라 역하게 느껴졌다. 그녀의 손이 웰일로 윈터를 위해 준비한 남부 농가 식탁에 주로 올라오는 채소 요리로 향했다.

원래라면 맛이 없어 몇 개 집어 먹고 마는 정도였던 채소 요리가 오늘따라 맛이 있었다. 바이올렛이 중얼거렸다.

"이상하네…… 왜 채소가 맛있지?"

"채소는 먹을 만해?"

"맛있어요. 아가가 당신이랑 입맛이 똑같은 걸까요?"

바이올렛이 고개를 갸우뚱하자 윈터가 저도 모르게 들떠서 대답했다.

"그건 모르겠지만 벌써부터 어머니 건강에 신경 써 주는 아가인 건 분명하군."

"그런가요? 이상하게 요즘 당신이 해 준 음식들이 먹고 싶어요."

"혹시 그래서 주방 들어간 거야? 나한테 밥해 달라고 하려고?"

금방 행복에 겨워진 윈터가 몸을 가까이 하며 놀리자 바이올렛이 그를 흘기며 대꾸했다.

"그건 아니에요. 정말로 내가 요리하려 한 거였다고요."

"내 생일 선물로 주방에 안 들어가 주는 건 어때? 정 뭔가를 해 주고 싶다면 아침에 샌드위치를 만들어 줘. 빵은 대신 잘라 달라고 하고 당신은 잼을 발라 주면 되겠군."

"그렇게 나를 못 믿어요?"

"전혀."

윈터가 당당히 대꾸했다. 턱을 괸 그가 바이올렛이 식사하는 걸 누가 봐도 행복한 얼굴로 바라보기만 하자, 그녀가 의아해서 물었다.

"배 안 고파요?"

"고팠는데 이제 안 고파. 좋아서 그런가 봐."

"그런 게 어디 있어요?"

"진짜야. 안 먹어도 배부른 게 이런 건가 봐. 아, 내가 얘기했나?"

"뭘요?"

"고맙고 사랑한다는 말."

윈터의 얼굴이 너무 싱글벙글이라 바이올렛은 식사하라고 재촉하려던 것도 잊고 두 손으로 입을 가리고 웃었다.

＊ ❄ ＊

그 직후부터 바이올렛은 심한 입덧을 시작했다. 음식은커녕 물 마시는 것도 힘들어했다. 게다가 자고 또 자도 피곤해서 내내 졸고 있는 기분이었다.

주변 사람 모두 발을 동동 구르며 뭐라도 먹여 보려고 애썼지만, 윈터만큼 심각하지는 않았다. 그는 바이올렛에게 집중하느라 출근은커녕 본인도 식사를 잘 하지 못했다.

그나마 다행히 바이올렛은 샤론이 알려 준 차와 토마토, 그리고 채소 스튜 정도는 먹을 수 있었다. 지금 계절에는 신선한 채소를 구하기가 힘들어 윈터는 사방에서 신선한 채소를 구하기에 바빴다.

윈터가 빨갛게 잘 익은 토마토를 잘라 조금씩 먹는 바이올렛을 보며 안도의 한숨을 쉬었다.

"그거라도 넘어가니 다행이군."

"당신은 식사해요."

"아내가 못 먹는데 나 혼자 먹으면 무례하잖아."

"마음이 불편해요."

바이올렛이 핀잔하고 토마토 한 조각을 더 억지로 눌러 넣었다.

"내가 입덧 대신 해 줄 순 없나."

윈터가 씁쓸하게 중얼거리는데 룰루가 들어섰다.

"작은 마님, 엘라 필리체 부인께서 편지를 보내 주셨어요."

룰루가 바이올렛에게 편지를 건네주고는 반쯤 비어 있는 그릇을 보며 뛸 듯이 기뻐했다.

"아이고, 세상에. 반이나 드셨네. 잘하셨어요."

바이올렛이 작게 소리 내어 웃으며 대답했다.

"토마토 조금 먹었다고 이렇게 칭찬 듣기는 처음이네."

"외출하고 싶으시면 이건 다 드시고 나가셔야 해요. 꼭이요."

"응. 꼭 다 먹고 나갈게."

바이올렛이 다짐하듯 말하자 룰루가 흐뭇한 표정으로 방을 나갔다. 그 모습에 윈터가 모처럼 웃으며 놀리듯 말했다.

"기특하네, 우리 작은 마님."

"놀리지 말아요. 얼마나 힘들게 먹고 있는데요? 칭찬받을 만했다고 생각해요."

"어어, 나도 그렇게 생각해."

윈터는 걱정하는 와중에도 연신 놀리는 말투였고, 바이올렛은 그런 남편이 밉지 않은 게 신기하다고 생각하며 웃고는 편지를 펼쳤다.

나의 사랑하는 딸에게.

아이를 가졌다니 뭐라 축하를 전해야 할지 모르겠구나.

처음 손주를 보게 된다니 벌써부터 가슴속이 기쁨으로 가득하다. 아이가 태어날 즈음 꼭 기별을 보내 주렴.

네 남편이 찾아와 나에게 두 섬을 받아 간 이야기는 들었으리라 본다. 그날 윈터 경이 나에게 했던 말은 나를 크게 움직였단다.

나는 네가 알다시피 지금껏 에쉬가 받아야 할 왕위를 잃은 것에 대해서만 슬퍼했었다. 결혼을 하겠다던 너의 결심이 고결한 것이었음을 이제야 알게 되었으니 나는 참 어리석다. 네가 계속 남부에 있었다면 네가 얼마나 왕녀다웠는지는 여전히 모르면서 영원히 내 아들의 잃어 버린 왕위만을 애도했겠지.

언젠가는 나를 용서해 주길 바라지만 오늘은 사과를 바라고 이 편지를 보낸 것이 아니다.

너도 알다시피 레클강과 그 강의 모든 섬의 백작 작위는 당시 왕위 계승 서열 3위였던 올리비아 로렌스에게 내려졌었지. 나라를 가뭄에서 구하려 당시에는 도적으로 가득하던 바이델린 산맥을 넘어 수원을 찾아갔다고. 그녀가 왕이 되기를 바라는 국민들을 달래려 작위를 내렸으나 만족하지 못하여, 결국은 국민들의 뜻으로 왕위에 올랐음을 잘 알고 있으리라 본다. 그 이후 그것은 라크라운드의 왕만이 가질 수 있는 명예로운 칭호가 되었지.

내 사랑하는 딸.

너는 레클강과 모든 섬을 지키는 자에게 주는 백작 위를 가질 자격이 충분하다는 말을 전하려 이 편지를 적었단다.

편지를 확인한 바이올렛이 미소를 지었다. 그러더니 윈터의 눈가에 부드럽게 입을 맞춘 후, 다시 토마토를 먹기 시작했다.

그릇을 다 비운 바이올렛이 심호흡을 하며 자리에서 일어났다.

"다 먹었으니 외출을 해야겠어요."

"꼭 나가야겠어?"

"그럼요. 마차로 고작 30분도 못 갈 만큼 건강이 나쁘지는 않아요. 당신도 이제 회사에 가야죠. 하옐이 울잖아요."

윈터는 괴로운 표정이었으나 아이가 태어날 때까지 바이올렛을 집에만 있게 할 수도 없는 노릇이니 별수 없이 고개를 끄덕였다.

❈ ❈ ❈

바이올렛이 향한 곳은 수도의 한 건물 앞이었다.

그녀가 온다는 소식을 미리 들었던 경찰청장이자 과거 왕실 근위대장이었던 켄제스가 경관들을 이끌고 나와 있었다.

"오셨습니까, 부인."

"오랜만에 뵙습니다."

"아기님 소식 전해 주셔서 감사했습니다만, 하마터면 유델이 따라나올 뻔했습니다."

켄제스의 아내이자 어린 바이올렛의 가정 교사였던 유델의 이름이 나오자 바이올렛이 웃으며 물었다.

"유델 선생님께서요?"

"예. 아내는 아직도 부인께서 어린아이인 줄만 아시는지, 이런 험한 일은 하면 안 된다고 성화입니다. 아기님까지 가지셨으니 더더욱 좋은 것만 봐야 한다면서요."

"그랬습니까. 덕분에 마음이 따뜻해집니다."

바이올렛의 말에 켄제스가 멋쩍어하더니 바구니 하나를 내밀었다.

"이건 아내가 구운 쿠키들입니다. 입덧을 가라앉히는 데 좋은 것들을 많이 넣고 만들었답니다."

"어머나, 감사해라."

바이올렛이 놀라서 바로 바구니를 살폈다.

"세상에. 요즘 식사가 힘들었는데, 이건 얼마든지 먹을 수 있을 것 같군요."

"엘라 부인께서 입덧하실 때도 곁에 있던 게 아내 아닙니까. 아마 잘 알고 만들어 드린 것 같습니다."

"유델 선생님께도 따로 편지드리겠지만, 이렇게 가져다줘서 고마워요, 켄제스 경."

"별말씀을요. 미리 보내 주신 자료는 감사히 검토했습니다. 그보다 하필 은행부터 들어가시려는 이유가 뭡니까?"

켄제스가 묻자 바이올렛이 수도 중앙은행 건물을 올려다보며 말했다.

"수도 중앙은행 은행장이 에쉬와 공모해 남편이 저에게 준 롱 리우드의 땅을 왕실 재산으로 돌린 적이 있다는 기사를 보신 적이 있나요?"

그제야 켄제스가 이해가 간다는 듯 고개를 끄덕였다.

"아. 수도 중앙은행의 자금 이동에 대해 파헤쳐 보면 마약상과 연계가 나올 수 있겠군요."

"네."

바이올렛이 고개를 끄덕였다.

라크라운드의 수사권은 경찰청에 있었으므로, 경찰청장인 켄제스가 등장하자마자 은행이 발칵 뒤집어졌다.

그사이 바이올렛은 은행 앞에 세워 둔 마차 안에서 젠과 함께 유델이 준 쿠키와 따뜻한 차를 즐기고 있었다.

젠이 마차를 둘러보며 말했다.

"대표님이 그렇게 신경쓰시더니 정말 마차가 하나도 안 흔들려요. 그렇죠, 작은 마님?"

"응. 정말 신기하구나. 이제 남편도 마음을 좀 놓았으면 좋겠네."

"에이, 아직도 시작도 안 하신걸요. 만삭에 더울 거라고 북부에 별장 지을 곳 알아보고 계시던데."

젠이 그 말을 하던 중간에, 다급하게 문 두드리는 소리가 들렸다. 젠이 바이올렛의 허락하에 문을 열자 얼굴이 새하얘진 수도 중앙은행 은행장이 보였다.

에쉬와 수렵장에서 사냥을 즐기던 그는 경관에게 연락을 받고 정신없이 달려온 참이었다.

"부, 부인! 이게 도대체 무슨 소란입니까!"

그가 다짜고짜 언성을 높이니 바이올렛의 미간이 좁아졌다.

그 엄한 눈빛을 마주하는 순간, 은행장은 예전에 바이올렛이 롱 리우드를 지참금으로 달라며 에쉬와 협상하던 날 저에게 했던 말이 떠

225

올랐다.

"두 사람이 공모해 내 재산에 손을 댄 것은 변함없는 사실 아닙니까? 그러니 만약 내가 은행장에게 크게 손해를 입힐 날이 온다면 언제든 주저하지 않을 겁니다."

바이올렛이 엄한 표정을 지으며 물었다.
"이게 무슨 무례입니까? 앞뒤 설명도 없이 무작정 언성을 높이시다니요."
"죄, 죄송합니다, 급한 마음에……."
바이올렛이 당황한 은행장을 바라보며 말을 이었다.
"안에서 찾고 있으니 어서 들어가시지요."
이어 옆에서 젠이 정색하고 말했다.
"우리 작은 마님이 감기라도 걸리면 책임지실 겁니까? 아니, 책임은 당연히 져야 하는데 어떻게 지실 겁니까?"
그에 정신이 없어 그저 덜덜 떨던 은행장이 바이올렛에게 급히 말했다.
"도대체 뭘 알아내시려는 건지 모르겠습니다."
그러자 바이올렛이 조용히 말했다.
"그러게 말입니다. 그것은 켄제스 경께서 아실 일이지요."
"도대체 무슨 자격으로! 월권 아닙니까!"
"북부의 마약상들에게서 에쉬 로렌스의 서명이 적힌 수표가 한 장 나왔답니다."
"어, 어떻게 흘러들어 갔는지도 모를 한 장으로 이러시는 겁니까?

게다가 마약이라면 얼마 전 마약에 취해 부군께 총을 쏜 칼슨 경이 경로지 않겠습니까? 에쉬 전하와 어려서부터 어울리셨으니까요!"

"그건 조사를 통해 확인하게 되겠지요."

바이올렛의 말에 은행장이 숨을 제대로 못 쉬고 사색이 되었다. 그녀는 언젠가 그녀의 재산에 손댄 일을 갚아 주기 위해 칼을 갈고 있었음이 명백했다. 은행장이 겁에 질려 정신없이 은행으로 달려 들어갔다.

그 모습에 젠이 분개하며 말했다.

"아휴, 우리 작은 마님 재산을 3년 내내 해 먹었다니. 무조건 감옥에 처넣었으면 좋겠어요!"

"그러게 말이야."

"에쉬 도련님께서도 말이에요. 무슨 자신감으로 마약 거래를 하셨을까요."

"왕실 재산이 얼마 남지 않았으니 권력을 휘둘러 금고를 다시 채울 생각이었겠지. 쉽게."

"그래도 결국은 걸릴 텐데……."

젠의 말에 바이올렛이 저까지 수치심을 느끼며 대답했다.

"왕이 되면 수사가 면제되니까. 라크라운드의 낡은 법이지. 왕세자일 때 아무리 문제를 일으켜도 즉위하면 그걸 파헤칠 수 없으니 문제를 일으키는 자들이 종종 있었다고 들었어."

"으으, 에쉬 도련님은 어떻게든 다시 왕위를 받을 생각이셨군요? 자기가 왕실을 해체해 놓고?"

젠이 질색하자 바이올렛이 고개를 끄덕였다.

"그러게. 그래 보이는구나."

그녀는 그 사실에 점점 더 큰 수치심을 느꼈다.

그때 바이올렛이 두통을 느끼고 신음하자 젠이 기겁해서 담요로 그녀의 몸을 한 번 더 꽁꽁 둘러쌌다.

"빨리 저택으로 돌아가요, 작은 마님. 아휴, 아무리 초기는 지났다지만 벌써 이렇게 험한 데까지 오셔 가지고…… 두통 심하세요?"

아프단 소리를 잘 하지 않는 바이올렛이 머리를 감싸고 몸부림치더니 욕설을 내뱉었다.

"젠장, 심하냐고? 당장 뒈지겠어!"

그 욕설에 젠이 바로 바이올렛과 윈터의 몸이 바뀐 걸 알고 놀라서 소리쳤다.

"대표님!"

"약 가져와, 약!"

"어, 없어요! 작은 마님께서 아기님께 안 좋다고 약은 거들떠도 안 보세요!"

"그렇다고 어떻게 이 상태로 놔둬? 나가서 사 와!"

그의 호통에 젠이 급격히 침착해져서 물었다.

"예에? 작은 마님이 아프신 것도 아닌데……. 대표님은 맨날 아픈 거 아니니까 좀 참으시면 안 될까요?"

울렁거리는 데다 두통이 심해 성질부터 내려던 윈터는 젠의 말이 논리적이라 생각했는지 표정을 있는 대로 구기고 뒤로 기대 혀를 찼다.

"개 같은 신……."

"그래도 작은 마님 잠시라도 쉬실 수 있어서 다행이죠!"

"그건 그렇지만, 지금 내가 괴로우니 그 망할 이방인의 신은 죽여 버릴 거야!"

바이올렛은 그럭저럭 약한 몸에 적응했지만 윈터는 아니었다. 도대체 이 상태로 어떻게 뭔가를 먹어 왔던 건지 알 수가 없었다.

윈터는 잠깐이라도 대신 아파 줄 수 있어 다행이라고 생각하는 동시에 신을 죽여야겠다는 말을 무한히 반복했다.

윈터는 괴로워하는 와중에도 작은 마님이 잠깐이라도 입덧에서 벗어났다며 은근히 신이 난 젠에게 종이와 펜을 받아 해야 할 일을 적었다.

"넌 가서 이것 좀 전신으로 보내고 와. 이 미팅도 꼭…… 잠깐, 이것도. 아, 미팅에서 혹시 키트로 제작해 줄 수 있는지 다시 물어보라고 해. 절대 안 된다고 할 거야. 그럼 멱살 잡으라고 해."

"네!"

젠이 신나서 마차에서 달려 내려갔다. 그 뒤, 윈터는 길에서 나는 모든 냄새에 고통스러워하며 빨리 집으로 가자고 마부를 재촉했다.

※ ❄ ※

대표님의 몸에 바이올렛이 들어와 있음을 알자마자 하옐은 들떠서 어쩔 줄을 몰라 했다. 그는 젠이 보내 준 목록을 읽어 주며 폴짝거리고 따라 걸었다.

"자, 미팅은 잘 끝났으니까 이제 서류 좀 보시다가 다음 미팅 들어가시면 됩니다."

"집에 가 봐야 하는 거 아닌가?"

"아뇨! 지금이 기회입니다. 대표님은 작은 마님 걱정 때문에 일에 집중을 못 하시거든요. 이렇게 목록을 보내 주신 건 바뀐 김에 일을 대신 해 달라는 거 아니겠습니까?"

"하기야. 그럼 이따가 식사 자리에서 식사도 실컷 해야겠네. 남편이 나 때문에 덩달아 아무것도 못 먹어서."

"좋은 생각이십니다."

미안한 말이지만 바이올렛은 잠깐이라도 입덧에서 벗어나니 세상 모든 것이 아름답고, 모든 냄새가 향긋하게 느껴질 지경이었다.

그녀가 미팅을 위해 복도를 걸어가는데 회사 사람들마다 조심스럽게 다가왔다.

"추, 축하드립니다!"

그들은 그렇게 인사하고는 혹시 뭐가 날아올까 봐 잽싸게 뒤로 물러났다. 이런 축하를 해 봤자 윈터가 성질내며 뭘 집어 던질 거라 예상한 듯했다.

그러나 바이올렛은 미소를 지으며 사람들에게 가볍게 악수를 청했다.

"고맙네."

"⋯⋯제가 뭐 잘못했습니까?"

"곧 아버지가 될 텐데 일희일비할 순 없지 않나."

"그, 그렇습니까?"

바이올렛의 악수를 받을 때마다 직원들은 해고되는 게 분명하다고 생각해 곧바로 인사과로 달려갔다.

남들이야 당황하거나 말거나 하엘은 싱글벙글이었다. 미팅에서 테이블도 안 뒤집고, 아내가 걱정되니 집에 가겠다는 소리도 하지 않았으며, 직원들에게 일일이 트집 잡지 않아서 원성도 들리지 않았다. 그는 지금 당장 대륙 전체의 호텔 출장을 다 다녀오면 안 되냐고 묻고 싶을 지경이었다.

게다가 일에 문제가 생겨 바이올렛이 집으로 전신을 보내면, 평소에 직원들이 물어볼 땐 알아서 해결하라고 하던 원터가 성실하게 대답해 주기까지 했다.

하옐은 두 사람의 몸이 자주 바뀌었으면 좋겠다고 생각하며 바이올렛의 등을 떠밀었다.

바이올렛은 식사 겸 미팅 자리를 성공적으로 끝내고, 다른 급한 일까지 처리한 후 맑은 정신으로 마저 연설문을 쓰기 시작했다.

도중에 하옐이 할 일을 잔뜩 안아 들고 집무실로 들어서자, 그녀가 말을 걸었다.

"남편의 몸은 종일 일해도 지치질 않으니 참 부럽네."

"그러니까요. 자기만 안 지치지, 남도 안 지치는 줄 안다니까요. 작은 마님께서 말씀 좀 해 주세요."

"거듭 말해 보겠네."

"대표님만 나타나시면 회사가 살얼음판이거든요. 그래서 대표님이 없을 때 사람들이 더 즐거워지는 장점도 있긴 하죠. 공공의 적이라고 해야 하나."

"이해하네."

"그보다 아가님 이름은 뭐로 하실 겁니까?"

"벌써부터?"

바이올렛이 웃자 하옐이 재촉했다.

"그래도 태명을 지으셔야지요!"

"로렌스가는 대대로 태명을 길게 짓는 편이네. 부르기 어려울 정도로. 그래야 아무리 아가여도 왕족에 대한 위엄을 갖출 수 있다고 하여……."

"대표님은 꽃 이름이 좋으시답니다!"

"······남편이 나에겐 안 한 말을 자네에게 했어?"

"그럼요. 로렌스가의 태명은 기니까요. 감히 말을 못 하시죠."

"어떤 꽃이 좋다고 하던가?"

"장미요. 로지."

"사내아이일 수도 있는데."

"제가 그 말 했더니 사내아이 이름이 로지인 게 뭐가 어떻냐고 하시던데요. 아니면 골드로 하고 싶으시대요."

"골드?"

"네."

일찍 떠난 큰오빠 웨인의 애칭이었다. 바이올렛은 남편이 왜 그런 생각을 했는지 더없이 잘 알았다.

한 번 윈터가 아들이면 이름을 웨인으로 해도 된다고 말했었다. 반대한 것은 바이올렛이었다. 웨인이 오래 살지 못했으니까, 제 아이는 오로지 남편만을 닮아 건강하길 바랐다. 그래서 더더욱 윈터가 그녀에게는 말하지 못했으리라.

바이올렛이 미소를 지었다.

"골드······."

"작은 마님?"

"그걸로 하면 좋을 것 같네, 나도."

"정말이십니까?"

하옐이 반색하며 묻자 바이올렛이 고개를 끄덕였다.

"매번 자네에게 신세를 지네."

그렇게 말하는 바이올렛의 다정한 눈빛에 하옐이 멈칫하더니 중얼거렸다.

"대표님 얼굴로 그렇게 보시니까 굉장히⋯⋯."

"응?"

"⋯⋯불편해집니다. 아무래도 전 난폭함에 익숙해졌나 봐요."

"저런."

"불쌍해하지 않으셔도 됩니다."

하옐이 한숨을 폭 쉬며 말했다. 그때 밖에서 요란한 소리가 들려오더니 표정이 구겨진 에쉬가 들어섰다.

"윈터 블루밍!"

그 옆에는 차마 에쉬를 막지 못한 경호원들이 난처한 표정으로 서 있었다.

바이올렛이 골치 아픈 표정을 지었다. 이렇게 다짜고짜 오빠가 찾아올 줄은 몰랐다. 설마 이전에도 이렇게 종종 찾아왔던 것일까. 그렇게 생각하니 말할 수 없이 남편이 안쓰러웠다.

"뭐지?"

"네놈이 어머니께 부탁해 섬을 다 샀다면서? 게다가 북부 마약상이 나와 연계가 있다는 억지까지 부리고 있다더군!"

"억지라니. 증거가 있는데."

바이올렛의 담담한 대꾸에 에쉬가 분노하며 이를 악물더니 말했다.

"나는 뭐 바이올렛의 약점을 아무것도 못 잡은 줄 알아? 너 칼슨과 바이올렛의 혼담이 어디까지 오갔는지는 아는 건가?"

"들었어. 심지어 가문 회의 때 아내에게 술을 부었다는 것도, 그 자리에서 날 미천하게 여기는 말을 했다는 것도 들었지."

"있는 그대로 말해 준 건데. 그나저나 바이올렛이 아이를 가졌다며."

그의 말이 채 끝나기도 전에 바이올렛이 걸어가 에쉬의 멱살을 움켜쥐었다. 윈터라면 할 법한 행동이라 생각했으나 에쉬의 얼굴이 하얗게 질렸다.

"무, 무슨 짓이야!"

그대로 복도를 지나 뒷벽에 쾅 소리가 나게 에쉬를 밀친 바이올렛이 말했다.

"다시 말해 봐. 이방인이니 속물이니."

"위, 윈터 블루밍!"

"그리고 임신에 대해서도 뭐 할 말이 더 있었던 거 아닌가?"

"……그건 아니었어."

멱살잡이에 놀라는 에쉬의 표정을 보니, 바이올렛은 지금껏 윈터가 제 성질을 죽이고 그를 봐주고 있었음을 알 수 있었다.

바이올렛이 혀를 차더니 손을 놓고 뒤로 물러났다. 그러자 에쉬가 노려보며 말했다.

"네놈이 어떻게 감히 내 멱살을 잡아."

"감히?"

바이올렛이 고개를 조금 기울이더니 물었다.

"난 블루밍 가문의 후계자네. 오히려 자네가 나에게 '감히'라고 부를 주제가 안 될 것 같은데. 직접 왕실을 해체해 놓고 왜 여전히 자기가 왕족인 줄 아는 겐가?"

"뭐, 뭐?"

에쉬는 상대방이 평소에 알던, 아내를 약점으로 잡혀 있던 윈터 블루밍이 아니란 것을 깨달았다. 고고한 자세와 눈빛이 에쉬를 압도했다.

그녀가 윈터의 몸으로 입을 열었다.

"작위를 바라면 어디 데릴사위로라도 가지 그래."

"이, 이……."

"잠깐. 자네와 결혼하는 숙녀분은 무슨 죄인가. 그것도 그만두게."

"닥쳐!"

"그렇게 언성을 높이는 법은 어디서 배웠을까. 봐 줄 수 없을 정도로 무례하군."

동생을 약점으로 잡아 윈터를 이용하려던 에쉬는 여기 와서도 그 무엇도 얻을 수 없음을 느꼈다. 표정을 구기던 그는 결국 휙 몸을 돌려 빠르게 자리를 피했다.

※ ❄ ※

바이올렛은 하옐이 불쌍한 눈을 하고 내미는 일들을 거의 사흘 밤낮없이 처리한 후 겨우 집으로 향할 수 있었다.

그녀가 집에 와 보니 윈터가 얼마나 패악을 부렸는지 사용인들 얼굴이 죄다 울상이었다. 말은 안 했지만 다들 윈터와 바이올렛의 몸이 바뀌었음을 어렴풋이 느끼고 있었다. 특히 작은 마님을 대하는 젠의 태도가 평소와 완전히 달라 그 가설이 더욱 힘을 얻었다.

바이올렛이 끙끙 앓고 있는 윈터의 옆에 앉아 물었다.

"괜찮아요?"

"도대체 이 상태로 어떻게 채소 스튜를 먹었어?"

"아이를 위해서 먹었죠."

"난 못 먹어."

윈터가 단호하게 말하더니 아내의 얼굴에 금방 장난기가 도는 걸 발견하고 물었다.

"솔직히 행복하지, 지금?"

"미안해요."

"아니란 소린 안 하는군."

"어쩌겠어요. 당신 신이 바라는 일인데."

바이올렛의 놀리는 말에 윈터가 울상이 되어 헛웃음을 지었다.

"나도 싫기만 한 건 아냐."

"고마워요."

"그래도 할린이 당신 임신했단 소식에 알리카에서 입덧약을 보내 줬어. 의사에게 확인하고 먹어 보니 좀 낫네."

"정말요?"

바이올렛이 기쁜 듯이 묻는 순간 두 사람의 몸이 바뀌었다. 몸이 바뀌자마자 윈터가 한숨을 깊이 쉬더니 아내의 손에 얼굴을 묻으며 말했다.

"이 정도로 괴로우면 표현을 해야 할 거 아냐."

"정말 훨씬 나아졌네요."

바이올렛이 안도하더니 몸을 일으켜 보았다. 그때 하인 하나가 오들오들 떨며 차를 가져왔다.

"자, 작은 마님. 이, 이번에도 차 온도가 안 맞으시면 다시…… 정말 죄송합니다……."

하인이 미리 울먹이며 사죄하자 바이올렛이 기겁을 하며 윈터를 보았다. 그러자 그가 태연한 얼굴로 어깨를 으쓱였다.

"기분이 안 좋았어."

바이올렛이 골치 아파 하면서도 서둘러 차를 받아 한 모금 마시고 미소를 지으며 말했다.

"온도가 이렇게 딱 좋은걸. 고생했네."

"네, 네?"

"늦었는데 들어가서 쉬게."

바이올렛의 다정한 말이 끝나기 무섭게 하인이 복도로 달려 나갔다.

"자, 작은 마님이 돌아오셨다!"

그러자 온 사방에서 우울해하던 사용인들이 달려왔다. 그러더니 거의 반은 울며 바이올렛에게 말했다.

"이제 저희가 잘할게요, 작은 마님……."

"무슨. 어떻게 더 잘해 주나?"

"아뇨! 지금까지는 잘하는 게 아니었어요! 날로 먹고 있었단 말입니다!"

사용인들의 대환영에 바이올렛은 도대체 윈터가 얼마나 행패 부린 건가, 머리가 지끈거렸다. 사용인들이 모두 떠나고, 바이올렛이 윈터에게 핀잔했다.

"도대체 얼마나 괴롭힌 거예요?"

"안 그래도 다들 당신 몸에 당신이 없는 걸 알더군. 작은 마님이 이럴 리가 없다면서."

윈터가 바이올렛이 화를 내기 전에 능청을 떨며 말했다.

"정말 끊임없이 잠이 오고 짜증 나더라. 나도 경험해 봤으니까 제발 참지 말고 나한테 실컷 짜증 내."

그러자 바이올렛이 웃어 버리고는 제 옆으로 오라고 침대를 톡톡 두들겼다. 윈터가 곁에 앉자 바이올렛이 말했다.

"고마워요, 입덧 대신 해 줘서."

"왜 벌써 바뀐 거야. 우리 공주님 고생하는데."

"그래도 며칠 바뀌었던 덕분에 연설문을 다 썼는걸요."

"그건 다행인데."

"그리고 태명을 골드로 하는 건 좋은 생각이네요. 그렇게 해요."

바이올렛이 미소 어린 얼굴로 말하자 윈터가 슬쩍 같이 웃었다.

❄ ❄ ❄

며칠 뒤 의회 출석일이 되자, 바이올렛은 아침 일찍부터 일어나 단장을 시작했다.

준비해 놓은 단정한 복장에 머리칼도 왕정의 법도에 따라 틀어 올리고 모든 장식은 로렌스가의 상징과도 같은 진회색 진주들로 했다.

먼저 준비를 마치고 온 윈터가 아내에게 다가와 허리를 숙이고 눈을 바라보며 말했다.

"당신은 진주가 잘 어울려."

그러자 바이올렛이 부끄러움에 웃고는 머리칼을 장식한 진주에 손을 올려 만져 보며 물었다.

"이 진주는 어디서 구한 거죠? 왕성에 있을 때도 이렇게 좋은 진회색 진주는 본 적이 없어요."

"전에 본 그 진주 상점 주인이 구해 온 거야."

"아, 정말 대단하네요. 그리고 할린이 보내 준 약초 말이에요. 그걸 먹고부터 입덧이 많이 가라앉았어요."

"그 망할 놈들이 미미하게 도움이 되는군."

안 그래도 바이올렛에게 겨울바람이 조금이라도 닿을까 안절부절 못하던 윈터는 입덧을 직접 경험한 후 그녀가 무슨 얇은 종이로 만든 작품이라도 되는 듯이 느끼는 듯했다.

윈터는 마차를 타는 동안에도 흔들림에 바이올렛이 멀미를 할까 봐 염려했고, 의회 앞에 도착해 바이올렛의 발이 땅을 디디자 불안한 표정을 감추지 못했다. 내내 정원에도 카펫을 깔고 카펫 위로만 다니게 했는데 여기서는 그럴 수가 없었다. 윈터가 불만스럽게 말했다.

"땅이 너무 딱딱한 거 아냐?"

"얼었으니까요."

"땅이 얼 정도로 추운 곳을 임신한 몸으로 돌아다녀도 되는 건가?"

"거듭 말하지만 이제 위험할 때는 지났다고 의사가 그랬잖아요."

"의사가 뭘 알아. 난 의사 안 믿어."

윈터는 출산이 가까운 여름이 되면 바이올렛이 더위를 느낄 것을 걱정해 이미 북부에 새로 별장을 짓고 있었다. 수도가 더운 것도 아니니 그럴 필요까진 없었지만 바이올렛은 말리지 않았다. 윈터에게 별장이라도 짓게 해 주지 않으면 정말로 바이올렛만 바라보고 있을 것 같기 때문이었다.

두 사람이 건물로 들어서려는데, 멀리서 다급하게 블루밍 공작 부부가 다가왔다.

"바이올렛! 윈터!"

부부의 모습이 보이자마자 윈터가 정색하며 바이올렛을 등 뒤로 숨겼다.

"제정신입니까? 두 분이 제 아내에게 임신으로 무슨 장난을 치셨는데 여길 나타납니까?"

그러자 수척해 보이는 캐서린이 말했다.

"의회에 들르려고 온 거란다. 그보다 윈터."

"신탁이요."

그들이 하려는 말을 알고 윈터가 묻자 제임스가 서둘러 말했다.

"부탁이니 동결 좀 풀어 주렴. 디에브의 돈 문제가 해결되지 않으면 그 애는 감옥에서 나올 수가 없어!"

그 말에 윈터가 기가 차서 비웃으며 물었다.

"설마 저택을 팔지 않고, 그냥 자식을 감옥에 두시려는 겁니까? 원, 친자보다도 돈이 좋으셨군요."

그의 질문에 캐서린이 울먹이며 물었다.

"저택까지 팔면 우린 어디에 가서 살라는 거니!"

"좀 더 작은 집이요."

"우린…… 집을 사 본 적이 없다. 게다가 지금 살고 있는 곳은 대대로 블루밍 가문이 이어받은 집이야. 그 집을 팔 수는 없어!"

그러자 뒤에서 듣고 있던 바이올렛이 한 걸음 나서며 말했다.

"제 남편에게 넘기시면 되지 않습니까?"

"뭐, 뭐?"

"대대로 블루밍 가문이 이어받은 집이니, 제 남편에게 넘기세요. 작위와 함께."

캐서린이 소리칠 기미를 보이자 윈터가 표정을 사납게 구기고 아내의 귀를 손으로 감싸 막으며 말했다.

"어디 아내 앞에서 소리만 질러 보십시오. 다신 저와 이야기하실 기회도 없을 테니."

"윈터……."

블루밍 공작 부부의 저택에는 가문의 모든 역사가 있었다. 벽에 가문 조상들의 초상화가 줄줄이 걸려 있었고, 대대로 내려온 가구들이 있었다. 그런 역사가 담긴 저택을 판다는 것은 가문을 팔아넘기는 것과 다름없었다.

그리고 바이올렛은 그 가문을 남편에게 쥐여 주고 싶어 설득을 시작했다.

"두 분이 부동산에 대해서 아는 건 아무것도 없으시잖아요. 남편에게 맡기는 게 낫지요."

"……."

"이방인이면 어떻고 서자면 어떻습니까. 블루밍 가문 사람인 건 변함이 없지요. 게다가 제 남편은 뛰어난 사람입니다."

아내의 말에 윈터가 저도 모르게 구겼던 표정을 풀고 슬쩍 웃었다. 그가 엘라에게 하던 설득을 바이올렛도 그의 부모에게 하고 있었다.

그 말에 제임스가 조심스럽게 말했다.

"그럼 빚은……."

그 말엔 윈터가 딱 잘라 대꾸했다.

"그건 알아서 해결하세요. 제가 뭘 더 합니까?"

"이러다 가문이!"

"그러니까 제가 덜 망하게 할 테니까 팔고, 작위 주고 떠나세요. 집 사는 거 어려우시면 제가 도와 드리죠. 물론 수수료가 좀 있을 겁니다만."

"수, 수수료?"

"그걸 말이라고 하십니까. 하여튼 경제관념이 이렇게 없으니 이 모양이 된 거 아닙니까."

블루밍 공작 부부가 충격받은 표정을 지었지만 윈터는 아랑곳하지 않고 말을 이었다.

"그럼 돌아가서 기다리세요. 우리 아내 눈에 띄지 말고요. 바이올렛은 아이 태어날 때까지 절대 안정입니다."

"우리 손……."

"손주 같은 소리 하지 마시고요. 우리 아이지, 두 분 손주 아니니까."

윈터가 핀잔한 뒤 아내의 어깨를 감싼 채 다시 안절부절못하며 건물로 들어서면서 말했다.

"저 쓰레기들 때문에 추운 곳에 서 있었잖아."

"조만간 작위는 당신이 가지게 되겠네요."

"응. 당신 덕에."

"당신 능력 덕인데요."

"무슨 소리야. 우리 공주님이 말해 주지 않았으면 엄두도 못 냈을 텐데. 게다가 아직 저 쓰레기들이 날 사랑한다고 믿었겠지."

윈터가 블루밍 공작 부부에게 들리도록 말하고 회의장으로 들어섰다.

회의장은 매우 크고 화려한 곳이었다. 동쪽에 참관객들의 자리가 있었고, 서쪽에 원형으로 의자가 있었다. 그중 참관객을 정면으로 마주 보는 자리에 열여덟 명의 의원이 앉았고, 오른쪽에는 바이올렛이, 왼쪽에는 에쉬가 앉았다.

자리에 앉은 바이올렛은 맞은편에 앉은 에쉬가 죽일 듯 자신을 노려보는 것을 마주 보았다.

그는 어떻게든 '모든 섬'이라는 문구를 빼려 들 것이고, 만약 그것이 에쉬의 뜻대로 된다면 그가 레클강으로 무슨 장난을 칠지 알 수 없었다. 갑자기 강물을 식수로 사용하는 모두에게 어마어마한 세금을 매기겠다고 들지도 모르는 일이다. 그리고 결국은 목표인 왕위를 얻어 내리라.

바이올렛은 담담히 제 연설문을 보았다. 그때 에쉬가 연설을 시작했다.

"여기 계시는 지적이고 합리적인 여러분 모두 알고 계시겠지만 레클강과 모든 섬에 대한 권리는 왕의 권한입니다. 왕실을 해체했던 제 입으로 이렇게 말씀드리기 송구스럽습니다만, 제가 가졌어야 할 자리지요."

바이올렛이 물끄러미 에쉬를 바라보았다. 그가 말을 이었다.

"지금 그 모든 섬을 가진 사람이 누구입니까? 제 여동생인 바이올렛 블루밍입니다. 계승 서열 2위, 라크라운드의 정통성과 법으로 제 뒤에 있어야 할 그녀가 오로지, 남편의 돈으로 그 자리를 뺏으려 하는 겁니다. 예, 돈으로 말입니다. 하지만 작위는 돈으로 사고파는 것이 아닙니다."

그때 바이올렛이 발언권을 부탁해 의장이 허락하자 그녀가 말했다.

"두 개의 섬을 저에게 넘겨주신 건 엘라 필리체 부인이십니다. 제 어머니 엘라 필리체 부인은 돈으로 명예를 팔 사람이 아닙니다. 그럼에도 저에게 넘겨주셨다는 건, 제가 그 자리에 어울린다고 생각하셨던 게지요."

그러자 에쉬가 표정이 일그러지는 것을 가까스로 견디며 다시 입을 열었다.

"그건 본인에게 유리하게 해석한 것뿐 아닙니까? '모든 섬의 주인'이라는 자리는 당연히, 이 나라 왕실의 제1 계승 서열을 가진 저, 에쉬 로렌스가 받았어야 할 자리입니다. 만약 '모든 섬'이라는 문구가 그 전통을 막는다면 수정되어야 마땅하리라 생각합니다."

에쉬는 연설을 마치고 자리에 앉았다. 그 후 바이올렛이 자리에 섰다. 그녀가 천천히 입을 열었다.

"정통성에 대하여 이야기한다면 먼저 말씀드릴 이름이 있습니다. 라크라운드의 3대 왕이었던 테오 로렌스는 선왕의 조카였습니다. 그는 계승 서열로 다섯 번째였고, 전쟁에서 라크라운드를 구했습니다. 다음, 8대 왕이며 두 번째 여왕이었던 올리비아 로렌스는 차녀였습니다. 위로 오빠 하나와 언니 하나가 있었지요. 그녀 또한, 기나긴 가뭄에서 라크라운드를 구한 영웅이었습니다."

그녀가 조용히 말을 이었다.

"라크라운드는 보수적인 나라이되 그 보수적임이 나라를 좀먹게 했을 때는 그 태도를 버리고 국민을 최우선에 두는 나라였습니다. 그들에게 정통성이란 가장 적합한 자를 찾는 것이었지, 가장 순서가 높은 자를 택하는 것이 아니었지요."

바이올렛이 잠시 에쉬를 보다가 제 연설문을 보았다. 온갖 예법과 겸손으로 가득한 연설문이었다. 그녀는 다시 고개를 들어 남편을 보았다.

그는 그녀의 위엄을 사랑했다. 윈터와 눈이 마주치자, 결국 그녀는 살아오며 단 한 번도, 제 입으로 말하리라 생각하지 못했던 말을 내놓았다.

"저는 물론 지금은 제 남편을 목숨 이상으로 사랑하지만, 과거 윈터 경과 얼굴 한 번 보지 못한 상태에서 결혼을 선택한 것은 온전히 라크라운드를 위한 것이었습니다. 또한 어느 누구의 강요도 아닌 저의 선택이었지요."

그녀가 더없이 평온한 얼굴로 말을 이었다.

"저는 저의 오라버니인 에쉬 로렌스와 비교해 제가 낫다고 생각해 이 자리에 있는 게 아닙니다. 저 스스로를 결혼으로 이 나라를 위기에서 벗어나도록 도운 공이 있는 자라 판단하여 이 자리에 있는 겁니다. 저에게는 그럴 자격이 있으니까요."

바이올렛의 이야기가 끝나자마자 윈터가 앞자리 의자를 콱 발로 차며 몸을 일으켰다.

"우리 공주님이 멋진 말 하는데 왜 박수들을 안 쳐."

그의 압력에 주변에 있던 참관객들이 얼떨결에 박수를 치기 시작했다. 그러나 곧 바이올렛이 윈터를 흘겨 박수가 멈췄다.

곧이어 의장이 말했다.

"그럼 레클강과 모든 섬에 대한 작위를 수정하는 법안에 찬반을 말씀해 주시기 바랍니다. 로빈 레위 의원."

"반대합니다."

"듈 올브라이트 의원."

"반대합니다."

초반에 나온 북부 귀족들 전부가 반대에 표를 던졌다. 이어서 필리체가의 의원 역시 반대했고, 남부의 워호슨이 호명되기 시작하였다. 가장 먼저 드루 블루밍이 말했다.

"반대합니다."

워호슨의 종주, 블루밍가의 의원이 반대하자 순식간에 워호슨의 표정이 굳었다. 블루밍가에서 반대를 하고 나설 거라고는 상상도 못 했던 탓이다.

그러나 블루밍 가문의 전통대로 형인 제임스가 작위를 받은 후, 의원의 자리를 이어받은 드루는 사업가이기도 했다. 지금 남부는 윈터 블루밍에 의해 이미 몰릴 대로 몰렸다. 여기서 윈터의 뜻을 거슬러 좋을 것 없다고 생각하여 나온 결론이었다.

이미 승패가 기울었다고 생각해 깍지를 껴 뒤통수를 받치고 뒤로 기대 있던 윈터가 마음에 들었는지 슬쩍 웃으며 아내를 보았다. 바이올렛은 동상처럼 반듯하게 앉아 오로지 의원 하나하나를 보고 있었다.

윈터는 그녀가 저를 다시 봐 주지 않는 건 섭섭했지만, 바이올렛이 원래 그런 사람이라는 건 이제 여기 있는 누구보다 가장 잘 알았다. 그를 사랑하지 않아서가 아니라, 그녀는 원래 그런 사람이니까.

나중에 왜 자기 한 번을 안 봤냐고 투정 부려야겠다, 속으로 생각하는 사이 결정이 끝났다.

"모든 섬을 수정하는 안건은 전원 반대로 폐기되었습니다."

그 순간 에쉬가 이를 꽉 물고 몸을 일으켜 바로 의회를 나가 버렸다.

에쉬가 막 의회 건물을 벗어나는데, 수도 경찰청 청장 켄제스가 앞을 가로막았다.

"뭡니까, 켄제스 경?"

켄제스가 고개를 숙여 인사하고 입을 열었다.

"방금 수도 중앙은행의 수사 결과, 그리고 칼슨 로우의 자백으로 전하께서 마약상과 연계되어 있으시다는 것이 확인되었습니다."

그의 말에 에쉬가 코웃음 쳤다.

"웃기지 마. 난 그런 적 없습니다."

그는 자신이 있었다. 확실한 증거가 있을 리도 없고, 설마 있더라도 왕세자였던 그가 제대로 처벌을 받을 리도 없었다.

그때 뒤에서 인기척을 느낀 에쉬가 막 걸어 나온 바이올렛을 돌아보며 말했다.

"너 진짜 미쳤어? 눈에 보이는 게 없어?"

그러자 바이올렛이 담담히 대꾸했다.

"말했잖아. 언젠가 은행장 역시 대가를 치러야 할 거라고. 너도 그렇고."

"바이올렛!"

에쉬가 소리치고 다가가려는 순간 윈터가 뒤에서 아내의 귀를 막았다. 그러더니 믿기지 않는다는 듯 말했다.

"네놈은 어떻게 임산부 앞에서 그렇게 버럭버럭 성질을 못 죽이지? 내 아내에게 조금이라도 이상이 생기면 네놈은 내 손에 죽어."

"켄제스 경! 저자가 살해 위협을……!"

에쉬가 윈터의 말을 듣지 않았냐고 돌아보는데 의회에서 나온 의원들이 기가 찬 표정으로 그를 보는 것이 느껴졌다.

"어떻게 임신한 여동생 앞에서 저렇게 큰소릴 낼까."

"세상에, 정말 믿을 수가 없군."

그 자리에 있는 라크라운드에서 가장 강한 권력을 가진 이들 전부가 에쉬의 행동에 분노하고 있었다. 하물며 바이올렛이 언제 복수할까 전전긍긍하며 두려워하던 워호슨조차 임산부 앞에서 소리치는 에쉬를 질색하는 표정으로 보고 있었다.

에쉬는 이 자리에 제 편이 아무도 없다는 것을 서서히 깨닫고 얼굴이 하얗게 질려 갔다.

그는 왕족이었고, 라크라운드의 왕실 로렌스가의 사내였다. 눈앞에 저를 체포하러 온 경관보다 명예가 추락하는 것에 더 큰 공포를 느꼈다.

바이올렛은 결혼을 통한 자신의 행동은 전적으로 자신의 의지라 말했고, 의회의 모든 이는 받아들였다. 그 순간 그 결혼에 대한 에쉬의 공로는 완전히 사라지게 되었다.

켄제스가 정중히 말했다.

"모시던 분을 끌고 가고 싶지 않습니다."

"어차피 왕족은 끌고 갈 수도 없습니다."

"하지만…… 전하께서는 이제 왕족이 아니십니다."

켄제스가 안타깝다는 듯이 말했다.

에쉬는 포박을 하기 위해 다가오는 경관들을 발견하고 주먹을 꽉 쥐었다. 그와 함께 폴로와 사냥을 즐기던 자들은 전부 에쉬에 의해 금전적 이득을 보던 자들이었다. 그러나 그 금전적 이득이라는 것도, 윈터의 눈 밖에 나면 어느 누구도 장담할 수 없는 일이었다.

에쉬가 부들부들 떨며 바이올렛을 보았다.

"이까짓 걸로 내가 실형이라도 받을 것 같아?"

"이게 끝일 것 같아?"

바이올렛이 어이없다는 듯 되물었다.

"이건 시작이야."

"입 닥쳐!"

그 순간 옆에서 기겁하는 분위기가 느껴지더니 어느새 사람들이 두 사람을 에워쌌다. 에쉬의 위협적인 태도에 혹시라도 바이올렛에게 위험한 짓을 할까 염려한 탓이었다.

여기서 무슨 짓을 해도, 더 떨어질 곳도 없는 명예가 바닥나는 것은 에쉬였다. 그는 분노와 두려움이 뒤섞인 얼굴로 경관들과 경찰서로 이동했다.

그들이 사라지고, 바이올렛이 휘청거리자 윈터가 그녀를 꼭 끌어안으며 물었다.

"힘들지? 안아서 옮겨 주면 안 되나?"

"사람들 보잖아요. 걸어갈게요."

"쓰러진 척해."

"네?"

"쓰러진 척하면 안겨서 나가도 안 이상해 보이고, 에쉬는 더 쓰레기 같아 보이니까."

"……너무 속 보이지 않을까요?"

"아니. 당신은 안 쓰러지는 게 더 안쓰러워. 식사도 제대로 못 하고 여기까지 와서."

"연기를……."

"그냥 눈 감고 힘 풀어. 나 믿어."

바이올렛이 잠시 생각하다가 눈을 감고 그대로 몸에서 힘을 풀었다. 그 순간 단단한 팔에 부드럽게 몸이 안겨지고, 번쩍 들렸다.

"이런, 아내가 쓰러졌어! 빨리 마차!"

윈터가 소리치며 빠르게 사람들 사이를 걸어가자 주변이 걱정에 소란스러워졌다. 바이올렛은 민망해 얼굴이 새빨개졌지만 다행히 윈터가 코트로 감싸 주어 들키지 않을 수 있었다.

두 사람을 태우고 난 후, 문이 닫히자마자 마차가 출발했다. 윈터가 실실 웃으며 말했다.

"에쉬가 실형은 어떻게 피해 갈지 몰라도 평판만은 돌이킬 수 없겠군."

"그럴 것 같군요."

바이올렛이 진지하게 고개를 끄덕이고 말을 이었다.

"하지만 실형도 피해선 안 돼요. 에쉬가 마약을 손쉽게 구하게 해 주는 바람에 칼슨이 당신을 쏜 거잖아요. 원래 라크라운드는 이렇게 쉽게 마약이 유통되는 나라가 아니었어요."

"우리 공주님 미움을 단단히 샀네. 그럼 일단 실형을 받게 하고 다른 재소자에게 뇌물을……."

"그런 농담도 하지 말아요. 애초에 왕족이었던 에쉬가 다인실을 쓸

리도 없지만요."

"알았어, 안 할게."

윈터가 실실 웃으며 대꾸하고는 고생했을 바이올렛의 다리를 마사지해 주며 집으로 향했다.

집으로 가는 도중부터 눈이 내렸다. 마차가 불 켜진 저택에 가까워진 덕에 날리는 눈이 보이자 바이올렛이 윈터를 돌아보며 물었다.

"잠깐 정원을 보고 싶다고 하면 싫어할 거죠?"

그녀의 말에 윈터가 능청스레 어깨를 으쓱였다.

"놀랍게도 당신이 오늘 정원을 보고 싶어 할 줄 알았어."

"정말요?"

"응. 이제 마음의 여유가 생겼으니까. 당신이 가장 좋아하는 장소에 있고 싶겠지."

윈터가 알아주자 바이올렛이 웃음을 터트렸다.

"알아줘서 고맙군요."

두 사람은 저택 포치에서 내려 로비를 가로질러 정원으로 향했다. 두 사람을 반겨 준 사용인들이 오늘 일을 듣고 반가워했다.

"그럼 작은 마님께서 그 작위를 받으시는 거예요?"

"도중에 별 문제가 없다면 그렇게 되겠지?"

"아휴, 문제가 있으면 제가 가서 해결할게요!"

"저도요, 작은 마님!"

다들 흥겨운 분위기였다. 윈터가 로비 벽난로 앞을 턱짓했다.

"가볍게 한잔들 하지. 좋은 날이니. 주방장은 가서 실력 좀 발휘하고."

그의 말에 다들 신이 나서 벽난로 앞으로 달려가 작은 축하 파티 준비를 시작했다. 대부분 호텔에서 커리큘럼을 이수하고 이곳으로 온 지라 누구나 파티 준비에 익숙했다. 사용인들은 가져온 장식품들을 벽난로며 벽에 걸었다.

"산책 빨리 하고 오세요!"

재빨리 그 틈에 낀 하옐이 그리 말하며 술병 트롤리부터 찾아 밀고 오자, 젠이 핀잔했다.

"술도 못 마시면서 뭘 그렇게 많이 가져와요?"

"한 잔은 마셔요."

"한 모금이겠죠."

두 사람이 티격태격할 때마다 행복한 표정을 짓는 바이올렛이 두 사람에게 시선을 뺏기자 윈터가 그녀의 어깨를 감싸 돌리며 말했다.

"쟤네 둘이 안 맞아. 그렇게 엮어 주고 싶어 하지 마."

"잘 어울리는데."

"안 어울린다니까."

"우리도 처음부터 잘 맞진 않았는걸요?"

"그래도 어쨌든 첫눈에 반하긴 했잖아."

"음. 그건 확실히 그렇군요."

바이올렛이 납득하며 고개를 끄덕였다.

그녀는 잠깐 뒤를 돌아 신이 나서 파티 준비 중인 사람들을 바라보다가 행복한 표정으로 윈터와 함께 정원으로 나섰다.

찬바람 때문에 단단히 닫아 뒀던 문이 열리는 순간 바이올렛의 입이 절로 열렸다.

"세상에……."

정원의 눈 쌓인 나무들에 조명들이 휘감겨 있고, 얼음으로 조각한 꽃들이 겨울의 정원에 가득했다. 그 한가운데 모닥불이 타고 있었다.

바이올렛이 넋이 나간 얼굴로 정원을 바라보는데 윈터가 그녀의 손을 부드럽게 당겼다.

"마음에 들지? 당연히 들겠지."

"어, 언제 준비한 거예요?"

"계획은 오래 했고, 준비는 우리 떠난 사이에 속전속결로."

윈터가 뽐내듯이 말하더니 유쾌하게 웃었다.

두 사람은 천장이 없는 하얀 마차에 타서, 바이올렛이 좋아하는 나무 아래에 내려섰다. 그 나무에는 알록달록한 유리 갓을 씌운 커다란 조명이 달려 있어 동화 속에라도 들어온 기분이 들었다.

그 아래 둔 카펫 위에 바이올렛이 올라서자, 윈터가 그 앞에 한쪽 무릎을 꿇었다.

그의 행동에 놀란 바이올렛의 눈이 동그래졌다. 윈터가 상자를 꺼내며 말했다.

"프러포즈할 거니까 반지 말고 나에게 집중해 줘."

"어머……."

"우리 처음 결혼할 땐 못 했잖아. 이제 두 번째 결혼식을 할 테니, 이번이 기회야."

"와, 프러포즈 처음 받아 봐요."

바이올렛의 농담에 윈터가 웃었다.

"그거 놀라운 일이군."

상자를 열자, 그 안에 올리비아 로렌스의 유산인 핑크 다이아몬드 반지가 있었다. 바이올렛이 놀라자 윈터가 잽싸게 말을 이었다.

"어떻게 구했냐고 물어보지 마. 이제 당신 거야."

"이건……."

"바이올렛 로렌스."

"……."

"당신의 남편이 되게 해 줘."

윈터의 말에 바이올렛이 멈칫했다. 그가 그 당혹감을 예상했다는 듯 미소 지으며 말을 이었다.

"블루밍 공작가는 당연히 이을 거야. 하지만 그래도 당신의 성을 따르고 싶어. 작위와 성이 다른 경우도 얼마든지 있잖아. 정 안 된다면 작위를 포기하고. 난 어차피 돈이 많잖아."

윈터가 농담을 섞는데도 바이올렛은 웃지 못했다. 윈터가 간절한 목소리로 말을 이었다.

"어릴 때는 가족이 필요했고, 조금 더 커서는 돈이 많았으면 좋겠다고 생각했고, 그 다음에는 명예를 가지고 싶었어."

"……."

"그리고 지금부터 내가 죽을 때까지의 꿈은 당신의 남편이 되는 것 하나야. 그러니 내 꿈을 위해 당신이 나보다 하루라도 더 오래 살아 줘야겠지."

남편의 짓궂은 표정과 말에 바이올렛이 눈물 고인 눈으로 실소했다. 그러더니 곧 입을 열었다.

"그럼 내 꿈은 당신의 아내가 되는 걸로 하겠어요. 그리고 당신보다 하루라도 더 오래 살게요. 약속해요."

바이올렛의 해맑은 웃음이 섞인 대답에 윈터가 더할 나위 없이 행복한 얼굴로 웃었다. 바이올렛의 손가락 위에 핑크 다이아몬드 반지가 끼워지고, 윈터가 몸을 일으켰다.

가슴이 벅찬 두 사람이 벌써부터 파티 분위기로 떠들썩한 저택으로 걸어가며 도란도란 이야기를 나누었다.

바이올렛이 한 번 정리하듯 말했다.

"그럼 남자아이면 테오, 여자아이면 올리비아로 하는 거네요?"

"응. 둘 다 아주 마음에 드는군."

그의 애정이 담뿍 담긴 대꾸에 바이올렛이 즐거운 얼굴로 고개를 끄덕였다.

다시 눈이 내리기 시작해 중간부터는 커다란 우산을 펼쳤다. 하지만 두 사람의 걸음은 급해지지 않았고 오히려 이야기를 하느라 중간에 잠깐씩 멈추기도 했다. 그러던 도중에 젠과 하옐이 감기 걸린다고 성화한 후에야 두 사람의 걸음이 조금 빨라졌다.

에필로그

라크라운드는 추위에는 강했지만 더위에 대한 대비는 잘 되어 있지 않은 나라였다. 물론 수도의 여름이 그리 더운 건 아니었지만, 윈터는 바이올렛을 위해 북부에 별장을 새로 마련해 그곳에서 여름을 나게 했다.

다행히 산달이 가까울 즈음 바이올렛은 식욕이 왕성해져 평소 좋아하던 고기를 다시 먹기 시작했다.

윈터는 아이를 낳는 동안 옆에 있고 싶어 했으나, 바이올렛의 단호한 명령하에 진통이 시작되기 무섭게 밖으로 쫓겨난 상태였다. 전날 밤 쫓겨나 아내의 얼굴을 보지 못하고 이른 새벽까지 복도에 주저앉은 윈터는 당장 죽음이라도 앞둔 사람처럼 겁에 질려 있었다.

하옐이 조심스럽게 물었다.

"대표님, 여기 계속 앉아 계실 겁니까?"

"아내가 왜 날 안 만나 주지?"

윈터가 불안한 표정으로 묻자 하옐이 대꾸했다.

"작은 마님 진통하시는 거 보면 대표님이 둘째는 말도 못 꺼내게 하

255

실 테니까요."

"출산이 고통스러운 걸 모를 정도로 멍청하지 않아."

"이론과 실제는 다르죠. 작은 마님께 미열만 있으셔도 난동을 부리시잖아요."

하옐은 윈터를 최대한 침실에서 멀어지게 하고 싶어 설득했으나 그는 들은 척도 하지 않고 문지기처럼 그 앞을 지키고 있었다.

그때 침실 안에서 바이올렛이 괴로워하는 소리가 들리자 결국 윈터가 벌떡 일어났다. 그러자 하옐이 서둘러 막으며 말했다.

"대표님! 대표님 들어가시면 작은 마님이 진짜 안 본다고 하셨잖아요!"

"못 들었어? 아내가 소리를 질렀잖아! 뭔가 문제가 생긴 거 아냐!"

"진정하세요! 출산이 고통스러운 거 아신다면서요!"

"내 아내는 안 돼!"

이성을 잃고 버럭버럭 소리치던 윈터가 하옐을 밀쳤다. 그때 안에서 산파가 나와 주의를 주었다.

"산모께서 집중하고 계십니다. 밖에서 소란을 피우시면 안 됩니다."

"아, 아내에게 문제가 생긴 건!"

"전혀요. 경과 달리 산모께서는 아주 잘하고 계십니다."

아내에게는 한없이 인자하던 산파가 단호하게 말하더니 문을 닫아 버렸다. 그녀는 왕실에서 일하던 산파로, 과거 바이올렛을 제 손으로 직접 받았던 사람이었다.

산파가 들어가고 다시 아내의 울음 섞인 비명 소리가 들리자 윈터가 가슴을 부여잡았다. 애간장이 녹는 고통에 눈물이 쏟아졌다. 아내를 아프게 한 이 아이를 용서하지 못할 것 같은 기분마저 들었다.

윈터가 몸을 덜덜 떨며 문에 손을 올렸다.

"망할, 내 아내가 내 대신 그렇게 오래 아팠는데. 오늘 같은 날……."

그렇게 생각하던 윈터가 멈칫하더니 다시 자리로 돌아갔다. 그리고 침착하게 의자에 앉더니 두 손을 모았다.

그가 총을 맞던 날에도 아내가 대신 몸이 아플 수 있었다. 그러니 분명 산통도 어떻게든 자신이 가져올 수 있는 게 아닐까.

태어나서 처음으로 신에게 욕 없이 기도했다. 얼마 지나지 않아 바이올렛의 울음소리가 잦아들었다. 그와 동시에 윈터는 숨이 멎을 것 같은 통증이 온몸으로 퍼져 나가는 것을 느꼈다.

그가 욕설을 퍼부으며 몸을 구기자 하옐이 놀라서 다가왔다.

"대, 대표님?"

"뭐."

"안색이 너무 안 좋으세요!"

"아내가 힘들어하는데 표정이 밝으면 그게 정상이냐?"

윈터는 성질을 냈으나 금방 즐거움에 입꼬리가 씰룩거리기 시작했다. 분명했다. 제가 아픔을 가져오고 있다.

처음에는 조금씩 퍼지던 아픔이 어느 순간인가, 까무러칠 정도로 거세지기 시작했다. 윈터는 아픔을 가져오는 게 기쁘다가, 곧 아내가 어젯밤부터 이렇게 아팠다는 게 너무 미안해 눈물이 났다.

"대표님! 누우셔야 한다니까요!"

"닥쳐."

윈터는 단호히 대답했으나 순식간에 식은땀으로 등이 흠뻑 젖어 들었다. 몸속에 폭탄이라도 들어 있는 것 같았다.

윈터는 정신을 차리려 안간힘을 썼으나, 서서히 뿌연 안개 속으로 정신이 가라앉는 기분을 느꼈다. 그 안개에 빠지는 사이, 멀리서 아기

257

가 우렁차게 우는 소리가 들렸다.

❄ ❅ ❄

번쩍 눈을 뜬 윈터가 상체를 일으켰다. 제 침실이었다.

그는 멋대로 링거를 뽑아 버리고 정신없이 아내가 있는 곳으로 달려갔다.

"젠장!"

아이가 태어나는데 기절해 있던 자신이 세상에서 제일 쓸모없는 인간으로 느껴졌다. 혹여나 그사이에 무슨 일이라도 있었을까 봐 겁에 질려 달려가 보니 탈진해 침대에 누워 있던 바이올렛이 그를 보았다. 그녀가 걱정스러워하며 물었다.

"쓰러졌다고 들었는데. 괜찮아요?"

"당신이 왜 날 걱정해?"

윈터가 딱 잘라 말하더니 침대 옆에 모여 걱정하는 사용인들을 손으로 휙휙 쫓아냈다. 그리고 침대 옆 의자에 앉아 그녀의 손을 감싸고 말했다.

"미안해. 깜빡 잠들었어. 평생 혼내도 돼."

"아닌 거 알아요. 갑자기 고통이 확 줄어들었는걸요. 순간 천국이라도 도착한 줄 알았다고요."

"무서운 소리 하지 마."

천국이라는 말에 윈터가 질색하더니 사용인들 쪽을 보았다. 혹여나 싶어 아내에게 묻지도 못하고 눈빛으로 아이의 행방을 묻는 걸 바이올렛이 눈치채고 그녀가 웃었다.

"당신 닮아서 제법 큰 편이래요."

"그, 그렇대? 이 녀석은 왜 커가지고 어머니를 고생시켜?"

윈터가 어떤 표정을 지어야 할지 몰라 얼떨떨해하다가 물었다.

"그럼 아이는?"

"낳자마자 잠깐 봤어요. 곧 다시 데려올 거예요."

"어땠어?"

"직접 봐요."

바이올렛이 생각만으로도 눈물이 그렁거려 손등으로 눈물을 닦아 내고 웃었다. 눈물이 많지 않은 아내가 울자 윈터는 마음이 찡해져 저도 모르게 몇 번이나 그녀에게 입을 맞췄다.

그때 문이 열리더니 룰루가 속싸개로 감싼 아기를 데려와 바이올렛에게 안겨 주었다.

"우리 도련님 좀 보세요. 세상에. 어쩜 이렇게 천사 같을까."

도련님이라는 말에 윈터는 그제야 사내아이란 것을 알았다. 아이를 받아 든 바이올렛의 손이 떨리고, 그녀의 눈에서 눈물이 툭툭 떨어졌다.

"안녕?"

그녀가 울음 섞인 목소리로 인사했다. 그러자 그 말을 알아들은 것처럼 아기, 테오가 눈과 입을 여는 게 아닌가. 그 모습에 부부는 시선을 뺏겨 멍한 표정을 지었다.

마치 윈터를 그대로 빼다 박은 것 같은 검은 머리칼에 회색 눈동자였다. 혹여나, 정말 만에 하나 회색 눈이라고 한 소리 하면 크게 화를 내려고 바이올렛이 윈터를 보는데, 그가 넋이 나가 입을 열었다.

"눈이 날 닮았네."

"완벽히 당신 눈이죠."

"이렇게…… 손바닥만 한 녀석이 당신을 살리겠다고 대신 아팠던 건가?"

그의 말에 바이올렛이 고개를 끄덕였다.

"그랬죠."

"자기도 이렇게 작은데."

"네, 이렇게 작은데."

"당신이 낳아서 천사인가 봐."

윈터가 조심스럽게 아이를 안아 보았다. 그리고 한참 동안 아들을 바라보던 그가 입을 열었다.

"지금부터 회색 눈을 보고 한마디라도 부정적인 소릴 하는 놈이 있으면 머리통을 날려 버리겠어."

"윈터, 아가가 들어요."

"들어야지. 너도 혹시 누가 너 깔보면 두들겨 패고 들어와라. 아빠가 다 책임질 테니까."

윈터가 건강한 아내와 아이를 보니 안심이 되어 능청을 떨었다. 그러나 이미 하도 울어 눈이 시뻘게진 상태로는 그다지 효과가 없었다. 심지어 그는 또 울음이 나는지 이를 악물어 눈물을 참았다가, 또 아내와 아이를 보았다가 하고 있었다.

"테오 블루밍 로렌스."

그가 아이의 이름을 말해 보더니 행복에 겨워 말을 이었다.

"당신 말대로야. 벌써 사랑에 빠진 것 같아."

"나도 그래요."

곧 하녀 중에 미리 뽑아 두었던 유모가 다시 아기를 데려갔다. 바이올렛은 아이가 제 손을 떠나기만 해도 슬픈 표정이 되었다. 그러자 윈터가 그녀를 꼭 끌어안으며 말했다.

"고생했어. 이제 좀 자야지."

"테오와 있고 싶은데……."

"내가 가서 볼게."

윈터가 몇 번이고 아내를 달래고 연신 입을 맞춰 준 후에야 바이올렛이 마음을 가라앉혔다.

둘만 남아 잠시 조용해진 후에야 그들은 무사히 부모가 되었음을 실감했다. 그러자 두 사람의 얼굴에 저절로 행복한 미소가 번졌다.

❋ ❄ ❋

바이올렛은 아이가 벌써부터 저를 엄마라고 알아차리는 것이 너무나 신기했다. 유모와 제법 많은 시간을 보내도 바이올렛만 보면 서러웠다는 듯이 울며 안겨 들었다.

엄마 품에서 실컷 배를 채운 테오가 언제 울었냐는 듯이 새근새근 잠들었다. 그사이 바이올렛의 침실을 따뜻하게 데운 하녀들이 침대에 모여들었다.

"아기 도련님은 어쩜 벌써부터 이렇게 잘생겼을까요?"

"제가 장담하는데 라크라운드의 아기들 중에 제일 귀여울걸요?"

"작은 마님이랑 대표님을 닮았는데 당연하죠."

모두가 모여 테오를 구경하는 데 여념이 없었다.

원래도 저택은 늘 분위기가 좋았지만, 새로 아기 도련님이 도착한 후부터는 한겨울 추위가 무색하게 활기찬 생기로 가득했다.

바이올렛은 즐거워하던 중에도 드문드문 늦어지는 윈터를 걱정했다.

테오가 태어난 후로 일을 팽개치고 육아에 전념하던 윈터는 사흘

전, 더는 도저히 일을 미룰 수가 없어 출장을 떠났다. 가뜩이나 나가길 싫어했는데, 눈 때문에 돌아오는 시간이 더 늦어지고 있었다.

그녀가 창밖을 보며 걱정하고 있을 때 문이 벌컥 열렸다. 길이 온통 빙판이라 느려 터진 마차를 팽개쳐 버리고 눈길을 걸어온 듯 머리와 어깨에 눈이 쌓인 윈터가 서 있었다. 하녀들은 또 시장 바닥을 만들었다고 혼날까 봐 얼른 인사하고 침실을 나갔다.

윈터에게서 차가운 공기가 느껴졌다. 그가 놀란 아내의 표정에 능청스레 웃어 보이더니 눈이 녹으며 푹 젖어 버린 코트를 벗고는 물었다.

"별일 없었지?"

"그건 내가 할 질문 아닌가요?"

"오는 내내 우리 아내랑 꼬마 걱정을 하도 해서. 일단 물어봤어."

말을 마친 윈터가 침대에 걸터앉았다. 그때 테오가 한기 때문인지 잠깐 눈을 뜨고 윈터를 보았다. 그러더니 길게 하품을 하고 방긋 웃는 게 아닌가.

윈터가 충격받은 표정을 지었다.

"……방금 나 보고 웃은 건가? 내가 자기 아빠인 거 아나?"

"아무래도 그런 것 같죠?"

"사흘이나 나가 있었는데? 이 꼬마 인생에서는 엄청 긴 시간 아닌가? 그런데도 날 기억하다니 천재 아냐?"

"진정해요."

"진정할 때가 아니야. 천재는 육아가 더 까다롭대. 당신도 알지?"

오늘 오후까지도 날이 서서 일하던, 신경질적이기 그지없던 카닉사의 대표는 사라지고 제 아들 앞에서 나사 풀린 얼굴로 아기 표정 살피기에 여념이 없는 사내만이 남았다.

곧 다시 잠든 아기를 따뜻한 요람에 눕히고 나서 두 사람은 일주일 간 하지 못한 이야기를 시작했다. 윈터는 바이올렛이 잠들기 전의 시간을 잠깐도 놓치고 싶지 않아 그녀를 꼭 끌어안고 말을 이었다.

"결혼식 준비는 잘 되어 가고 있다더군. 작위 계승식은 언제쯤부터 준비를 하면 되는 거지?"

"로렌스가와 의회에서 이야기가 끝나면 정할 수 있겠죠?"

"왜 그렇게 이야기가 오래 걸리는지 모르겠어. 날짜 잡는 게 뭐 어렵다고."

윈터가 투덜거리더니 아내의 턱을 부드럽게 감싸 잡고 입을 맞추기 시작했다. 그러더니 바이올렛의 허리를 안아 허벅지 위에 앉혔다. 그리고 본격적으로 다시 입을 맞추기 시작했다.

할 이야기가 많았는데, 한번 입술이 닿고 나니 두 사람 다 서로에게서 떨어질 줄을 몰랐다.

윈터가 제 셔츠 단추를 푸는 바이올렛을 꿀이 떨어지는 눈으로 바라보며 말했다.

"나 보고 싶었지?"

"보고 싶었어요."

"출장 가서 미워?"

"아뇨."

"밉다고 해 줘."

"그럼 미워요."

"못 가게 해, 이제."

그의 낮은 목소리와 야릇한 눈빛에 바이올렛은 저도 모르게 몸에 힘이 들어가는 것을 느꼈다. 남편은 종종, 그녀가 없으면 당장 죽을 듯한 표정을 지을 때가 있었다. 예전엔 그게 염려스러웠는데, 남편에게 안정감이 느껴지기 시작한 이후부터는 오히려 만족스러운 기분이 들었다.

바이올렛이 윈터가 각각 감싸 쥔 두 팔을 올려 남편의 머리칼을 쓸어 넘겼다.

"이제 출장 가지 말아요."

"좀 더 강하게 명령해야 듣지. 나 같은 놈은."

"명령이에요, 윈터 블루밍 로렌스."

바이올렛의 말에 윈터가 어깨를 들썩이고 웃었다. 그러더니 그녀를 쓰러뜨려 눕히고 목덜미에 입술을 묻으며 말했다.

"사랑스럽네."

"사랑스러우라고 한 거 아니에요. 정말로 명령이에요. 출장 가지 말아요. 앞으로."

"……진심 같네?"

"네. 당신 돈 많잖아요. 다른 사람을 고용해서 보내요."

"나랑 하루 종일 같이 있고 싶어?"

여전히 바이올렛이 주는 사랑을 신비하게 여기는 윈터가 재촉하듯 물었다. 그러자 바이올렛이 부끄러운지 시선을 피하며 솔직하게 말했다.

"당신 출장 가는 거 정말로 싫어요. 당신과 다른 침대에서 자는 거…… 정말 너무 싫어요."

"나만 그런 줄 알았어."

윈터가 처음 달콤한 맛을 느낀 어린아이처럼 푹 빠진 표정을 지었다. 그러더니 바이올렛의 품에 얼굴을 묻으며 중얼거렸다.

"나만, 이제 혼자 못 자게 된 건 줄 알았어. 어린애처럼."

"나도 그래요."

"다행이군. 우리 공주님도 나와 같아서."

그의 말에 바이올렛이 웃었다.

"정말…… 당신도 나와 같네요."

* ❋ *

이듬해 5월, 두 사람은 그들이 사는 저택 정원에서 두 번째 결혼식 준비를 마쳤다.

아침 햇살과 함께 눈을 뜬 바이올렛은 중간에 깨서 울던 아들부터 안아 다시 재우고 있는 윈터를 보며 흐뭇한 미소를 지었다.

"테오는 당신을 정말 좋아해요."

"놀랍군. 난 내 아버지가 싫은데."

"당신은 좋은 아버지고 좋은 남편이에요. 어떻게 사랑하지 않을 수 있겠어요?"

바이올렛이 그리 말하며 침대에서 천천히 일어나 그의 곁으로 걸어 갔다. 아내의 말에 한껏 우쭐해진 윈터가 조심스럽게 테오를 내려놓으려 하자 아이가 내려놓지 말라고 칭얼거렸다. 윈터가 다시 아이를 안아 들자 그제야 테오가 꾸벅꾸벅 졸았다.

바이올렛이 테오를 사랑스럽게 바라보며 말했다.

"당신이랑 똑같이 닮았어요."

"내가 이렇게 귀엽다고?"

"난 당신 어릴 때를 보고 왔잖아요. 딱 이렇게 생겼어요. 얼마나 귀여웠는데."

바이올렛이 실제로 증인이기까지 했지만 여전히 윈터는 저를 닮은 아이가 이렇게 사랑스럽다는 걸 믿지 못했다.

윈터는 테오가 완전히 잠든 후에야 요람에 내려놓았다. 유모들이 아이를 돌보는 사이 두 사람은 예복으로 갈아입기 위해 각자의 드레스 룸으로 향했다.

잠시 후 웨딩드레스로 갈아입고 난 바이올렛이 앞에 놓인 거울을 보았다.

부부가 선택한 것은 심플하면서도 완벽한, 긴 소매의 레이스 볼레로를 걸친, 클래식하고 우아한 순백 드레스였다. 레이스에는 로렌스와 블루밍 가문의 문장, 그리고 눈의 결정과 제비꽃이 섬세하게 수놓여 있었다.

그사이 바이올렛의 머리칼을 둥글게 틀어 올린 젠이 말했다.

"다 됐어요."

"어머나, 정말 마음에 쏙 드는구나."

"이제 티아라 올릴게요."

"그래."

바이올렛이 부담스러워하며 티아라를 보았다. 백금과 투명한 다이아몬드만을 가지고 만든 티아라였다.

젠이 장갑을 끼고 크게 한숨을 쉰 후 티아라를 들어 올렸다.

"잠깐만 숨 참아 주세요. 떨어뜨릴까 봐 무서워요……."

"응. 숨 참을게."

티아라 중앙에 물방울 모양의 거대한 다이아몬드가, 그 양옆에 두 개의 절반 크기의 다이아몬드가 있었다. 그리고 수도 없이 많은 작은 크기의 다이아몬드들이 촘촘하게 티아라를 장식하고 있었다. 이 티아라만을 관리하는 직원이 따로 존재했고, 라크라운드 역사상 최고가의 보석 보험료가 걸려 있었다.

하녀 셋이 붙어서 티아라를 완벽하게 올리고 고정했다. 마지막으로 관리원이 잘 고정된 것을 확인한 후에야 하녀들이 모두 손을 뗐다. 젠이 자신의 아름다운 작품을 매우 만족스럽게 바라보며 말했다.

"전 이제부터 사진사예요. 오늘을 위해서 기술을 익혔죠."

"아, 기대되는구나."

젠이 적성을 찾은 것을 바이올렛이 흐뭇해하고 있을 때 꽃바구니를 든, 키론에서 옆집에 살던 꼬마 리나가 대기실로 달려 들어왔다.

"바이올렛!"

"아, 리나 왔니?"

바이올렛이 손을 내밀어 리나의 손을 잡았다. 젠이 긴 치맛자락을 정리해 주며 리나에게 물었다.

"작은 마님 어때, 리나?"

"오늘은 세상에서 제일 예뻐! 역시 공주님이라서 그런가 봐!"

"정말? 리나의 엄마보다도?"

"응. 오늘만이야. 비밀이지, 바이올렛?"

리나가 묻자 바이올렛이 고개를 끄덕였다.

"그럼. 당연히 비밀이지."

리나가 내민 새끼손가락에 같이 손가락을 걸어 준 바이올렛의 얼굴에 해맑은 웃음이 가득 퍼졌다. 눈꽃을 뿌려 놓은 듯한 바이올렛을 넋 놓고 보던 리나가 얼른 정신을 차리고 제 본분을 떠올려 냈다.

"난 오늘 꽃 뿌리러 왔지, 참. 내가 꽃 골고루 뿌려 줄게."

어른스럽게 말하고 먼저 달려 나간 리나가 귀여워 바이올렛이 젠과 마주 보며 다시 웃음을 터트렸다.

잠시 후 하옐이 들어와 발코니에 단단히 쳐 둔 커튼 앞에 섰다.

"준비되셨죠, 작은 마님?"

"응. 다 됐네."

"자, 그럼 열겠습니다."

하옐이 심호흡하더니 줄을 당겨 커튼을 양옆으로 열었다. 동시에 박수 소리가 들리며 커튼 너머 발코니에 서 있던 윈터와 눈이 마주쳤다.

이상하게도 그 순간, 바이올렛은 눈물이 날 것 같아 입술을 살짝 깨물었다. 그건 윈터도 마찬가지인지 울컥한 표정으로 이를 꽉 악물고 있었다.

머리칼을 말끔히 넘기고 근사한 턱시도를 차려입은 윈터가 손을 내밀었다. 그가 중얼거렸다.

"당신은 나에게 천운이야."

"윈터……."

"내가 이렇게 행복해질 줄이야."

그의 말에 바이올렛 역시 행복한 얼굴로 미소를 지었다. 윈터가 몇 번의 심호흡 끝에 진정을 하고 그녀의 손을 잡아 발코니로 에스코트했다.

두 사람이 계단 위에 서자 중간에 서 있던 리나가 계단에서부터 사제가 있는 곳까지 길게 깔려 있는 새하얀 실크 위로 폴짝폴짝 걸어가며 야무지게 꽃을 뿌렸다. 기자들은 어떤 귀족 가문에도 속하지 않은 아이가 이 대륙 전체의 관심을 받는 결혼식에서 꽃을 뿌리는 것에 대해 열정적으로 받아 적었다.

그사이, 바이올렛이 리나의 야무진 손놀림에 웃음 짓자 윈터가 허리를 숙여 소곤거렸다.

"스파이네 꼬마가 화동 노릇을 톡톡히 하네. 우리 공주님 표정을 이렇게 풀어 주고 가다니."

"그러게 말이에요. 정말 똑똑한 아이예요."

윈터와 나란히 걸음을 옮기던 바이올렛은 정면을 바라보다가 이 두 번째 성대한 결혼식을 축하해 주러 온 사람들을 둘러보았다.

수없이 많은 사람들이 정원에서 박수를 치고 있었다. 대륙에서 내로라하는 귀족들은 물론 사용인들도 일을 잠시 중단하고 전부 버진 로드로 모여들었으며, 칼리본과 알리카 사람들, 카닉사 사람들까지, 아무튼 부부를 축하해 주고 싶은 사람은 누구라도 정원에 들어섰다.

곧 두 사람은 바이올렛이 직접 디자인한 웨딩 아치 아래 섰다. 바이올렛이 감상하듯 버진 로드를 바라보았다. 양옆에 쳐진 울타리에 긴 흰색 리본이 연결되어 있고, 그 줄에 제비꽃이 가득 핀 꽃바구니가 걸려 있었다.

5월의 정원은 향긋하고 눈이 부셨다. 세상 어디에도 없을 아름다운 정원은 이 찬란한 봄. 이곳에 자리하고 있는 것만으로도 로맨틱함이 가슴에 차올랐다.

사제가 있는 곳으로 걸음을 옮기다가 남편을 올려다본 바이올렛이 웃음을 지었다. 그 시선을 느꼈는지 윈터가 아내 쪽으로 몸을 숙여 귓가에 소곤거렸다.

"당신 정말 천사 같아."

"당신도요."

"천사 같아?"

"네."

바이올렛의 말에 윈터가 씨익 웃었다. 사제가 이야기하는 내내 그의 시선은 아내에게서 떨어질 줄을 몰랐고, 하객들은 누구나, 이 눈부시게 아름다운 부부가 행복하다는 것을 알아볼 수 있었다.

❄ ❅ ❄

결혼식이 끝나고 파티가 시작되기 전에 작은 행사가 있었다. 사람들은 저택에서 조금 떨어진, 유인 비행선을 세워 둔 넓은 공터로 몰려 나갔다.

작년 여름, 윈터의 비행 사업은 새로운 국면을 맞았다. 파일럿 하나가 무사히 바다를 건너 옆 대륙에 다녀온 것을 시작으로, 그해 겨울 최초로 관광객들이 탄 비행선이 라크라운드를 한 바퀴 돌고 내려왔다.

오늘 결혼식은 모든 것이 사람들의 관심사였다. 그러니 이만큼 좋은 홍보의 기회를 윈터가 놓칠 리 없었다.

"가방은 전부 직원들에게 맡겨 주시면 감사하겠습니다."

"티스컷가에서 오신 두 분 어디 계신가요! 바로 탑승하세요!"

소란 속에서 사람들이 황홀한 얼굴로 비행선에 올랐다.

결혼식을 진행할 때까지만 해도 바이올렛 부부 역시 비행선을 탈 생각이었다. 그러나 두 사람 다 테오를 바라보기만 할 뿐 잠시 움직임이 없었다.

잠시 후 윈터가 먼저 입을 열었다.

"테오가 비행선을 탈 수 있을 때까진 그냥, 타지 말까?"

"그럴까요?"

바이올렛이 기다렸다는 듯이 되물었다.

테오는 아직 태어난 지 얼마 되지 않아 비행선에 태울 수 없었고, 두 사람은 아이를 여기 두고 비행선에 타고 싶지 않았다. 비행선의 안전을 가장 자신하는 것이 윈터였으나, 그럼에도 혹여나 아이를 세상에 혼자 둘지도 모를 일은 만들고 싶지 않았다.

두 사람 다 비행선을 정말로 좋아했고, 정말로 타고 싶어 했으므로 고민은 마지막까지 이어졌다. 결국 부부는 비행선을 타지 않기로 결정했다.

윈터가 바로 올라가라고 파일럿에게 손짓해 보이고는 중얼거렸다.

"자식 때문에 마음이 약해져서 저런 모험을 포기하다니. 재미없는 어른이 됐군."

"강한 삶의 의지가 생겼으니 좋은 일이네요."

"언제나 긍정적인 부분부터 보시는군요?"

윈터가 짓궂은 얼굴로 대꾸했다.

잠시 후 비행선이 위로 떠올랐다. 윈터가 비행선에 환호하는 사람들 소리에도 깨지 않고 유모차 안에 새근새근 잠들어 있는 테오를 허리 숙여 내려다보며 말했다.

"네 녀석 때문에 우리가 모험을 포기했어. 알아줬으면 좋겠네."

그 말에 바이올렛의 웃음소리가 들리자 윈터가 따라서 입꼬리를 끌어 올리고는 말을 이었다.

"널 위해서 오래 건강하게 살아야 하거든, 우리가."

윈터가 몸을 바로 하자 바이올렛이 그의 손을 꼭 쥐었다. 이어 바이올렛이 손을 당기며 말했다.

"둘째가 있으면 더 좋겠죠?"

"당신이 그렇게 원하니 말릴 수는 없지만, 하나도 기적인데 두 번이 있겠어?"

"노력해 보겠어요."

바이올렛의 또렷한 목소리에 윈터가 웃었다.

"하긴, 끈기는 당신의 장점이지."

윈터는 아내가 얼마나 성실하게 목표를 이루려 할지 벌써부터 두근 거렸으나 애써 침착한 척을 했다.

그리고 이내 서로를 마주 본 두 사람은 목숨을 바쳐도 아깝지 않을 상대와 평생을 함께할 약속을 다시금 맺었다는 사실에 새삼 감격했다.

그들은 생각해 보지 못했다. 스스로가 이렇게 삶에 집착하게 될 거라고는. 그리고 모든 순간순간이 행복으로 가득 차 다음 순간을 기대하는 삶을 살게 될 것이라고는.

비행선은 두 시간 동안 이동하다 다시 제자리로 돌아왔고, 탑승객 모두 황홀함에 푹 빠져 있었다.

"파티하러 가자."

윈터의 말에 바이올렛이 웃으며 대답했다.

"마치 파티를 좋아하는 사람처럼 말하네요. 늘 중간에 도망치면서."

"솔직히, 파티 싫어."

"파티가 수도 없이 열리는 호텔 대표가 파티를 싫어하면 어떡하죠?"

"그러니까 하는 말이지. 나한테 파티는 일의 연장이야."

윈터의 투덜거림에 바이올렛이 웃음을 터트렸다.

"그럼 우리 잠깐만 있다가 들어가서 테오와 놀아요."

"세상에, 그렇게 좋은 생각을 하다니. 우리 아내는 천재인가 봐."

윈터가 짓궂게 말하더니 유쾌하게 웃음을 터트렸다. 그러고는 바이올렛의 허리를 끌어안고 눈꼬리를 휘어 웃으며 말했다.

"사랑해."

그의 말에 바이올렛이 대답 대신 윈터의 목을 끌어안아 입을 맞췄다. 윈터는 야외에서 이렇게 입을 맞춰 오는 아내의 대담함에 어깨를 들썩이고 웃었다. 다른 사람들도 바이올렛이 그런 행동을 한다는 것에 다소 놀랐으나, 오늘은 이 부부의 결혼식이었으므로 다들 유쾌하게 받아들였다.

두 사람은 서로가 믿을 수 없이 다른 사람이라는 사실을 받아들이고 드물게 보이는 공통점에 기뻐했다. 어쩌면 반대여서 그 공통점이 더 반갑게 느껴지는 걸지도 모르겠다고 부부는 생각했다.

부부가 테오, 그리고 첫 번째 생일을 맞은 딸아이 올리비아와 함께 비행선에 탄 것은 그로부터 3년이 지난 후의 일이었다.

외전 1. 종소리

바이올렛의 작위 수여가 늦어진 것은 테오가 막 태어났기 때문이기도 하지만, 내내 이어지는 가뭄 탓이 컸다.

왕실을 해체했다고 해서 왕실이 하던 일까지 한 번에 사라진 것은 아니었다. 바이올렛은 왕실이 해야 했던 일을 분배하느라 테오가 태어난 이후 줄곧 이래저래 수면 부족에 시달리고 있었다.

젠이 바이올렛의 등을 떠밀며 말했다.

"제발 주무세요, 이제."

"이제 한낮인걸?"

"원랜 아홉 시간은 주무시던 분이 도련님 태어나시고 서너 시간도 겨우 주무시잖아요. 이렇게는 안 돼요."

"테오 얼굴 보고 바로 잘게."

"도련님만 보고 바로 나오세요. 대표님께 잡히지 말고요!"

젠이 거듭 강조하는 말에 바이올렛이 그러겠다고 성실히 대답했다.

남편이 안에 있을 텐데, 테오의 방에 노크를 해도 대답이 없었다. 조용히 문을 열고 안으로 들어선 바이올렛의 얼굴에 저절로 미소가 걸렸다.

침대조차 더웠는지 바닥에 깔아 놓은, 윈터가 특별히 신경 써서 제작한 고급 카펫 위에 부자가 잠들어 있었다. 새카만 머리칼에 똑같이 닮은 얼굴로 마주 보고 잠들어 있는 두 사람의 모습에 바이올렛이 작은 소리로 웃었다.

"귀여워라."

그 옆에 잠시 앉은 바이올렛이 윈터의 머리맡에 펼쳐진 육아 수첩을 집어 들었다.

오후 2시 30분, 테오 블루밍 로렌스 낮잠.

매일 뭘 그렇게 열심히 적나 했더니. 육아 수첩에는 테오의 일거수일투족이 꼼꼼하게 적혀 있었다.

즐거운 표정으로 수첩을 넘기던 바이올렛은 이내 윈터가 적어 놓은 긴 메모를 발견하고 손을 멈추었다.

테오, 넌 언제쯤 걷고 언제쯤 뛰어 다닐까. 너와 산책하고 싶은데 얼마나 기다리면 되려나. 난 사냥을 해 본 적이 없는데 넌 좋아하면 어쩌지. 지금이라도 배워 둬야 하나. 넌 뭘 좋아하게 되고 뭘 싫어하게 될까. 내가 도련님으로 자라 본 적이 없어서 널 이해하지 못하면 어떡하지. 혹시 내가 모르는 게 있어도 이해해 주겠니? 그런 면은 아내를 닮아야 할 텐데.

윈터가 적어 놓은 걱정과 궁금함과 사랑이 담긴 글씨들이 바이올렛은 사랑스러워 견딜 수가 없었다. 평소라면 육아에 지쳐 잠든 남편을 깨우지 않았겠지만, 오늘은 도무지 견딜 수가 없어 윈터를 와락 끌어안았다.

그러자 윈터가 곧장 눈을 떠서 상체를 일으키더니, 저를 놓으려 드는 바이올렛을 꽉 붙잡아다가 허벅지 위에 앉혔다. 그리고 두 손으로 아내의 허리를 감싸 안으며 물었다.

"왜? 무슨 일 있어?"

자다 깬 낮은 목소리와 갑자기 안 하던 짓을 하는 아내 덕에 걱정으로 좁아진 미간을 기꺼워하며, 바이올렛이 소곤거렸다.

"사랑해요."

"중요한 일로 깨웠네."

윈터가 짐짓 심각한 척 대꾸하고는 금방 느긋하게 웃었다. 한번 이렇게 무릎에 앉혀지면 쉽게 벗어나기 힘들다는 걸 체득한 바이올렛이 윈터의 잠이 다 깨기 전에 몸을 일으키려 했다. 그러나 그 전에 윈터의 팔에 붙들리고, 자다 깬 탓에 느리고 평소보다도 뜨거운 입맞춤을 받았다.

바이올렛이 금방 제 치마 속으로 들어와 버리는 그의 손목을 잡아채고, 겨우 그의 가슴팍을 밀어냈다.

바이올렛은 남편과의 입맞춤을 정말로 좋아했기 때문에, 이렇게 밀어내는 게 그녀에게도 쉬운 일은 아니었다. 일찍 자라던 젠의 말을 떠올리고 가까스로 남편을 거부해 낸 바이올렛이 얼굴로 또다시 유혹하려 드는 윈터를 흘겼다.

"정말…… 무슨 말을 못 하겠어."

"뭔지 몰라도 당신이 엄청 날 기특해하고 있었어. 뭘 해도 봐줄 표정이었다니까?"

윈터가 핑계 대며 다시 입을 맞추려 들자 바이올렛이 바닥에 떨어
져 버린 육아 수첩을 방패 삼아 집어 들고 그의 품에 안겼다.

"이게 귀여웠어요."

윈터가 그것을 힐끔 내려다보더니 아내를 못 가게 하려고 어깨에 다
시 얼굴을 비비며 말했다.

"열심히 쓸게. 더 귀여워해."

요즘 아내의 출근이 잦았던 탓에 윈터가 온갖 수작을 부리며 그녀
를 잡았다. 그 덕에 바로 잠을 청하려던 바이올렛의 마음도 조금씩
약해졌다.

그래도 다시금 젠의 잔소리를 떠올리며 자리에서 일어나자 윈터도
별수 없이 몸을 일으켰다. 그러고는 포근한 카펫 위에 천사 같은 얼
굴로 잠들어 있는 테오를 안아다가 요람에 눕혔다.

잠시 후 유모가 들어오고, 부부는 테오 방에 바로 붙은 부부의 침
실로 들어섰다. 바이올렛이 바로 누우려는데, 여전히 포기를 못 한 윈
터가 바이올렛의 허리를 두 손으로 부드럽게 감싸 안고 말했다.

"내가 어쩌다 이런 여자랑 결혼할 수 있었을까."

"당신이 공작 작위를 원해서였죠."

일부러 분위기를 깨려 바이올렛이 딱 잘라 말하자 윈터가 기가 차
서 빈정거렸다.

"그것 참 로맨틱한 대답이군."

"어쨌든 그게 맞잖아요."

"알았어. 다시 태어나면 좀 더 운명적으로 나타나지."

"음, 어떻게 나타날 건가요?"

그건 좀 궁금했는지 바이올렛이 묻자 원터가 기다렸다는 듯이 대꾸했다.

"어떻게 할까? 그때도 당신은 공주님으로 태어날 건가?"

"다음엔 당신이 공주로 태어날래요?"

"그러지 뭐."

원터가 짓궂은 얼굴을 하더니 우아하게 손부채질하는 시늉을 했다. 그러자 바이올렛이 웃음을 터트리며 말했다.

"잘하네요. 이제 우리가 몸이 바뀌어도 구분 못 하겠어요."

"전혀. 바뀌는 순간 알아."

"왜죠?"

"당신은 다리를 꼬고 앉지 않잖아."

"그렇게 배웠어요."

"꼬고 앉을 줄은 알아?"

그가 놀리듯 묻자 바이올렛이 원터의 품에서 벗어나 침대에 앉았다. 그러고는 다리를 꼬고 앉아 그를 올려다보았다.

"알아요."

원터가 저도 모르게 침을 삼키고 어깨를 으쓱였다.

"좀 더 해 봐."

"음."

바이올렛이 고민하더니 오른손으로 침대를 짚고 몸을 기울였다. 고개를 조금 숙여 그녀를 내려다보던 원터의 입꼬리가 저절로 올라갔다.

"전혀 나 같지 않은데. 그렇게 앉아 있는데도 신기할 정도로 우아하시군, 우리 공주님은."

"그 정도면 편견이에요."

"옷이 너무 단정한가, 싫기도 하고."

윈터가 편안한 실내용 드레스를 턱짓하자 바이올렛이 살짝 인상을 썼다. 그러거나 말거나 윈터가 손을 뻗어 그녀의 드레스 목덜미에 있는 리본을 풀고, 드러난 그녀의 매끈하고 하얀 목에 입술을 묻어 붉게 자국을 남겼다. 천천히 바이올렛을 쓰러뜨린 윈터가 긴 치마를 걷어 올리며 물었다.

"날 따라 하고 싶은 거야, 아니면 그냥 무례해지고 싶은 거야?"

"둘 다."

"어떡하나, 우리 공주님. 둘 다 실패했는데."

"그런데 왜 이렇게 즐거워 보이는 거죠?"

"귀엽긴 했거든. 야하기도 하고."

윈터가 눈을 마주치고 말하며 아내의 손을 잡아 제 어깨에 올리게 했다. 바이올렛은 타고나길 큼지막한 그의 골격을 만지작거리길 좋아했고, 윈터는 그녀가 본인은 느끼지 못할 고상한 손놀림으로 제 목이며 날개 뼈를 쓰다듬어 주는 것을 좋아했다. 부부의 잘 맞는 부분이었다.

귓불이며 목덜미, 명치를 타고 쓰다듬어 내려가는 윈터의 손길에 움찔거리던 바이올렛이 살짝 눈을 뜨고 입을 열었다.

"정말 이럴 생각이 아니었는데. 육아 수첩 때문에 마음이 약해졌어요. 키스도……."

아내의 솔직한 말에 윈터가 어깨를 들썩이며 키득거리곤 물었다.

"그렇게 약점만 드러내면 어떡해?"

"아…… 그러게요. 비밀로 할걸."

"사업하기는 틀렸어, 우리 공주님은."

윈터가 놀리듯이 말했다. 그 말에 웃던 바이올렛이 윈터의 입술을 쓰다듬으며 말했다.

"있잖아요."

"응."

"당신이 삐딱할 때도 가끔, 야할 때가 있어요."

바이올렛이 솔직하게 말하고, 어떤 반응인가 빤히 윈터를 바라보았다. 그러자 그가 예상외로 웃으며 대꾸했다.

"나도 알아."

"정말?"

"내가 이제 굉장히 예의 바른 사람인데, 가끔 당신 보기 좋으라고 일부러 삐딱하게 구는 거야. 사실."

그의 능청에 바이올렛이 웃음을 터트렸다.

"거짓말쟁이."

"내가 거짓말쟁이여도 사랑하지?"

윈터는 누가 봐도 사랑에 푹 빠진 얼굴로, 장난치듯 물었다. 바이올렛이 망설임 없이 고개를 끄덕이자 그는 행복에 겨워 어쩔 줄 몰라 하며 아내를 끌어안았다.

✳ ❄ ✳

윈터가 출근을 뒤로하고 집에서 행복을 만끽하는 사이, 회사는 바삐 돌아갔다.

비행선 연구소에 스파이가 있었다는 것이 밝혀진 것이었다.

다행히 스파이에 대한 대비가 철저하게 되어 있어 유출 직전에 꼬리가 밟혀 붙잡혔으나, 윈터는 내부에 또 다른 스파이가 있으리라 여기고 연구소 직원 전원을 소집했다.

기밀 유출에 대한 책임이 있는 연구소 직원들은 하옐의 충고에 따라 그나마 윈터가 성질을 누그러뜨릴 곳에서 회의를 준비했다.

윈터의 개인적인 평가로는, 최근 아빠라는 말을 거의 완벽하게 구사하는 아들 테오와 아내가 있는 집이었다.

커다란 폭풍 예보라도 들은 얼굴을 한 직원들이 저택 응접실에 옹기종기 모여 앉아 서로를 마주 보았다.

그중 가장 사람들의 부러움을 사는 것은 바이올렛의 친구이자 키론에서 딸과 함께 이주해 온 직원 핌이었다. 가장 스파이일 가능성이 유력한 것도 연구소의 중요한 전신을 다루는 핌이었지만 윈터는 아내의 친구인 그녀를 결코 닦달하지 않을 것이었다.

"부럽습니다, 핌 씨……."

발명가인 솔린이 울먹이며 핌에게 말했다.

"이상하게 대표님은 제가 아무 말도 안 해도 절 미워하신단 말이죠. 함께 칼리본 광산에도 다녀와 드렸는데 왜일까요……."

"그러게 말이에요. 왜 이렇게 솔린 씨를 구박하시는 건지. 세상에 이렇게 순수한 사람이 어디 있다고. 언제 말실수라도 한 거 아니에요?"

"제가 기억하는 한은 없어요……."

사람들이 모여들었을 때 문이 쾅 열리고 서슬이 퍼런 윈터가 들어섰다. 눈물바다이던 응접실이 개미 돌아다니는 소리가 들릴 듯이 조용해졌다.

뒤에서 서류를 의지하듯 꼭 끌어안은 하옐이 표정으로 미리 윈터가 평소보다도 기분이 안 좋다는 주의를 주었다. 덕분에 응접실에는 아름다운 초가을에 어울리지 않는 살벌함이 흘렀다.

윈터가 두 손바닥으로 쾅 테이블을 쳤다. 그 행동만으로도 저 거대한 체격이 보이는 것 이상의 힘을 가졌으리라는 것은 어렵지 않게 짐작할 수 있었다.

"기회를 줬는데도 한 놈도 자수를 하지 않더군."

응접실 안에 침묵이 흐르자 윈터가 고개를 삐딱하게 기울이며 말을 이었다.

"됐어. 이제부터 하나씩 족치면 나오겠지."

"저, 저는 죄가 없습니다, 대표님!"

솔린이 번쩍 손을 들고 말했다. 그 말을 듣자마자 윈터가 걸어가 멱살을 잡아 쥐자 하옐이 기겁해서 달려가 그의 팔에 매달렸다.

"대표님! 가까운 곳에 작은 마님과 도련님이 계신다는 것을 잊지 말아 주세요!"

하옐이 필사적으로 말린 탓에 윈터가 멱살을 놓았다. 눈물을 글썽거리는 솔린을 밀치고 돌아선 윈터가 말했다.

"지금부터 한 사람씩 돌아가면서 면담할 테니 그런 줄 알아."

"대, 대표님, 그럼 퇴근은……."

발명가 중 하나인 세라의 말에 윈터가 테이블을 걷어찼다.

"이 망할 발명가 놈들은 왜 하나같이 눈치가 없어? 싹 다 손잡고 나가게 해 줄까?"

"그, 그럼 제 대출금은!"

"닥치란 소리잖아!"

윈터가 성질이 돋아 버럭 소리쳤을 때, 멀리서 아기 우는 소리가 들렸다. 그 소리가 들리자마자 눈이 커진 윈터가 정신없이 테오의 방으로 달려갔다.

먼저 도착한 바이올렛이 제 목을 끌어안고 서럽게 우는 테오를 토닥이며 달래고 있었다. 바이올렛이 윈터를 보더니 아들에게 말했다.

"테오, 아빠 왔네. 아빠한테 갈까?"

그러자 엄마 품에서 살짝 울음을 그친 테오가 윈터 쪽을 보았다가, 바이올렛에게서 내려와 그쪽으로 아장아장 걸어갔다. 그런 테오를 기특하게 바라보던 윈터가 곧 아이를 안아 들었다.

"우리 아들 놀랐어? 아빠가 미안해."

윈터가 언제 성질을 부렸냐는 듯이 다정다감한 얼굴로 달랬다. 윈터가 한참을 달래 주고서야 울음을 그친 테오는 하고 싶은 말이 많았는지 열심히 옹알이를 했다.

"아맘."

"아냐, 난 아빠야. 아빠, 해 봐. 아빠."

"빠!"

"그래, 그래. 아빠 여기 있어."

윈터가 바로 칭찬해 주고 흐뭇해하며 바이올렛을 돌아보았다.

"당신도 들었지? 아빠라고 하는 거. 우리 아들은 천재야."

그의 확신에 찬 모습에 바이올렛이 웃음을 터트렸다.

유모가 다시 테오를 데려가려는데 아이가 칭얼거렸다. 결국 아들에게 한없이 약한 윈터가 아이를 돌보기로 했다.

윈터는 모든 직원을 응접실에 가둬 두고 하옐에게 우선적으로 스파이일 가능성이 큰 직원을 색출하게 했다.

심문할 대상을 골라내는 것을 기다리는 동안, 윈터는 제 집무실에도 설치되어 있는 아기 침대에 테오를 앉혔다. 그러곤 멀리 떨어진 곳에 다리미판을 두고 아들의 손바닥만 한 손수건들을 다리기 시작했다.

다행히도 스파이 문제로 머리끝까지 올랐던 짜증은 취미 생활과 동시에 조금씩 녹아내리기 시작했다. 특히나 개중에서도 테오가 유난히 좋아하는 분홍색 테두리 선이 있는 하얗고 보들보들한 손수건을 다릴 때는 흐뭇한 표정까지 지었다.

"사내 녀석이 이렇게 귀여운 손수건을 좋아한단 말이지. 뭐, 네가 원한다면 이 방도 이런 색으로 바꿔 주지. 넌 내 아들이니 하고 싶은 건 다 하고 살 수 있어. 물론 바이올렛이 반대하는 건 안 되지만 말이야."

그가 말을 걸면 테오는 무슨 말인지 몰라도 일단 신이 나서 까르륵 웃으며 박수를 쳤다. 그 사랑스러운 웃음소리에 윈터는 다리가 풀려 휘청거렸다.

"아, 어떻게 저렇게 귀엽지?"

손수건을 다 다려 마음의 안정을 찾은 윈터가 위험한 것들을 싹 치운 후, 바이올렛 몰래 주머니에 접어 숨겨 놓았던 종이를 펼쳤다. 그리고 아들에게 가서 펼쳐 보이며 말했다.

"이것 봐. 커다란 요트야. 4층짜리지. 객실 열 개에 수영장도 있어."

"아브!"

테오가 뭔지도 모르고 좋아하자 윈터가 침착하게 조기 교육을 시작했다.

"지금 수주를 맡겼으니 네가 세 살 정도 되면 완성될 거다. 그래도 우리 집안에 전용 요트 하나는 있어야지. 너희 엄마는 요트 여행의 즐거움을 아직 잘 모르지만 생기면 알게 될 거야."

바이올렛은 윈터가 블루밍 로렌스 가문 소유의 요트를 제작 중이란 것을 알았지만 그게 자신의 상상을 초월하는 가격인 줄은 모르고 있었다. 게다가 그 요트에 제 이름이 붙게 될 거라는 것도.

윈터는 나중에 들켜서 혼날 것을 걱정해 테오를 미리 한편으로 만들 예정이었다. 테오가 제 편이라면 바이올렛도 포기하고 받아들일 것이다.

윈터가 흐뭇한 얼굴로 종이를 다시 접어 주머니에 넣었다.

✳ ❄ ✳

바이올렛 역시 그녀의 집무실로 향했다.

오늘은 그녀 역시 손님이 있었다. 더 이상 작위 계승식을 미루면 안 된다며 들이닥친 전 왕실 의전 총괄 담당자, 링어 백작이었다.

왕이 아닌 자가 레클강과 모든 섬의 작위를 받은 것은 초대 백작이었던 올리비아 로렌스 이후 처음이라, 그는 고려할 것들을 산더미만큼 가져왔다.

바이올렛이 돌아오자마자 링어가 재촉하듯 말했다.

"아무리 생각해도 계승식은 왕성 예배당에서 해야 하고, 예배당에는 꼭 왕실 문장을 걸어야 합니다. 로렌스가, 왕실, 로렌스 백작의 문장. 이렇게 세 개의 문장을 걸고 작위 계승식을 하는 건 의전을 넘어 상식이란 말입니다!"

"왕실이 없는데 어떻게 왕실 문장을 건단 말입니까."

"그럼 어떡합니까? 문장은 반드시 세 개를 걸어야 합니다. 반드시. 그러지 않으시면 로렌스가의 선조들께서 찾아오실 겁니다. 올리비아 로렌스께서도요!"

"정작 올리비아 로렌스께서 이 작위를 받으실 때는 왕실 문장을 걸지 않았습니다."

"그야 당시에는 후계자의 견제를 받고 있으셨으니까요!"

"아무튼, 걸지 않았던 건 사실이지요."

의전에 살고 의전에 죽는 링어였으나 바이올렛은 설득하기 어려운 상대였다. 그녀는 예법과 역사에 대해 그만큼이나 잘 알고 있었다. 억지 부리는 것도 아니고, 다 근거가 있으니 말싸움은 끝이 나지 않았다.

링어는 속 터져 하면서도, 모처럼 실컷 의전 이야기를 할 수 있다는 사실에 행복감을 느꼈다. 그래서 모든 걸 빨리 결정하고 싶은 마음과 동시에 최대한 이 회의를 오래 끌고 싶은 모순적인 감정이 들었다.

"좋습니다. 문장은 올리비아 로렌스께서도 걸지 않으신 예시가 있으니 안 걸 수도 있다고 칩시다. 하지만 새벽의 종은 반드시 거셔야 합니다."

새벽의 종은 라크라운드 왕의 상징이었다. 새 왕이 즉위하면 그 왕을 위한 문장을 만드는데, 그 모든 문장에 이 새벽의 종이 그려져 있었다. 그러나 그 종은 왕실이 해산되며 더 이상 예배당에 걸리지 않게 되었다.

바이올렛이 담담히 대꾸했다.

"새벽의 종이야말로 왕의 상징입니다."

"이렇게 생각해 보십시오, 부인."

링어가 최종 목표였던 이것만큼은 관철시키기 위해 자리에서 벌떡 일어섰다.

"지금 라크라운드에서 가장 강한 힘을 가진 게 누구입니까?"

"음, 생각해 본 적 없는 일이군요. 그동안은 에쉬였을 텐데……."

"윈터 경입니다."

"그렇게 생각하십니까?"

"저뿐만이 아니라 모든 귀족이 그렇게 생각할 겁니다. 나라를 흔들어 박살 낼 수 있을 재력을 가진 데다가 부인을 통해 구석구석 손이 미치지 않은 곳이 없지요. 그런데 그걸 막을 수 있는 사람이 하나 있습니다. 누구겠습니까?"

"그런 사람이 있나요?"

제 남편보다 더 힘이 강한 자가 있다는 소식에 바이올렛이 내심 경계를 비쳤다. 그런 그녀를 어이없어하면서도, 링어가 말을 이었다.

"바이올렛 부인이십니다."

"제가요?"

"예! 국민의 압도적인 지지를 받고 있는 게 바로 부인이시란 말입니다. 라크라운드 역사상 최초로 세 명의 평민이 의정 활동을 시작한 이후로는 이 나라를 지켜 줄 왕의 재목이 있는데 왜 왕실을 비워 두느냐는 원성이 하늘을 찌릅니다. 거기에 지금도 그렇지요. 가뭄 드는 지역에 도움을 구하러 다니시느라 계승식을 무기한 연기하고 계시지 않습니까. 그걸 라크라운드 사람들이 모를 것 같습니까? 만약 왕이 선출직이라면 부인밖에는 왕이 될 사람이 없지요. 즉! 부인께서 왕실의 문장을 걸든 새벽의 종을 치든 화낼 사람이 없단 말입니다!"

"화를 내지 않는다고 다 해도 되는 건 아닙니다. 왕실은 문제를 일으켰고, 제가 동의했던 건 아니나 에쉬 로렌스가 그 사과의 의미로 왕실을 해산시켰어요. 그 사과의 행동을 손바닥 뒤집듯이 바꿔도 되는 건 아닙니다."

바이올렛이 그렇게 말하고는 차를 한 모금 마셨다.

그 모습을 조금 떨어진 곳에서 보며 젠은 답답함에 가슴을 부여잡았다.

'작은 마님은 고집불통이야!'

작은 마님은 너무 고지식한 사람이었다. 게다가 옆에서 말해 줘도 라크라운드 사람들이 그녀를 얼마나 사랑하는지 실감하지 못하는 것 같았다.

이럴 때 대표님과 몸이 바뀌면 얼마나 좋을까, 싶어졌다. 그럼 대번에 왕실 문장 거는 것을 받아들일 텐데.

젠이 그리 생각하다가 잠시 시계를 확인하고 바이올렛에게 말했다.

"작은 마님, 이제 가뭄 기금 마련 후원 파티에 가서야 해요."

"아, 그렇구나. 고마워, 젠."

시간이 다 되는 바람에 별수 없이 링어가 일어섰다. 그는 하인에게 실크해트를 받아 쓰며 배웅을 나선 바이올렛에게 말했다.

"필히 마음을 바꾸어 주세요, 부인."

"고려하지요."

바이올렛이 부드럽게 인사하고 그를 보낸 후, 파티에 갈 준비를 끝냈다. 그리고 윈터가 있는 응접실로 걸음을 옮겼다.

저녁에 가까워지자 사용인들이 저택 여기저기의 전구를 켰다. 이곳은 윈터가 바이올렛을 그리워하며 보수에 보수를 거듭한 집이었다. 건축 자재며 내부 장식 하나하나 다시 구하기 어려운 좋은 물건들이었다.

화려한 저택의 복도를 걸어간 바이올렛이 응접실로 들어섰다. 그러자 윈터의 집무실과 응접실을 오가던 하옐이 그녀를 반겼다.

"아, 대표님은 집무실에 계십니다. 면담 중이세요."

"그럼 집무실에……."

"아뇨! 아닙니다. 여기 계셔 주세요, 작은 마님."

하옐이 서둘러 말리고 자기가 먼저 집무실로 달려갔다.

바이올렛이 손님들을 돌아보며 눈인사를 하는 사이 핌이 다가왔다.

"바이올렛!"

"아, 핌. 상담은 했소?"

"했어요. 상담하고 바로 가려고 했는데 다들 나더러 있어 달래요. 대표님이 폭발하시면 저더러 바이올렛에게 알려 달라고."

"저런."

바이올렛이 안쓰러워하며 이야기를 하고 있을 때, 문이 열렸다. 그 소리에 뒤를 돌아본 그녀가 상대방과 눈이 마주쳤다.

바이올렛보다 서너 살 어려 보이는 여자가 그녀를 바라보더니 무언가 하려던 말을 그만두고 입을 다물었다. 바이올렛이 눈인사를 하자 그녀가 곧 말을 이었다.

"대표님께선 일정 있으셔서 이제부터 상담은 소장님이 하신답니다."

그 말에 응접실에 안도의 한숨이 흘렀다. 그사이, 바이올렛의 시선은 여자에게 고정되어 있었다. 그녀가 쳐다보는 걸 알았는지, 여자가 고개를 옆으로 기울여 다시 인사했다.

그때 턱시도를 차려입은 윈터가 들어섰다. 내내 직원들을 들들 볶던 그는 아내의 손을 잡아 입을 맞추고 말했다.

"드레스 잘 어울리네."

아내에게만 들려주는 윈터의 나긋한 목소리에 응접실 안 직원들이 모두 질색하는 표정을 지었다. 바이올렛이 그 눈빛을 느끼고 서둘러 윈터를 응접실 밖으로 떠밀었다.

"고마워요. 그런데 윈터."

"응."

"마지막에 당신이 상담한 사람은 유력한 가문 사람인 것 같더군요."

"그 전산실 직원? 전혀. 귀족이 아니야."

"하지만 방금……."

바이올렛은 좀 전의 그 직원이 저를 발견하자 하려던 말을 멈추던 것을 떠올렸다. 그것은 왕족에 대한 예의를 어려서부터 배워 온 사람이 무심코 보이는 행동이었다. 지금이야 그렇게 가르치지 않지만, 바이올렛이 어렸을 때까지만 해도 왕족보다 먼저 말을 하는 것을 몰상식하게 여겼다.

그래서 그 설명을 하려던 바이올렛은 순간 속이 울렁거리는 것을 느끼고 인상을 썼다.

그리고 두 사람이 서로를 마주 보았다. 테오가 태어난 이후 처음으로 두 사람의 몸이 바뀌어 있었다.

"뭐야, 또."

윈터가 짜증을 내더니 곧 욕설을 툭 내뱉었다. 제 몸으로 내뱉는 욕설에 어이없어 웃던 바이올렛이 말했다.

"잘됐네요. 확인하고 싶은 게 있었는데."

"뭘?"

"아무래도 그 전산실 직원이 스파이 같아요."

그러자 윈터가 뒤따라오던 하옐을 돌아보며 말했다.

"마지막에 상담한 직원 다시 집무실로 오라고 해."

"주디 씨요? 네, 알겠습니다."

바이올렛의 삐딱해진 말투로 몸이 바뀐 걸 바로 눈치챈 하옐이 태연하게 고개를 끄덕이고 달려갔다. 그러자 윈터가 잽싸게 말했다.

"그럼 내가 후원 파티 먼저 가 있을 테니 당신은 스파이 심문하고 와."

"그 말 하려고 하긴 했는데……."

"나 먼저 갈게. 천천히 와."

왠지 모르게 신이 난 윈터가 달려 나가는 모습에 바이올렛은 하마터면 제 몸으로 뛰지 말라고 소리를 칠 뻔했다.

"말괄량이 같으니라고."

바이올렛이 남편의 뒷모습을 보고 한숨 쉬듯 말하곤 집무실로 몸을 돌렸다. 그녀는 늘 윈터가 답답하다 투정하는 나비넥타이를 풀며 중얼거렸다.

"답답하긴 하구나."

이제는 파티에 도착하기 전엔 넥타이를 안 해도 된다고 허락해 줘야겠다고, 바이올렛은 생각했다.

＊ ✲ ＊

가뭄을 위한 기금 마련 후원 파티는 수도 호텔에서 열렸다.

아무리 아내의 몸에 들어 있는 게 아내 본인이 아닌 자신이라지만, 윈터는 아내가 혼자 파티에 있는 모습을 보이기 싫었다. 덕분에 야근 중이던 부대표 안잘리가 급히 연락을 받고 달려왔다.

안잘리는 지금까지 두 사람의 몸이 바뀐다는 사실을 모르고 있었으나, 몇 번 회사에 윈터 몸을 한 바이올렛이 나타났을 때 큰 위화감을 느낀 바 있었다. 그러므로 그녀는 자초지종을 듣고도 담담하기 짝이 없었다.

"그럼 제 말을 따라 주셔야 합니다, 대표님. 부인의 이미지에 손상 가지 않게."

"까불지 말고 필요할 때만 말해."

바이올렛의 얼굴로 짜증스레 핀잔하는 것에 안잘리는 황당했으나 일단 받아들이기로 했다.

입구에 들어서자마자 안잘리가 가만히 기다리자 윈터가 어쩌란 거냐는 듯 노려보았다.

"⋯⋯숄 주시죠."

"왜? 아, 어."

윈터가 뒤늦게 숄을 풀어 안잘리에게 건네자 그가 한숨 쉬며 숄을 맡기고 돌아왔다. 윈터가 불쾌하다는 듯 말했다.

"내 아내 얼굴 보고 한숨 쉬지 마. 이 천사 같은 얼굴을 보고도 불만이 생겨? 어?"

윈터가 인상을 쓰고 묻자 안잘리는 뭐라 대답해야 할지 몰라 다시 나오려는 한숨을 눌러 참았다. 저 천사 같은 얼굴을 보고도 불만이 생기게 만드는 그의 인성이 놀랍긴 했다.

파티는 수도 호텔 로비를 이용해 열렸다.

이것은 정신없이 뛰어다니는 바이올렛을 돕고자 로렌스 가문 여자들이 준비한 파티였다.

파티에 들어선 윈터는 주변을 둘러보았다. 바이올렛의 몸으로 보는 시선은 겪을 때마다 새로웠다. 윈터는 이것이 동경의 눈빛이라는 걸 매번 새삼스럽게 느끼곤 했다. 간혹, 그는 저도 아내를 저런 눈으로 보고 있을까 봐 두려울 때가 있었다. 사랑 가득한 눈빛이어야 할 텐데⋯⋯.

그리고 그런 눈빛 속에서, 윈터는 블루밍 저택에서 열렸던 파티에서 아내의 몸으로 느꼈던 외로움을 떠올렸다.

그러자 저마저 아내를 외면했던 것에 대한 후회가 다시 그를 서글프게 했다.

그런 감상도 잠시, 제 아내를 넋 나간 시선으로 보는 청년과 눈이 마주친 윈터가 순식간에 욱해서 검지와 중지로 눈을 찌르는 시늉을 하자 안잘리가 다급히 막아섰다.

"제발 부인의 체면을 생각하십시오, 대표님."

"저 자식이 내 아내를 쳐다보잖아. 어오씨, 미친 거 아냐. 왜 얼굴이 벌게져!"

윈터가 발로 차는 시늉을 하려 들자 안잘리가 필사적으로 막아섰다. 안잘리는 전혀 이해가 가지 않았지만 다짜고짜 눈을 찌르겠다 위협하는 윈터의 행동에 매력을 느꼈는지 청년의 얼굴이 정말로 붉어져 있었다.

"대표님! 이러시려고 오신 거 아니잖습니까!"

안잘리가 급한 마음에 언성을 높이자 뒤늦게 자신이 여기 온 이유를 떠올린 윈터가 멈춰섰다.

"하긴 이러고 있을 때가 아니지."

안잘리의 말대로 윈터는 바이올렛이 나타나기 전까지 꼭 하고 싶은 것이 있었다. 그가 빨리 걸어가려 하자 안잘리가 다시 한번 막아 세웠다.

"뛰시면 안 됩니다. 절대로."

"꺼져."

"절대로 안 됩니다. 부인께서는 공적인 자리에서 결코 뛰지 않으십니다."

안잘리가 거듭 말하자 윈터는 그제야 부글부글 끓어 넘치는 성질머리를 꾸역꾸역 밀어 삼키고 후원금을 받고 있는 로렌스가의 청년, 아론 로렌스에게 걸어갔다. 그리고 미리 적어 온 후원금 봉투를 내밀었다.

그것을 열어 본 아론이 멈칫하더니 조용히 말했다.

"······숫자 확인하셨습니까?"

"안 해도 돼."

"경께서 적으셨지요? 누님께서 한번 확인해 보시는 게······."

"내가 적었어. 내가 이까짓 숫자 적는데 누구한테 일일이 허락받아야 하는 사람인가?"

윈터가 부하 직원 다루듯 말하자 아론이 난처한 얼굴로 숫자 판을 돌아보았다.

오늘은 저 거대한 숫자 판을 돌려 후원금을 표시하는 것이 큰 이벤트였다. 결국 아론이 마지못해 후원금 봉투를 상자에 넣은 후, 숫자 판을 돌리기 시작했다.

숫자가 끝없이 올라가기 시작하자 사람들의 시선이 그곳으로 고정되었다. 목표 금액은 순식간에 넘어 버리고, 올해 열린 수많은 후원 파티에서 단 한 번도 보지 못한 숫자가 표시되었다.

모든 사람이 그 숫자를 보고 경악해 행동을 멈췄으나, 아내를 외조하러 온 목표를 마친 윈터는 돌아서며 안잘리에게 짜증스레 말했다.

"배고파. 밥 먹자."

"예, 대표님."

"뭐 귀부인은 먹으면 안 되는 음식이라도 있나?"

"아, 아뇨. 없습니다."

안잘리가 마지못해 대답했다.

그때 저 멀리서 링어 백작이 달려오는 것을 본 윈터가 안잘리의 발을 꽉 밟으며 말했다.

"저 자식은 뛰잖아."

"아주 급한 일이 있으시겠죠. 그리고 남의 발을 밟는 게 예의일까요?"

"예의 아닌 걸 알고도 하고 있으니 내가 지금 얼마나 짜증 났겠어."

그사이 링어가 가까이 와서 숨을 몰아쉬었다.

"결정하셨습니까?"

"뭐. 아니…… 뭘요?"

"새벽의 종 말입니다."

링어가 왜 모른 척하냐는 듯 말하더니, 이내 인상을 썼다.

"부인, 취하셨습니까?"

"왜 그렇게 생각하죠?"

윈터가 아내의 말씨를 흉내 내는 와중에도 공격적으로 묻자 안잘리가 다급히 몸을 돌리게 하며 링어에게 말했다.

"죄송합니다, 부인께서 많이 취하셔서."

그러더니 안잘리가 윈터를 구석으로 데려가 말했다.

"새벽의 종은 왕의 상징입니다. 왕가가 아니라 왕이요. 왕이 즉위하거나, 결혼하거나, 죽을 때 꺼내서 왕성 종탑에 겁니다. 종의 색이 마치 새벽의 하늘 같다고 해서 새벽의 종이지요."

"근데."

"부인의 계승식에 새벽의 종을 올리겠다고 하셨던 거겠죠."

"내 아내는 반대하고?"

"그런 분이시잖습니까."

"아, 내 아내는 다 좋은데 이런 일에 유연함이 없어. 답답해 죽겠네."

"권력욕도 없으시죠. 그리고 더 이상 링어 백작과 대화하는 건 안 좋은 생각입니다."

"왜."

"다른 사람은 다 속여도 의전 담당자는 못 속이니까요. 바이올렛 부인의 몸에 익은 예법들을 링어 백작은 다 눈치챌 겁니다."

그 말에 잘됐다는 듯 윈터가 안잘리의 등을 떠밀었다.

"가서 저 작자랑 얘기하고 있어."

"어디 계실 겁니까?"

"여기가 내 호텔인데 내가 갈 데가 없나?"

윈터가 툭 말하고 휙 멋대로 사라져 버렸다. 그 사나움에 매력을 느낀 청년들의 시선이 아쉽게 그 뒷모습을 따르자 안잘리가 황당함에 혀를 찼다.

✾ ❆ ✾

바이올렛은 다시 집무실로 불려 온 전산실 직원 주디를 물끄러미 바라보고 있었다. 남편을 흉내 내 다리를 꼬고 의자에 삐딱하게 기대 앉아 상대방을 대하려니 괴로운 기분이 들었다.

바이올렛이 겁먹은 표정으로 서 있는 주디를 향해 입을 열었다.

"어느 가문 사람이지?"

"펠스요."

"이력서에는 수도 사람이라고 쓰여 있는데."

"네. 기차역 근처예요."

"으음."

바이올렛이 몸을 일으켰다. 그리고 서랍을 열어 하옐이 가져다준 시가를 꺼냈다.

"긴장한 것 같네. 시가라도 줄까? 난 안 피우지만 아내 것이 있어서."

"주세요."

"시가를 피우는 모양이지?"

라크라운드에서 시가는 대부분 귀족들이 피웠다. 하다못해 이렇게 막대한 돈을 벌어들인 윈터조차 귀족 가문에서 태어나지 않아 배울 기회가 없어 피우지 않았다.

그녀의 질문에 주디가 곧 태연한 얼굴로 대답했다.

"아뇨, 그냥 궁금해서요."

"그러시면 뭐."

바이올렛 역시 담담히 대답했다.

주디는 대표가 몸을 돌렸을 때 입술을 힘주어 물었다. 평소 그녀가 알던 윈터 블루밍은 다혈질이고, 예법을 귀찮아하는 사내였다. 그러던 그가 정중한 태도를 보이자, 무슨 수작인가 싶은 생각이 들었다.

바이올렛이 다가와 불붙인 시가를 내밀었다. 주디가 시가를 받아 들고 서툰 척하는데 바이올렛이 돌아보며 말했다.

"마실 건? 긴장도 풀 겸. 술도 좋고. 아니면……."

"전 커피를 주세요."

북부 사람.

바이올렛은 확신했다. 북부 사람들은 커피를 마시며 시가를 피우는 것을 즐겼다. 예전에 북부에는 커피가 매우 귀했으므로, 구하기 어려운 시가는 구하기 어려운 커피와 즐기는 것이 적합하다 여겼던 것이다. 북부에 스파이짓을 할 귀족 가문이라면 단 한 가문뿐이었다.

바이올렛이 문을 열자 앞에 서 있던 하옐이 소곤거렸다.

"대표님께선 필요한 거 있음 그냥 버럭버럭 소리치시는데요, 작은 마님."

그의 말에 저도 몰래 미소를 띤 바이올렛이 주디에게 들릴 정도의 목소리로 말했다.

"레위 가문의 가계도를 가져다주겠나?"

"레위 가문이요?"

하엘이 대답하는 순간, 주디가 벌떡 일어나더니 곧바로 도망치기 위해 창으로 달려갔다. 그러나 그보다 빠르게 바이올렛이 달려가 그녀의 팔을 붙잡았다. 바이올렛은 윈터의 몸이 가진 빠른 반사 신경과 움직임에 놀라며, 다른 한 손으로 열려 있던 창을 닫았다.

"하엘, 경관을 불러 주게. 아, 그리고 귀족 아가씨를 오래 붙잡고 있을 순 없으니 하녀들도."

"네! 대표님!"

작은 마님이 심문으로 스파이를 찾아내자, 하엘이 들뜬 얼굴로 달려 나갔다.

주디가 신경질적으로 팔을 빼 보려 애쓰다가 포기하고 물었다.

"어떻게 알았죠?"

"시가와 커피를 같이 한다고 해서."

"대표님은 그런 거 모르잖아요!"

"요즘 아내에게 배우는 중이라."

"그럼 알겠네요, 숙녀의 신체를 이렇게 힘줘서 잡으면 안 된다는 걸!"

그녀의 말에 바이올렛이 미간을 좁혔다.

"잘못해 놓고 빠져나갈 구실로 예법을 이용하지 말게. 그건 다른 숙녀분들께도 무례한 발언이니."

그 단호한 대답에 주디가 멈칫했다.

정말로 이상했다. 그녀가 알던 그 무례하고 성질 더러운 윈터 블루밍이 아니었다.

잠시 후 하녀들이 와서 주디가 도망치지 못하게 집무실 창과 문을 막아섰다. 그제야 바이올렛이 주디를 데려다 의자에 앉히고 놓아주자 그녀가 불만스러운 표정을 지었다.

바이올렛이 그녀를 바라보며 물었다.

"레위 가문에 비행선 기술이 왜 필요하지?"

"강한 군대가 강한 라크라운드를 만들 테니까요."

"레위 가문은 강한 군대를 만들어 파는 가문으로 알고 있는데."

과거에는 용병, 지금은 군수 사업을 통해 부를 누적한 것이 레위 가문이었다. 바이올렛이 말을 이었다.

"군수품을 사 줄 것이 약속되어 있지 않다면 레위 가문에 비행선 기술이 필요하지는 않을 것 같군."

"자기만족이라는 게 있잖아요."

"군수품을 어디에 팔 생각이었는지 알고 싶은데."

"안 팔아요."

"주디 양."

"왜요."

"카닉사는 분명히 정보를 빼돌리려 한 대가를 레위 가문에 물을 거야. 막대한 금액이 될 것이고, 레위 가문이 할 수 있는 일은 둘 중 하나가 되겠지. 배상금을 물거나, 자네를 경찰에 넘기거나. 레위 가문 정도의 가문에서 범법자가 나오게 할 순 없을 테니 배상금을 물려 하겠지."

"……"

"그렇다면 자네 입장에서는 아무래도, 그 배상금을 나눌 사람이 있는 편이 좋겠지."

주디는 윈터 블루밍의 예의 바른 말씨와 거만한 눈빛에 오싹해지는 기분을 느꼈다. 이 남자가 진작 이런 모습이었다면, 자신은 이 회사에 잠입한 날부터 짝사랑에 앓았을지도 모르겠다고 생각했다.

한동안 입을 열지 않으려 하던 주디는 저를 가만히 바라보며 기다리는 상대에게 큰 압박을 느꼈다. 게다가 지금의 상대는 바른 자세로 불필요한 움직임 없이 서 있어, 조금도 틈이 없는 것처럼 느껴졌다.

한참이 지나서, 주디가 입을 열었다.

"언니가…… 에쉬 로렌스와 결혼을 하기로 했어요."

예상했으나, 떠올리고 싶지 않았던 이름에 바이올렛이 멈칫했다.

미리 예상했던 것처럼, 마약 거래 정도로 에쉬를 처벌하는 건 불가능했다. 바이올렛 부부가 꽤 애를 먹었음에도 에쉬에게는 가택 연금 정도의 처벌이 내려졌다. 주디가 말을 이었다.

"군수품을 사 주기로 했죠."

"강한 군대가 강한 라크라운드를 만들 거라면서?"

주디가 한 말을 그대로 묻자 주디가 고개를 끄덕였다. 바이올렛이 이내 미소를 지으며 말했다.

"계약이 깨지게 생겼군."

"비행선 기술이 없다고 레위 가문에서 군수품을 못 만드는 건 아니에요."

"라크라운드는 의회가 움직여. 에쉬 로렌스 마음대로 군수품을 사고팔아선 안 되네."

"하지만!"

"하지만 같은 건 없어."

바이올렛의 냉정한 대답에 주디가 말문이 막혀 입술을 잘근잘근

물었다. 그리고 곧 분노가 역력한 눈으로 말했다.

"그렇다면 레위 가문은 결코, 에쉬 로렌스를 가만두지 않을걸요."

"……나쁘지 않은 소식이군."

"뭐라고요? 바이올렛 부인께서 들으시면!"

"기뻐하겠지."

"……."

"분명히, 기쁠 거야."

바이올렛이 그렇게 말하고는 미소를 지었다.

주디는 말문이 막혀 더 이상 아무 말도 못 하고 팔짱을 끼고는 휙 고개를 창으로 돌렸다. 바이올렛은 경관과 함께 온 하엘 쪽을 확인하고, 곧 주디에게 정중히 인사했다.

"먼저 실례하겠습니다, 주디 레위 양."

바이올렛은 후원 파티에서 남편을 구출해 주기 위해 곧장 걸음을 옮겼다.

후원 파티에 도착한 바이올렛은 저 끝까지 올라가 있는 후원금에 눈이 동그래졌다. 어쩐지 급하게 후원 파티에 먼저 가 버리더니만…….

바이올렛은 안잘리가 알려준, 윈터가 있는 스위트룸으로 들어섰다. 그 안에서 그녀는 열린 창문 앞으로 끌어다 놓은 테이블 위에 다리를 꼬고 앉아 있는 자신의 몸을 발견했다. 드레스가 불편했는지 다 벗어 버리고 실크로 된 잠옷을 입고 슬리퍼만 대충 발에 걸쳐 놓고 있는 모습이 매우 바이올렛을 당황시켰다.

"거기서 뭐 해요?"

"술 마시고 싶은데 당신 몸이라 참는 중이야."

윈터가 괴로운 목소리로 말하더니 훌쩍 내려서서 물었다.

"스파이는 어떻게 됐어?"

"레위 가문에서 보냈더군요. 바로 경관들을 불렀어요."

"그래? 큰일 했네."

"가계도를 보니 레위 가문 둘째딸을 보냈더군요."

"알아 달라고 몸부림치는데 내가 몰라줬네."

윈터가 어이없다는 듯 말했다. 그런 그를 바이올렛이 걱정스레 바라보자, 윈터가 핀잔했다.

"회사 걱정은 회사가 알아서 할 거야. 걱정하지 마."

"회사 걱정이 아니고, 당신 걱정이에요."

"그럼 좀 더 하고."

윈터가 바로 말을 바꾸자, 바이올렛이 걱정을 잠시 내려놓고 웃음을 지었다. 그녀가 말을 이었다.

"그리고 어쩌면…… 에쉬의 신변에 큰 문제가 생길 수도 있겠어요."

"그거 재미있는 소식이군. 자세히 들려줘."

그리 말하며 윈터가 의자를 당기려 하자, 바이올렛이 저도 모르게 불편한 기색을 보이며 제가 의자를 당겨 주었다. 그 모습에 윈터가 혀를 차더니, 팔짱을 끼고 서서 고개를 삐딱하게 기울이고 말했다.

"우리 몸 바뀐 상태로 같이 누운 적 없지, 공주님?"

"한 번도 없죠."

"당신 아까 헤어질 때 잘 다녀오라는 키스도 안 해 줬어."

"……내 얼굴에 하고 싶지 않아요."

"나도 그래. 하지만 당신이니까 한번 해 볼까."

"음."

두 사람 다, 상대가 사랑하는 사람이란 걸 알아도 본인 얼굴에 입 맞추기가 영 껄끄러웠다. 한참 고민을 거듭하던 바이올렛이 고개를 조금 숙여 부드럽게 입을 맞춰 보았다. 그러더니 곧 중얼거렸다.

"그렇게 나쁘진 않네요. 몸이 바뀌어도 내가 사랑하는 상대란 건 변함없으니까."

윈터 역시 동의한다는 듯 고개를 끄덕였다. 그때 바이올렛이 잠시 생각하더니 팔을 뻗어 제 가슴을 손으로 감쌌다. 그러자 깜짝 놀란 윈터가 그 손을 밀치며 물었다.

"이게 무슨 끔찍하게 문란한 짓이야?"

"내 몸이잖아요."

"지금은 내가 가지고 있잖아."

"가슴에 큰 의미를 부여하지 말아요."

"아니, 지금 이 상황에서 그게…… 그보다 왜 아직도 몸이 안 바뀌는 거지?"

"늘 때 되면 바뀌었잖아요. 기다려 봐요."

"당신한테 키스하고 싶은데 내 얼굴은 싫어!"

윈터가 버럭 소리쳤다. 그러나 그가 당황하는 게 바이올렛은 그냥 좀 재미있는 상황 정도의 느낌이었다. 그것이 희미하지만 웃음으로 드러났는지, 괜스레 욱한 윈터가 빈정거렸다.

"웃었지, 지금? 당신 몸이니까 옷 벗어도 전혀 문란해 보이지 않겠군."

"당신이 부끄러울 것 같은데."

"벗은 건 당신인데 내가 왜 부끄럽겠어?"

윈터가 놀리듯 말하더니 창문을 닫고 커튼으로 가린 뒤, 입고 있던 바이올렛의 잠옷을 휙 벗어 던졌다.

처음엔 다소 인상을 쓰던 바이올렛이었으나, 어쨌든 자신이 벗은 건 아니니 큰일도 아닌 것으로 느껴졌다.

바이올렛 역시 몸을 일으키더니 헐벗은 제 몸으로 다가갔다. 그리고 윈터가 종종 하듯이 목덜미에 입술을 대는 순간, 윈터가 기겁하며 뒤로 물러섰다. 그러자 바이올렛이 평소처럼 우아한 미소를 지으며 물었다.

"이제 당신이 내 몸에 입 맞출 때 어떤 기분인지 알겠어요?"

"전혀."

"못된 짓을 하는 기분이에요."

그 대화를 끝으로 두 사람은 서로를 물끄러미 마주 보고 있었다. 보이는 것은 제 몸이어도 명백히 다른 사람이었다.

둘은 늘, 상대의 영혼이 있을 때의 제 몸을 여느 때보다 훨씬 매력적으로 느꼈다.

✳ ❄ ✳

다음 날 아침, 예상 못 하게 스위트룸 침대 위에서 눈을 뜬 두 사람은 상체를 일으키고 앉아서 잠든 사이 원래대로 돌아온 상대를 바라보며 헛웃음을 지었다. 윈터가 두 손으로 얼굴을 가리고 말했다.

"당신이라도 이성이 있어서 다행이야. 미친 짓을 할 뻔했어."

"……정말 내가 미쳤었나 봐요."

"이상하게, 분명히 내 몸인데 당신이 들어 있으니까…… 하고 싶더라고."

바이올렛이 고개를 끄덕거렸다. 조금이라도 이성이 있는 바이올렛이 필사적으로 말리지 않았다면 그대로 잠자리를 할 뻔했다.

윈터는 전날의 성욕이 그대로 몸에 쌓여 깊게 한숨을 쉬며 침대에서 내려섰다. 그의 상태를 직접 경험하여 알게 된 바이올렛이 힐끔 남편을 보았다. 그러더니 흘러내린 머리칼을 쓸어 한쪽 어깨로 넘기며 입을 열었다.

"윈터."

그녀 쪽으로 고개를 돌렸던 윈터는 바이올렛의 표정과 눈빛에 이끌리듯 앞으로 걸어갔다. 그리고 침대 위에 걸터앉은 그녀의 발치에 무릎을 꿇고 올려다보며 물었다.

"왜 그렇게 봐?"

"어떻게 봤는데요?"

"무릎 꿇으라는 표정으로."

윈터가 농담처럼 말하고는 바이올렛의 다리에 바짝 붙어 앉았다. 그러자 바이올렛이 손을 내밀어 남편의 턱을 감싸 고개를 조금 들게 했다.

손질하지 않은 머리칼이 흐트러진 그의 얼굴이 눈부시게 아름답다고 생각했다. 바이올렛은 저도 모르게 손가락으로 남편의 긴장한 턱을 문질렀다. 그녀가 엄지로 입술을 누르자 윈터가 순순히 입을 열었다. 바이올렛이 중얼거렸다.

"오늘따라 말을 잘 듣네요."

"오늘이 아니어도 난 당신이 시키는 건 무엇이든 할 거야."

윈터가 대답하며 아내의 두 발을 양손으로 붙잡았다. 제 커다란 손에 폭 감긴 발을 만져 보던 윈터가 그것을 허벅지 위에 올려놓았다.

바이올렛은 제 발에 닿아 있는 대로 흥분한 윈터의 몸에 당황해 눈을 감아 버렸다. 그래도 그녀가 피하지 않으니, 윈터는 아내의 발등을 손으로 움켜쥐고 허벅지 위를 천천히 문질렀다.

바이올렛은 피가 빠르게 돌아 쓰러질 것 같은 기분이 들어 윈터에게서 손을 떼고 침대 시트를 꼭 쥐었다. 그리고 눈이 마주치자 침대로 올라오라고 옆을 톡 건드렸다. 윈터가 기다렸다는 듯 달려들자, 바이올렛은 그가 꼭 훈련이 잘 된 사냥개 같다는 생각을 했다. 남편에게는 비밀이었다.

✳ ✻ ✳

침대 위에서 오전 시간을 보내고 점심까지 먹은 후에야 부부는 저택으로 돌아왔다. 그사이 잠에서 깬 테오와 느긋하게 시간을 보내고 나서, 윈터는 스파이 건을 마무리하기 위해 응접실로 향했다.

스파이가 하나 더 잡히긴 했지만 그렇다고 심문하지 않은 나머지를 풀어 줄 수는 없었다. 응접실에는 다섯 명의 연구원이 남아 있었다.

윈터의 얼굴이 보이기 무섭게 연구원들이 긴장한 표정을 지었다. 그중 발명가인 솔린이 말했다.

"대표님, 전 정말 레위 가문과 아무 연관이 없습니다!"

"알아. 네놈은 전혀 상관이 없더라."

"예? 근데 왜 아직도 집에 못 가게 하시는 건가요!"

윈터가 진지한 얼굴로 솔린의 어깨에 손을 올리며 말했다.

"너는…… 그냥 내가 안 좋아해."

"왜요!"

"눈치가 없잖아!"

"아닙니다! 저 눈치 있습니다!"

"심지어 자기가 눈치가 없는 것도 모르잖아, 네놈은! 당장 꺼져!"

"앗, 넵."

퇴근 소식에 갑자기 눈치가 빨라진 솔린이 잽싸게 짐을 챙겨 도망쳤다. 혀를 찬 윈터가 남은 네 명을 바라보며 말했다.

"넷은 왜 남았는지 알지?"

그의 질문에 네 사람 다 한숨을 푹 쉬었다. 남고 보니 보안 책임 직원들이었다.

"죄송합니다, 대표님."

"스파이가 있는 걸 몰랐습니다……. 주디는 정말 열심히 일하는 평범한 녀석으로 보였습니다."

넷이 울상이 되어 사과하는데 윈터가 입을 열었다.

"보안 책임 직원들도 못 찾는 걸 내 아내가 찾았어. 네놈들 해고 안 당하는 건 다 내 아내 덕인 줄 알아."

"네! 다음에 따로 감사의 편지 드리겠습니다!"

"그러든지. 그리고 우리 아내가 말이야."

그가 곧 제 아내 자랑을 은근슬쩍 늘어놓기 시작했다.

스파이 잠입을 찾아내지 못한 죄로 네 명의 보안 책임 직원들은 그로부터 한참을 더 윈터의 아내 자랑을 듣고 서 있어야 했다.

마차에 탄 바이올렛이 신문을 펼쳤다.

카닉사에서 레위 가문에서 보낸 스파이를 색출하다.

그녀가 신문에 있는 기사 절반 정도를 읽었을 때, 마차가 에쉬가 살고 있는 하구 근처의 별장에 도착했다. 이곳은 원래 바이올렛 가족의 소유로, 지금처럼 더운 시기에 지내던 별장이었다.

어릴 때 부모님과의 추억이 그리 많은 것은 아니나, 바이올렛이 가진 좋은 추억들은 전부 이 집에 있었다. 언제나 슬픈 표정이던 아버지가 잠시 모든 것을 잊은 것처럼 해변에 앉아 책을 읽던 곳이었고, 어리던 바이올렛이 주워 온 조개를 보며 어머니가 잠깐이나마 웃음 짓던 곳이기도 했다.

늦은 밤, 그녀가 도착하자 별수 없이 응접실에 격식을 갖추고 나와 앉은 에쉬가 짜증이 솟구친 표정으로 물었다.

"여긴 왜 왔어?"

그러자 바이올렛이 모든 인사를 생략하고, 곧바로 물었다.

"레위 가문 사람과 결혼할 생각이라며."

"눈치가 빨라졌군. 안 그래도 이제 날짜를 잡으려고."

에쉬의 태연함에 바이올렛이 잠시 침묵하자 그가 말을 이었다.

"이거야말로 나라를 위한 거지. 군수 사업을 하는 가문과 결혼하는 게."

"무기를 팔 생각부터 하는 가문이야."

"누가 전쟁이라도 하자고 했어? 국방을 튼튼하게 하자는 거잖아."

"네가 뒤를 봐준다는 전제하에. 그건 그저 비리일 뿐이야."

바이올렛의 말에 에쉬가 픽 웃더니 대답했다.

"튼튼한 군대를 가지는 걸 반대하는 사람은 없어. 네가 빚을 갚으려고 결혼한 것처럼 나도 튼튼한 군대를 가지기 위해서 결혼을 하는 것뿐이야. 칭찬받을 일이지."

"힘을 얻으려는 거잖아."

"'결혼을 통해서' 힘을 얻으려는 거지. 아무 능력 없이 남편 도움으로 부유하게 살고 있는 너처럼."

에쉬가 빈정거렸다.

바이올렛은 와인을 들이켜는 에쉬를 물끄러미 바라보다 입을 열었다.

"널 믿고 레위 가문에서 당당하게 스파이짓을 했구나."

"그 좋은 기술을 사업가가 돈 버는 일에만 쓰는 건 이기적인 일이야."

그의 말에 바이올렛이 저도 모르게 실소했다. 그러더니 에쉬를 똑바로 바라보며 말했다.

"평소처럼, 도둑질을 해 놓고도 뻔뻔하네."

"도둑질이란 건 인정하겠지만, 필요한 도둑질이었지."

에쉬가 예상했다는 듯이 대꾸하자 바이올렛이 미간을 좁히며 물었다.

"그게 왜 너에게 필요하지?"

"방금 말했잖아. 튼튼한 군대를……."

"그러니까, 네가 신경 쓸 일 아니야. 그건 의회가 결정할 일이고, 만약 우리 둘 중에 누군가가 그 문제를 신경 써야 한다면 그건 네가 아니야."

"아무리 왕실이 해체되었어도 나는!"

"만약 아직도 왕좌가 존재한다면 그건 내 거야."

바이올렛의 말에 에쉬가 말을 멈췄다. 그녀가 거만하게 들리는 목소리로 말을 이었다.

"의회도, 어머니도, 시민들도 그렇게 결정했지. 내가 나의 계승식에서 왕가의 문장을 걸지 않고, 새벽의 종을 울리지 않는다고 해도, 내가 그 사실을 모르는 건 아니야."

"······."

숨이 거칠어지면서도 에쉬가 대꾸를 하지 못하자 바이올렛이 몸을 일으켰다.

"결혼은 축하해. 새벽의 종을 꺼낼 생각이었지?"

"······안 된다고 할 거지?"

"다행이구나. 이제 내 허락이 없으면 안 된다는 걸 이해한 게지."

그녀가 그렇게 말하고 자리에서 돌아섰다. 손을 부들부들 떨던 에쉬가 들고 있던 와인을 벌컥벌컥 들이켰다.

그때 바이올렛이 다시 돌아서며 말했다.

"그보다 레위 가문의 화를 풀 방법을 생각해 두는 게 좋을 거야."

"무슨 소리야?"

에쉬가 신경질적으로 묻자 바이올렛이 담담히 말을 이었다.

"레위 가문에서 보낸 스파이가 기술을 빼내려 했으니 남편은 레위 가문에 큰 배상금을 물릴 거야. 내가 알기로 카닉사 사람들은 손해를 보는 일에 절대로 무르게 굴지 않거든."

뒤늦게 그 사실을 깨달은 에쉬의 얼굴이 하얗게 질렸다.

만약 그가 레위 가문으로 하여금 배상금만 물게 하고, 그들의 군수품을 라크라운드군이 사들이게 하지 못한다면, 바이올렛이 블루밍 가문에서 겪었던 것과 다름없는 사기 결혼의 당사자가 될 것이 분명했다.

✳ ❄ ✳

다음 해 봄, 에쉬의 결혼식이 있었다.

에쉬는 사색이 되어 결혼식을 치렀고, 레위 가문의 분위기는 영 좋지 않았다.

레위 가문의 가주, 허셔 레위는 굳은 얼굴로 윈터에게 악수를 청했으나 무시당했다. 결국 허셔는 제 인사를 거부하지 않을 바이올렛에게 고개를 숙였고, 이어서 그녀가 악수를 청했다.

그녀가 내민 손을 잡은 허셔가 말했다.

"카닉사에 폐를 끼쳤군요."

"의도하신 일이니 예법 어긴 정도라는 듯이 무마하시려 들면 안 됩니다."

대대로 거구인 레위 가문의 가주는 곰처럼 커다란 덩치를 가지고 있었다. 그런 허셔 앞에 선 마님이 걱정스러웠던 카닉사 직원들이며 경호원들이 하나씩 걸어와 그녀를 에워쌌다.

허셔는 그녀를 따르는 자들에게 위협을 느끼며 입을 열었다.

"제 딸이 국외 추방을 당하게 할 순 없으니, 충분히 배상금을 드리지요."

"그건 남편과 이야기하세요."

"아니요, 부인과 할 이야기입니다. 알고 계시겠지만 이제 곧 오라버니 되는 분께서 우리 가문에 데릴사위로 오게 될 텐데…… 아무래도 배상금은 신랑과 신부의 가문에서 나눠 내야 하지 않겠습니까?"

그 말에 잠시 바이올렛이 대답이 없자, 허셔가 기회를 잡았다는 듯한 얼굴로 말을 이었다.

"앞으로 우리에게 이익이 없다면 이 결혼은 사기 결혼이나 다름없지요. 부인께서도 그게 얼마나 상대 가문을 화나게 하는지 경험하셨잖습니까."

"그렇게 되었군요."

바이올렛이 고개를 끄덕였다. 그때 옆에서 가급적 아내의 말에 끼어들지 않으려 할 말을 참던 윈터가 결국 입을 열었다.

"그 자식이야 댁에서 죽이든 살리든 우리 알 바 아니라고 생각하는데."

"경, 이게 무슨 무례입니까."

"무례 좋아하네."

윈터가 인상을 쓰고 말을 이었다.

"사기 결혼이라니. 이건 경우가 다르지. 그쪽은 에쉬 그 망할 놈이 되도 않는 허풍을 떤 거고, 우리 공주님…… 아니, 내 아내는 진심으로 결혼에 임했었어. 그 계약을 깼던 것 역시 에쉬였지. 나도, 그쪽도 사기 결혼이라고 생각해야 한다면 그 원흉은 에쉬 로렌스여야 한다고. 어디서 내 아내를 끌어들여?"

"흠."

"그리고 내가 무례를 저질렀으면 내 아내가 먼저 말했어. 그쪽이 내 아내보다 예법을 잘 아나?"

윈터가 핀잔했다. 바이올렛은 별말 없이 웃고는 허셔에게 말했다.

"말씀해 주신 것처럼 상대 가문을 화나게 하는 결혼이라는 게 쉬운 일은 아니지요."

"예, 잘 아실 테지요."

"하지만 방금 남편 말대로, 자기가 저지른 일이니 자기가 감내해야지요."

"부인."

"그리고 이제 에쉬는 로렌스가 사람이 아니라 레위 가문 사람입니다."

"……"

"어르든 달래든, 귀댁에서 하실 일이지 저에게 물으실 일이 아닙니다. 말씀하신 것처럼 데릴사위로 데려가시니, 에쉬가 잘못을 한다면 귀댁에서 부끄러워하실 일이 되겠지요."

바이올렛의 단정하고 정중한 목소리 속에서 느껴지는 비꼼에 허셔의 얼굴이 벌게지기 시작했다.

허셔가 기존에 알고 있던 아무것도 할 줄 모르는, 그저 왕실 법도를 베이스로 해 만든 인형 같던 바이올렛 로렌스가 아니었다. 그녀는 로렌스가의 가주였고, 사업가의 아내였다.

바이올렛은 부드러운 태도로 인사하고 몸을 돌렸다. 그녀의 인사를 기다리는 하객들이 많이 남았기 때문이었다.

윈터는 아내가 너무나 사랑스러워 바이올렛의 손을 두 손으로 감싸 잡고 손바닥이며 손가락에 몇 번이고 입을 맞추고는, 에쉬와 허셔를 돌아보며 아내는 결코 하지 않을 비웃음을 실컷 지어 보였다.

❄ ❄ ❄

그해 가을, 왕성에서 작위 수여식이 있었다.

링어와 바이올렛은 서로 어느 정도의 합의를 보았다. 문장과 새벽의 종은 걸지 않는 대신, 장소는 역대 모든 왕위 계승자들과 같이 왕성 안의 예배당으로 했다.

그리하여 걸어야 할 세 개의 문장은 로렌스가의 문장, 로렌스 백작의 문장, 그리고 왕실이 아닌 블루밍가의 문장이 되었다.

테오를 안아 든 윈터는 오른쪽에 마련된 상석에 앉아 있었다. 본래 그 옆자리에 테오가 앉아 있었으나 곧 아버지 무릎에 올라앉았다.

윈터는 엄숙한 분위기가 무서운지 제 목덜미에 매달리는 테오에게 작게 소곤거렸다.

"이제 곧 엄마가 올 거야."

"엄마 뭐 하고 있어?"

이제 제법 또렷하게 말을 하게 된 테오가 묻자 윈터가 말했다.

"꼭 해야 할 일을 하고 있어."

"있어어?"

테오가 알아들었는지 모르겠는지 모를 알쏭달쏭한 표정을 지었다. 그 목소리며 표정이 너무나 사랑스러워 윈터는 물론이거니와 주변 사람들까지 웃음을 감추지 못했다.

특히 테오의 외할머니인 엘라 부인은 어떻게 한 번이라도 손자의 관심을 끌어 보고 싶어 이런 엄숙한 자리에서 꺼낼 리 없는 부채를 꺼내 흔들어 보였다.

다행히 윈터의 목소리에서 느껴지는 신뢰감이 전해졌는지, 칭얼거리던 테오가 입을 꾹 다물고 고개를 돌렸다. 그러더니 붉은 융단을 걸어 대사제 앞으로 향하는 바이올렛을 발견하고 손을 뻗었다.

"엄마!"

테오가 방긋 웃자 윈터가 아들의 머리에 입을 맞추고 등을 토닥이며 말했다.

"잘 봐 둬, 테오. 엄마가 어떻게 걷는지, 어떤 표정으로 다른 사람을 맞이하는지."

아내는 언제나 다정하게 타인을 맞을 준비가 되어 있지만, 샛길로 빠질 생각은 하지 않는 사람이었다. 그녀의 걸음걸이 하나만 보더라도, 바이올렛 블루밍 로렌스가 얼마나 보수적인 사람인지 알 수 있었다.

잠시 후 바이올렛이 도착하자 대사제가 입을 열었다.

"로렌스가의 유일한 적녀이자 라크라운드의 마지막 왕녀. 로렌스가의 가주이자 블루밍가의 후계자 윈터 블루밍 로렌스의 아내 바이올렛 블루밍 로렌스 부인."

바이올렛이 고개를 들어 대사제를 주시했다. 사제가 말을 이었다.

"라크라운드의 수도를 가로지르는 레클강, 그리고 그 강의 모든 섬의 주인은 모든 행동이 고결해야 하며, 이 나라에 충성해야 합니다. 서약하시겠습니까."

대사제의 말이 끝나자 옆에서 다른 사제들이 두 손으로 레클강과 그 강의 모든 섬의 주인을 의미하는 문장이 새겨진 검은 망토를 내밀었다. 바이올렛이 그 망토에 손을 올리며 말했다.

"그러지요."

그녀가 대답하는 말투와 목소리는 분위기와 반대로 다소 거만하게 들렸다. 그 모습을 바라보며 윈터가 테오에게 소곤거렸다.

"이건 보통의 작위가 아니라, 왕에게만 수여하는 이름이란다. 그렇기 때문에 그 대답이 결코 복종하는 듯이 들려서는 안 돼. 신이 아니라 사제의 앞이기 때문이지."

테오는 어느 순간부터 제 어머니를 집중해서 보고 있었다. 윈터는 테오의 머리를 쓰다듬으며 말을 이었다.

"자, 이제 저 망토를 어깨에 걸쳐 줄 거야. 그동안 부르는 노래에는 저 망토의 주인들의 이름이 들어가 있지."

그 소곤거림에, 뒤에 앉아 있던 엘라는 사위가 겉보기와 달리 예법에 대하여 굉장히 많은 공부를 해 왔음을 알았다. 아니면 그저 제 아내에게 돌아갈 칭호에 대해서만 철저하게 외워 둔 걸지도 모를 일이다.

노래가 끝나자, 잠시 사제와 참관객들이 모두 고개를 숙이고 바이올렛 블루밍 로렌스를 위한 기도를 시작했다. 고개를 숙이지 않는 것은 바이올렛과 어린 테오뿐이었다. 아이의 눈 속에 어머니를 제외한 모든 이가 고개를 숙이고, 이 상황을 담담하게 받아들이는 어머니의 모습이 황홀하게 담겼다.

잠시 후 기도가 끝나고, 사제가 선언했다.

"레클강과 그 강의 모든 섬의 주인, 바이올렛 블루밍 로렌스 백작."

사제가 두 손으로 건네준 셉터를 받아 든 바이올렛에게 모두가 박수로 축하를 건넸다.

그 모습을 애정 가득한 눈으로 바라보던 윈터가 테오에게 소곤거렸다.

"네 어머니의 가장 놀라운 점이 뭔지 알아?"

테오가 동그란 회색 눈동자로 윈터를 바라보자, 그가 말을 이었다.

"저 사람은 본인이 어떤 자리에 있든지 상관없이 우리를 사랑할 거란 거야."

"아빠랑 테오랑 사랑해?"

"응. 우리는 평생, 바이올렛에게 변하지 않는 사랑을 받게 될 거야."

윈터는 그렇게 말하며 아내가 향하는 문 쪽으로 성큼성큼 걸음을 옮겼다. 그리고 먼저 문에서 기다리다가 바이올렛이 도착하자 팔을 내밀었다. 바이올렛이 웃으며 팔을 손으로 감싸 잡았다.

"어두워서 테오가 울까 봐 걱정했는데 다행이네요."

"당신에 대해서 알려 줬거든. 아주 열심히 듣더군. 당신 닮아서 모범생이 되려나 봐."

윈터의 말에 바이올렛이 웃음을 터트렸다.

"준비가 철저하군요. 나도 당신에 대해 알려 줘야겠어요."

이야기를 마친 두 사람의 곁으로 인사를 하러 사람들이 모이려는데, 어디선가 종소리가 들려왔다.

윈터가 무심코 중얼거렸다.

"왜 또 갑자기 종소리가……."

"그러게요."

"응? 당신도 들리는…… 아, 진짜 종소리였지."

윈터가 뒤늦게 깨닫고는 성큼성큼 걸어가 문을 활짝 열었다. 그리고 종탑을 올려다보곤 유쾌하게 웃고 말았다.

"공주님! 어서 나와 봐!"

그가 부르는 소리에 바이올렛이 서둘러 예배당을 나와 윈터가 가리키는 종탑을 올려다보았다. 종탑 위며 근처에 수많은 사람이 모여 있고, 그 위에 종이 걸려 웅장한 소리를 내며 울리고 있었다.

윈터의 품에 안긴 테오는 깜짝 놀란 표정이었으나 종소리가 마음에 들었는지 배시시 웃었다.

"아빠, 저거는 뭐지?"

"종이야. 종."

"종!"

테오가 종이라는 단어를 배우고 있을 때, 저 멀리서 선거로 뽑힌 세 명의 의원이 달려왔다.

"부인!"

"새벽의 종에 대해 들은 시민들이 꼭 저 종을 올려야겠다고 해서…… 저희가 몰래 꺼냈습니다. 용서해 주십시오."

"라크라운드 사람들이 꼭 울리고 싶어 하는 걸 어떡합니까?"

열심히 변명을 하던 그들은 바이올렛이 종에서 눈을 떼지 못하는 걸 알고 슬쩍 미소를 지었다.

바이올렛은 이 풍경 속에 존재하는 모든 것을 영원히 잊지 않기 위해 차근차근 눈에 담았다.

그녀는 기쁨보다 무거운 책임감을 느꼈다. 왕실이 사라졌으므로, 결코 왕족으로서 행동하지 않겠다고 결심했었다.

그러나 만약 사람들이 저에게 바라는 것이 있다면, 자신이 할 수 있는 일이 있다면 그 책임을 회피해서는 안 된다는 것을 지금 이 순간을 통해 알아 가고 있었다.

바이올렛이 시선을 피하는 윈터에게 물었다.

"당신이 도와줬나요?"

"뭐, 이미 울리기 시작했으니. 당신 남편이 종을 꺼내라 했다고 종지기에게 편지를 썼지. 바로 열어 주더군."

"고마워요."

그녀의 인사에 윈터가 어깨를 으쓱였다.

"이건 내 선물이 아니라 라크라운드 사람들이 주는 선물이야."

"그렇군요."

"당신은 라크라운드 사람들의 마음속에 마지막 왕으로 남을 거야."

바이올렛이 미소를 지었다. 이 행복한 순간을, 가장 사랑하는 두 남자와 함께할 수 있다는 사실이 더없는 축복으로 느껴졌다.

그사이 종소리에 사람들이 우르르 몰려 나왔고, 두 사람을 축하하며 자연스럽게 파티가 시작되었다.

축하의 파티가 시작되자, 정작 주인공인 바이올렛은 사람들이 마음 편히 놀 수 있도록 귀가를 결정했다.

남편의 극진한 에스코트를 받으며 마차에 타던 바이올렛이 멈칫했다. 그러더니 이내 눈이 동그래져서 윈터를 보았다.

"윈터."

"응? 왜?"

"아무래도……."

바이올렛이 윈터에게 손짓해 그가 몸을 숙여 주자 그녀가 소곤거렸다.

"임신일지도 모르니 의사를 불러야겠어요."

"뭐, 뭐?"

윈터가 화들짝 놀라는 바람에 잠들어 그의 품에 안겨 있던 테오가 꼼지락거렸다. 윈터가 서둘러 목소리를 낮추고 먼저 테오를 태운 후 바이올렛을 조심스럽게 앉히고 재킷을 벗어 아내의 무릎을 덮었다. 그리고 불안과 행복을 감추지 못하고 아내의 손을 꼭 쥐고 집으로 향했다.

그리고 집에 도착해서 곧바로, 바이올렛은 새벽의 종이 울리던 그때 둘째 아이도 함께하고 있었다는 행복한 사실을 알게 되었다.

윈터가 흥분해서 달려가서는 잠들었던 테오를 깨워 저택에서 소소한 파티를 열었다. 테오는 동생이 생길 거란 소식에 너무도 기뻐하며 온 저택을 뛰어 다니면서 사람들에게 그 사실을 자랑하고 다녔다.

외전 2. IF 연애결혼

윈터는 기가 찬 표정으로 대표실이 떠나가라 웃은 후, 의자에 삐딱하게 기대앉아 문 가까이에 서 있는 공주님을 바라보았다.

"공주님, 나라가 나한테 해 준 게 없는데 내가 왜 돈을 내야 합니까?"

"반드시 갚겠습니다. 어떻게든."

"웃기지도 않네."

윈터는 비꼬았으나, 바이올렛 로렌스는 표정 하나 바뀌지 않았다.

그 모습이 윈터는 아까부터 상당히 신기했다. 천한 이방인 사업가가 10분 넘게 비웃고 조롱하는데도 저 여자는 내내 담담하기만 했다. 그저 꾸준하고 성실하게 설득을 하고 있을 뿐.

저 공주님이 이곳에 직접 행차하시기 전, 부대표이며 명문가 출신인 안잘리가 말했었다. 공주가 왕성으로 부르지 않고 직접 행차한다는 것 자체가 그녀 입장에서는 굉장히 숙이고 들어오는 일이라고. 그러니 왕족을 집무실에서 맞아서는 안 되고, 차를 준비해야 하며, 기본적인 예의를 갖춰야 한다고 했다.

그러나 귀족들의 생활과는 거리가 멀게 자라 온 윈터 입장에서는 왜 돈 빌리러 온 사람에게 그렇게 대우를 해 줘야 하는지 이해가 가지 않았으므로 모든 것을 생략했다.

바이올렛은 달밤에 어울리는 조용한 목소리로 말을 이었다.

"지금 갚지 않으면 빚이 더 늘어나기만 할 겁니다. 일단은 나라가 파산하는 것을 막아야 사업도 편안한 마음으로 하실 수 있지 않겠습니까?"

"그거 좋은 정보네. 이민을 준비해야겠군."

윈터는 빈정거렸으나, 동시에 그녀가 요구한 돈을 빌려주면 그녀에게 받아 낼 수 있는 게 무엇인가 머리도 굴렸다.

국가의 채무를 책임져야 할 왕위 계승자 에셔 로렌스는 망명해 버렸고, 모든 책임은 바이올렛 로렌스에게 쏟아졌다.

이민을 준비하겠다는 말을 듣고 아마 피신한 오빠를 떠올렸을 것이다.

잠시 대답이 없는 바이올렛을 바라보던 윈터가 고개를 비스듬히 기울였다.

"얼굴도 반반한데 결혼이라도 하지 그러십니까? 돈 많은 놈이랑."

"그럴 생각입니다. 일단 혼자 있을 때 일부라도 갚고……."

"……그럴 생각이라니?"

그때 모처럼 윈터의 얼굴이 일그러졌다.

"돈을 받고 결혼했다가 무슨 꼴을 당하려고?"

"본인도 제안해 놓고 날 비난하는 건 무슨 경우인가요?"

바이올렛이 의아해하며 되물었다. 그러자 윈터가 책상을 주먹으로 쾅 내리쳤다.

"비꼰 거잖아!"

"말을 높여 주세요, 윈터 블루밍 공자."

"아이고, 이걸 어쩌나. 내가 천하게 자란 천것이라 말 높이는 법을 모르는데."

윈터가 몸을 일으켜 그녀 쪽으로 걸어오자, 바이올렛의 어깨가 조금 떨렸다. 나름 자신이 손님 입장이라 생각해 호위도 건물 앞에 떼어 놓고 들어와 있었으나, 그녀도 두렵지 않아 이렇게 당당한 것은 아니었다.

앉아 있을 때도 체구가 커 보이던 그가 바로 앞으로 다가오니 위압감이 느껴졌다. 저를 한 팔로 번쩍 들어 올리고도 남을 것 같았다.

연신 귀찮게 군지라 어떻게 되는 것 아닌지 걱정도 됐다.

윈터는 겁을 줘서 그만두게 할 요량이었으므로 그녀가 물러서는 것을 눈으로 보면서도 다가가는 것을 멈추지 않았다.

바이올렛의 등이 문에 닿자, 윈터가 가까이에 고개를 기울이고 서서 입을 열었다.

"대가를 가져오셔야지. 빌어먹을 애국심에 호소하려 들지 말고. 아니면 애초에 본인을 대가로 내놓은 건가?"

"……."

"알긴 아는 모양이군. 본인이 상품성이 있다는 걸."

이쯤 하면 포기하겠지. 윈터는 자신이 드리운 그림자 속으로 들어가 버린 바이올렛의 푸른 눈동자를 노려보며 생각했다.

그녀가 여기 들어오는 순간부터 심장이 멎을 것 같았다. 기분이 들쑥날쑥했다. 입을 열기 시작하니 더 미칠 것 같아서 당장 쫓아내고 싶은 기분이 들었다.

세상에 뭐 이렇게 아무것도 모르는 공주님이 다 있나. 흔들림 없이 제 책임을 다하려는 이 여자를 마주 보고 있으려니 당분간 여기 가둬놓고 싶다는 생각이 엄습했다. 쓸데없이 위험한 짓 좀 안 하게.

그가 그런 생각을 할 때, 바이올렛의 연한 붉은빛 입술이 열렸다.

"사람은 상품이 될 수 없어요."

"……뭐?"

"그리고 사람에게 천하다고 말하는 거 아니에요."

"……."

"……."

"말 다 했어?"

"다 했어요."

원터가 헛웃음을 짓더니 뒤로 두 걸음을 물러났다. 그러지 않으면 그녀에게 해코지라도 할 것 같았다. 감정만으로 이렇게, 몸이 괴로울 정도로 어지러운 기분이 들 수가 있나.

겁을 주면 겁을 내긴 하는데 할 말은 다 해 버리고, 조롱하려고 했는데 비참해하지 않는다. 그는 생전 이런 사람을 처음 보았다.

원터는 그대로 돌아서서 수표책을 꺼내 숫자를 휘갈겨 적은 후 뜯어서 바이올렛의 손에 쥐여 준 뒤 문을 열고 그녀를 밀어냈다.

"받고 꺼져. 다신 오지 마."

"잠깐……."

바이올렛이 문을 잡아 보려 했으나, 원터는 그대로 문을 닫아 버렸다.

❅ ❆ ❅

복도에 선 바이올렛은 새하얗게 질려 있었다. 쓰러질 것 같았으나 가까스로 몸을 꼿꼿하게 세웠다.

사람들이 원터 블루밍은 미치광이라고 했다. 천한 데다 길들여지지 않은 짐승과 같다고 했다. 실제로 만난 그는 소문 이상으로 사나웠으나, 소문으로는 결코 담아낼 수 없는 강렬한 매력이 있었다.

"대가를 가져오셔야지. 빌어먹을 애국심에 호소하려 들지 말고. 아니면 애초에 본인을 대가로 내놓은 건가?"

바이올렛은 그의 표현이 머리가 빙빙 돌 만큼 끔찍했으나, 놀랍지는 않았다. 다른 귀족들도 돌려 말해서 그렇지 결국 의미는 같지 않았던가. 결혼해서 혈통 좋은 아이를 낳으라는 말. 그럼 생각해 보겠다는 말.

특히 노골적으로 그것을 내비치는 것은 그녀의 친구 칼슨의 가문인 로우가였다. 그들은 현재 비어 있는 것이나 다름없는 왕좌를 둘째 아들에게 넘기려는 야욕을 태연하게 드러내고 있었다.

바이올렛이 윈터가 쥐여 준 수표를 펼쳐 보았다.

다시 찾아오지 않는 대가라고 하기엔 너무 큰돈이었다. 요즘 경제 공부를 하며 여기저기 뛰어다니며 알게 된 바로, 서너 층짜리 건물 두어 개는 너끈히 살 돈이었다.

바이올렛은 저를 보던 윈터 블루밍의 눈빛을 생각했다. 저와의 결혼에 가치를 매기고 있었던 게 분명했다. 만약 정말로 그와 결혼을 하게 된다면 얼마를 받을 수 있을까.

그녀는 사람에게 가치를 매기는 사람이 아니었지만, 정략결혼에는 익숙했다. 사업적인 합병 같은 것이라고 생각했다.

자신은 책임을 떠맡았고, 그러니 해결을 해야만 했다.

그녀가 생각에 잠겨 복도를 걷고 있을 때 맞은편에서 누군가가 바이올렛을 발견하고 걸어왔다. 윈터 블루밍의 동생이자 블루밍가의 후계자인 디에브 블루밍이었다.

"바이올렛 왕녀님, 오신다는 연락을 받았습니다."

그 형과 달리, 여러 번 마주쳤던 디에브 블루밍의 얼굴에 바이올렛의 표정이 빠르게 굳었다. 디에브가 제 형의 집무실을 보고는 곧 부드러운 얼굴로 말했다.

"저런 이방인에게 도움을 얻어야 할 정도로 어려우신 모양이군요."

"형님 되시는 분을 그렇게 표현하는 건 예의가 아닙니다."

"전 그렇게 생각 안 하니까요. 천한 일족일 뿐이죠."

바이올렛이 뭐라 더 말하려는데, 디에브가 말을 이었다.

"쉬운 방법도 말씀드렸잖습니까. 결혼."

"생각해 보겠다고 말씀드렸습니다만."

바이올렛은 한 걸음 가까워지는 디에브의 행동에 입을 다물었다.

이상하지. 방금 전 윈터 블루밍도 이런 태도였는데, 아까와는 기분이 달랐다. 아까는 압도적인 상대에 대한 두려움이었지만, 지금은 너무도 기분이 나빴다.

디에브가 허리를 숙이자 바이올렛이 마지못해 손을 내밀었다. 디에브가 그녀의 손을 움켜쥐어 입을 맞추었다. 바이올렛이 손을 빼내려 했으나 그는 놓아주지 않고 입을 열었다

"다른 가문에서 내 봤자 얼마나 내겠어요. 하지만 블루밍가는 상당 부분 갚아 드릴 수 있습니다."

"놓으세요."

"대답을 듣고 싶은데요, 이제. 생각해 보겠다고만 하고 있잖아요."

"이렇게…… 마음대로 행동하시니까 생각이 길어지는 거지요."

"왕녀님께서 저를 등지시면, 남부 워호슨 전체를 등지게 되시는 겁니다. 아시잖아요? 애초에 나라에 빚이 생긴 것도, 저희 워호슨 눈 밖에 났기 때문인 거."

바이올렛이 힘주어 손을 빼내려 애썼다. 그러나 디에브가 놓아주지 않아 그녀가 언성을 높였다.

"놓으라고 하잖아요!"

그 순간 쾅 소리와 함께 문이 열렸다. 바이올렛이 놀란 얼굴로 돌아보니 인상을 쓴 윈터 블루밍이 보였다. 가까이로 걸어온 그가 디에브를 떼어 냈다.

"미친 새끼."

윈터가 주먹을 쥐어 그대로 디에브의 머리통을 갈겼다. 디에브가 비명을 지르고 머리를 손으로 감싼 후에도 한 대를 더 치려 하는데 바이올렛이 기겁해서 그의 팔을 잡았다.

"뭐, 뭐 하는 거예요!"

"그냥 패고 싶어서 패는 거고, 이 새끼한테는 깽값 줄 테니까 끼어들지 마."

"그만해요!"

바이올렛이 간절하게 말리자 윈터가 기가 찬 얼굴로 주먹을 폈다. 그리고 뇌진탕이 올 정도의 충격에 비틀거리는 디에브를 노려보며 말했다.

"당장 꺼져."

"부모님께서…… 가만히 계실 것 같아?"

디에브가 한 손으로 맞은 곳을 감싸며 말하자 윈터가 태연히 대꾸했다.

"부모님께도 아쉽지 않으실 만큼 돈 챙겨 드릴 테니까 염려 말고 의사나 찾아가지 그래. 여기서 죽고 싶지 않으면."

디에브는 싸움으로는 절대 상대가 되지 않을 걸 알았기 때문에 심호흡을 하며 분노를 가라앉히고 휙 돌아섰다. 윈터가 친 사고를 수습하려 비서실에 있던 하옐이 달려와 디에브를 부축해 떠났다. 그 모습을 끝까지 바라본 윈터가 바이올렛 쪽으로 돌아서며 말했다.

"지금부터 내 말 가만히 듣기만 해."

바이올렛이 고개를 끄덕이자 그가 말을 이었다.

"돈 벌고 싶으면 내가 시키는 대로 해. 내가 아까 준 돈, 그대로 가지고 가서 북동부 송로를 사. 싹 다. 보통은 한 가문이 1kg 이상 못 사게 되어 있지만 당신은 공주님이니까 법을 뜯어 고쳐서라도 독점해."

"……"

"올해 북서부 송로는 이미 몽땅 다른 나라로 밀수출해서 북서부 송로 나오는 시기엔 매물이 하나도 없을 거야. 그때 귀족들에게 열 배든 백 배든 받고 싶은 대로 받고 팔아. 알겠어?"

"……"

"알겠냐고!"

바이올렛이 멈칫하다 고개를 끄덕였다. 그러더니 불안한 듯 제 팔을 꽉 붙들고 있는 윈터를 물끄러미 바라보며 물었다.

"그다음에는요?"

"뭘 그다음까지 생각해?"

"당신에게 찾아와서 물어봐도 돼요?"

"염치도 없군."

"그러게요. 원랜 이 정도로 염치없는 사람이 아니었는데……"

바이올렛이 씁쓸하게 중얼거렸다. 도무지 견디기 힘든 하루였는지 그 말을 끝으로 한 걸음 떼기도 전에 쓰러지려 해, 기겁한 윈터가 바이올렛을 부축했다. 그는 그녀를 들쳐 어깨에 얹고 집무실로 들어가 소파에 눕혔다.

"이럴 줄 알았지. 딱 봐도 몸이 안 좋은데 왜 내내 앉지도 않고 서 있었어? 자존심 세우는 건가, 그 와중에?"

윈터가 이제야 아까 답답해하던 것을 묻자 바이올렛이 눈을 둥그렇게 뜨며 말했다.

"당신이 의자를 내주지 않았잖아요."

"그게 뭐?"

"당신이……."

윈터가 그 말에 미간을 좁히고 물었다.

"그러니까. 내가 의자를 내주지 않아서 서 있었던 거야? 여기 널린 게 의자인데?"

"신사라면 응당 그래야죠."

"아주 심각하게 귀족짓을 하는 공주님이군."

"왕족이에요."

"손님이 무슨 죄인이야? 앉으라고 안 하면 못 앉아?"

"인사도 안 한다고 누구 하나 죽는 건 아니죠. 예의니까 하는 거지."

"망할 예의를 왜 나에게서 찾지?"

"당신은 블루밍 공작가의 장남이잖아요. 당신이 신사적으로 행동하길 바라는 게 잘못된 건가요?"

"이방인이잖아."

"그래서요?"

바이올렛이 이해가 안 간다는 듯 되물었다.

그 고지식한 눈빛에 윈터가 혀를 차고 욕설을 내뱉은 후 말했다.

"그러니까 내가 의자를 내줬어야 한다고?"

"질문인가요, 비꼬는 건가요?"

"질문이야. 난 그런 예의를 배운 적이 없으니까."

"왜죠?"

"기회가 없었어."

"말도 안 되는 소리예요. 당신의 부모는 블루밍 공작 부부잖아요. 당연히 당신에게 예법을 가르쳤어야 했어요. 그건 부모의 의무이고, 교육을 받는 건 당신의 권리예요."

바이올렛이 인상을 쓰고 말하더니 곧 납득이 안 간다는 듯 말을 이었다.

"당신의 부모에게 편지를 적어야겠네요."

"왜."

"왜 예법을 가르치지 않았는지 알아야겠으니까."

"친자식이 아니어서 그랬겠지."

윈터의 퉁명스러운 대답에 바이올렛이 정색했다.

"그걸 당연하게 받아들이는 건가요?"

"오히려 그걸 당연하게 받아들이지 않는 사람을 처음 봐서 놀랍군."

자신을 똑바로 바라보고 있는 바이올렛 로렌스의 푸른 눈동자가 윈터의 머릿속을 어지럽혔다.

"쉬어. 내가 나갈 테니까."

윈터는 그대로 집무실을 나가 쾅 소리가 나게 문을 닫아 버렸다.

"망할 공주님."

윈터는 아까부터 장기가 너도나도 펄떡거리는 것이, 저 염치없는 공주님 때문에 화가 나서라 여겼다.

앞으로는 마주치지도 말아야겠다고 생각했다.

✳ ❄ ✳

바이올렛 로렌스가 하누스로 향하는 배에 탈 거라는 소식을 들은 이후부터 윈터는 내내 표정이 구겨져 있었다. 주머니에 손을 꽂은 그가 툴툴거렸다.

"그 공주님은 또 무슨 바람이 불어서 대륙을 이동하겠다는 거야?"

옆에 서서 꼼꼼하게 의전을 확인하던 하옐이 말했다.

"아직 라크라운드에 채무가 남아서 돈 빌리러 가신다잖아요."

"밑도 끝도 없이 돈 빌려 달라는 공주님한테 퍽이나 빌려주겠군. 뭐, 또 모르지. 높으신 분들 입맛엔 맞을지도."

크루즈 앞에 선 윈터가 연신 투덜거리는 사이, 저 멀리서 왕실 사람들이 다가오는 것이 보였다.

로렌스가의 문장이 있는 마차를 하얀 말들이 이끌고 근처에 다가오자 하옐이 말했다.

"이번엔 웬일로 의전을 다 확인하시는 겁니까?"

"닥쳐."

윈터가 위협적으로 잘라 말하고 가까운 곳에서 멈춘 마차를 보았다. 곧이어 그곳에서 바이올렛이 내렸다.

그녀가 다가와 앞에 서자 윈터가 태연히 먼저 입을 열었다.

"또 보네, 공주님."

그의 무례한 태도에 바이올렛이 입을 열지 않고 빤히 윈터를 보았다. 하옐이 옆에서 한숨을 쉬는 것을 못 본 체하며 윈터가 다시 입을 열었다.

"전에 하누스에 호텔을 짓는 걸 허가해 준 덕분에 큰 은혜와 손해를 입었어. 아주 똑똑하고 못된 공주님이더군."

그녀에게 무례하게 굴어 왕실 소속 기사 몇이 앞서 나오려 하자, 바이올렛이 미소로 제지하고 다시 윈터를 보았다.

"정말 무례하시군요. 허가받지 못할 땅을 산 건 본인이었잖아요."

"그렇게 도와주고 지분을 뜯어 갔잖아."

"나라를 위해 소중하게 썼어요. 어디에 그 돈이 들어갔는지도 다 적어 드렸고."

"어쨌든 내 입장에선 강탈당한 기분이야. 아무튼 그래서. 빚이 얼마나 남았는데 그렇게 대륙을 건너까지 구걸을 하러 가시나?"

"1,500만 라크네가 남았어요. 그리고 구걸이 아니라 협력을 구하러 가는 거예요."

윈터는 또박또박 대답하는 공주님에게 재미를 느꼈다. 그녀는 염치없게도 정말, 여러 번 윈터를 찾아왔다. 그렇게 두 번, 세 번 마주치고 나서 알게 된 것은 라크라운드에 정말로 나라 빚을 해결하려고 뛰어다니는 사람은 여기 이 공주님밖에 없다는 사실이었다.

그걸 알게 되니 그녀가 뻔뻔하지만 성실한 사람이라는 생각을 하게 되었다. 솔직히 말해서, 그랬기 때문에 호텔 허가도 제 선에서 불법적으로 해결할 수 있었을 것을 공연히 그녀에게 맡겼던 걸지도 몰랐다.

"그렇게 도와줬는데 겨우 그거 갚았어?"

"힘들었어요."

"뭐, 1,500만 라크네라. 얼마 되지도 않네."

"……당신에게나 그렇죠."

윈터가 비웃듯이 키득거렸다.

그 정도면 그가 스물두세 살쯤에 모았던 돈과 비슷했다. 올해로 스물일곱이 되는, 살면서 단 한 번도 실패를 경험해 보지 않은 그에게는 만만한 돈이었다.

바이올렛이 돌아서서 먼저 크루즈에 올라섰다. 그녀의 한 걸음 뒤에 섰던 윈터의 미간이 조금 좁아졌다. 그녀가 입고 있는 드레스 밑단이 심하게 해져 있었기 때문이다.

공주님이 험한 길을 걸어오지도 않았을 텐데 왜 이런가, 생각하면서도 윈터는 걸음을 옮겨 바이올렛이 머물 방을 안내했다. 크루즈 최고의 스위트룸을 왕족을 위해 제공하기로 했다. 귀족이라면 덮어 놓고 싫어하는 윈터로서는 굉장히 신선한 결정이었다.

바이올렛은 크루즈 스위트룸을 놀란 눈으로 돌아보았다.

"배 위에…… 이렇게 좋은 객실이 있는 줄 몰랐어요."

"……."

윈터가 대답이 없어, 바이올렛이 돌아보았다. 그런데 윈터가 문을 잠그고 있는 것이 아닌가.

바이올렛은 어느 정도 윈터 블루밍에 대해 알고 있다 여겼으므로, 할 말이 있는 모양이라 여기고 윈터를 바라보았다.

그가 바이올렛의 코앞까지 다가와 말했다.

"소매 뒤집어 봐."

"왜죠?"

"뒤집어. 내가 억지로 하기 전에."

윈터의 날 선 목소리에 바이올렛이 그를 노려보면서도 소매를 뒤집어 보였다. 그 소매 안에 남의 이름이 자수로 적혀 있었다.

"남이 입던 거잖아."

"그래서요."

"세상에 어느 공주님이 중고로 드레스를 사!"

"어떻게 알았어요?"

"밑단이 다 해져 있으니까. 당신이 진흙탕을 걷진 않았을 거 아냐. 이건 야외에서 실컷 파티를 즐기고 난 옷이잖아."

"눈썰미가 좋네요."

"안 팔아 본 게 없으니까."

윈터가 골치 아프다는 표정을 지었다. 바이올렛은 소매를 다시 정리하며 아무렇지도 않은 얼굴로 입을 열었다.

"당신 말대로, 구걸하러 가는 사람이 새 옷을 입는 것도 이상하죠."

"협력을 구하러 가는데 중고 드레스를 입고 가는 건 정말 무례한 거 아닌가? 하누스 왕실을 우습게 보는 거야?"

"……남들은 당신만큼 눈썰미가 좋지 않아요."

바이올렛이 조금 당황한 목소리로 말했다. 윈터가 신경질적인 얼굴로 혀를 찼다.

"배에 여분 드레스가 있으니 가져오게 하지."

"왜 그런 게 있어요? 아……."

"애인 거 아니야."

"그럼요?"

"바람이 불거나 크루즈가 좀 흔들릴 때 사람들이 와인을 쏟는 경우가 드문드문 있더군. 여분의 드레스가 없는 귀족들에게 판매하려고."

"그렇군요."

바이올렛이 신기한지 고개를 끄덕이고 가만히 윈터를 바라보았다.

윈터는 처음 그녀를 만나던 날부터 묘한 기분에 휩싸이곤 했다. 몇 번 더 만나고 나서, 이제 와 생각해 보니 성욕 같았다. 저 단정하고 성실한 공주님을 그리 멀지도 않은 침대에 짓누르고 싶었다.

차라리 성욕뿐이라면 좋겠다고 생각했다. 1,500만 라크네는 지금 윈터 블루밍에게 사실 그렇게 큰돈이 아니었다. 그가 가진 많은 호텔 중 두 개 정도 처분하면 충분히 나올 돈이다. 아니, 거기까지 가지 않아도 자산 일부를 떼면 만들 수 있었다.

문제는 그것이다. 이 공주님만 보면, 공연히 자신이 큰 손해를 보는 가정을 하게 되는 것이다.

바이올렛은 아까부터 저를 잡아먹을 듯 바라보는 윈터의 회색 눈동자를 관찰하듯 보고 있었다. 그러다가, 그녀가 물었다.

"화가 났나요?"

"뭐가."

"내가 염치가 없어서."

"그거야 당연히 화가 나지."

"그럼 사과할게요."

"……."

"사과로 될 일이 아니었나요?"

그녀의 입술이 움직일 때마다 윈터는 알 수 없는 감정에 휘말렸다. 머릿속이 어지럽고, 토할 것같이 화가 치민다.

"내 부모에게 결국은 한 소리 했더군. 날 버릇없이 키웠다고."

"그렇게까지 말한 건 아니지만…… 그것도 사과할게요. 미안해요."

뒤집으면 남의 이름이 나오는 소매처럼, 그녀의 속도 뒤집으면 타인으로 가득 차 있으리라. 본인의 인생은 어디로 사라지고, 눈앞의 여자는 천하디천한 원터에게 몇 번이고 사과를 하고 있었다.

원터가 담담한 얼굴로 말했다.

"키스하면 대가를 줄게."

"……뭐라고요?"

"입맞춤 한 번이면, 당신이 원하는 만큼 돈을 주지. 어때?"

저런 여자는 단절해 버리는 게 상책이다.

미쳐서, 제가 미쳐서 저런 여자를 사랑하게 되기라도 하면 제 손해였다. 어차피 저런 공주님이 미천한 저를 좋아해 주지도 않을 텐데. 아니, 같은 인간으로 보이기나 할까.

원터가 하는 말을 듣고 있던 바이올렛의 담담하던 얼굴이 서서히 틀어지기 시작했다. 그녀의 떨리는 손이 세게 원터의 뺨을 때렸다.

그러더니 왈칵, 울음을 터트렸다.

원터는 예상대로 못 견뎌 상처를 드러내는 바이올렛을 물끄러미 바라보고 있었다. 아무 말도 없이, 울고 있는 여자는 남자를 노려보고, 남자는 여자를 바라보았다.

한참이 지나 원터가 체념한 얼굴로 입을 열었다.

"그냥 가져가."

"……"

"하누스에 가서는 식사나 대접받아. 그리고 돈은 하옐한테서 받아 가."

원터가 여전히 눈물에 젖어 있는 바이올렛의 눈동자를 바라보며 말을 이었다.

"나 아무래도 당신 좋아하는 것 같아."

"……."

"그래서 그래. 개 같지만 아마도. 최소한 입맞춤이라도 받아 볼까, 했지. 그래도 큰돈 나갈 테니까."

그러자 바이올렛이 겨우 입을 열어 물었다.

"내가 좋은데 왜 당신은 그렇게…… 나쁜 말만 하는 거죠?"

"방금 말했잖아. 어차피 걷어차일 거, 입맞춤이라도 받고 싶었다고."

"나도 당신을 좋아할 수도 있잖아요."

"당신이 이런 미천한 놈을 왜 좋아하겠어. 손님에게 의자도 내줄 줄 모르는데."

"벌써 3년 전 일인데요."

"당신을 3년이나 알았나."

말을 마친 윈터가 방을 나가려고 하는데 바이올렛이 팔을 붙잡아 윈터를 다시 제 쪽으로 돌렸다. 그러자 윈터가 혀를 차며 말했다.

"차였어도 돈은 준다니까……."

그의 말이 도중에 끊기고, 그 위에 보드랍고 달짝지근한 입술이 닿았다. 그리고 바로 떨어지려 하기에 윈터가 바이올렛의 허리를 한 팔로 감아 끌어안고 다시 입술을 눌렀다. 바이올렛이 놀라서 그의 어깨를 할퀴었으나, 윈터는 신경 쓰지 않고 그녀의 입술을 아프지 않게 깨물었다가 혀를 밀어 열고 자그마한 치열을 쓸었다.

처음엔 어쩔 줄 몰라 하던 바이올렛의 두 손이 점점 윈터의 목을 끌어안았다. 이성이 사라진 윈터의 손이 그녀의 허리며 배, 가슴까지 올라가려는 순간 바이올렛이 확 그를 밀쳤다.

윈터가 짧고 더운 숨을 끊어 쉬며, 두 손으로 스스로의 입을 틀어막아 버린 바이올렛에게 물었다.

"무슨 짓이지?"

"미안해요."

바이올렛이 난감한 표정을 짓더니 말을 이었다.

"당신이 입 맞추고 싶다고 해서…… 동의를 구한 거라고 생각했어요."

"당신이 내 동의를 왜 구해? 그게 무슨 소리지?"

"난 처음부터. 만약에…… 결혼으로 돈을 구할 수 있다면 당신과 결혼하고 싶었어요."

"……뭐?"

"당신 말대로 다른 사람과 결혼하면 쉬웠겠죠. 그런데 당신 아니면 안 될 것 같은데, 당신은 청혼하질 않으니까."

바이올렛이 3년이나 머뭇거린 스스로가 답답해 다소 언성을 높였다.

그녀의 말을 멍하니 듣고 있던 윈터의 얼굴이 이해를 얻은 어느 순간 확 새빨개졌다. 그가 부끄러움을 억누르느라 괜히 목소리가 커져서 말했다.

"누가 공주님 아니랄까 봐. 자기가 먼저 청혼할 생각은 못 하나?"

"그럼 돈 때문이라고 생각했을 거 아니에요?"

바이올렛의 말이 맞았으므로, 윈터가 더 이상 멋쩍음을 감추지 못하고 물었다.

"그거야…… 그런데. 아니, 그보다 아무리 생각해도 이상하네? 내가 좋아?"

"좋아요."

"제정신이야?"

"그러는 당신은요?"

"제정신이 아니니 감히 공주님을 좋아하는 거지."

"그럼 나도 제정신이 아닌 모양이죠."

그렇게 대답한 바이올렛이 그의 뺨으로 손을 뻗었다. 그 순간 윈터의 표정이 구겨지자 바이올렛이 손을 다시 내리며 물었다.

"아파요?"

"엄살떨고 싶어."

"안 아프군요."

바이올렛이 안도했다. 그런데 방금 바이올렛이 손을 내린 게 거슬린 듯, 윈터가 제 뺨을 만지라는 것처럼 몸을 숙였다.

바이올렛은 다시 조심스럽게 손을 들어 그의 뺨을 감싸 보았다. 그러자 윈터가 입꼬리를 올리며 웃어서, 바이올렛이 저도 모르게 따라 웃었다.

세상에 이렇게 불안정한 남자는 없다고 생각했는데, 왜인지 그녀는 지금 커다란 안정감과 행복을 느꼈다.

그가 그런 표정이라 그런 모양이다.

외전 3. 블루밍 로렌스

"세상에, 어쩜 이렇게 사랑스러울까. 젠과 하옐에게서 좋은 점을 다 빼다 닮은 것 같네."

바이올렛이 젠이 보여 주는 사진들을 행복한 얼굴로 바라보다가 걱정스럽게 물었다.

"둘째를 가졌다며. 지금부터 바로 쉬어야 하는 거 아닐까?"

"아뇨. 거듭 말하지만 마님이랑 있는 것만큼 좋은 태교도 없어요. 게다가 마님이 머리 해 드리는 거 말고는 아무 일도 못 하게 하시잖아요."

젠은 임신해 있는 동안 바이올렛을 꾸미는 데 집중했고, 영문을 모르겠지만 그게 이유 없이 짜증 날 때 도움이 된다고 했다.

젠이 민망해하며 말했다.

"저 첫 애 임신했을 때 기억하세요? 여름에 말이에요. 낮잠 주무실 때 깨워서 제가 사 온 리본 달아 보시라고 했잖아요. 아휴, 그땐 왜 그랬을까요?"

그날 하옐이 놀라서 달려와 사과하던 걸 떠올리며 바이올렛이 미소를 지었다.

"그럴 수도 있지."

"그럼 안 되는 거였는데 말이죠……. 마님 머리를 만지고 있으면 마음이 평화로워져요."

"도움이 되었다니 기쁘네. 혹여 셋째가 생기면 젠도, 하옐도 그런 일로 미안해하지 마."

바이올렛의 말이 들렸는지, 응접실에 들어서던 하옐이 끼어들었다.

"이제 그만하고 집에 가요, 젠."

"마님이 있어도 된다고 하셨어요!"

"허락하신다고 다 되는 건 아니에요."

하옐이 핀잔했다. 바이올렛이 그에게 말했다.

"정말로 괜찮아. 그나저나 육아가 힘들 텐데 자네는 오히려 얼굴이 점점 밝아지기만 하네."

"말도 마세요. 대표님 비서 일을 하느니 세쌍둥이를 키우는 게 쉬울걸요."

반대로 젠은 전에 잠깐의 출산 휴가 동안에도 울상이 되어 있었다.

젠을 데리러 왔던 하옐까지 합세해 한참 수다를 떨던 부부가 집으로 돌아간 후, 바이올렛은 모처럼 여유를 누리며 사랑스러운 두 아이를 재웠다.

바이올렛이 동화책을 다 읽었을 때쯤 올리비아가 다 감긴 눈으로 말했다.

"엄마, 나 아직 안 자……."

그러자 바이올렛을 사이에 두고 맞은편에 누운 테오가 말했다.

"어서 자, 올리브."

"올리브는 안 자려고!"

올리비아가 당당히 말하자 바이올렛이 웃음을 터트리고는 아이의 눈을 잠시 손으로 감쌌다.

"알았어. 그럼 우리 잠깐 자는 척만 할까? 밤의 요정이 검사하러 올 테니까."

"그래! 밤의 요정만 지나가면 다시 일어나서 엄마랑 테오랑 놀아야지……."

웅얼웅얼거리던 올리비아는 자는 척을 시작하자마자 곧장 잠이 들었다.

올리비아가 잠들자 바이올렛은 테오와 조심스럽게 침대에서 일어나 바로 옆에 붙은 테오의 방으로 들어갔다. 아이가 침대에 눕자 바이올렛이 이불을 단단히 덮어 주며 말했다.

"그럼 우리 테오도 잘 자렴."

그러자 테오가 머뭇거렸다. 소년도 마찬가지로 아직 잠들고 싶지 않았고, 자야 하더라도 잠깐 칭얼거리고 싶은 마음은 있기 때문이었다.

그러나 태생이 얌전한 소년은 결국 그러지 못하고 제 어머니와 똑같이 닮은 다정한 미소를 지으며 말했다.

"안녕히 주무세요, 어머니."

"그래, 테오."

바이올렛이 이마에 입을 맞추고 몸을 일으켰다가 곧 어딘가 장난스러운 눈빛으로 물었다.

"잠들기 싫은 표정이구나?"

"으음……."

테오가 부끄러운지 이불을 코까지 당기곤 배시시 웃었다.

"아직은요."

바이올렛이 테오의 옆에 앉아 머리칼을 쓸어 넘겨 주며 물었다.

"학교에서 재미있는 일 없었니?"

"아! 있었어요! 오늘 헨리가 정말 웃겼거든요."

테오가 반가움을 숨기지 못하고 얼른 일어나 앉았다. 그러더니 금방 재잘재잘거리기 시작했다.

눈이 저절로 감길 때까지 신나게 이야기하던 테오까지 잠들고, 바이올렛이 살금살금 침실에서 걸어 나왔다.

복도로 나와 문을 닫자마자 문 앞에서 기다리고 있던 윈터가 훌쩍 그녀를 안아 들었다. 침실로 향하는 동안 바이올렛이 그의 머리칼을 쓰다듬으며 물었다.

"언제 들어왔어요?"

"방금."

"지쳐 보이네요."

그러자 윈터가 침대에 앉아 아내를 무릎에 앉히고, 걱정해 주기만 기다렸다는 듯이 투정을 부리기 시작했다.

"아무래도 회사를 집 근처로 옮겨야겠어. 중간에 당신이랑 꼬마들이 보고 싶어도 올 수가 없잖아!"

"진정해요, 윈터."

"은퇴해야겠어. 난 이미 돈이 너무 많아. 더 많은 건 불합리해. 당신 불합리한 거 싫어하잖아."

바이올렛은 윈터가 저를 끌어안고 있는 것으로 하루의 피로를 푼다는 것을 알고 있었으므로 뺨을 쓰다듬으며 이야기를 들어 주었다. 금방 기분이 좋아진 윈터가 바이올렛의 눈을 마주 보며 말했다.

"자, 이제 우리 공주님 차례야. 오늘 어땠어?"

"별일 없었어요."

"어떻게 별일 없었는지 자세히 말해 줘."

그가 토닥이며 말하자 바이올렛이 웃음을 터트렸다. 그리고 그녀도 남편의 품에 머리를 기대고 이것저것 투정을 늘어놓았다.

❄ ❄ ❄

올해 일곱 살이 된 올리비아는 윈터가 직접 노란 천을 사다가 만들어 준 배낭을 꺼내 들었다. 윈터는 아이들을 위해 온갖 가장 좋은 물건들을 사다 주었으나 올리비아가 가장 좋아하는 것은 이 배낭이었다.

올리비아가 그 안에 물통을 넣는 모습을 본 테오가 걱정스럽게 말했다.

"아버지가 알면 놀라실 텐데."

"그러니까 몰래 나가는 거지."

몰래 빼돌린 폭신한 식전 빵까지 챙겨 넣은 올리비아가 배낭을 메고 두 손으로 끈을 야무지게 쥐었다.

"다녀올게."

"잠깐만."

테오가 늘 들고 다니는 손수건을 꺼내더니 허리를 숙이고 올리비아의 배낭에 넣어 주었다.

"넘어지지 않게 조심해, 올리브."

"응! 그럼 다녀올게! 최고의 선물을 찾아낼게!"

올리비아가 씩씩하게 대답하더니 모험을 위해 복도로 나섰다. 테오는 짧은 다리로 아무리 열심히 걸어도 복도의 절반 겨우 도착한 올리비아의 뒷모습을 바라보다가 동생이 따라오지 못하게 해 발을 동동 구르는 호위, 프란에게 말했다.

"떨어져 다니는 건 위험하니까, 중간에 그냥 들켜. 화내면 내가 명령해서 별수 없었다고 해. 그럼 나에게 좀 삐지고 그만일 거야."

"네, 도련님."

"아버지께는…… 절대 들키지 말고."

"절대! 안 들키겠습니다."

다른 사람은 몰라도 올리비아가 이런 위험한 일을 벌이기로 마음먹은 걸 알면 윈터가 시장의 상인을 전부 매수해 버릴 것이 분명했다.

테오는 어린애인 올리비아와 그 어린애보다 더 막무가내인 아버지를 중재하느라 고생이 이만저만이 아니었다. 그래도 어머니가 출타하셨을 때 이런 일을 담당할 것은 자신뿐이라고 생각하며 테오는 자그마한 두 주먹을 꼭 쥐었다.

'내가 정신을 바짝 차려야 해.'

단단히 다짐하던 테오가 곧 자리에 멈춰 서서 중얼거렸다.

"난 선물로 뭘 구하면 좋지……."

소년이 곤란한 표정을 지으며 습관적으로 서재로 향했다. 혼자 집에 있으려니 아쉬운 기분이 들었다. 올리비아는 일곱 살에 벌써 모험을 떠나는데, 저 혼자 너무 재미없는 사람이 되는 것 같았다.

물론 아버지는 아들의 그런 면이 어머니를 닮았다며 귀여워하곤 했지만, 테오는 자신에게 어머니처럼 사랑하지 않고는 버틸 수 없는 면이 있다고 생각하지 않았다.

신중히 고민하고 난 테오가 문을 열고 나와서 경호원인 다섯 살 위의 카닉 일족 청년, 알린에게 말했다.

"알린, 외출이 하고 싶어."

알린이 충격받은 표정을 지었다.

"지금요? 왜요?"

"왜라니. 하고 싶을 수도 있지."

"도련님은 그런 사람 아니잖아요."

"오늘은 하고 싶어."

알린은 놀랐지만 일단 짐을 챙겨 들고 테오를 따라나섰다.

✳ ❄ ✳

테오는 비밀로 한다고 했지만, 윈터는 집에서 벌어지는 모든 일의 일거수일투족을 보고받고 있었다.

올리비아의 외출 소식에 회사에서 곧바로 마차로 달려 나왔던 윈터는 하옐의 이어진 보고에 충격받은 표정을 지었다.

"우리 작은 공주님이야 말썽쟁이니 그렇다고 쳐도, 테오까지?"

"마님 생신 선물을 사러 간다고 하잖습니까."

하옐이 혀를 차고 말하더니 슬쩍 물었다.

"그보다 대표님, 저희 애들 사진 보실래요?"

"아까도 보여 줬잖아."

"또 보시죠."

"귀찮게 하는군."

윈터가 짜증을 내며 손을 내밀자 하옐이 이젠 거의 전문 사진사 수준의 실력이 된 젠이 섬세하게 찍은 사진을 건네주었다. 이제 세 살이 된 뺨이 발그레한 아이가 갓난아기의 손을 꼭 쥐고 있었다. 그 사진을 유심히 보던 윈터가 돌려주며 말했다.

"지금 유모가 보고 있나?"

"네, 젠은 마님과 동행했으니까요. 제가 빨리 퇴근해서 우리 아이들 보러 가야죠."

"……퇴근해."

"넵. 그러실 줄 알았습니다."

점점 더 아이들만 보면 마음이 말랑말랑해지는 윈터였으므로 사진을 보여 주면 조기 퇴근을 기대할 수 있었다. 두말 않고 마차에서 내리려던 하옐이 슬쩍 다시 말을 이었다.

"휴가도 주시면 우리 꼬마들이 기뻐할 겁니다. 출근할 때 절 얼마나 찾는지……."

"이번 일정 마치면 다음 일정까지는 쉬어. 일주일."

"감사합니다!"

하옐은 휴가도 윈터의 변화도 흐뭇해하며 아이들을 돌보러 달려갔다.

윈터는 곧 왕성 쪽으로 마차를 돌렸다. 아내는 지금 사흘 밤낮, 왕성 건물을 어디까지 개방할 것인지 회의하느라 바빴다. 그래도 이제 슬슬 끝날 때가 되었으니 아이들의 모험을 구경하기 위해 모시러 가도 될 것 같았다.

❋ ❆ ❋

로렌스가 사람들과 의원들은 바이올렛을 중심으로 왕성 구석구석을 살피는 중이었다. 다행히 지난 사흘의 회의가 효과가 있어, 대부분 건물의 사용처가 결정되었다.

"어느 정도 되었으니 차를 한잔 마실까요?"

바이올렛이 묻자 참석자 모두가 동시에 그러자고 고개를 끄덕였다. 바이올렛이 찻잔을 가지고 창가에 앉자, 그녀의 사촌 안젤라가 다가왔다.

"바이올렛, 너도 참 너야. 그렇게 내리 일만 하면 어떡해?"

"그럼 안 되는 거니?"

"당연히 안 되지! 네가 그렇게 성실하게 일하면 다른 사람들도 쉬질 못하잖아."

"어머."

바이올렛이 거기까지는 생각을 못 했는지 난처한 표정을 지었다.

"난 그냥 빨리 회의 끝내고 아이들이 보고 싶어서……."

"너도 참. 네가 사장이면 그리 좋은 사장은 아닐 거야."

안젤라의 핀잔에 바이올렛이 웃으며 말했다.

"그러게. 네 말대로 난 사업은 하면 안 되겠어."

"하고 싶으면 해. 네가 사업하고 싶다고 하면 윈터 경께서 뿌리까지 뽑아다 주실 텐데."

두 사람이 이야기하며 차를 마시고 있을 때, 문이 벌컥 열렸다. 윈터가 불쾌한 표정으로 안을 한번 들여다보고는 바이올렛을 발견하고 성큼성큼 걸어왔다.

"누가 내 아내를 이렇게 오래 붙잡고 있어?"

윈터가 묻자 바이올렛은 멈칫하고, 안젤라는 웃음을 터트렸다. 그러더니 바이올렛을 곤란에서 구해 주려 말을 돌렸다.

"윈터 경, 바이올렛이 사업하고 싶다네요."

"무슨 사업이요?"

"꽃 사업이겠죠?"

"아."

윈터가 머릿속으로 잠시 계산하다가 바이올렛에게 물었다.

"얼마나 크게?"

그의 말에 바이올렛이 장단 맞춰 주려는 듯 물었다.

"얼마나 크게 해도 돼요?"

"나라 규모로 할 건지, 대륙 규모로 할 건지."

"……선택의 폭이 좁군요."

"그럼 우리 공주님이 사업을 하는데 동네 단위로 하나?"

"나에겐 작은 가게도 버거울 텐데요."

"전문 경영인을 따로 고용하면 되지."

윈터가 뭘 당연한 얘기를 하냐는듯 말하고는 아내의 차를 한 모금 마셨다.

보통의 귀족이 할 행동은 아니었지만 이제는 그의 행동을 지적할 만큼 용감한 사람이 라크라운드에 남지 않았다.

찻잔을 내려놓은 윈터가 말했다.

"지금은 일단, 우리 애들 시장으로 모험을 떠났거든. 구경 가지?"

"어머, 정말요? 테오도?"

"테오도. 그러니까 더더욱 구경 가야지."

윈터가 꼬드기자 바이올렛이 금방 몸을 일으키고는 안젤라에게 말했다.

"남은 회의 부탁해, 앤지."

"걱정 마. 빨리 끝내고 다 집에 보낼게."

안젤라의 능청에 바이올렛이 웃으며 고개를 끄덕였다.

부부는 일곱 살 난 딸아이가 간 방향으로 먼저 이동했다.

테오조차도 모르고 있지만 두 아이의 경호는 지나칠 정도로 철저했다. 세계 재벌인 윈터의 입장에서는 당연한 행동이었다.

레클강 주변에서 한 달에 한 번씩 서는 라크라운드에서 가장 큰 시장의 입구에 도착하자, 윈터가 망원경을 꺼내 들었다.

"저기 있네."

그가 확인한 후 바이올렛에게 건네주자, 그녀는 남편이 왜 망원경을 들고 다니는 건가 의아해하며 시장을 살폈다. 그런데 웬만한 사람들보다 목 하나가 큰 윈터와 달리 바이올렛의 시야에는 딸이 보이지 않았다.

"안 보이는…… 위, 윈터!"

윈터가 바이올렛을 안아 들어 주자 그녀가 당황하면서도 망원경으로 올리비아를 찾았다. 그제야 샛노란 가방을 메고 당당하게 걷는 올리비아와 그 뒤에 모른 척 따라 걷는 경호원들이 보였다.

바이올렛은 병아리 같은 딸이 귀여워 당장 달려가 끌어안아 주고 싶은 마음이 들었다.

"우리 딸은 어쩜 저렇게 귀여울까."

바이올렛이 혼잣말하자 그녀를 내려 준 윈터가 물었다.

"찾으러 갈까?"

"음, 생각하는 바가 있어서 모험 중인 것 같네요."

"좀 놔두고 미행해?"

윈터가 묻자 바이올렛이 고개를 끄덕였다.

두 사람이 살금살금 딸아이를 따라가 보니, 주변은 보지도 않고 꿋꿋하게 직진만 하던 올리비아가 멈춰 서서 꽃가게를 보고 있었다. 가방끈을 꼭 쥔 올리비아는 도중에 들켜 준 뒤 딱 달라붙어 호위하던 프란에게 말했다.

"꽃 살 거야."

"꽃이요?"

"응. 엄마는 나랑 꽃을 제일 좋아해."

올리비아가 노란 배낭을 열더니 꼼꼼하게 접은 5라크네 지폐를 꺼냈다. 망원경으로 그걸 살핀 바이올렛이 표정을 찡그리고는 윈터를 흘기며 물었다.

"올리브한테 지폐가 왜 있을까? 용돈은 매주 동전으로만 주는데."

윈터가 움찔하며 시선을 피했다.

"아니, 우리 딸이 너무 귀엽잖아……."

"그렇다고 일곱 살짜리 애한테 저렇게 큰 돈을 줘요?"

"올리브가 까치발 들고 두 손 내밀면 뭘 사 달라고 해도 거절을 못한다니까? 애초에 내 딸한테 일주일에 1라크네라니 너무 적잖아. 저 꼬마가 신탁에서 돈을 꺼내 쓸 줄 아는 것도 아니고……."

윈터가 열심히 변명하는 사이, 올리비아가 꽃집으로 들어가 제 키보다 높은 계산대를 향해 힘껏 팔을 뻗었다.

"안녕하세요. 화이트 재스민 주세요! 그리고 이거 만들어 주세요!"

아이가 지폐와 함께 준 그림을 받아 든 직원이 계산대에 엎드리다시피 해 몸을 내밀었다. 그녀는 올리비아가 귀여워 함박웃음을 지으며 물었다.

"이렇게 예쁜 걸 직접 그렸어요, 꼬마 아가씨?"

"네! 엄마 줄 거예요!"

올리비아가 해맑게 하는 말이 가게 밖까지 들려서, 밖에 서 있던 바이올렛이 두 손을 가슴에 올리고 감동한 표정을 지었다.

한참 뒤 직원이 준비해 준 꽃과 거스름돈을 받아 들고 신나서 꽃집을 나선 올리비아는 문밖에 서 있는 부모를 발견하고 입이 크게 열려 신나게 달려갔다.

"엄마랑 아빠다!"

윈터가 달려온 올리비아를 훌쩍 안아 들었다.

"이 녀석, 말도 없이 집을 나가면 어떡해?"

"이거 사러 나왔는데?"

올리비아가 재스민을 베이스로 아름답게 엮은 화관을 두 손으로 쥐고 눈을 깜빡깜빡거리자 윈터가 전혀 화를 못 내고 사르륵 녹아서 말했다.

"그랬어? 잘했네."

"윈터."

"그래도 앞으로 절대 그러면 안 돼."

바이올렛이 혼내듯 이름을 부르자마자 윈터가 단호하게 혼을 냈다. 그러나 전혀 통하질 않아서, 올리비아는 헤헤 웃으며 바이올렛에게 화관을 내밀었다.

"엄마 생일 선물이야. 시들까 봐 빨리 주려고 했는데 잘 왔네."

올리비아가 어른 같은 말씨를 쓰자 바이올렛도, 윈터도 웃음이 터지고 말았다. 바이올렛이 씌워 달라는 듯 머리를 가까이 해 주자 올리비아가 조심조심 화관을 올려 주었다. 바이올렛이 행복한 표정을 지으며 윈터에게 물었다.

"어때요?"

"환상적이야."

윈터가 진심으로 대답하곤 올리비아에게 말했다.

"어떻게 저런 선물을 줄 생각을 했어? 우리 딸은 정말 똑똑하네."

"아빠도 눈치챘구나? 올리브 똑똑한 거."

올리비아가 어깨를 으쓱으쓱하더니 배시시 웃었다.

"이제 엄마 꽃은 내가 살 거니까 아빠는 사면 안 돼. 알지?"

"그래, 그래. 우리 딸 하고 싶은 대로 해."

윈터가 대답하는데 바이올렛이 살짝 인상 쓰는 시늉을 해 보이며 말했다.

"하지만 자꾸 몰래 용돈 주고 하면 안 돼요. 너도 달라고 하지 말고, 올리비아."

그녀의 말에 윈터가 뭐라 말하려 하자 올리비아가 바이올렛 몰래 어깨를 톡 때리고는 순순히 대답했다.

"응, 이제 아빠가 줘도 싫다고 할게!"

올리비아의 대답에 바이올렛이 미소 지으며 딸아이 뺨을 두 손으로 감싸 이마에 쪽 입을 맞췄다. 그러곤 화관이 정말로 마음에 들었는지 꽃집 유리창에 비친 제 모습을 이리저리 살피며 행복한 얼굴을 했다.

"우리 올리브 정말 대단하구나. 너무 예뻐. 고마워."

그 모습을 흐뭇하게 바라보던 올리비아가 윈터에게 소곤거렸다.

"일단 알겠다고 하고 몰래 줘야지!"

"……우리 딸 아빠 닮았구나?"

"응. 하옐이 그랬는데 올리브는 성격이 아빠 닮았대."

"어떻게 우리 딸한테 그렇게 심한 말을……."

무심코 성질을 내려 했던 윈터가 고개를 갸우뚱하는 올리브를 보고 슬며시 웃어 보이며 말했다.

"꽃 좋아하는 거랑 얼굴은 바이올렛을 쏙 빼닮았어."

"그러니까. 그건 엄마랑 똑같아."

윈터의 서재에는 그가 멋대로 돈을 얹어 주고 강탈해 온 바이올렛의 어릴 적 초상화들이 걸려 있었다. 올리비아는 그중에서도 지금 본 인 또래의 바이올렛을 그린, 교복을 입고 있는 초상화를 유난히 좋아 해 종종 그 앞에서 똑같이 근엄한 자세를 취해 보이곤 했다.

실컷 행복한 선물을 감상하고 난 바이올렛이 손짓했다.

"자, 이제 테오 데리러 가요."

* ❄ *

부모님께 말을 하지 않고 외출을 한 건 테오 블루밍 로렌스 인생 처음이었다.

자식에 대한 윈터의 과보호는 정말 심각한 수준이라, 아이들이 다니는 학교까지 갈 때 마차가 흔들리면 안 된다며 새로 길을 깔았을 정도다. 거기에다 도대체 학교에 얼마를 지원한 건지 테오가 교장실을 딱 한 번 찾아갔을 땐 대체 무슨 일이냐며 교장이 사색이 되어 달려 나왔었다.

아무튼 그런 게 아니더라도, 올해로 열 살의 테오는 이미 수려한 외모와 반듯한 태도로 학교에서 모든 여학생들의 관심을 독차지하고 있었다.

알린이 부모 손을 잡고 가다 말고 넋 놓고 테오를 돌아보는 꼬마 아가씨들의 시선에 킥킥 웃으며 소년을 놀렸다.

"이야, 우리 도련님 열 살부터 벌써 이렇게 인기가 많아서 어떡합니까? 나중에 어른 되면 아가씨들 피해 다녀야겠는데요?"

"과장하지 마, 알린. 그 정도는 아니야."

"그 정도예요. 솔직히 다들 도련님 얼굴만 봐도 저렇게 홀리는데, 도련님에 대해서 더 잘 알고 나면 상사병에 걸리게 될걸요?"

기회만 있으면 제 도련님에 대해서 자랑을 늘어놓기 바쁜 알린에게 익숙해진 테오가 말없이 웃고는 어머니에게 배운 단정한 자세로 걸음을 옮겼다.

리스트를 미리 써 오긴 했지만 자신이 없었다. 역시 직접 봐야 할 것 같아 모든 가게를 들어가 꼼꼼하게 살피기로 했다.

리스트에 향수가 있어 가까운 향수 가게에 들어섰던 테오는 입구에서 다툼이 일어나자 무심코 고개를 돌렸다.

"네까짓 이방인이 들어올 곳이 아니라니까!"

"저 애도 회색 눈인데 왜 안 된다는 건데요!"

"저분은 카닉사 대표님의 아드님이시라고. 돈이 있으시단 얘기지. 너 같은 게 동일시할 분이 아니야."

그 모습에 테오가 문 쪽으로 향했다. 그러고는 카닉 일족의 아이를 가로막고 서 있는 가게 주인을 보았다.

소년이 가게 주인을 향해 입을 열었다.

"나 들으라고 하는 말인가?"

"예, 예?"

"내게 카닉 일족의 피가 흐른다는 걸 알면서 내가 보는 앞에서 저 손님을 막아서는 건, 나에게 들으란 걸로 들리네."

"그, 그런 거 아닙니다, 도련님! 그렇게 느끼셨으면 제가 무릎을!"

"이미 자네가 날 우습게 여기는 것을 알게 되었는데, 무릎을 꿇은들 그게 진심으로 보일까."

두 걸음 뒤에 서 있던 알린은 제 도련님이 저런 서늘한 분위기를 낼 수 있다는 사실에 감격했다. 테오가 곧이어 입구에 서 있는 또래 여자아이에게 말했다.

"같이 갈래? 수도 호텔 안에 다른 향수 가게가 있어."

"어? 저, 정말요?"

"편하게 말해도 돼. 우리 학교 상급생이지?"

"응? 나 알아?"

"알아. 우리 어머니와 이름이 같아서."

테오의 말에 여자아이가 크게 고개를 끄덕이더니 가게 주인에게 혀를 날름 내밀어 놀리고, 곧장 테오를 따라나섰다.

수도 호텔 방향으로 향하기 전, 테오가 자리에 멈춰 서더니 한 손을 가슴에 얹고 정중하게 말했다.

"내 이름은 테오 블루밍 로렌스야."

어린 신사의 인사에 순간 얼굴이 빨개져 테오를 보고 있던 소녀가 얼른 정신을 차리고 인사했다.

"우리 학교에 널 모르는 사람이 어디 있어. 아, 그리고 내 이름은 바이올렛이지만 다들 미들 네임인 샬롯을 써. 공주님 이름이라서 부담스럽대."

"그렇구나. 나도 우리 어머니 성함이니 샬롯이라고 부르는 게 편할 것 같아."

샬롯이 뒷짐을 지고 걸음을 옮기며 말했다.

"사실 내 이름은 너희 어머니 성함을 딴 거야."

"그래?"

테오가 그건 몰랐는지 눈을 동그랗게 떴다. 샬롯이 말을 이었다.

"내가 태어나기 전에, 우리 아빠가 광산에 매몰된 적이 있었대. 그 때 바이올렛 공주님이 오셔서 마을 사람들을 구해 주셨어. 그 직후에 엄마가 임신을 해서 내 이름을 바이올렛이라고 지었대."

"그렇구나."

테오가 여전히 미소 띤 얼굴로 고개를 끄덕이더니 말을 이었다.

"그럼 샬롯도 내가 태어날 무렵에 몸이 아팠겠네."

"맞아! 그때 마을 사람들이 다 같이 감기에 걸렸었대. 나도 그렇고. 엄마가 그러는데, 우리가 공주님의 아픔을 조금씩 나눠 가진 거랬어. 아기가 무사히 태어날 수 있게."

"……응."

테오의 대답이 느려지자 샬롯이 눈이 동그래져서 소년을 돌아보며 말했다.

"그 후엔 공주님 부부가 고맙다면서 우리 마을에 학교를 지어 주셨고, 아직까지도 학비가 전액 무료야."

"고마워."

"뭐가?"

"나 대신 아파 줘서."

테오의 말에 샬롯이 멋쩍은 표정을 지었다.

"에이, 공주님이 아니었으면 난 태어나지도 못했는걸. 그보다 너 정말로 그렇게 부자야? 다들 엄청 궁금해하던데. 너 입학할 때 요트로 레클강 항해하면서 폭죽 터트린 거 정말 너희 아버지가 하신 거야?"

"……응."

그날, 테오는 요트에 제 이름이 있다며 수치스러워하던 어머니의 마음을 십분 이해했다. 그나마 저는 좀 낫지, 올리비아가 입학할 땐 비행선에 현수막을 걸었다. 올리비아가 신나서 좋아했으므로 바이올렛도 말리지 못했었다.

샬롯이 중얼거렸다.

"정말 부자구나……."

"그런가. 난 평생 우리 집에서만 살아서 특별히 모르겠어."

"매일 고기 먹을 수 있어?"

"아, 집에 목장이 있어."

"세상에, 너 정말 부자구나! 집도 막 다섯 채씩 있어?"

"그게, 우리 집은 그다지 집이 많을 필요가 없어서……."

"왜에?"

샬롯이 의아해서 고개를 갸우뚱하는데, 테오를 발견하자마자 호텔 직원들이 사색이 되어 달려왔다.

"저 사람들 왜 다 달려와? 아, 그러고 보니까 여긴 왜 카닉 호텔이지? 우리 일족이랑 관계가 있나?"

"아, 그, 그게……."

차마 저것도 아버지 거라 대답하기 곤란해 테오의 목소리가 점점 작아졌다. 그런 소년의 속도 모르고 달려온 직원들이 다급하게 물었다.

"도, 도련님! 무, 무슨 일로 오셨습니까!"

"계신 곳으로 마차를 부르시지, 이 험한 길을 걸어오신 겁니까?"

"어서 들어오십시오! 식사 준비해 드리겠습니다!"

모두의 호들갑에 샬롯이 안절부절못하고 울상이 되었다. 테오는 귀가 빨개졌지만, 곧 침착한 태도로 어른들을 달랬다.

"그저 산책 중에 향수 가게에 가 볼까, 갑자기 마음먹은 겁니다. 연락 없이 찾아와 죄송합니다."

"아닙니다, 도련님! 당연히 연락 없이 오셔도 되지요!"

"맞습니다! 대표님이 오신 것도 아니고, 도련님이 오신 건데요! 자주 오세요!"

예상 못 한 호들갑에 샬롯이 돈이 든 작은 동전 지갑을 끌어안았다. 그러자 테오가 바로 소녀 쪽으로 몸을 돌렸다.

"에스코트해도 될까?"

테오가 정중히 손을 내밀자 얼굴이 확 빨개진 샬롯이 고개를 여러 번 끄덕이고는 손을 마주 잡았다. 두 아이가 향수 가게로 향하는 사랑스러운 모습은 모든 직원들의 하루 피로가 날아가게 했다.

두 아이 다 어머니에게 줄 선물을 사서 나서는데 테오가 소녀에게 작은 상자 하나를 더 내밀었다.

"이건 선물. 네 거야."

"이게 뭐야?"

샬롯이 질문과 동시에 상자를 열어 보니 향수병 모양의 브로치가 들어 있었다. 이 향수 가게의 시그니처 향수를 본뜬 것이었다. 샬롯이 얼굴이 환해져서 말했다.

"정말 예뻐. 고마워."

"나야말로 고마워."

"학교 갈 때 하고 갈 거야!"

샬롯이 장담하자 테오가 안심해서 눈웃음 지으며 고개를 끄덕였다. 그리고 얼마 안 가 호텔 로비에서 바이올렛 부부를 발견한 테오가 자리에 멈춰 섰다.

부모님이 직원에게 자신의 행방을 묻고 있음을 어렴풋이 깨달은 테오가 서둘러 선물 상자를 등 뒤로 숨겼다.

집에서 볼 때는 몰랐는데, 밖에서 보니 제 부모는 압도적인 분위기를 풍겼다. 모든 사람이 두 분을 몰래 살피는 것이 느껴졌다. 테오는 자라서 부모를 객관적으로 보게 될수록 그들에게 자신이 부족해 보이지 않을까, 하는 걱정에 휩싸였다.

그때 옆에 있던 샬롯이 말했다.

"테오는 부모님과 정말 닮았구나?"

"응? 아, 응. 아버지를……."

"얼굴은 아버지랑 똑같은데 웃을 땐 어머니랑 똑같은 것 같아."

샬롯의 말에 테오가 조금 자신이 생겨서 고개를 끄덕였다. 그때 테오의 부모가 두 아이에게로 다가왔다. 곤히 잠든 올리비아를 안아 들고 있던 윈터가 인상을 썼다.

"무슨 일이지? 올리브는 몰라도 넌 말없이 집을 나갈 녀석이 아닌데."

"죄송해요."

테오가 어쩔 줄 몰라 하며 대답했다.

열 살이 되도록 거의 혼낼 일이 없던 아이기는 하지만 질문 좀 한다고 이렇게 주눅 들 만큼 약한 아이도 아니었다. 윈터가 인상을 쓰더니 올리비아를 옆에 있던 직원에게 잠깐 맡기고, 아이의 앞에 무릎을 꿇어 올려다보았다.

"테오."

"네."

"화내는 거 아니야. 그런 표정 짓지 마."

그러자 테오가 윈터를 보았다. 아들의 표정을 확인한 윈터가 한동안 눌러뒀던 날것의 분노를 내비쳤다.

"무슨 일 있었어, 내 아들?"

그러자 뒤에 있던 샬롯이 얼른 무언가를 말하려다가, 저도 모르게 바이올렛의 눈치를 보더니 치마를 잡아 고개를 숙여 인사했다. 그 모습에 테오의 표정을 보고 다물렸던 바이올렛의 입꼬리가 의식적으로 올라갔다.

"편하게 대해 주렴. 무슨 일이니?"

"그게요! 아까 거리의 향수 가게를 갔는데, 거기 있던 가게 주인이 저 회색 눈이라고 못 들어오게 했어요!"

"……그랬니?"

"안에 테오가 있었는데 그거 듣고…… 괜찮아 보였는데 테오도 속상했던 거지?"

샬롯이 묻자 테오가 머뭇거리다가 곧 고개를 조금 끄덕였다. 그 이야기에 윈터도, 바이올렛도 표정이 굳었다. 윈터가 몸을 일으키며 말했다.

"잠깐 여기 있어, 다녀올게."

그의 말에 바이올렛이 미소로 대답을 대신하고, 아이들에게 말했다.

"그럼 온 김에 차라도 한잔 마시고 갈까? 테오의 친구는 이름이……."

바이올렛의 질문에 테오가 금방 기쁜 표정으로 대답했다.

"바이올렛인데, 보통 중간 이름인 샬롯을 쓴대요."

"어머, 정말이니?"

바이올렛이 놀라자 샬롯이 대답했다.

"우리 부모님 아세요? 칼리본에 살고요, 엄마 이름은 낸시예요. 아빠 이름은 루토고요!"

"아……."

바이올렛이 저도 모르게 샬롯을 꼭 끌어안았다.

"그럼, 당연히 알지. 네 첫 번째 생일에 칼리본에 가서 직접 얼굴도 봤었단다."

"우와, 정말요? 거짓말인 줄 알았어요!"

"정말이야. 너의 어머니가 얼마나 멋진 사람이었는지. 칼리본에 사고가 났을 때 마지막까지 힘을 내서 사고를 알렸고, 그곳에서도 늘 다른 사람을 도와줬어. 너의 아버지는 마지막 사람들이 다 나가는 걸 보고 나서야 자기도 밖으로 나오겠다고 했지. 너희 어머니가 안전하다는 걸 듣고서야 정신을 잃더구나."

바이올렛의 이야기에 샬롯의 얼굴에 자랑스러움이 가득 찼다. 샬롯이 바이올렛의 손을 당기며 말했다.

"더 얘기해 주세요!"

"그럴까?"

바이올렛이 즐거워하며 두 아이를 데리고 빈 객실로 향했다. 그리고 마음 편히 잠든 올리비아를 침대에 눕혀 주고 즐거운 티타임을 보냈다.

그사이 바이올렛의 연락을 받고 샬롯을 찾으러 온 낸시가 도착했다. 그녀는 온 김에 함께 차를 마시며 바이올렛에게 이것저것 칼리본 이야기를 해 주었다.

얼마 전 광산은 폐쇄되었으나 학교와 기차역이 생긴 덕에 혼혈 아이가 있는 카닉 일족과 일족이 아닌 다양한 사람들도 이주해 와 북적거리고 활기찬 마을이 되었다고 했다. 샬롯은 카닉사에서 만든 장학금 제도를 이용해 수도로 데려왔다고 했다.

바이올렛은 이게 다 공주님 덕이라는 낸시의 호들갑을 말리며 티타임을 즐기다가 드문드문 테오와 샬롯의 얼굴을 살폈다. 이번만큼은 남편이 욱하는 걸 조금도 막고 싶지 않았다.

✽ ❄ ✽

테오가 태어난 이후부터 윈터는 상당히 많이 성격을 누그러뜨렸다.

그러나 단 한 가지, 이전보다 더 크게 화내는 부분이 회색 눈에 대한 차별이었다. 저야 뭐 어떻게 대우받든지 큰 상관이 없었으나 아들은 아니었다. 테오는 아주 조금의 차별도 받아서는 안 되었다. 방금 본 테오의 주눅 든 표정을 떠올린 윈터는 분노가 온몸을 휘감아 소리 내어 웃기까지 했다.

"감히 내 아들 듣는 곳에서 그딴 소리를 지껄여?"

곁에 있던 하옐이 서류를 확인 중인 카닉사 직원을 힐끔 보았다가 윈터에게 말했다.

"몰랐겠죠, 설마하니 대표님까지 등장하실 줄은."

맹수의 새끼도 어릴 때는 귀여우니까, 라고 하옐은 속으로만 생각했다. 테오는 누구에게나 다정다감하고 사랑스러운 소년이니 순간 우습게 여길 수도 있었으리라. 그 뒤에 있는 저 거대한 짐승이 와서 물어뜯으리라고는 생각 못 했을 것이다.

서류를 확인한 직원이 말했다.

"네, 서류에 전혀 문제없습니다. 저 건물은 이제 대표님 겁니다."

윈터가 하옐에게 말했다.

"가서 알려 줘."

"뭐라고요?"

"나가라고."

윈터가 당연한 걸 뭘 묻냐는 듯 대꾸했다. 그는 할 일이 끝나 다시 호텔 방향으로 몸을 돌렸고, 하옐은 얼떨떨해하는 직원을 다독여 가게로 향했다. 이제 저 상인은 수도는커녕 라크라운드 전역에서 장사를 하기 어려울 것이었다. 평소라면 말렸겠지만, 솔직히 하옐 역시 테오에게 상처를 준 자를 그대로 놔두고 싶지 않았다.

✻ ❄ ✻

윈터가 호텔 객실에 들어서 보니 시간이 늦어 바이올렛이 잠옷 차림으로 기다리고 있었다. 아내에게 쪽 입을 맞춘 윈터가 물었다.

"애들은?"

"샬롯은 아이 부모가 데려갔고, 우리 아이들은 자고 있어요. 일은요?"

"잘 끝내고 왔어."

곧 두 사람은 아이들이 잠들어 있는 침대로 향했다.

테오와 올리비아는 한 침대 위에 곤히 잠들어 있었다. 성격이라도 보이는 듯 올리비아는 두 팔을 넓게 벌려 태평하게 자고 있었고, 테오는 올리비아 쪽으로 몸을 기울여 얌전한 자세로 잠들어 있었다.

윈터가 흐뭇하게 아이들을 바라보다가 바이올렛의 귀에 속삭였다.

"내 가족을 건드리는 놈들은 절대 가만두지 않을 거야."

"나도 그래요."

"그래서. 테오는 뭘 사 왔어?"

"향수요. 재스민으로."

"이 꼬맹이들 서로 짜고 왔나 보군."

"그런가 봐요."

바이올렛이 즐겁게 웃더니 다시 걸어가 벗어 두었던 화관을 머리에 쓰고, 테오가 사 온 향수를 손목과 목에 조금씩 발랐다. 그러더니 윈터의 앞에 서서 물었다.

"향기 좋죠?"

고개를 들고 묻고는 대답을 기다리는데, 윈터가 몸을 숙이더니 그녀에게 입을 맞췄다. 그녀의 몸이 뒤로 밀리지 않게 허리를 두 손으로 감싸 잡고 진하게 입을 맞추고 난 윈터가 입술이 닿은 채로 대답했다.

"천사 같아."

"향기 좋냐니까……."

"솔직히 난 당신이 무슨 향수를 쓰든 안 쓰든 다 좋아. 뭐, 우리 아들이 사 온 거니 개중에 더 좋겠지만."

"정말이지."

윈터가 바이올렛을 한 손으로 훌쩍 안아 들었다. 그러곤 다른 한 손으로 아이들이 잠든 침실 문을 닫은 뒤 다른 침실로 향했다.

바이올렛이 침실 문을 잠그는 윈터의 목을 끌어안으며 물었다.

"올해 생일에도 아침 식사 만들어 줄 거예요?"

"당연하지."

"저녁에는 데이트를 하고?"

"응, 저녁에는 데이트를 하고."

"그리고 밤에는……."

"여기서 자자. 장모님께 아이들 맡기고."

엘라는 1년에 한 번, 딸아이 생일이면 제집에서 자고 가는 손주들을 연중 최고의 행복으로 여겼다. 그리고 다음 날 아이들을 데리러 온 바이올렛 부부와 아침 식사를 했다.

그것이 바이올렛이 엘라와 사적으로 만나는 전부였으나, 그녀는 그것만으로도 만족했다.

윈터는 제가 씻는 동안도 바이올렛과 떨어져 있는 게 싫어 그녀를 욕실로 데려가서는 거기 놓인 의자에 앉혀 두고 옷을 벗기 시작했다.

바이올렛은 한심하다는 듯 한숨을 쉬었으나, 시선으로는 그의 몸을 천천히 살폈다. 역삼각형으로 떨어지는 뒷모습에 근육이 탄탄히 들어선 엉덩이와 그녀의 허리만 한 허벅지는 아무리 봐도 질리질 않았다.

윈터가 커튼이 둘러진 욕조 안으로 들어가며 말했다.

"들어와."

"난 목욕했어요."

"또 해. 내가 씻겨 줄게."

"글쎄……."

바이올렛이 말끝을 흐리는데 물기에 흠뻑 젖은 윈터가 걸어오더니 젖은 몸으로 아내를 안아 들었다. 바이올렛은 옷이 젖는다고 한 소리 하면서도 그가 잠옷 채로 저를 욕조에 끌고 들어가는 것을 내버려 두었다.

윈터가 다시 제 체구에 비해 작은 욕조에 몸을 구기고 반쯤 드러누워서 제 배 위에 앉힌 아내의 잠옷에 따뜻한 물을 끼얹어 흠뻑 적시며 말했다.

"우리 공주님은 화나도 내 몸 보면 풀리지?"

"자만하는군요."

"자만하다니. 내가 당신 눈에 예쁘려고 얼마나 운동을 하는지 알아?"

"음……."

"됐다는 말은 안 하는군. 그래, 앞으로도 쭉 노력할 테니까 쭉 예뻐하기나 해."

윈터가 능청을 떨자 바이올렛이 즐겁게 웃고는 고개를 끄덕였다.

* 🏵 *

바이올렛의 생일은 올해도 성대하게 치러졌다. 바이올렛은 도대체 왜 그런 행동을 하는지 이해를 못 했지만, 윈터는 매해 아내의 생일이면 신문에 광고를 내고 카닉 호텔 모든 지점에 아내의 생일을 기념하는 특별 메뉴를 만들어 내놓았다.

바이올렛은 남편의 어린 시절이 마음에 남아 있어 보육원에 유난히 많은 관심을 기울였기에, 윈터는 무슨 과한 행사를 하든 아내가 잔소리할 수 없도록 동시에 막대한 돈을 아내 이름으로 세워진 보육원들에 기부했다.

* 🏵 *

그해 겨울, 바이올렛은 저녁 파티에 가기 위해 일찍감치 격식 있는 드레스를 차려입었다. 학교에 들러 두 아이를 데리고 가야 했고, 준비할 것들도 있었다.

아침부터 준비를 시작했는데, 점심시간이 지나서까지 끝나질 않았다. 바이올렛이 드레스에 떨어지지 않게 조심해서 비스킷을 먹고는 다소 지친 얼굴로 젠을 보았다.

"젠, 오늘은 평소보다 좀 더…… 음, 신경을 많이 쓰는 것 같네."

그녀가 이건 너무하는 거 아닌가 하는 마음을 꾹꾹 누르고 돌려 말하자 젠이 되레 심각한 얼굴로 말했다.

"오늘 행사는 정말, 정말 중요한 행사란 말이에요! 더 일찍 일어났어야 하는데! 마님께서 아침잠이 많으신 바람에! 시간이 모자라요!"

"그건 고맙지만 이제 슬슬……."

"조, 조금만 더 시간을 주세요!"

젠이 억울한 표정으로 붙잡는데 문이 벌컥 열렸다. 문 앞에 선 윈터가 살짝 들뜬 표정을 지으며 날아온 전신을 흔들었다.

"바이올렛, 우리 딸이."

"우리 딸이?"

바이올렛이 눈을 동그랗게 뜨고 묻자 윈터가 기가 차 웃으며 말했다.

"같은 반 녀석이랑 싸웠대."

"……뭐라고요?"

"다친 곳은 없다니 걱정 마. 역시 내 딸이군. 우리 딸이 더 많이 때렸……."

태연하게 말하던 윈터는 저와 달리 한없이 복잡해지는 바이올렛의 표정을 보고는 슬슬 말끝을 흐리다가 냉큼 말을 바꿨다.

"을 리 없지. 사고를 치다니, 이 녀석. 혼나야겠어."

윈터가 그리 말하더니 아내의 손을 잡아 일으켰다. 바이올렛은 소중한 걸 뺏긴 표정의 젠을 미안한 듯 돌아보긴 했으나, 올리비아가 사고를 쳤다니 정신이 없어 뭐라 말도 건네지 못하고 급하게 마차로 향했다.

"우리 딸이 사고를 쳐서 학교에 오게 되다니."

윈터가 더없이 뿌듯한 얼굴로 학교를 바라보았다. 학교를 다니는지도 모르게 조용히 지내는 테오와 달리, 올리비아는 학교에 입학하자마자 폭풍을 몰고 다니고 있었다.

윈터가 기분이 좋은 저와 달리 한숨을 쉬고 있는 바이올렛에게 핀잔했다.

"테오가 당신 닮아서 지나치게 얌전한 거야. 입학식에 내가 폭죽을 터트렸다고 하루 종일 울상이었다고. 올리브를 봐. 자기 생일에 반 애들을 전부 호텔로 불러다 파티를 하는 애야."

"그게 자랑이에요?"

"그럼. 한 명도 빼놓지 않고 챙기는 게 훌륭하잖아. 우리 딸은 뭐가 돼도 크게 될 거야."

바이올렛은 상상도 못 할 행동의 연속이었다. 교장실 문이 열리고, 윈터는 쌈박질을 해서 머리칼이 산발이 된 올리비아와 그 옆에 얼굴에 멍이 든 소년을 보았다.

그 순간 표정이 싸늘해진 윈터가 소년을 내려다보며 물었다.

"⋯⋯내 딸을 쳤어?"

그의 살기에 소년이 움츠러들자 교장이 말했다.

"그런 거 아닙니다. 올리비아 양이 일방적으로 폭력을 휘둘렀죠."

윈터가 내 천사 같은 딸이 주먹을 휘둘러 봐야 얼마나 휘둘렀겠냐고 말하려 하는데 바이올렛이 먼저 입을 열었다.

"정말이니?"

그러자 올리비아가 벌떡 일어서서, 바이올렛을 똑같이 닮아 사랑스럽기 그지없는 얼굴로 말했다.

"제드가 나보고 고생 모르고 자란 부르주아라고!"

그 말에 제드가 퉁명스럽게 말했다.

"틀린 말도 아니잖아."

그러자 올리비아가 윈터가 기가 찰 때 짓는 삐뚤어진 표정으로 코웃음 쳤다.

"바보 아냐? 내가 어떻게 부르주아야? 우리 엄마 바이올렛 블루밍 로렌스야. 난 그냥 부자가 아니라 혈통 좋은 부자거든. 그러니까 부르주아가 아니지, 멍청아."

"뭐, 뭐? 그래서 때린 거였어?"

"그럼. 틀렸으면 맞아 가며 배울 때도 있는 거지."

올리비아가 빈정거리며 2차전이 시작되려 하자, 먼저 온 제드의 부모와 인사를 나누던 바이올렛이 언성을 높였다.

"올리비아 블루밍 로렌스!"

"먼저 놀린 건 제드인데!"

"그래서 폭력을 써도 된다고 누가 그랬니?"

바이올렛의 서늘한 얼굴에 올리비아는 물론 교장실 안 모두가 움찔하며 입을 다물었다. 그녀가 교장을 보며 정중한 태도로 말했다.

"처벌은 학교 측에서 결정해 주시면 감사하겠습니다."

"예? 아무리 그래도 올리비아 양에게 봉사 활동을 시키는 건……."

"좋습니다. 그렇게 하시지요."

그 말에 올리비아가 충격받은 표정을 지으며 바이올렛 앞으로 걸어가 그녀의 옷깃을 쥐고 물었다.

"정말? 엄마는 내가 화단 가꾸기 같은 걸 해도 괜찮아?"

"그건 나도 늘 하잖니."

"그, 그렇지만 올리브는 화단 가꾸기 안 좋아하는데?"

올리비아가 뒤늦게 당황했는지 눈을 깜빡깜빡거리며 애교를 부렸다. 제 아버지를 닮아 위급할 땐 금방 애교를 떨고 마는 딸아이에게 바이올렛은 순간 넘어갈 뻔했으나, 눈을 질끈 감았다가 다시 뜨고 말했다.

"그래도 해야지."

안 그래도 몰락한 귀족가 출신이라, 권력으로 보나 재력으로 보나 대륙 최고의 가문인 블루밍 로렌스가 아이와 아들이 싸움이 난 것에 겁을 내며 달려왔던 제드의 부모가 안도했다. 제드의 어머니가 교장에게 말했다.

"먼저 시비를 건 것은 우리 아들이니, 제드에게도 같은 벌을 주시면 좋겠습니다."

양쪽 학부모가 저희 아이들에게 벌을 주라고 나서니 후폭풍을 걱정하던 교장의 얼굴이 한결 밝아졌다.

"그럼 올리비아 양, 제드 군 둘 모두에게 봉사 활동 열 시간을 적용하겠어요. 주말에 화단을 가꾸러 나오세요."

교장의 결정이 끝나고 두 아이와 부모 모두 교장실을 나왔다. 바이올렛에게 한 소리를 더 듣고 난 올리비아가 불만 가득한 얼굴로 제드에게 걸어갔다.

"제드."

"뭐."

제드가 움찔하며 묻자 올리비아가 말했다.

"미안해."

"……나, 나도 미안."

"근데 너 나 좋아해?"

올리비아의 말에 바이올렛이 충격으로 입이 열린 채 굳었다. 반면 윈터는 앞으로 10년은 뒤에나 겪고 싶었던 딸아이의 이성 문제에 표정이 굳었다.

제드가 정색하며 되물었다.

"왜, 왜 그렇게 생각하는데?"

"혹시 좋아하면 좋아하지 말라고."

"어?"

"나 올리비아 블루밍 로렌스야. 내가 나한테 시비 거는 애를 좋아하게 될 리가 없잖아. 너무 잘해 줘도 거들떠볼까 말까 한데."

올리비아가 또박또박 말하더니 제드의 부모에게 공손히 인사를 하고 휙 돌아 바이올렛을 와락 끌어안았다.

"사과했어! 엄마 이제 화 안 났지?"

"응, 잘했구나……."

바이올렛이 충격받은 얼굴로 얼떨결에 대답하는 사이, 윈터가 올리비아를 안아 들었다.

"자, 그럼 우리 딸. 내일은 아빠랑 봉사 활동 할 때 입을 옷 사러 갈까?"

"화단에 심을 꽃도 사자. 이 기회에 학교에 제비꽃 심을래. 볼 때마다 엄마 생각나게."

"그래, 그래. 기특해라. 벌써 효녀야, 우리 딸."

윈터가 하늘의 별도 따다 줄 기세로 딸과 이야기하며 복도를 걸어갔다. 바이올렛도 제드의 부모에게 가볍게 눈인사를 하고 두 사람을 따라 걸음을 옮겼다.

세 사람은 자연스럽게 테오가 있는 학생회실로 향했다.

왕립 학교는 각자 교복 외에도 200여 년 전 왕실 기사들이 입던 것과 같은 정복을 가지고 있었다. 그것을 특별한 행사 때 입곤 했는데,

오늘 회의가 중요한지 테오가 정복을 입고 있었다.

올리비아가 말했다.

"언니들이 다 오빠만 봐. 딴 사람이 얘기하는데도."

그 말에 윈터가 혀를 차며 대꾸했다.

"테오와 같은 학년 여학생들 성적이 떨어지면 우리 집에서 책임을 져야 할 지경이군."

윈터가 곧바로 아내를 보며 물었다.

"당신도 저런 거 입었었어?"

"물론이죠."

"그런데 왜 내가 산 그림 중에 없지? 누가 빼돌린 거 아냐?"

"없는 모양이네요."

"잘하지도 못하는 거짓말 하지 마. 어디야? 당장 사람 보내게."

"그래서 안 돼요."

바이올렛이 거절하자 윈터가 이날을 위해 아껴 놓았던 무기를 꺼냈다.

"기억이 나는군. 당신이 내 생일에 나에게 먹인 그 새카만 로스트 치킨."

"⋯⋯학생회실 창고에 있을 거예요."

바이올렛이 마지못해 대답하자 윈터가 곧장 학생회실의 창고 문을 눈으로 확인했다. 학교 건물 하나 더 지어 주고 그림을 빼돌려야겠다고 계획을 세우고 있을 때, 가족을 발견한 테오가 반가워하며 잠시 학생회실을 나왔다.

"벌써 오셨어요?"

윈터가 대꾸했다.

"올리비아가 작은 사고를 쳤어."

"맞아. 작은 사고였어."

올리비아가 맞장구쳤다. 테오는 걱정스러웠지만 이내 부드러운 미소를 지으며 말했다.

"이제 거의 마무리 중이에요."

테오가 그렇게 말하고 들어가려는데 테오의 친구들로 보이는 사내아이 셋이 우르르 나와서 말했다.

"테오 아버님! 저희 학년 연말 파티를 아버님 호텔에서 하면 안 될까요!"

"테오가 아버님께 여쭤보지도 못하게 합니다!"

테오가 당황하며 친구들을 밀어 문 안으로 넣었다.

"안 된다고 하잖아."

"왜 안 돼? 내 아들한테 내가 그 정도도 못 해?"

윈터가 인상을 쓰자 바이올렛이 대신 대답했다.

"호텔을 사적으로 이용하고 싶지 않은 거죠. 당연히."

"꽉 막혔군, 우리 공주님 닮아서."

그의 말에 바이올렛이 흘겨보자, 윈터가 금방 아내 쪽으로 관심을 뺏겼다가 그녀가 테오를 보라고 눈짓하고 나서야 다시 정신을 차렸다.

"수도 호텔을 써. 이벤트 홀을 빌려줄 테니까. 비용은 내가 내지."

그 말에 기겁한 아이들이 물었다.

"예? 테, 테오 아버님께서 전부 다 내신다고요?"

"꼬마들이 써봐야 뭘 얼마나 써."

윈터가 핀잔했다. 테오는 안절부절못하면서도 친구들의 환호와 함께 다시 학생회실로 돌아갔다. 잠시 후 테오의 입에서 연말 파티를 수도 카닉 호텔에서 하게 되었다는 이야기가 나오자마자 학생들이 환호했다.

　연말 파티 장소가 정해지고, 비용까지 생겼으니 학생들의 회의는 오히려 길어졌다. 한참이 지나 회의가 끝나고 테오가 나왔다.

　학교 건물을 나서며 바이올렛이 손을 내밀자 테오가 배시시 웃으며 그녀의 손을 꼭 잡았다. 테오의 한 손은 올리비아가, 올리비아의 다른 손은 윈터가 잡았다.

　네 사람이 교정에 나서니 아까부터 내리던 눈이 그새 쌓여 있었다. 가족들은 곧바로 개방한 왕성 건물 중 하나인 라크라운드 미술관으로 향했다.

　이제 막 문을 여는 미술관에는 이미 많은 사람이 북적거리고 있었고, 바이올렛의 가족들이 나타나자 모두가 환호하며 맞아 주었다.

　테오가 부모님을 얌전히 따라다니며 소개해 주는 어른들에게 공손히 인사를 하는 사이, 올리비아는 또래 친구들과 빠르게 사귀어 까르륵까르륵거리며 눈밭을 뛰어다녔다.

　딸아이를 보며 별수 없이 웃던 바이올렛이 테오의 등을 떠밀었다.

　"테오도 나가서 놀아."

　"전 이제 열 살이니까 이따가 놀아도 돼요!"

　"이따가 부를 테니 놀고 있으렴."

　바이올렛의 말에 안 그래도 놀고 싶어 하던 테오가 잠시 생각하더니 고개를 끄덕이고 제 쪽으로 달려오는 학교 친구들과 함께 눈밭으로 나갔다.

　그사이 따뜻한 와인을 두 잔 가져와 한 잔을 아내에게 건넨 윈터가 기막혀하며 바이올렛에게 물었다.

"저 녀석들은 오늘이 얼마나 중요한 날인지 모르는 거지?"

"그렇게 중요한 날도 아닌걸요."

"하긴, 애들이 뭘 알겠어."

윈터가 웃어 버리고는 커다란 액자가 걸린 위를 바라보았다. 그곳엔 역대 라크라운드의 왕의 초상화가 있는데, 끝의 액자에는 하얀 천이 덮여 있었다.

액자에 달린 줄을 누군가가 끌어당겨 천을 벗기자 바이올렛의 초상화가 드러났다. 그리고 그 아래에 의원 중 하나가 명패를 박아 걸었다. 명패에는 라크라운드의 마지막 왕이라는 문구와 함께 바이올렛의 이름이 적혀 있었고, 즉위 기간이 0일이라고 되어 있었다.

바이올렛이 웃으며 말했다.

"즉위 기간이 0일이라니. 재미있는 기획이었어요."

"기획이라니. 라크라운드 사람들은 당신을 사랑하고, 의회 입장에서는 앞으로도 툭하면 당신한테 대외 업무 해 달라고 징징거려야 하는데, 당신이 하도 고집부리니까 어떻게든 이름만 올리려고 겨우 타협 본 거 아냐."

"아닌 건 아닌 거니까."

"그래, 그래. 당신이 심각한 고집쟁이인 것까지 사랑하지, 내가."

윈터가 놀리듯 말하자 바이올렛은 웃음이 터졌다. 그리고 제 명패 아래 적힌 문구들을 바라보며 중얼거렸다.

"이제 정말로 완벽히, 왕정은 끝났군요."

"당신이 깔끔하게 마무리해 주신 덕이지."

"'깔끔하게' 마무리된 건 당신 덕이죠."

윈터는 아내의 손을 잡아 손등에 몇 번이고 입을 맞추며 말했다.

"그럼 우리가 잘한 걸로 해."

"좋은 결론이군요."

"내가 사랑한다고 말했나?"

"하루도 빼놓지 않고 매일."

"내가 당신을 얼마나 많이 사랑하면 그러겠어, 우리 공주님."

윈터의 능청에 바이올렛이 다시 웃음을 터트리고 대답했다.

"나도 사랑해요."

그녀의 말에 윈터는 마치 사랑한다는 말을 처음 듣기라도 한 사람처럼 들뜬 표정을 지었다.

행사가 끝나 파티가 시작되자, 바이올렛은 축하 인사를 하러 오는 사람들에게 둘러싸였다.

그 와중에도 어떻게든 사업 이야기를 하려는 사람들에게 적당히 대꾸해 주던 윈터는 문득 바이올렛을 바라보았다. 바이올렛은 커다란 눈사람을 만드느라 여념이 없는 테오와 올리비아를 창문을 통해 가만히 바라보고 있었다. 그러나 얼마 안 가 그녀가 다시 축하 인사를 받아 주느라 사람들 쪽으로 고개를 돌렸다.

윈터는 아내가 저와 똑같은 생각을 하고 있다는 사실에 행복해하며 바이올렛에게 다가갔다.

"잠깐 시간 좀 내줘."

그러자 이야기하던 귀부인들이 그를 흘기며 말했다.

"온종일 붙어 계셔 놓고 또 부인을 어디로 데려가려고요?"

"맞아요! 한창 재미있었는데."

한 소리 듣고도 윈터는 태연한 표정을 지으며 말했다.

"제가 원래 아내 없으면 죽는다고 소문 다 났을 텐데요? 사람 살리는 셈 칩시다."

원터가 태연히 말하고는 바이올렛의 손을 잡아끌고 문으로 향했다. 바이올렛이 겨우 빠져나와 원터에게 소곤거렸다.

"고마워요."

"빨리 우리 꼬마들이랑 놀자."

바이올렛이 웃으며 고개를 끄덕였다.

부부가 미술관 밖으로 나오자 올리비아가 신이 나서 앞으로 달려가 팔짝거리고 뛰었다.

"우리 눈사람 크게 만들자! 엄청 크게!"

"안 그래도 그러려고 나왔지."

원터가 대답하더니 이미 큼지막하게 만들어진 눈덩이를 굴리기 시작했다. 테오가 옆에서 같이 또 하나의 눈덩이를 굴리며 말했다.

"집에 가면 오늘도 코코아 해 주세요."

"아, 나도!"

올리비아가 신나서 말을 덧붙이자 바이올렛이 즐겁게 말했다.

"당신이 만든 코코아를 좋아하는 건 온 가족이 똑같네요."

"그래 보이는군. 그보다 바이올렛, 당신도 와서 눈사람 만드는 데 참여해야 코코아가 더 맛있게 느껴질걸?"

"맞는 말이군요."

바이올렛이 웃으며 동의하곤 올리비아의 손을 잡고 눈사람을 만들기 위해 걸어갔다.

외전 4. 행복 I

눈보라 치는 능선을 걸어가는 하옐의 눈에 눈물이 그렁거렸다.

"도련님! 이러다 우리 죽겠어요!"

"닥쳐! 나도 지금 뒈질 것 같으니까!"

"예? 안 들려요!"

"닥치라고!"

"예? 덥다고요?"

원터가 짜증이 나서 돌아보니 모자에 달린 귀마개의 끈을 턱 아래에 꽁꽁 묶고 있는 하옐이 보였다. 얼마 전 열여덟 살 생일을 지난 원터는 아직도 키가 자라고 있었고, 그만큼 엄청난 양을 먹어 치워 덩치가 불어나는 중이었다. 반면 워낙 못 먹고 자란 하옐은 여전히 비실비실했고, 그래서인지 추위를 더 심하게 타는 것처럼 보였다.

그는 그냥 다시 돌아서서 걸음을 옮기다가, 욕설을 하며 목도리를 풀어 하옐의 얼굴에 집어 던졌다. 그리고 다시 앞장서서 걸었다.

다행히 두 사람은 그로부터 아주 멀지 않은 곳에서 산장을 발견했다. 산장 문을 끼깅거리며 닫은 하옐이 안도의 한숨을 내쉬고는 이내 분통을 터트렸다.

"그 롱 리우드 땅만 안 샀어도 인부들과 같이 올라왔을 거고, 그럼 길 안 헤맸을 거 아닙니까!"

"필요하니까 샀다고!"

"농사도 안 짓는 분이 그 땅이 왜 필요하냐고요, 도대체!"

"거기도 기차역이 지나갈 것 같다니까!"

"지나갈 것 같아서 사는 게 어디 있어요! 이게 도박이랑 뭐가 다릅니까!"

"젠장, 그렇게 안정적으로 살고 싶었으면 남이 만든 가게에서 일했지, 이런 개고생을 왜 해!"

두 사람은 눈보라를 뚫고 나갈 정도로 고성을 지르며 싸워 댔다. 윈터가 정말로 열이 받는다면 얻어맞을 수도 있다고 하옐은 늘 생각했으나, 지금처럼 필요한 업무적인 다툼은 윈터도 원하는 것이었다.

지금까지 벌어들인 막대한 돈을 싹싹 긁어서, 자라는 건 밀과 약간의 포도밖에 없는, 끝을 알 수 없는 규모의 농지를 사들인 윈터의 결정을 하옐은 지옥으로 걸어가는 길이라고 몇 번이나 평했으나 이미 돌이킬 수 없었다. 하여튼 타고난 뭐가 있든지, 그냥 미친 도박꾼이든지 둘 중 하나였다. 지금 하옐이 보기엔 후자가 99.9%였다.

윈터가 하옐의 키만 한 배낭을 내던지고 부싯돌을 꺼냈다. 산장 한 벽이 다 장작인 것을 본 그가 투덜거렸다.

"장작 괜히 가지고 왔네. 무거워 뒈지는 줄 알았는데."

그가 불평하면서도 착실히 불을 붙이는 사이 하옐이 윈터의 가방을 들어 보았다. 두 팔로 낑낑거려도 밀리지도 않는 걸 저 인간은 도대체 어떻게 들고 여기까지 온 건가, 기함할 따름이었다.

장작이 얼어서 불이 잘 붙을지 하옐은 내심 걱정했었는데 윈터는 능숙하게 불을 피워 순식간에 크게 키웠다.

저 도련님은 어릴 때 얼마나 고생을 했길래 저렇게 생활력이 좋은 건가. 하옐이 궁금해하며 가방에서 독주 한 병과 육포를 꺼내 윈터에게 내밀었다.

윈터가 술을 마시며 몸을 녹이는 사이 하옐은 담요를 꺼내 몸을 칭칭 감고 벽난로 앞에 앉아 육포를 뜯었다. 끔찍하게 고생스러운 날씨였다.

"길에서 구걸할 때가 나았어요. 그땐 춥진 않았다고요."

"여기서 쫓겨나고 싶지 않으면 꿍얼대지 마."

윈터의 핀잔에 하옐의 입술이 댓 발 튀어나왔다.

산장 창문이 끊임없이 덜그럭거렸다. 벽난로 앞에 담요를 덮고 누웠는데 그 소리에 겁이 나 하옐은 좀처럼 잠이 오지 않았다.

"이러다 산장이 날아가는 거 아니에요?"

"……."

윈터는 벌써 잠들었는지 답이 없었다. 하옐은 이불을 머리까지 뒤집어쓰고 두 손으로 귀를 틀어막았다.

수도 기차역 근처에서 또래의 빈민굴 아이들과 몰려다니며 구걸을 하던 삶이 더 낫다고는 할 수 없었다. 그래도 최소한 이제 인신매매당할까 봐 날카로운 걸 들고 다닐 필요는 없었으니까.

하옐이 장작을 끌어다가 몇 개 더 던져 넣고 다시 이불을 뒤집어썼다.

"무서워 죽겠네……."

잠든 줄 알았던 윈터가 입을 열었다.

"이런 날에는 산짐승도 안 나와. 다행인 줄 알아."

"총 있잖아요."

"맞힐 자신 있어?"

"……더 무서워졌잖아요."

하엘이 입을 삐죽거리며 담요를 꼭 쥐었다. 무섭긴 해도 이전보다 인생이 나아졌다고 생각했다. 저 인상 더러운 이방인 도련님을 따라나선 건 자신의 인생에서 가장 잘한 선택이었다고 하엘은 확신했다.

가난하게 자란 우리는 성공해서 더 많이 행복해질 수 있으리라고 소년은 생각했다. 그것은 돈에 대한 윈터 블루밍의 강렬한 신념이 전염된 것이기도 했다.

다음 날 아침엔 눈보라가 그럭저럭 그쳤고, 보호받을 곳 일절 없던 능선도 끝나 끝없이 하늘로 솟은 나무숲으로 들어서게 되었다.

숲을 걷고 또 걸어가니 그 깊숙한 곳에 그들이 찾던 마을이 있었다. 라크라운드에서는 한 번도 본 적 없는, 머리에 작은 뿔이 난 사람들이 사는 마을이었다.

"……와, 진짜 뿔이 있어."

"있다니까."

"어떻게 아신 거예요?"

"열두 살 때 왔었어. 길을 잃어서."

"네, 네에? 여기를요? 누구랑요?"

"혼자."

"혼자 어떻게 왔어요?"

"그땐 길에서 죽으나 여기서 죽으나 마찬가지였어."

윈터가 담담히 대꾸했다. 두 사람이 걸어가자 어린아이들이 말똥말

통한 눈으로 그를 보며 무언가 말을 걸었다. 그러나 윈터도, 하옐도 그 말을 전혀 알아들을 수 없었다. 하옐이 소곤거렸다.

"뭐라는지 모르겠어요."

"나도 몰라. 쟤네 언어겠지."

두 사람이 계속 걸어가는데 아이들이 따라왔다. 안으로 계속 들어간 두 사람은 드디어 숲 한구석에서 윈터가 찾던 풀을 발견했다.

"이거야."

"와……."

하옐이 윈터가 말한 풀을 뜯어 킁킁 냄새를 맡아 보았다. 싸한 냄새가 났다. 그러자 옆에서 아이들이 틀렸다는 듯이 손을 마구 휘젓더니 주저앉아 풀을 헤집었다. 그러곤 그들이 뜯은 작은 풀이 아닌, 꽃까지 핀 큰 풀을 뜯어 내밀었다. 하옐이 그것을 받아서 아이들을 따라 입에 넣고 우물거리니 온몸에 느껴지던 근육통이 조금 가시는 게 느껴졌다. 하옐의 눈이 휘둥그레졌다.

"지, 진짜로 근육통이 사라집니다!"

"그렇다니까."

윈터가 만족스럽게 씨익 웃더니 가방을 열었다. 그리고 그 안에 최대한 채워 온 색색으로 염색한 가는 실타래를 들어 보였다.

"이 약이랑 바꾸자."

아이들의 눈이 한없이 커졌다. 아이들이 잠깐 있어 보라고 손짓하더니 실타래 하나와 풀 한 움큼을 뜯어 어디론가 달려갔다.

얼마 지나지 않아 마을 어른들이 모두 몰려나왔다.

그제야 하옐이 둘러보니 마을 아이들은 짐승 가죽으로 만든 옷 위에 알록달록한 색실로 만든 장식품을 달고 있었다. 그러나 염색 기술이 좋지는 않은지 색깔이 다 흐릿했다. 라크라운드 수도에서 가져온 강렬한 색감의 실과는 아주 달랐다.

윈터가 말했다.

"이 사람들이 날 구해 줬을 때, 내 옷을 바느질한 실에 엄청 관심을 가지더라고. 초록색 실이었거든."

"그렇군요?"

"여긴 가는 실도, 염색약도 없는 모양이야."

사람들이 실을 황홀한 표정으로 살펴보더니 이내 온몸으로 교환에 응하겠다는 표현을 했다. 그리고 두 사람을 데려다 따뜻한 불을 피운 곳에 앉히고 차와 먹을 것을 가져다주었다.

하옐이 드디어 석 달 만에 육포나 육포 끓인 수프가 아닌 제대로 된 식사를 하며 행복한 표정을 지었다.

그사이 아이 하나가 윈터와 하옐 앞에 와서 앉더니 나뭇가지로 바닥에 그림을 그리기 시작했다. 아이의 그림을 보니 저 풀을 뜯어서, 건조하고, 갈아야 한다는 내용이었다.

윈터가 고개를 끄덕이고는 아이 머리통을 쓱쓱 문질러 주었다. 아이가 배시시 웃더니 말이 통하거나 말거나 두 이방인 사이를 비집고 앉았다.

"우리가 낯설 텐데도 되게 반겨 주네요."

"어."

윈터가 모처럼 보는 맑은 하늘을 올려다보며 말을 이었다.

"그러니 이곳의 존재는 비밀이야."

"인부들은 일부러 안 데려온 거군요?"

확실히 외부인이 들어와서 득 될 것 없는 마을로 보였다. 윈터의 어머니가 속한 카닉 일족처럼 이들도 하나의 일족이 여기에 모여 사는 모양이었다.

하옐은 힐끔 윈터를 살폈다. 그는 성격이 못됐고, 돈을 벌기 위해서라면 무엇이든 하는 사람이었으나, 나름으로 만들어 놓은 선이 있었다.

약재를 만드는 데 걸린 일주일이 지난 후, 두 사람은 가져온 실타래를 전부 꺼낸 가방에 대신 자루 가득 약재를 챙겨 다시 눈보라 치는 능선을 걸었다.

❋ ❅ ❋

그들이 남은 여정을 마치고 라크라운드로 돌아왔을 땐 거의 반년이 지나 있었다. 그러나 약재를 팔고, 몇 번의 거래를 거친 그들의 손에는 고생한 보람 이상의 돈이 쥐어져 있었다.

그 돈을 은행에 넣고 나서, 두 사람은 수도의 숙박업소에 들어가 한동안 내리 먹고 자기만 했다.

그 후 두 사람은 드디어 블루밍 가문으로 돌아가기 위해 기차에 올랐다. 블루밍 가문에 가려면 기차를 두 시간 타고, 거기서부터 사흘 정도 마차를 타야 했다. 창밖을 바라보던 하옐이 물었다.

"그나저나 귀족 도련님인데 반년씩 집에 안 가도 돼요?"

"우리 부모님은 그런 거 신경 안 써."

하옐도 부모가 제대로 된 축은 아니었던지라, 그러려니 하고 고개를 끄덕였다.

얼마 후, 기차가 남부로 향하는 마지막 기차역에서 멈춰 섰다. 기차에서 먼저 내린 하옐이 무언가를 발견하고 기겁해서 윈터를 불렀다.

"도련님! 도련님!"

"왜."

뒤이어 느긋하게 내린 윈터가 짜증을 내다가 하옐이 가리킨 곳을 발견하고 눈이 커졌다. 그러더니 곧바로 지나가던 역무원을 불렀다.

"저기!"

역무원이 인상을 썼다. 잘 차려입은 이방인이 마음에 안 든 게였다. 그러거나 말거나 윈터가 다급하게 물었다.

"저기 선로가 연결돼?"

"그걸 네놈이 알아서 뭐 하게."

"되냐고!"

성질 급한 윈터가 언성을 높이고 멱살을 움켜쥐었다. 그제야 겁을 먹은 역무원이 말했다.

"그, 그래! 지금 롱 리우드까지 가는 선로를 놓고 있지. 조만간 화물 기차가 다닌다더…… 저, 저 망할 이방인이!"

윈터는 멱살을 놓자마자 신이 나서 무작정 선로를 따라 달리기 시작했다. 하옐이 낑낑거리며 그 뒤를 따라 달렸다.

어느 정도 달려가 선로 중간에서 멈춘 윈터가 말했다.

"나는 부자가 될 거야."

그 말에 하옐이 숨이 차서 헉헉거리며 그의 뒷모습을 보았다.

윈터가 끝없이 펼쳐진 평야와 그 평야 끝으로 사라지는 선로를 바라보며 한 번 더 중얼거렸다.

"나는 이 대륙에서 가장 큰 부자가 될 거야. 그래서 다신, 누구도 날 보고 이방인이라 부르지 못하게 할 거야."

그 말에 하옐이 열심히 고개를 끄덕였다. 부자가 되겠다고 말하는

열여덟 청년은 드물게 즐거워 보였다. 아마 그가 부자가 되면, 그때가
되면 언제나 오늘 같은 즐거움을 느끼게 될 것이리라.

하엘은 확신했다.

❋ ❅ ❋

"대표님?"

"……"

"대표님, 무슨 편지인데 그런 표정이십니까?"

하엘의 거듭된 질문에 윈터가 들고 있던 편지를 접었다. 아내가 보
였던 증상이 상상 임신이 아니라, 그의 부모가 준 약에 의한 것이라
는 내용의 편지였다. 아내가 떠나기 전 그녀의 주치의였던 자가 쓴 것
이었다.

그는 자리에서 일어서다가 비틀거리며 그대로 자리에 주저앉았다.
놀란 하엘이 달려와 윈터의 팔을 붙잡아 부축했다. 윈터가 그 팔을
확 뿌리치더니 굳은 얼굴로 말했다.

"오겔 화원으로 가자. 엔나 부인을 뵈어야겠어. 지금쯤이면 아내의
편지를 볼 수 있을 거야."

"의사부터 부르세요, 대표님."

"말대꾸하지 마."

윈터가 그의 팔을 뿌리치고 몸을 일으키더니 직접 마차를 잡기 위
해 걸음을 옮겼다.

하엘은 바닥에 떨어진 편지를 들어 확인하고 이내 그것을 접어 챙
긴 후 윈터를 따라나섰다. 하엘은 불안한 걸음으로 복도를 걷는 윈터

의 뒷모습을 바라보며, 도대체 왜 그는 바라던 것을 이루고도 행복하지 못한 것인가를 생각했다. 오히려 그의 삶은 점점 더 불행해져 갔다.

언제쯤이 되어야 그는 행복해지나.

언젠가 행복해지기는 하는 걸까.

하옐은 알고 싶었다.

엔나는 눈보라를 뚫고 나타난 윈터를 발견하고 혀를 쯧 찼다. 바이올렛이 키론으로 떠난 후, 윈터는 종종 이렇게 오젤 화원의 주인이자 아내가 무척이나 따르는 어른인 엔나 부인을 찾아왔다. 그녀가 떠난 지 1년 가까이 지났건만, 오늘은 그 타격이 유난히 더 큰지 윈터의 얼굴에 어둑한 우울이 드리워 있었다.

"우산이 괜히 있는 게 아닐 거네만."

엔나가 말을 걸어 봐도 윈터는 한동안 입매를 굳히고 서 있을 따름이었다. 그가 손으로 머리칼과 얼굴에 묻은 눈을 대충 훑어 내고 한 걸음 들어섰다.

"아내에게서 온 편지는 더 없습니까?"

윈터가 바로 목적부터 말하자 엔나가 혀를 찼다.

"몸이나 녹이고 말하게."

"가져온 게 있는데."

윈터가 제 할 말만 하기에 엔나는 저 사내가 영 남의 말을 못 듣는 상태라는 걸 알았다.

윈터가 대충 천으로 감아 온 나무통을 열고 와인을 꺼냈다.

"전승 기념일 100주년 와인입니다. 좋아하신다고 들어서."

"맙소사, 그걸 어떻게 구했나? 이제 고작 스무 병 남았다는 걸."

"스무 병이나 남았더군요."

윈터가 혼잣말하듯 중얼거리며 뒤따라온 하인들에게 손짓했다. 그러자 하인들이 스무 병의 와인이 든 상자를 집 안에 내려놓았다.

엔나는 거의 표정 변화가 없는 사람 중 하나임에도 라크라운드에 스무 병 남은 와인을 몽땅 찾아 손에 넣는 윈터의 재주에는 놀랄 수밖에 없었다. 엔나가 기막혀하며 물었다.

"혹시 내가 편지를 내주지 않을까 봐 준비한 겐가?"

그 말은 들었는지 윈터가 음울한 얼굴로 고개를 끄덕였다. 엔나가 마지못해 편지를 내주자 윈터가 그제야 정신을 차리고 눈이 녹으며 축축해진 장갑을 벗어 주머니에 구겨 넣었다.

두 손으로 조심스럽게 편지를 받아 든 윈터가 그것을 펼쳤다.

할머니, 키론은 정말 따뜻한 곳이에요. 11월인 지금도 그리 두꺼운 옷이 필요하지 않네요. 게다가 볕이 얼마나 좋은지 몰라요. 햇살이 좋으니 늘 경쾌한 기분이에요.

거리 화가가 그린 키론 풍경을 동봉해요. 그림에 보이는 그대로의 사랑스러운 장소예요.

윈터는 마치 이 편지가 겨울에 더없이 부족해진 햇살처럼 느껴져, 손가락 끝으로 한참을 어루만졌다. 잠깐의 햇빛이 사라지고, 윈터의 얼굴이 도로 밤처럼 어두워지자 엔나가 안쓰러운 마음으로 물었다.

"그렇게 그리우면⋯⋯ 답장할 때 동봉해 줄 테니 편지라도 써 보는 게 어떤가?"

"그건 안 됩니다."

"왜?"

"아내가 제 발로 와야 해요. 제가 잡으면 안 됩니다. 제가 잡으면 혹시 또……."

"또?"

"또다시…… 나쁜 생각을 할지도 모르니까."

바이올렛의 편지를 본 직후의 윈터는 잠깐이나마 반가움에 밝아졌다가 금방 더 큰 상처를 입어 눈가루처럼 산산이 흩어져 버릴 것 같은 상태가 되곤 했다.

엔나가 미간을 좁혔다. 무슨 일이 있었던 것인지 알고 싶었으나 그 질문이 저 사내의 목을 조를 것 같아 물을 수도 없었다. 그저 종종 찾아오면 술이나 한잔 같이해 주는 것뿐, 도리가 없었다. 어른이 되어서 젊은이들에게 해 줄 수 있는 게 없음이 서글펐다.

* * *

무심코 그날을 떠올리던 엔나는 다시금 현재로 돌아왔다.

엔나는 새로 손주들이 생긴 이후, 손주들을 초대하는 행사에 더욱 열을 올리기 시작했다.

요즈음도 오겔 화원에서는 그녀가 젊은 시절 사교계에서 사귄 인맥들이 여전히 우정을 과시하며 지속적인 정찬을 이어 갔다. 그러나 손주들이 오는 날에 비하면 준비가 소홀해지고 있는 것이 사실이었다.

샤론과 바이올렛의 아이들에게 인사를 받고 나서, 아이들 입맛에 맞추어 준비한 긴 점심 식사가 이어졌다.

식사가 어느 정도 끝나 아이들이 정원으로 뛰쳐나가자 윈터가 가져온 와인 한 병을 들고 엔나의 맞은편에 와 앉았다. 엔나가 불쑥 말했다.

"왜 이제야 꺼내 놓나? 안 가져온 줄 알았지."

"그렇게 사람보다 와인을 더 반기는 거 무례한 거 아닙니까?"

윈터가 툴툴거리자 엔나가 담담히 대답했다.

"무례라니. 내가 이 나이가 된 뒤로는 자네같이 대드는 청년을 본 적이 없네."

"청년기는 지났을 나이인데요."

"건방 떨지 말게. 내 눈엔 아직도 새파랗게 어리니까."

엔나는 무뚝뚝한 얼굴로 말하면서도 집사를 시켜 그가 가져온 와인을 개봉해 잔에 가득 따르게 했다. 좋은 와인을 한 모금 즐긴 엔나가 샤론 부부와 이야기하며 웃고 있는 바이올렛 쪽을 보곤 말했다.

"저 아이는 자네를 정말로 사랑하는구나."

엔나의 말에 윈터가 입꼬리를 씰룩이며 말했다.

"그건 저도 알지만, 왜 그렇게 생각하시는지는 알고 싶군요."

"잘 보게. 바이올렛이 자네와 이야기하며 두리번거리는 거 본 적 있나?"

"아뇨."

"바이올렛은 왕실 예법이 몸에 익어서 누구와 이야기할 때에도 실수하지 않으려고 상대방 이야기에 집중하는 아이야. 그런데 보게."

윈터가 바이올렛을 보았을 때, 그녀가 잠깐 시선으로 윈터를 찾았는지 눈을 마주치고 부드럽게 눈꼬리를 휘어 웃었다. 그러다 다시 샤론과 아우스 쪽을 보았다. 그 모습을 본 엔나가 말했다.

"저 애만큼 사랑에 빠졌을 때 알아보기 쉬운 사람도 없지. 저 반듯한 아이가 다른 사람과 이야기하면서도 정신이 온통 자네에게 있잖나."

엔나의 말을 듣고 나서 윈터는 저도 모르게 바이올렛을 뚫어져라 바라보았다. 그런데 그 시선을 어떻게 알고, 바이올렛이 다시 그를 보더니 엔나 쪽을 보라며 단호한 얼굴로 눈짓했다. 그런 아내를 확인하고 나니 윈터의 가슴속에 참을 수 없이 큰 행복이 퍼져 나갔다.

그 빤한 얼굴에 엔나가 말했다.

"와인 가져온 보람이 있지?"

테이블에 한 팔을 걸고 있던 윈터가 엔나 쪽으로 고개를 조금 기울이며 말했다.

"전 원래 사업가라 이득이 없는 상대에겐 선물 안 하는데요."

"그게 자랑인가?"

핀잔을 들고서도 윈터는 실실 웃었다. 그렇게 엔나와 술을 몇 잔 더 마셔 준 후, 윈터는 바이올렛에게로 다시 걸음을 옮겼다.

❅ ❆ ❅

샤론과 아우스의 아들인 에단은 외동이라, 엔나가 식사에 초대할 때마다 또래인 테오와 그 동생인 올리비아를 만날 수 있다는 것에 너무나 기뻤다.

혹여나 추울까 윈터가 두툼하게 챙겨 준 옷을 입고 정원을 살피는 올리비아의 다섯 걸음쯤 뒤에서 따라 걷는 테오에게 에단이 소곤거렸다.

"올리브 지금 뭐 하는 거야?"

"우리 가족은 날씨가 좋으면 늘 정원에서 산책을 하거든. 그때 어머니가 꽃 이름을 많이 알려 주셨어. 그래서인지 올리비아는 정원에 가면 늘 모르는 꽃이 있나 저렇게 찾아봐."

"그렇군."

에단이 고개를 끄덕거리고는 힐끔 테오를 보았다. 도착하자마자 정원을 헤집고 다녀 입고 온 옷이 흙투성이인 올리비아에 반해 테오는 머리끝부터 구두까지 깔끔하고 단정했다.

저 애들이 같은 집 녀석들이라고 누가 믿겠느냐고 생각하던 에단이 돌부리에 걸려 넘어지려는 올리비아를 빠르게 눈치채고 팔을 붙잡았다. 그러곤 아무 일 없었다는 듯 일으켜 놓고 테오에게 말을 이었다.

"너희 정원은 엄청 크니까, 여기에 모르는 꽃이 없을지도 몰라."

에단의 재빠른 행동을 본 테오가 놀랍다는 듯이 말했다.

"꽃에 관해선 잘 모르지만, 네가 정말 운동 신경이 좋다는 건 알겠어."

"너도 좋잖아."

"성격도 좋고."

에단은 제 눈에 완벽한 저 소년이 왜 자신을 칭찬하는지 잘 이해하지 못하며 말했다.

"넌 참 좋은 점부터 보는구나?"

그사이 올리비아가 풀 하나를 발견하고 눈이 동그래졌다.

"우리 집에 없는 거다!"

그러자 에단이 말했다.

"그거 잡초야."

소년의 말에 올리비아가 발끈해하며 말했다.

"아무튼 우리 집에 없는 거잖아."

"그건 이름도 없을걸."

"내가 지어 줄 거야, 멍청이!"

"잡초도 못 알아보는 네가 멍청해."

그 말에 올리비아가 씩씩거리더니 휙 돌아서 엔나 부인에게 달려갔다. 그러더니 그녀의 손을 잡아끌며 말했다.

"할머니! 내가 우리 집에 없는 풀 발견했는데, 에단이 잡초라고 자꾸 뭐라고 해!"

그러자 엔나 부인이 아이를 따라 몸을 숙여 풀을 보고 입을 열었다.

"이건 북부 민들레구나. 어쩌다가 여기까지 날아왔을까? 신기하구나."

"신기해?"

"그럼. 수도에서 본 건 처음이구나. 올리브가 대단한 걸 발견했네. 곧 있으면 여기서 주황색 민들레가 핀단다."

"주황색 민들레라니! 어떻게 그럴 수가 있지?"

올리비아가 깜짝 놀랐다는 듯 눈을 동그랗게 떴다.

아이의 이 뜨거운 호응에 늘 무뚝뚝하던 엔나가 소리 내어 웃었다. 엔나는 평생 가장 사랑하던 것인 화원에 대한 이야기를 그보다 더 사랑하게 된 올리비아와 함께 나눌 수 있다는 사실에 더할 수 없는 행복을 느꼈다.

그사이 올리비아가 들었냐는 듯 에단을 보니 그가 멋쩍은 표정을 지었다.

엔나는 몸을 일으켜 아픈 손가락이던 바이올렛과 그의 남편을 바라보았다. 두 사람은 견고했고, 편안했으며, 기쁨으로 가득했다. 이제 저들은 별로 걱정할 일이 없으니, 그녀는 마음 놓고 사랑스러운 꼬마들 쪽으로 관심을 돌려 버렸다.

✳ ❄ ✳

파티에 초대한 현악 사중주 공연을 가만히 듣던 바이올렛은 어느

새 뒤에 와서 허리를 끌어안는 윈터를 돌아보며 말했다.

"술 많이 마셨어요?"

"응. 엔나 부인께선 술을 정말로 빠르게 드시거든."

"할머니는 다 좋은데 술을 너무 좋아하세요. 조금 줄이시면 좋은데."

바이올렛이 걱정하자 윈터가 고개를 가까이 기울이며 말했다.

"내 걱정만 해. 딴사람 걱정하지 말고."

"충분히 하고 있어요, 당신 걱정."

"아, 하기야. 아까도."

"아까도?"

바이올렛이 고개를 갸우뚱하자 윈터가 장난기가 가득한 목소리로 말했다.

"얘기 중엔 상대방을 봐야지, 아까 자꾸 눈으로 날 찾던데? 공주님이 그래도 되는 건가?"

그 말에 바이올렛이 제 무례에 당황했는지 뺨이 조금 붉어져서 변명하듯 말했다.

"당신이 술 많이 마실까 봐 걱정돼서 그랬어요."

"그러니까 내가 너무 좋아서 대화에 집중하지 못하는 무례를 범하셨다, 이거 아냐."

"그걸 알면 당신은 무례라고 말하면 안 되죠."

"이런 걸로 당신 놀릴 기회가 얼마나 된다고 안 된대."

윈터가 아랑곳하지 않고 계속 놀리자 바이올렛이 제 허리를 감은 두툼하고 단단한 팔뚝을 톡 때렸다. 그러자 윈터가 주변을 둘러보더니 아무도 안 보는 사이 손으로 바이올렛의 엉덩이를 톡톡 두들겼다. 기겁한 바이올렛이 그의 품에서 벗어나 윈터를 마주 보았다.

세상에 다시없이 파렴치한 작자를 보는 바이올렛의 그 표정에도 윈터는 느긋한 얼굴로 입꼬리를 끌어 올렸다.

"아무한테도 안 보였어. 들켜도 우리가 부부인데 어쩔 거야."

"악당 같으니."

"그러게 누가 나 같은 놈이랑 결혼하래?"

윈터가 웃으며 아내의 팔을 당겨 제 허리에 감았다. 그러다 이내 웃음이 터져서는 바이올렛의 어깨에 얼굴을 묻었다. 윈터의 뒤에 사람이 없어서인지, 바이올렛이 복수하려는 마음으로 그의 엉덩이를 손으로 나름 힘주어 쥐었던 것이다.

그녀 딴엔 당황하라고 한 것이었는데, 윈터는 그렇게 웃다가 부족했는지 그대로 자리에 주저앉아 손으로 얼굴을 가리고 끅끅거리며 어깨까지 들썩이고 웃었다.

그의 행동에 당황한 바이올렛이 손으로 윈터의 어깨를 두들겼다.

"빨리 일어나요."

안 그래도 주변 사람들의 시선이 하나둘 부부를 향하는 중이었다. 한참 웃던 윈터가 두 손으로 바이올렛의 손을 잡고 올려다보았다.

"바이올렛."

"왜요."

"나 사랑하지?"

"사랑한다니까."

"나 없인 못 살겠지?"

그 말에 바이올렛이 당연하다는 듯이 고개를 끄덕이자 윈터가 행복한 표정을 지었다.

"그럼 우리 같은 날 죽을까?"

원터가 묻는 말에 난처해하던 바이올렛이 남편의 얼굴에 시선을 고정했다. 안 그래도 아름다운 그의 얼굴이 달빛을 받아 더욱 반짝거리고 있었다. 눈동자에 가득한 사랑이 온전히 저를 향한다는 것이 바이올렛은 기뻤다.

그녀가 단호한 얼굴로, 원터에게 잡힌 손을 들어 코를 톡 건드리며 말했다.

"우리 아이들이 독립 가능한 나이 이후라면요."

"혹시라도 당신이 그 전에 죽으면 난 따라 죽을 거야."

그러자 바이올렛이 정색했다.

"안 돼요. 아이들 다 키워 놓고 죽어요."

그 단호함이 바이올렛다워서, 원터는 또다시 웃음이 터졌다.

그는 여전히 웃음기를 머금은 채 말을 이었다.

"미안하지만 난 당신 없인 못 버텨. 그러니까 오래 살아. 책임감을 가지고."

원터가 웃는 얼굴로 고집을 부리자 바이올렛이 한숨을 푹 쉬고 힘주어 그의 팔을 당겨 일으켰다. 높은 굽을 신었는데도 휙 시선이 높아져 버리는 남편을 올려다보며, 바이올렛이 입을 열었다.

"정말 나 죽으면 따라 죽을 거예요?"

"장례식 치르고 바로."

"나 없인 못 살아서?"

"응."

머뭇거림도 없이 대꾸하던 원터가 아내의 팔을 감싸 쥐며 말했다.

"그런데 이런 얘기 그만하자. 무서우니까."

바이올렛은 고개를 끄덕이곤 물었다.

"아까 할머니와 무슨 얘기 했어요?"

"당신이 사랑에 빠지면 알아보기 쉽다는 얘기."

"즐거운 이야기 같던데."

"숨통이 트이더군."

윈터의 말에 그럼 됐다는 듯 바이올렛이 미소를 지었다.

정원에서 실컷 뛰어놀던 두 아이가 드디어 지쳤는지 부모에게로 달려왔다. 부부는 두 팔을 벌려 아이들을 반겼다.

✳ ❄ ✳

아이들은 둘 다 윈터를 닮아 아주 건강했다. 바이올렛은 그 사실에 안도하며 언제나 제 신과 남편의 신에게 감사의 인사를 했다.

주말 오후, 연일 업무가 쏟아져 늘 바쁜 바이올렛이 모처럼 침실에서 낮잠을 잤고, 두 아이와 윈터는 정원에 나와 있었다.

윈터는 나무 그늘 아래 누워 한 손으로 뒤통수를 베고, 다른 손으로 책을 들어 읽었다. 부모가 독서를 해서 아이들에게 모범이 되고 어쩌고 하는 가정 교사들의 잔소리 때문에 별수 없이 책 읽는 시늉이라도 하는 중이었다.

옆에서 윈터가 특별히 주문하여 제작한 어린이용 의자에 앉아, 테이블에 팔꿈치를 올리고 꽃받침처럼 턱을 괸 올리비아가 한숨을 폭 내쉬었다.

"오빠는 맨날 책만 읽어. 도대체 누구를 닮은 걸까?"

그러자 테오가 책에서 눈을 떼지 않고 부드러운 목소리로 대답했다.

"아버지도 독서 중이시잖아."

"아빠는 귀찮은데 할 수 없이 읽는 거잖아."

"그럼 어머니를 닮았나 봐."

"얼굴은 아빠랑 똑같은데!"

"맞아. 올리브가 어머니랑 똑같이 닮은 것처럼."

"응. 그래서 난 내가 세상에서 제일 예쁜 것 같아."

자신만만하게 말하는 올리브가 귀여워서 테오는 웃음을 짓고, 동의한다는 의미로 진지하게 고개를 끄덕였다.

아무튼 엄마를 닮았다는 말을 제일 좋아하는 올리비아는 무척이나 신이 난 상태였다. 아이는 이내 휙 의자에서 뛰어 내려가 힘 있게 땅을 박차며 나무 아래 누워 있는 윈터에게로 달려갔다. 그리고 자신도 옆에 누우려 했다. 윈터는 책을 내려놓고, 누우려는 올리비아를 대롱대롱 안아 든 후, 다른 한 손으로 바닥에 천을 깔았다. 본인은 아무 곳에나 누워 있으면서 다른 가족들이 그러는 건 두고 보질 못했다.

"나는 뒈질 만큼 고생하면서 컸다고. 너흰 내가 이렇게 곱게 키우니 날 닮으면 안 돼."

윈터는 늘 그렇게 말하지만, 올리비아는 아버지를 따라 하는 걸 좋아했고, 테오에게도 언제나 남자로서 가장 닮고 싶은 사람은 아버지였다.

소년은 책 너머로 드러누워 잠든 올리비아와 윈터를 보았다. 그러다가 바이올렛에게 선물받은 책갈피를 꽂아 책을 덮어 놓고 그들에게로 향했다. 올리비아는 금방 코까지 골아 테오는 웃음을 터트리고 말았다. 테오가 조심스레 입고 있던 재킷을 벗어 올리비아의 배에 덮어 주는데, 윈터가 소곤거렸다.

"테오도 들어가서 다시 두꺼운 거 입고 와."

"안 추워요! 그리고 저도 남자예요."

"감기가 남자는 피해서 걸리는 병도 아니고."

윈터는 투덜거렸지만 이내 별수 없다는 듯 주변을 더듬거려 벗어 놨던 재킷을 찾아 테오에게 건네주었다. 아직 터무니없이 큰 재킷을 입은 테오가 소매를 여러 번 접은 후 올리비아의 옆에 누웠다. 그리고 햇살이 부서지는 나뭇잎들을 올려다보며 말했다.

"저는 언제쯤 아버지처럼 될까요?"

"······나 왜?"

"멋있고, 세상에 어머니 빼고는 무서운 것도 없고, 그리고······."

"계속해 봐."

윈터가 내심 기대하며 말하자 테오가 말을 이었다.

"사람들의 편견도 신경 쓰지 않고요."

이방인의 눈동자에 대해, 테오는 거의 말을 하지 않았다. 자라는 동안 본인 스스로가 세상과 충돌하며 알아 갈 뿐, 부모에게 칭얼거리는 성격이 아니었다.

테오는 이렇게 완벽한 울타리 안에서 자라는 자신도 가끔은 편견을 느끼는데, 그 차별이 몇 배는 심하던 시절을 보낸 윈터는 아무런 보호막 없이 어떻게 버텨 왔는지가 궁금했다.

윈터가 태연히 말했다.

"어릴 땐 신경 썼지."

"정말요?"

"응, 근데, 내가 세상에서 제일 사랑하는 내 아들의 눈이 회색이니까."

윈터의 능청스러운 말에 테오가 배시시 웃었다.

그 순간 어떻게 귀신같이 알고 윈터가 저택 쪽을 보았다. 낮잠에서 깬 바이올렛이 그들에게 오고 있었다. 윈터가 천을 하나 더 꺼내다 벌레를 발견하고 말했다.

"어이씨, 젠장. 우리 공주님 벌레 무서워하는데."

"그런 말을 쓰면 어머니께 이를 거예요."

테오가 말하고 장난인지 모처럼 아이답게 웃었다. 그 사랑스러운 웃음에 윈터의 입꼬리가 절로 올라갔다.

"맘대로 해. 바이올렛은 나의 그런 모습까지도 사랑하니까."

윈터가 태연하게 말했다.

그때 그림자가 지더니 위에서 그가 기다리던 목소리가 들렸다.

"뭘 이른다는 걸까?"

멀리서도 들렸는지, 허리를 숙인 바이올렛이 물었다. 그러자 윈터가 몸을 일으키고 세상모르고 잠든 올리비아를 안아 들며 말했다.

"내가 저급한 말을 썼다고."

"저런. 아이들 앞에선 안 된다는데도."

"어, 그랬는데도."

윈터가 바이올렛의 이마에 입을 맞추고 놀리듯 말했다.

"어쩌다 그런 저급한 놈이랑 결혼해서 애까지 둘을 낳아 버렸네, 우리 공주님이."

"……."

저급한 놈이라는 말에 바이올렛의 미간이 좁아졌다. 그러더니 이내 그를 흘기며 말했다.

"그런 말 한다고 내가 염려해 줄 줄 알아요?"

"예전엔 해 줬잖아."

"거듭 말하지만 그때는 당신이 본인을 저급하다고 착각하고 있었고, 지금은 아니란 걸 알면서 날 놀리는 거잖아요."

그녀의 말에 윈터가 씩 웃더니 아들을 돌아보며 말했다.

"테오, 바이올렛의 모든 부분을 닮아도 좋지만 저건 닮지 마라. 바람둥이 돼."

그의 농담에 바이올렛이 한 소리 하려는데, 테오가 '네' 하고 대답하며 까르륵 웃었다. 놀리는 건 얄밉지만 아이들이 즐거워하니 됐다고 생각하며 바이올렛이 같이 웃어 버렸다.

올리비아까지 잠에서 깨자, 그들 가족은 저녁 식사를 하고, 거실에 모여 앉아 이것저것 이야기하며 간식을 먹었다.

벌써부터 장사를 할 계획을 세우는 올리비아에게서 거상의 새싹을 본 윈터는 지금 당장 딸의 계획을 구체화시켜야 한다며 흥분했다. 덕분에 흥분한 그를 가라앉히느라 테오와 바이올렛의 고생이 이만저만이 아니었다.

여느 때처럼 한참을 웃으며 수다를 떨다가, 부부는 아이들을 하나씩 재워 놓고 방을 나왔다.

문 앞에서 바이올렛이 살짝 손등이 위로 가게 손을 내밀어 보이자 윈터가 흐 웃고 그녀의 손을 깍지 껴 잡았다. 그러곤 당겨서 바이올렛의 보드라운 손등에 입을 맞췄다.

복도를 걸어 침실로 가다가, 윈터가 부부 침실까지 가는 것도 못 견디겠는지 슬쩍 빈방 문을 열고 바이올렛을 끌어당겼다. 못 이기는 척 따라 들어가 주니 윈터가 문을 닫자마자 그녀를 안아 들어 테이블 위에 앉히고 입을 맞추기 시작했다. 바이올렛은 그의 목을 끌어안았다.

'몇 걸음만 더 가면 침실인데……'

그녀는 커다란 창밖으로 새어 들어오는 달빛이 너무 밝다고 생각했다. 그녀가 다른 생각을 하는 걸 알았는지, 윈터가 입술을 댄 상태로 흐흐 웃었다.

"보나 마나 달이 너무 밝네, 테이블 위는 앉는 곳 아니네, 그런 생각 하고 있겠지."

"그걸 알면서 꼭."

바이올렛이 민망한 표정을 감추지 못하자 윈터가 귀여워 못 견디겠다는 듯 그 잠깐 사이에도 그녀의 눈꺼풀이며 콧등, 입술에 쪽쪽 입을 맞추면서 말했다.

"복도에서 키스하면 혼낼 거잖아."

"여기는 좀 다른가요?"

"물론이지. 보는 사람이 없잖아."

"하늘이 알고, 땅이……."

"당신이 침실에서 나한테 안길 때도 하늘과 땅은 알아."

그가 약 올리듯 말하자 바이올렛이 윈터의 어깨를 톡 때렸다. 얄밉다는 듯이 그를 흘겨봐도 윈터는 점점 더 그녀를 바짝 당기기만 했다.

게다가 바이올렛 역시 그와의 입맞춤이 끊어진 게 아쉬워 팔로 감은 목을 끌어당겼다. 윈터가 눈꼬리를 휘어 웃으며 그녀의 허벅지를 손으로 당겨 제 몸에 다리를 감게 하고, 배를 바짝 붙였다. 그러고는 야릇한 시선으로 아내를 바라보았다.

바이올렛은 윈터가 작정하고 저런 눈으로 바라보며 유혹할 땐, 늘 못 이겨 넘어가 버리고 말았다. 결혼 초기엔 상상도 못 하던 일들이, 그와 살아가며 매일같이 일어났다.

윈터가 그녀의 붉어진 뺨에 입을 맞추고 장난스레 말했다.

"안 밀어내네. 무례할 텐데."

그러자 바이올렛이 속삭여 대답했다.

"당신을 사랑하니까."

"……."

"아직도, 당신에게 익숙해지는 중이에요. 느리게 느껴질지는 몰라도……."

그녀의 말에 윈터가 깊게 한숨을 쉬더니 바이올렛의 어깨에 얼굴을 묻고, 그녀의 한 손을 붙잡아 제 심장에 올려놨다. 손을 꾹 눌러 바이올렛이 얼굴을 붉힐 정도로 박동을 느끼게 한 윈터가 말했다.

"궁금한 게 있는데 말입니다, 공주님."

저 말투는 분명 뭔가 음담패설을 하거나 놀리기 전의 예고였다. 바이올렛이 뭔지는 몰라도 말을 못 하게 하려고 손으로 그의 입을 막으니 윈터가 더욱 장난스러워진 얼굴로 그녀의 손가락이 닿은 입술을 움직였다.

"나한테 익숙해지면 나중에는……."

윈터가 그녀의 귀에 무언가 속삭이자 바이올렛이 기겁을 했다.

"어, 어떻게 그렇게 파렴치한 생각을!"

아이 둘이 태어나 학교에 들어갔는데도 상상 못 한 음담패설에 바이올렛의 눈이 휘둥그레졌다. 그게 웃기고 귀여워 죽겠는지 그녀를 끌어안고 웃느라 윈터는 정신이 없었다.

외전 5. 행복 II

올리비아의 첫 번째 생일 얼마 전의 일이었다.

바이올렛은 회사 안까지 안내해 준 하옐에게 소곤거렸다.

"내가 온 건 남편이 모르지?"

"네, 전혀 모르세요."

하옐이 냉큼 대꾸했다. 바이올렛은 고개를 끄덕이고는 함께 온 젠과 하옐을 돌려세우며 말했다.

"그럼 이제 내가 혼자 기다릴 테니 두 사람은 식사라도 같이 해. 일남은 거 있으면 나에게 주고."

바이올렛이 손을 내밀자 하옐이 얼른 스케줄 수첩을 건네주며 우는 시늉을 했다.

"마님은 천사세요."

"무슨 당연한 소리를 농담처럼 하고 그래요?"

옆에서 젠이 핀잔하고는 하옐에게 필짱을 낀 뒤 끌어당겼다. 건물을 빠져나오자 젠이 소곤거렸다.

"근데 우리 언제까지 이렇게 서로 좋아하는 척해야 돼요? 아휴, 마님도 우리가 적당히 맞춰 주고 있는 걸 아실 때도 됐는데."

그녀가 재잘거리다가 하옐의 걸음이 느려지는 걸 알고 의아해하며 팔을 놓았다. 그러자 예상대로 하옐이 그대로 멈춰 서더니 젠을 보며 눈을 깜빡였다.

"우리 아직도 좋아하는 척만 하는 거였어요?"

"그게 무슨 소리예요?"

"……아닙니다. 밥 먹으러 가요. 식사 예약해 놓은 곳 있으니까."

하옐의 말에 이번엔 젠이 멈춰 섰다. 그러더니 눈이 휘둥그레져서 물었다.

"잠깐. 우리 혹시 진짜로 데이트 중인 거 아니에요?"

"다행히도 저랑 비슷한 의심을 하긴 하는군요. 마님 생각만 하는 줄 알았더니."

두 사람이 이야기 끝에 뒤늦게 좀 무안한 표정을 지었다.

젠이 다시 팔짱을 끼며 말했다.

"어쨌든 일단은 계속할 거죠? 좋아하는 척."

"그러는 게 좋겠죠. 마님의 로맨스를 지켜 드려야 하니까요."

"마님이 우리의 노력을 아셔야 하는데 말이에요."

"맞습니다. 동의해요."

두 사람은 연신 이야기하며 하옐이 예약해 놓은 근사한 레스토랑으로 향했다.

＊ ✳ ＊

회의실 앞에 남은 바이올렛은 하옐과 젠의 데이트가 잦아지고 있다는 사실에 즐거운 미소를 지었다.

　게다가 점점 더 과감해져서 이제는 그녀가 볼 때도 둘이 손을 잡고 다녔다. 심지어 며칠 전에는 바이올렛이 발코니에서 책을 읽는데 그것도 모르고 정원에서 둘이 신나게 이야기하며 깔깔거려서 원치 않게 이야기를 엿들은 적도 있었다. 라크라운드 수도 남부에서 7월마다 열리는 축제에 가서 맛있는 걸 먹자는 이야기였다.

　아무튼, 두 사람이 결혼을 하면 뭘 선물할까, 미리부터 걱정하고 있을 때 회의실에서 쾅 하고 책상 치는 소리가 들렸다. 그러더니 곧 윈터의 거친 목소리가 들려왔다.

　"이따위 기획이나 하는 놈들이 잘도 호텔을 지었네. 아주 놀라워! 부실 공사가 아닌지 다시 확인해 봐야겠지. 네놈들 머리로 멀쩡한 호텔을 짓는 건 불가능할 테니까!"

　바이올렛의 입이 저절로 열렸다. 세상에 어떻게 저렇게 심한 말을 할 수가 있을까.

　올리비아가 태어난 이후, 하옐의 말로 윈터는 거의 욕을 하지 않는 매우 부드러운 사람이 되었다고 했다. 이게 부드러워진 거라니?

　바이올렛이 안에서 들려오는 끝없는 비난에 한숨 쉬는데 곧 문이 열리고 사색이 된 회사 임원들이 걸어 나왔다. 그중 바이올렛을 먼저 발견한 이글린이 경쾌하게 인사했다.

　"어? 바이올렛! 대표님 기다려요?"

　그녀의 이름이 들리자마자 안에서 우당탕 소란이 들리더니 눈이 둥그레진 윈터가 달려 나왔다. 그가 예상내로 표정이 어두운 바이올렛을 발견하고 헛기침을 했다.

　"내가 말했나? 나랑 목소리가 똑같은 사람이 있다고."

"……"

"로이드, 말해."

그러자 로이드라 불린 남자가 다급하게 윈터의 목소리를 따라 했다.

"그렇습니다, 부인. 저는 대표님과 목소리가 똑같죠. 오늘의 회의는 제가 주도했다고 볼 수 있습니다."

그의 변명에 윈터는 알겠냐는 듯 바이올렛을 보았고, 그녀는 곧 로이드에게 말했다.

"거짓말에 동조하면 안 돼요."

"……죄송합니다."

선생님에게 혼나는 기분이 든 로이드가 곧바로 사과하고 다급하게 도망쳤다.

바이올렛이 윈터를 바라보자 그가 변명거리를 찾아 두리번거렸다. 그러나 직원들은 모두 바이올렛에게 복수를 맡기며 상쾌한 얼굴로 사라진 후였다. 사람들이 없으니 바이올렛이 윈터를 겁나게 하던 침묵을 깨고 입을 열었다.

"사람들이 상처받았을 거예요."

"크게 받지. 헤아리지 못한 내 탓이야. 그런데 당신도 저 회의 들어왔으면 내 편 들었을걸."

"의견에는 동의했을지 몰라도 태도에는 여전히 동의하지 않았을 거예요."

"반성하지. 앞으로 안 그럴게. 그보다 무슨 일로 왔어? 그 편지는 뭐야?"

윈터가 화 풀라는 듯 부드럽게 아내의 어깨를 쓰다듬으며 말을 돌리자 바이올렛이 별수 없다는 듯이 대답했다.

"블루밍 저택에서 온 거예요."

"그래?"

윈터가 편지를 받아 확인해 보니 블루밍 가문의 파산에 대한 내용이 적혀 있었다. 그리고 그 아래로 가문의 작위 수여식을 바로 진행하고 파산을 막아 주길 부탁한다는 내용이 이어졌다. 그 외에도 크게 피해를 입은 몇몇 위호슨 가문의 편지가 동봉되어 있었다.

"웃기고 있네."

윈터가 코웃음 치곤 아내의 입술에 쪽 입을 맞춘 후 말했다.

"내가 버릴게. 이거 보고 나 화날까 봐 여기까지 달래 주러 온 거야?"

"네. 그리고 버리지 말고 고려해 봐요."

"내가 왜 내 아내를 괴롭힌 놈들과 타협해야 하는지 모르겠는데."

"당신이 원했던 거니까요."

"난 당신만 있으면 아무것도 필요 없어."

"사실은 날 위한 것이기도 해요. 내가 당신에게 주고 싶었고, 줘야만 했던 것이니까."

바이올렛의 말에 윈터의 입꼬리가 저절로 끌려 올라갔다.

"그랬었지. 그건 고려해야겠군."

"그럼 블루밍 저택에 다녀와요, 우리."

바이올렛의 말에 윈터가 멈칫했다. 그러더니 난처한 얼굴로 바이올렛을 보았다.

"가기 싫지?"

"괜찮아요."

"가기 싫을 것 같은데."

"당신이 가기 싫은 거 아닌가요?"

바이올렛은 놀리려고 한 말인데 윈터가 대답이 없었다. 진심으로, 그는 바이올렛을 블루밍 부부의 저택으로 데려가고 싶지 않았다.

그곳에서 아내는 몇 번이나 죽음을 선택했었다.

바이올렛이 키론으로 떠나 있는 동안 윈터는 몇 번이나 블루밍 저택을 떠나 수도에 살고 싶다고 말하던 바이올렛을 떠올렸었다. 그때 바이올렛의 말을 듣자마자 곧장 짐을 챙겨 수도로 왔어야 했다고 생각했다. 제 부모와 그녀를 떨어뜨려 놓았어야 했다.

윈터는 바이올렛이 눈앞에서 총을 쏘았던 수도 호텔 객실의 벽지며 가구를 전부 바꾸었다. 심지어 가벽을 새로 만들어서 방 구조까지 바꾸어 버렸다.

그렇게까지 바꾸었음에도 그는 결코 그 객실에 들어가지 못했다. 둘째까지 태어났는데도.

아이가 태어나면 이런 두려움이 다 사라질 줄 알았다. 아내는 너무도 견고해 보이는데, 왜 저 혼자 이렇게 나약한지 알 수가 없었다.

＊ ❋ ＊

편지를 받은 김에, 부부는 더 미룰 것도 없이 바로 블루밍 저택에 내려갔다. 아이들 앞에서 언성을 높일 수는 없어 테오도 올리비아도 유모들과 저택에 남았다.

윈터는 아이들을 사흘이나 못 보는 것만으로도 심기 불편한데 절연한 부모까지 만나야 한다고 생각하자 아내 앞인데도 도저히 불편한 표정을 숨기지 못했다.

"결국은 왔군."

윈터가 중얼거리더니 아내를 힐끔 확인하고, 손으로 그녀의 눈을 가렸다. 그러자 입꼬리가 살짝 올라간 바이올렛이 조용히 입을 열었다.

"괜찮다니까."

"이 집이 당신에게 상처를 준 건 사실이잖아."

"그건 그렇지만. 괜찮아요."

바이올렛이 안심하라는 듯 다정한 웃음을 지어 보였다. 윈터는 저 혼자 안절부절못하고, 저 혼자 트라우마를 가지고 있는 듯한 이 상황이 정말로 마음에 들지 않았다. 물론 아내의 마음이 아팠으면 좋겠다든가 하는 것은 결코 아니었다. 다만 자신이 너무 한심해 견딜 수 없는 것뿐.

그의 찌푸려지는 표정에 바이올렛이 물었다.

"왜 그래요?"

"아냐. 자, 가자."

윈터가 말하고는 저택으로 향했다.

낯설게도 블루밍 저택에는 스산한 공기가 돌고 있었다. 윈터가 저도 모르게 아내 앞으로 한 걸음 나서서 바이올렛을 등 뒤로 숨겼다.

"……귀신이라도 나올 것 같은데."

그의 말에 바이올렛이 고개를 끄덕였다. 정말로 집안 분위기가 말이 아니었다.

두 사람이 집사를 따라 응접실에 앉자, 잠시 후 윈터의 어머니인 캐서린 블루밍이 나와 마주 앉았다. 그녀는 지나친 스트레스로 어두움이 표정에 배어 버려 이전에 가지고 있던, 파티를 즐길 때의 생기가 완전히 사라져 버린 것처럼 보였다.

윈터가 다리를 꼬고 팔짱을 낀 채 불 꺼진 벽난로 쪽으로 고개를 돌리고 있어, 바이올렛이 먼저 인사를 건넸다.

"오랜만에 뵙는군요."

"그래. 그렇구나."

"아버님께서는요?"

"누워서 일어나질 않네."

캐서린의 말에 윈터가 실소했다.

"무능하고 책임감이 없는 건 제 친어머니 내쫓을 때와 똑같군요. 그러고 보니, 사람 참 안 변하네."

그 말에 캐서린이 고개를 끄덕였다. 윈터가 캐서린을 대하는 것과는 달리 제임스에게는 아주 노골적인 분노를 드러냈으므로, 그는 제 아들 앞에 나서는 것을 두려워했다.

캐서린이 곧 집문서를 내놓자 윈터가 그것을 확인하며 말했다.

"근처에 적당한 집을 마련해 드리죠."

"그건 돈으로 주렴. 난 이제 내 본가로 돌아갈 생각이니까."

"적당한 집도 호의인데요. 필요 없으면 됐습니다."

윈터가 건성으로 대꾸하더니 서류를 취합해 서류 가방에 쑤셔 넣었다. 그리고 곧장 몸을 일으키고는 바이올렛에게 손을 내밀었다.

"가자."

그러자 바이올렛이 고개를 들어 윈터를 올려다보았다. 그녀의 다정한 두 눈이 윈터의 표정을 살피고 있었다. 바이올렛이 그의 손을 잡고 몸을 일으키고는 말했다.

"먼저 나가 있을게요. 인사하고 와요."

"같이 가."

"인사하고 와요."

바이올렛이 두 번 말하니 윈터가 마지못해 고개를 끄덕였다. 바이올렛이 캐서린에게 인사를 하고 먼저 나갔다.

윈터는 바이올렛이 나간 방향을 한참 동안 바라보았다. 아마 자신이 후련치 않은 표정을 지었던 모양이라고 생각했다. 마무리를 짓고 오라고 시간을 내주는 걸 보니.

바이올렛이 몇 번이나 죽을 마음을 먹도록 아내를 괴롭힌 것이 그의 부모였다. 그런데도 바이올렛은 그들에 대한 분노를 내보이지 않았다.

그것은 윈터가 제 재산 2,400만 라크네를 날려 버리는 선택을 한 에쉬 로렌스에게 성에 차게 복수하지 못했던 이유와 같았다. 어쨌든 에쉬 로렌스는 바이올렛의 오빠였고, 캐서린 블루밍은 길에서 떠돌던 열두 살의 윈터가 마음을 놓고 지낼 수 있게 해 준 어머니였기 때문이다.

바이올렛도 윈터도, 제 가족은 제 손으로 끊어 낼지언정 반려의 가족에게는 모질지 못했다.

윈터는 잠시 레위 가문에 처박혀 소문조차 들을 수 없게 된 에쉬 로렌스를 떠올렸다. 살아나 있는 건지 모를 정도로 조용해진 그를 떠올리니 곧 웃음이 나왔다.

부모에게 모질어질 수 있는 건, 자식인 본인뿐이었다. 바이올렛이 자리를 비켜 준 이유는 그 반대였을지도 모르지만.

윈터가 잠시 생각하다 거만한 눈으로 캐서린을 보며 입을 열었다.

"오늘 당장 나가시죠. 잘됐습니다. 어머니는 본가로 가시면 되겠고, 아버지는…… 말 그대로 길에 나앉으시겠네요."

그러자 뒤늦게 당황한 캐서린이 대답했다.

"그, 그래도 네 부모인데 어떻게……."

"이렇게 하죠."

그는 태연한 얼굴로 말을 이었다.

"앞으로 아버지에게 일절 도움을 주지 마세요. 객사를 하더라도. 어머니만 본가로 돌아가셔서 그냥 적당히, 입 다물고 사시라고요. 그럼……제가 디에브에게 이번 사업 자금을 대 주죠. 어떻습니까?"

"저, 정말…… 정말이니?"

"네."

윈터가 제임스의 침실을 턱짓했다.

"그러니 당장 아버지부터 내쫓으세요."

그의 말이 끝나기 무섭게 캐서린이 일어나서 이혼을 고하기 위해 제임스의 침실로 빠르게 걸음을 옮겼다.

그에 만족한 윈터는 유쾌한 얼굴로 저택을 나와, 문 앞에서 기다리는 바이올렛을 와락 끌어안았다. 그의 밝은 얼굴에 이야기가 잘 풀린 게라고 짐작한 그녀가 물었다.

"어쩌기로 했어요?"

"어, 돈을 좀 대 드리기로 했어."

윈터의 대답에 바이올렛이 고개를 끄덕이고 다정히 되물었다.

"그게 당신 마음에 편할까요?"

"아주 많이."

디에브가 사업을 벌이는 것만큼 지갑에 큰 구멍을 뚫는 일은 없다는 것을, 대륙 누구보다 사업 재능이 뛰어난 윈터는 아주 잘 알고 있었다.

그는 후련한 얼굴로 바이올렛의 손을 들어 손등에 입을 맞추고 말했다.

"여기는 이제 뭐에 쓸까? 별장?"

잠깐 캐서린과 이야기하고 오더니 기분이 확 좋아진 윈터 덕에, 같이 즐거워진 바이올렛이 장난스럽게 물었다.

"언젠 내가 남부 오는 것도 싫다더니?"

"이제 괜찮아졌어. 후련해졌으니 말이지."

"그렇군요. 음, 뭐로 쓰면 좋을까. 이렇게 근사하고 역사 깊은 집을 구하는 건 아주 드문 일이니 많이 고민해 봐야겠네요."

윈터가 만족스럽게 고개를 끄덕였다. 그리고 걸음을 옮기며 입을 열었다.

"사실 이 집에선 당신이 좋은 기억이 없을 테니까, 받자마자 허물어 버리려 했거든."

"이제 괜찮아졌어요?"

"응. 우리 것이 되니 괜찮아지는군. 우리 것이 아니라서, 저 집에서 당신이 아팠던 거니까."

"당신도 아팠을 테죠."

"응?"

"당신도 아플 때가 있었을 거예요."

바이올렛이 멈춰 서서 저를 바라보며 하는 말에 윈터가 잠시 멈칫했다.

그녀 말이 맞았다. 자신이 저 집에서 언제나 행복했던 것은 결코 아니었다. 다만, 바이올렛에게 사랑받기 전에는 그 아픔이 당연한 것이라 여겼었다. 사랑을 받아 본 적이 없으니 얻어맞지 않고, 굶지 않는 것만으로도 과분하다고 생각해 어찌할 바를 몰라 했었다.

윈터가 바이올렛의 손을 꽉 잡은 채로 뒤를 돌아 블루밍 저택을 보았다. 그리고 2층 서쪽 방을 가리켰다.

"내 침실이 저기였어. 주방 바로 위의 방이지."

"아……."

"어릴 땐 몰랐지. 그냥 방에 있으면 맛있는 냄새가 바로 올라와서 좋았는데, 지금 생각해 보니 저 방은 사실 주방장들이 주로 쓰는 방이더군. 가문의 아들이 쓸 만한 방은 아니지."

"……."

"방문이 망가져 있어서 가끔 안 열릴 때가 있었거든. 그럼 창문을 넘어 뛰어내렸어. 다칠 때도 많았지만 어릴 땐 뭐 별로 어렵지 않은 일이라고 생각했지. 지금 생각해 보면 내 부모가 나를 키우는 데 그렇게 관심이 있었던 건 아닌 것 같네. 특히…… 우리 아이들을 키워 보니 알겠어. 난 지금, 우리 애들에게 정말 작은 상처만 나도 눈물이 날 것 같으니까."

바이올렛은 말없이 윈터의 손을 쓰다듬으며 이야기를 들었다. 윈터가 아내를 끌어안으며 말했다.

"쓸데없는 소리를 했군. 우리 공주님이 저 집에 훨씬 나쁜 기억이 많을 텐데. 우리 살던 별채는 정말로 허물어 버리자. 꼴도 보기 싫으니까."

"별채에 내가 좋아하는 방이 있어요."

"좋아하는 방?"

"응. 우리 아이가 태어나면 주고 싶었던 방."

"……그럼 안 되겠네."

윈터가 투덜거렸다.

바이올렛이 별채가 있는 방향을 바라보며 말했다.

"그 집이 싫었던 건 아니에요."

그런 아내를 바라보며 윈터는 한심하게도 섭섭함을 느끼고 있었다. 아내는 늘 그의 약함을 감싸 안아 주는데, 정작 그녀의 마음에는 빈틈이 없는 것처럼 느껴질 때가 있었다.

윈터가 아내와 돌아서며 말했다.

"여긴 평야가 넓으니까 파일럿 교육장으로 만드는 것도 생각해 봤어."

"그랬군요. 당신이 원하면 그것도 좋죠."

바이올렛이 웃으며 말하더니, 저도 모르게 윈터의 손을 꼭 쥐었다. 윈터는 그 행동의 의미를 바로 이해하지 못해 별생각 없이 걸음을 옮기다가 바이올렛이 멈춰 서는 바람에 그도 다시 멈춰 섰다. 그가 돌아보자 바이올렛이 그를 바라보며 힘주어 말했다.

"당신은 하지 말아요."

"뭘?"

"파일럿."

"난 바빠. 어차피 취미 정도로밖에······. 아예 하지 말라고?"

"다른 좋은 취미도 많잖아요. 굳이 비행일 필요가 있나요?"

"돈이 너무 남아돌아서 그나마 돈이 좀 드는 취미를 가지려는 건데."

"하지 말라고요, 싫으니까."

"······왜 그래?"

아내가 생전 보인 적 없는 강한 불쾌감을 드러내자 윈터의 미간이 좁아졌다.

바이올렛은 윈터가 지나치다 느낄 정도의 이해심을 가지고 있었다. 간혹 아내를 언제나 제 옆에 묶어 두고 싶어 하는 마음과 비교해 그녀의 이해심에 섭섭해하던 윈터로서는 낯선 상황이었다. 물론 너무 좋은데, 이유가 궁금했다.

윈터가 대답을 기다리며 바라보고 있으니, 바이올렛이 중얼거렸다.

"사고가 났는데 무섭지도 않아요?"

"그거야……."

사고를 의도한 거였다고 말할 수 없으니, 결국 윈터는 입을 다물었다.

아내는 아마 알고 있을 것이다. 그가 비 오는 날 비행선을 끌고 나간 것은 모험심이나 객기 같은 게 아니었다는 것을.

알고 있으나 밖으로 소리 내어 말하고 싶지 않았을 것이고, 머릿속으로도 결코 확정 짓고 싶지 않았을 것이다. 그것은 매우 불안정한 상태로 그녀의 마음속에 남아 있었으리라. 마치 그가 그 객실에 여전히 들어갈 수 없는 것처럼.

윈터는 자신이 결국 아내의 마음에도 영원히 지울 수 없을 상처를 남겼다는 사실에 그대로 얼어 버렸다.

"앞으로는 조종석에 앉지 말아요."

바이올렛의 고집 섞인 목소리에 윈터가 간신히 정신을 차리고 고개를 끄덕였다.

"약속해. 당신이 원한다면 죽는 날까지 절대로 조종석에 앉지 않겠어."

"……."

"미안해."

윈터가 무작정 사과하고는 아내를 두 팔로 끌어안았다. 안고 나서 보니 그녀의 몸이 조금 떨리고 있었다. 윈터는 아내를 두렵게 만든 것이 너무도 미안해져 그대로 무릎이라도 꿇고 싶은 심정이 되었다.

그는 아내의 두 손을 모아 손으로 감싸고 손가락에 연거푸 입을 맞춰 바이올렛을 달랬다.

"앞으로 절대 위험한 취미 안 가질게."

"……"

"사실 난 비행선 조종보다 다림질이 더 재미있어. 진심이야."

윈터가 능청스레 덧붙이자 그제야 바이올렛이 조금 웃었다. 안도한 윈터가 말을 이었다.

"효율적이기도 효율적이지. 사실 다림질이 상당히 고도의 기술을 요하는 작업이라고."

"그런가요?"

"그럼. 뭐, 당신이 다림질을 해 봤어야 알지."

"시도해 봐야겠어요."

"내 취미야. 뺏으려 하지 마. 당신은 당신 나름의 취미 있잖아, 꽃이랑 십자말 맞히기."

"십자말 맞히기는 이상한 취미라면서요?"

"그땐 몰랐지. 우리 공주님이 이렇게 안전한 취미로 날 안심시켜 주고 있는지."

윈터의 말에 무심코 고개를 끄덕이던 바이올렛이 멈칫하더니 그를 흘기며 물었다.

"혹시 지금 날 놀리는 건가요?"

"반반이야. 놀리고 있기도 하고, 진짜로 당신이 다림질을 할까 봐 무섭기도 하고."

윈터가 그리 말하고는 짓궂은 얼굴로 웃었다. 그러다가 고개를 들어 하늘을 보며 말했다.

"남부는 벌써 봄 날씨네."

"그러게 말이에요. 수도는 아직도 추운데."

봄 날씨를 즐기기로 마음먹은 두 사람은 그들이 결혼 후 3년 동안 살던 집으로 향했다. 올리비아가 태어난 이후 거의 처음 누리는 여유였다.

원터가 정원사를 두어 가꾸게 했기 때문에, 정원이 여전히 깔끔했다. 바이올렛이 의아해하며 물었다.

"정원사를 고용했어요?"

"응. 정원만. 여긴 당신이 돌보던 곳이니까."

"고마워요."

"당연한걸."

원터가 가볍게 대꾸했다.

두 사람은 어느새 제라늄이며 튤립이 핀 정원을 천천히 걸었다. 바이올렛이 입을 열었다.

"나는 꽃을 좋아해서 겨울은 그다지 좋아하지 않았었는데, 지금은 당신 덕에 겨울도 좋아하게 되었어요."

"왜? 이름 때문에?"

원터가 장난치듯 묻자 바이올렛이 웃으며 대답했다.

"그것도 그렇고, 당신이 만들어 주는 코코아도 좋아하고, 추워서 당신과 꼭 껴안고 있는 것도 좋으니까. 행복한 기억이 많이 쌓여서, 겨울이 기대가 돼요."

그녀의 말에 원터가 우쭐해서 대꾸했다.

"당신 날 정말 좋아하는구나. 싫어하던 계절까지 좋아하게 되다니."

늘 아내의 사랑을 확인하길 좋아하는 원터의 말에 바이올렛이 즐겁게 웃었다. 그러다 그녀의 시선이 그들이 살던 집으로 향했다.

원터가 허리를 숙여 불쑥 그녀 앞으로 얼굴을 들이밀었다. 그러자 바이올렛이 웃으며 물었다.

"왜 그래요?"

"혹시 상처받은 표정일까 봐 확인해."

"전혀요. 그냥…… 이 자리에 서 있으면 당신 일하는 곳이 잘 보였어요. 그래서 가끔 당신의 등을 보고 있을 때가 있었죠."

"……나도 가끔 당신을 봤어."

"그래요?"

윈터가 제 책상이 있던 곳을 바라보며 고개를 끄덕였다.

"저기서 내다보며 아, 저 공주님은 꽃구경을 할 때도 저렇게 우아하시군, 하고 생각했었지."

"그랬군요."

"그러고 나서 금방 등을 돌리고, 내가 아는 방식으로 당신을 만족시키겠다고 고집을 부렸지. 어리석게도."

그 말에 바이올렛이 고개를 저었다.

"아뇨. 이젠 당신을 아니까, 그렇게 생각하지 않아요. 이젠 아마 누구보다 잘 알 거예요. 그때 당신이."

바이올렛이 봄처럼 싱긋 눈웃음 짓더니 농담처럼 말했다.

"내가 아는 것의 열 배만큼 나를 사랑하고 있었다는 걸."

그녀의 말에 윈터는 그 자리에 멈춰 서서 바이올렛을 바라보았다.

그즈음 봄바람이 산들거리자 그를 따라 날아온 꽃잎이 허공에 떠서 지나갔다. 그 이동을 따라서 시선을 옮기는 바이올렛의 머리칼에 꽃잎 하나가 내려앉았다.

윈터가 그 꽃잎을 떼서 바이올렛의 손에 쥐여 주며 말했다.

"당신이 여기 있으면 그때에서야 난 봄이 왔구나, 했어."

그 말에 바이올렛이 윈터를 올려다보자 그가 말을 이었다.

"결혼하고 쭉 그랬지. 당신 없이 딱 한 해, 봄이 되었는데, 그게 나에겐 봄이 아니더라."

결혼 이후, 아내가 없던 유일한 봄은 윈터에게 사라진 계절이었다. 그토록 혹독한 계절은 더 이상 없으리라는 것이 지금 그에게 커다란 행복이었다.

그는 애틋한 눈으로 저를 보는 바이올렛을 마주 보며 씨익 웃었다. 지금도 그랬다. 바이올렛은 그에게 꽃이고 봄이었으므로, 그녀를 보고서야 윈터는 제게도 봄이 왔다는 것을 알았다.

그는 요즈음 불안할 때면 혼자 망설이지 않고 언제든 아내에게 달려갔다. 그러면 불안은 늘 그랬듯 바이올렛의 강함과 따뜻함 앞에 힘을 쓰지 못하고 녹아 사라졌다.

"앞으로도 나에게 봄을 알려 줘, 사랑하는 공주님."

그의 말에 바이올렛이 소리 내어 맑게 웃었다. 그리고 고개를 크게 끄덕이더니 와락, 남편을 끌어안았다.

그도 행복을 한 아름 끌어안은 소년처럼 웃었다.

〈당신의 이해를 돕기 위하여〉 마침